中国古典诗词品汇

陶渊明诗品汇

龚斌 撰

长江出版传媒
崇文书局

前　　言

伟大的陶渊明是中国文化史上的永恒话题。有着独特风格的陶渊明诗文，是中国文化宝库中熠熠发光的瑰宝。陶渊明及其诗文，影响了中国人文精神和中国诗歌长达千年之上，并且早已走向域外，具有世界声誉。

研究陶渊明的历史，从诗人逝世之后不久就开始了。他的朋友颜延之作《陶征士诔》，是评论陶渊明的第一篇文章。六十余年后，齐梁时期的文化名人沈约撰《宋书》，专为陶渊明立传。稍后，梁萧统编辑《陶渊明集》，作《陶渊明传》。同时，钟嵘《诗品》列陶渊明为中品。以上几种文献资料，是陶渊明研究史早期的最经典的评论，奠定了陶渊明研究的基础。

唐宋时期，确立了陶渊明在中国文化史上的崇高地位。唐代大诗人王维、李白、杜甫、白居易等，无不景仰和推崇陶渊明。到了宋代，中国文化全面高涨，学术极为繁荣，儒道佛三家思想逐渐融合，思想文化趋于多元，学者和作家如雨后春笋般出现。在思想自由与学术昌盛的文化背景中，陶渊明的接受与研究出现前所未有的高潮。编辑、注释、校订《陶渊明集》，编撰《陶渊明年谱》，评论陶渊明诗文，产生了很多相关著作，影响深远。例如流传至今的几种善本《陶渊明集》：宋刻递修本、曾集刻本、相传苏轼写本、汤汉注陶诗本。宋代首创《陶渊明年谱》，保存下来的有王质《栗里谱》、吴仁杰《陶靖节年谱》、张縯《吴谱辨证》（残）。涉及陶渊明的诗话、随笔就更多了，著名的有苏轼

《东坡题跋》、陈师道《后山诗话》、蔡启《蔡宽夫诗话》、胡仔《苕溪渔隐丛话》、吴曾《能改斋漫录》、洪迈《容斋随笔》、朱熹《朱子语类》……其中苏轼、朱熹论陶，直探陶渊明的诗心，精妙无比，在陶渊明研究史上有着巨大影响。

宋人对于陶渊明研究做出的贡献，后世很难企及。那些杰出的学者和优秀的作家，凭借渊博的知识、天才的创作才能，对美的深刻感受，为陶渊明研究建立规范，树立标杆，开拓新境，沾溉无数后来者。

元代时，陶渊明的研究一度沉寂，但"隐逸诗人之宗"陶渊明，始终是山林隐逸之士的精神依归。

明清时期，中国传统文化与学术高度成熟。陶渊明研究，继宋人之后，出现第二个高潮。《陶渊明集》被不断翻刻，各种品评陶诗的专著大量涌现。例如黄文焕《陶诗析义》、吴瞻泰辑《陶诗汇注》、温汝能《陶诗汇评》、马墣《陶诗本义》、邱嘉穗《东山草堂陶诗笺》、吴菘《论陶》、蒋薰评《陶渊明诗集》、方宗诚《陶诗真诠》，等等。这些专门评陶论陶的著作，前所未有。与此同时，许多诗选都把评陶作为重点，流传比较广的如钟惺、谭元春《古诗归》、王夫之《古诗评选》、陈祚明《采菽堂古诗选》、何焯《义门读书记·陶靖节诗》等。还有方东树《昭昧詹言》、刘熙载《艺概》之类的随笔，都有不少评陶的内容，涉及陶渊明研究的各个方面。陶集新注本也有多种，其中何孟春注本、陶澍注本，流布最广。年谱类有顾易《柳村谱陶》、丁晏《陶靖节年谱》、陶澍《陶靖节年谱考异》等，其中陶澍《考异》为陶渊明年谱的集大成之作，学术价值很高。

自南北朝至清代长达千年以上的陶渊明研究文献，真可谓汗牛充栋。中国古代文学史上，凡是超一流的作家作品，有名的别集、总集，文学流派或文学思潮，积累的相关资料都特别丰富，但如陶渊明及其诗文的评论与研究，历时之长，资料之多，影响之广，历代研究者兴趣之持久，均堪称罕见。

时至今日，面对读不胜读的陶渊明研究资料，以及每年各种刊物上难以遍观的论陶文章，有时会想：陶渊明的话题，谈完了吗？难道永远没有谈尽的一天？

《庄子·养生主》说庖丁善解牛，刀之所至，皮肉离析之声，莫不中音。自称操刀十九年，而刀刃锋利若新磨者，以无厚入有间，恢恢乎游刃有余。我自思读陶论陶三十有余年，远过庖丁十九年矣，然解陶所见，仍难做到处处技经肯綮，游刃有碍，离庖丁之境界，不止几许。诸如陶诗的源流，陶诗的美感与魏晋玄学的关系，陶诗中的政治寄托之类问题，要作出清晰的合理的解释，颇觉为难。陶渊明研究中的有些疑难问题，无数学人孜孜以求解，但历千百年都不能达成共识。是世无庖丁乎？抑或解析陶诗比解牛更难乎？

陶诗解读不易，大致有以下几个原因。

一、陶渊明享年问题有异说。沈约《宋书·隐逸传》谓陶潜元嘉四年（427）卒，时年六十三。至宋代始有异说。张缜《吴谱辨证》得出渊明享年七十六的结论。近现代异说更多，有梁启超之五十六岁说，古直之五十二岁说，圣旦、邓安生之五十九岁说。各种陶渊明年谱依据不同的渊明享年为基石，编排渊明的生平行事及作品系年，异状纷呈，难定何者为是，何者为非。

二、陶诗的写作年代多数难以确定。陶集中除第三卷有九首纪年诗及《游斜川》诗序说“辛丑正月五日”之外，其余作品都很难确定写作年代。同一首诗，或以为作于早年，或以为作于晚年。不知作品的写作年代，必定影响到正确的解读。

三、“耻事二姓”说的影响。“耻事二姓”说源于沈约《宋书·隐逸传》：“自以曾祖晋世宰辅，耻复屈身后代，自高祖王业渐隆，不复肯仕。所著文章，皆题其年月，义熙以前，则书晋氏年号，自永初以来，唯云甲子而已。”以为因曾祖陶侃为东晋宰辅这一家世的原因，使渊明不肯再仕刘宋新朝，并以作品所题年号、甲子的不同，隐约表示忠晋愤宋的情绪。沈约之说，有人信有人不信，无不深刻影响到作品的正确解读。

以上三大原因，贯穿自宋之后的陶渊明研究史，造成历代研究者深深的困惑。陶渊明的话题变得更加复杂，谈论更加不易。

本书谈论陶诗，以“品汇”为题。品者，评论、品鉴也；汇者，会合，聚集也。陶诗品汇，即是古今陶诗品评的汇聚。然历代有关陶渊明的评论车载斗量，不可拣到篮里就是菜，必须取精去芜。拣选之后，再加评述，最终落实到陶诗本身的品评。故品汇虽有对前人评点陶诗的再评点，但总是以我为中心的新品汇。古人有所谓“六经注我”的学术取径，鄙人以为这是学术得以发展的正道。若永远拾汉儒、宋儒的牙慧，岂不成了支道林讽刺的王坦之：戴着垢腻的白帽子，穿着便宜的粗布单衣，腋下挟《左传》，追着郑康成的车子，是什么装污秽的革囊！品评陶诗，也不可一味追随汤汉、黄文焕、陶澍等陶学大家，谈来谈去，抖出来的多半是前人的陈词滥调。当然，谈论陶渊明这样的古老话题，要谈出与前人完全不同的新内容，那是苛求，也是奢望。但总要说出一点新东西来，这是对于谈者的基本要求。本书所谈，是否尚有一点新意，此事任由读者朋友评说。

以下对本书的体例作一些说明。

本书所用陶诗的底本，为国家图书馆藏宋刻递修本《陶渊明集》。删去宋本中的所有异文。若宋本有误，而他本为是者，照旧不改，在注释或评析中说明。

陶诗编排一依宋本次序，删去诗题后“一首”二字。组诗如《归园田居》五首、《饮酒》二十首之类，仍依宋本，不删“五首”“二十首”。宋本原有《归园田居》第六首（种苗在东皋）、《问来使》、《四时》等三篇，乃是他人作，或误编入陶集，今一律删去。

古字、异体字改为通行字，如“踈”改为“疏”、“牕”改为“窗”之类。

引用各种陶集注本如汤汉注《陶靖节先生诗》、李公焕《笺注陶渊明集》、何孟春注《陶靖节集》、陶澍集注《靖节先生集》、丁福保《陶渊明诗笺注》、古直《陶靖节诗笺定本》、古直《重定陶渊明诗笺》、逯钦立《陶渊明集》、王瑶编注《陶渊明集》、王叔岷《陶渊明诗笺证稿》，分别省作汤汉注、李公焕注、何孟春注、陶澍注、丁福保注、古直注、古直重定本注、逯钦立注、王瑶注、王叔岷注。

引用评论资料，大多转引自北京大学北京师范大学中文系、北京大学中文系文学史教研室编的《陶渊明资料汇编》（中华书局，1962 年）。其余引用资料，一律注明来源。

龚斌

2020 年 12 月 12 日

目　录

卷第一

停云并序

停云，思亲友也。樽湛新醪，[1]园列初荣。[2]愿言不从，[3]叹息弥襟。

霭霭停云，[4]濛濛时雨。
八表同昏，[5]平路伊阻。
静寄东轩，春醪独抚。[6]
良朋悠邈，搔首延伫。[7]

停云霭霭，时雨濛濛。
八表同昏，平陆成江。
有酒有酒，闲饮东窗。
愿言怀人，舟车靡从。

东园之树，枝条载荣。[8]
竞用新好，以招余情。
人亦有言，日月于征。
安得促席，[9]说彼平生？

翩翩飞鸟，息我庭柯。

敛翮闲止，[10]好声相和。
岂无他人，念子实多。
愿言不获，抱恨如何！

【注释】

①湛：满，盈。醪：浊酒。

②园列：园树。

③愿：每也。

④霭霭：深邃貌。停云：凝而不动的云。

⑤八表：八方。

⑥抚：持。

⑦延伫：长久的站立。延，长；伫，立。

⑧载：始。

⑨促：靠近。

⑩敛翮：犹止飞。止：句末语气词。

【评析】

《停云》是一首四言诗。诗前有小序，章章相续的复沓形式，一看就知道是《诗经》的古老遗意。序言交代诗旨是“思亲友”，时令在“樽湛新醪，园列初荣”的早春，抒写“愿言不从，叹息弥襟”的天各一方的无奈和遗憾。

《诗经》有三种表现手法：赋、比、兴。赋者铺叙，比者比喻，兴者起兴。《停云》诗一共四章，每章前面四句，用“兴”的表现手法；后面四句，用“赋”的表现手法。

一、二章的起兴部分，描写凝而不散的云和绵绵不绝的雨，创造出一幅天地同昏，泽国千里的景象。春天，本来最宜与亲友徜徉在春阳里，亲近春草春花的芬芳。可如今浓云密布，时雨濛濛，亲友隔绝，只能孤零零地闲饮东窗，独抚春醪。三章前半首，写东园之树纷纷萌发新枝新叶。她们相互目挑心招，竞相寻找新朋友。外物移情，逗引诗人的怀人之思。然日月逾迈，无法同亲友促席，互道平生。四章写庭柯上的飞鸟，好声相和，见此不禁念及得不到与友人相聚的机会，抱恨多多。这章情景契合无间，真是神来之笔。

《停云》诗序既然说“思亲友也”，诗的内容也是反复咏叹思友之情，表现客观现实与主观愿望两者之间的矛盾，所谓“愿言不从，叹息弥襟”。那么，这首诗的旨意应该不难理解。但事实上，由于陶渊明的不少作品创作年代难定，写作背景不明，诗的旨意也就不容易把握。加上历来研读陶诗的人异说极多，解读陶诗其实非是易事。

《停云》诗的命意，就有两种不同的说法。

一说这首诗作于晋宋易代之后，“寓规谏之意”。宋汤汉解释三章“以招余情”一句，“谓相招以事新朝”（汤汉注）。元刘履说：“首章：此盖元熙禅革之后，而靖节之亲友，或有历仕于宋者，故特思而赋诗，且以寓规讽之意焉。此章言‘停云’‘时雨’，以喻宋武阴凝之盛，而微泽及物。‘表昏’‘路阻’，以喻天下皆属于宋，而晋臣无可仕之道矣。我则静止东轩，饮酒自慰，何乃良朋远去，使人搔首伫望而不归耶！”（刘履《选诗补注》卷五）沃仪仲说：“‘伊阻’‘成江’，分指世运。‘八表同昏’，专咎臣子。一语两章复用。且先揭于阻、江之上，尤有味。正见举世暗浊，无一明眼堪扶社稷，故至于此……”（黄文焕《陶诗析义》卷一）以上三人，都以为这首诗作于晋宋易代之后，诗中的景物都寓有政治意味。

另一说以为这首诗写春日思友之情。清蒋薰说：“抚醪望友，欲从舟车，促席无由，怅然抱恨。诗分四韵，情属一章……刘履谓元熙禅革后，或有亲友仕于宋者，靖节赋此以讽。诗中无其意，唯‘竞用新好’句，盖谓他人言耳，非所指‘念子实多’者。”（蒋薰评《陶渊明诗集》卷一）清吴菘也不认同黄文焕、沃仲仪所谓“悲愤之作”之说，以为“前二篇（《停云》《时雨》）神闲气静，颇自怡悦，绝无悲愤之意。即曰憾曰慨，亦不过思友春游，即事兴怀耳。”（吴菘《论陶》）

以上二说，以后一说为妥。历代不少人信从沈约《宋书·隐逸传》的说法，所谓陶渊明“自以曾祖晋世宰辅，耻复屈身后代，自高祖王业渐隆，不复肯仕”，以致不作具体分析，戴上陶潜“愤宋篡晋”的有色眼镜，一看到陶诗中的比兴，就以为寄托晋宋易代之感。这是读陶解陶的一大弊病。《停云》诗写“八表同昏”的春日淫雨景象，感慨待友不至，实在看不出寄托什么山河巨变的隐蔽感情。

时运并序

时运，① 游暮春也。春服既成，景物斯和，偶景独游，② 欣慨交心。

迈迈时运，穆穆良朝。③
袭我春服，④ 薄言东郊。⑤
山涤余霭，宇暖微霄。⑥
有风自南，翼彼新苗。⑦

洋洋平泽，⑧ 乃漱乃濯。
邈邈遐景，⑨ 载欣载瞩。
称心而言，人亦易足。
挥兹一觞，⑩ 陶然自乐。

延目中流，悠悠清沂。[11]
童冠齐业，[12]闲咏以归。
我爱其静，寤寐交挥。[13]
但怅殊世，邈不可追。

斯晨斯夕，言息其庐。
花药分列，林竹翳如。[14]
清琴横床，浊酒半壶。
黄唐莫逮，[15]慨独在余。

【注释】

①时运：指日月运行。

②偶景：与影为偶。景，同“影”。

③穆穆：美也。

④袭：穿。

⑤薄：近，至。

⑥暧：暗昧貌。霄：一作“消”。

⑦翼：羽翼。此作动词用，飞动。

⑧洋洋：盛大貌。

⑨邈邈：远也。

⑩挥：振去余酒曰挥。

⑪沂：沂水。

⑫童冠：童指儿童，冠指成人。齐业：习完课业。

⑬寤寐：寤，觉，醒。寐，寝，睡。

⑭翳如：茂密成荫貌。

⑮黄唐：黄帝和唐尧。

【评析】

大概渊明作《停云》诗不久，又作《时运》诗。

春天的脚步匆匆，“园列初荣”的早春转眼间无影无踪，莺飞草长的暮春到了。脱了寒衣，春服既成。春阳融融，景物斯和，正是出游的大好时光。可令人诧异的是，诗人独自去看风景，为何不约一二亲友共游？可见，渊明终究是孤独的。独坐、独酌、独游，便是他的生存常态。

这首诗可作一篇游记读，叙写出游看到的山水景物，面对风景时的感悟。游毕回到庐居，又感慨上古时代一去不返。

诗序中“欣慨交心”四字，是全诗的纲要。清邱嘉穗说：“前二章游目骋怀，述所欣也；后二章伤今思古，寄所慨也。”（邱嘉穗《东山草堂陶诗笺》卷一）说前二章“欣”，后二章“慨”，也不过大略言之。比如四章写居所内外的景物：“花药分列，林竹翳如。清琴横床，浊酒半壶。”环境清雅，自得其乐。是“欣”呢，还是“慨”呢？味其意，恐怕还是“吾亦爱吾庐”的欣喜为多。

渊明暮春独游，欣慨交心，与东晋名士在山水审美中体悟玄趣为同一风气。譬如著名的王羲之《兰亭序》，写永和九年（353）暮春之初，诸名士雅集会稽山阴之兰亭，曲水流觞，“仰观宇宙之大，俯察品类之盛，所以游目骋怀，足以极视听之娱，信可乐也”。欣赏山水之美的同时，感叹“向之所欣，俯仰之间，已为陈迹，犹不能不以之兴怀。况修短随化，终期于尽，古人云死生亦大矣，岂不痛哉”！可知王羲之等兰亭之游，也是“欣慨交心”。渊明《时运》诗，岂不是王羲之《兰亭序》的历史回响么？两者都表现为山水与悟道的契合。

清吴瞻泰引汪洪度说：“举世少真，弥缝使淳，法洙、泗以还羲、农，公生平大愿力。对此暮春，万物得所之愿，触绪兴怀，所以旋欣而旋慨也。前二首欣，后二首慨，疆界划然。第三首延目悠悠，即下不可追意，乃遐想意中之事，非实写目前之乐。春风沂水，即羲、农景象也，以一‘静’字概之，是何等胸次。”（吴瞻泰辑《陶诗汇注》卷一）汪氏以为渊明还淳复真，是他平生大愿力，云云，把握了这首诗的命意所在。

“悠悠清沂”，典出《论语·先进篇》：一天，孔子弟子子路、曾皙（点）、冉有（求）、公西华侍坐。孔子要四人尽言以观其志。子路言治政有方，冉求言使民富足，公西华言志于礼乐。唯有曾点说：“莫春者，春服既成，冠者五六人，童子六七人，浴乎沂，风乎舞雩，咏而归。”孔子叹道：“我赞同曾点之志。”曾点所说，不过是暮春之游，无关大雅，何以孔子叹赏之？原因是子路等三人所言之志不过是器，而曾点所言之志进乎道，气象阔大，直与天地之气相通。朱熹解释道：“曾点之学，盖有以见夫人欲尽处，天理流行，随处充满，无少欠缺。故其动静之际，从容如此……而其胸次悠然，直与天地万物，上下同流。各得其所之妙，隐然自见于言外，视三子之规规于事为之末者，其气象不侔矣，故夫子叹息而深许之。”（朱熹《论语集注》卷六）朱熹又说：“曾点见道无疑，心不累事，其胸次洒落有非言语所能形容者。”（朱熹《晦庵集》卷四三）曾点从容而言的暮春清沂之游，是一幅自然、真淳、安详、自由自在的上古社会的美妙图景，体现了人与万物的大和谐。孔子惶惶然奔走一生，追求的正是曾点描绘的美好景象，故舍三子而独许之：“吾与点也。”后人盛赞“曾点气象”是“圣人情怀”。《时运》诗三章，赞美并日夜向往“曾点气象”，以至“寤寐交挥”，感叹“但恨殊世，邈不可追”，与孔子情怀一脉相承。故清张潮等人说：“浴沂之志，尼父已与曾点。千载而后，复有知己，靖节若在圣门，与点真一流人物。”（张潮、卓尔堪、张师孔同阅《曹陶谢三家诗·陶集》卷一）赞誉渊明与曾点一样，是圣门弟子。

渊明是否圣门弟子？此事涉及的问题很复杂，这里姑且不论。但若称他那打上复古印记的社会理想，与孔子有着渊源关系，则是显而易见的事实。

荣木并序

荣木，[①]念将老也。日月推迁，已复有夏，[②]总角闻道，[③]白首无成。

采采荣木，[④]结根于兹。
晨耀其华，夕已丧之。
人生若寄，[⑤]憔悴有时。
静言孔念，[⑥]中心怅而。

采采荣木，于兹托根。
繁华朝起，慨暮不存。
贞脆由人，[⑦]祸福无门。
匪道曷依，[⑧]匪善奚敦？[⑨]

嗟余小子，禀兹固陋。
徂年既流，[⑩]业不增旧。
志彼不舍，[⑪]安此日富。[⑫]
我之怀矣，怛焉内疚。[⑬]

先师遗训，余岂之坠？
四十无闻，斯不足畏！

脂我名车，[14] 策我名骥，
千里虽遥，孰敢不至。

【注释】

①荣木：木槿。

②有夏：一本作“九夏”。九夏，指夏季九十天。

③总角：束发为小髻，指童年时代。

④采采：茂盛貌。

⑤人生若寄：《古诗十九首》：“人生忽如寄，寿无金石固。”

⑥孔：甚也。

⑦贞：坚贞。脆：脆弱。

⑧曷：何。

⑨奚：疑问词，犹何。敦：勉励。

⑩徂年：往年，行年。

⑪不舍：不废。舍，废也。

⑫日富：指饮酒。

⑬怛：惧也。

⑭脂：油，作动词。脂车，以油涂车轴，使之润滑。

【评析】

渊明性格有勤勉、踏实的一面。曾祖父陶侃，给他的深刻影响是毋庸置疑的。让他悲哀的是，“总角闻道，白首无成”。念及于此，岂能漠然无感？

诗的一、二两章，以荣木朝花夕落起兴，抒写内心两种情绪：一、怅惘人生如荣木之花一样短促；二、悟出事在人为，依道行善。三、四章抒写虚度光阴，“业不增旧”的内疚，立志自强不息，奋勇前进。

明黄文焕分析《荣木》诗四章情绪的起伏变化，不无启发意义。他说："四章互相翻洗。初首憔卒怅念，若寄之人生，与夕丧之晨华同脆，无可自仗，说得气索。次首拈出贞脆由人，有善有道，可仗俱在，不须念怅，说得气起。三首安此日富，有道不能依，有善不能敦，但焉内疚，倍于怅矣，又说得气索。卒章痛自猛厉，脂车策骥，赎罪无闻，何疚之有？又说得气起。"（黄文焕《陶诗析义》卷一）前人曾说，陶诗多转折。此诗由"气索"至"气起"，再"气索"至"气起"，形成两次由低至高的情绪波澜，有吞吐不尽的艺术效果。

这首诗的命意究竟是什么？诗序说"白首无成"。所欲成者何事？四章说"脂我名车，策我名骥，千里虽遥，孰敢不至"，所欲至者何所？解答这两个问题，是理解这首诗的关键。

宋赵泉山说："'四十无闻，斯不足畏。'按晋元兴三年甲辰，刘敬宣以破桓歆功，迁建威将军、江州刺史，镇浔阳，辟靖节参其军事，时靖节年四十也。靖节当年抱经济之器，藩辅交辟，遭时不竞，将以振复宗国为己任。回翔十载，卒屈于戎幕佐吏，用是志不获骋，而良图弗集，明年决策归休矣。"（李公焕注引）以为《荣木》诗作于东晋元兴三年（404），渊明时年四十。"无成"指有志不获骋，振复宗国的良图不能实现，次年就归隐了。但问题是渊明去年说"四十无闻，斯不足畏，脂我名车，策我名骥，千里虽遥，孰敢不至"，词气壮烈，勇气可嘉，为什么第二年却辞去彭泽令，打道回府？渊明难道是"说话的巨人，行动的矮子"吗？可见，"四十无闻，斯不足畏"之"畏"，不是畏功业无成。脂车策骥，也不是奔向功成名就的辉煌殿堂。

与赵泉山不同，别有解者另辟新径。清李光地说："人但知靖节之清高旷达，岂知其隐居求志如此哉！"（李光地《榕村诗选》卷三）又张潮等说："奋发有为之志不遂，奈何？决策归休，又岂得已。"（张潮、卓尔堪、张师孔同阅《曹陶谢三家诗·陶集》卷一）一说“隐居求志”，一说“决策归休”，都以为渊明白首功业无成，所欲至者乃隐士之蓬庐。所以，《荣木》的命意是自勉求道。诗人有感荣木朝花夕陨，生命亦短促。但“四十无闻，斯不足畏”，决心不坠先师之遗训，脂车策骥，努力向美善的境界前进。

《荣木》诗偏于说理，艺术水准在渊明四言诗中不属上乘。但也并非差到不能读。萧望卿论陶渊明的四言诗，多严苛之言，说除了《停云》《归鸟》，“其余的就像是阴沉古旧的屋子，没有一点新鲜的生意”。评《荣木》诗，基本上全是差评，说这首诗“不免‘平典似道德论’而已”，“首先用荣木比喻人生的短促，没有什么生动的力量，末尾像是死命在那里挣扎，却更显出空虚的软弱，中间就堆砌一串一串抽象的观念”，“他在四言诗中说理的尝试是异常失败的，里面摇曳着玄言诗的阴影”云云（见萧望卿《陶渊明批评》）。陶诗的说理，确实有玄言诗的影子，但毕竟与“平典似道德论”的玄言诗不可同日而语。例如二章以荣木喻人生短促，贴切自然，明钟惺称赞“慨暮不存”句“四字情词多少，含吐不尽”（钟惺、谭元春评选《古诗归》卷九）。四章“脂我名车”四句自铸新词，有新时代的特色。萧望卿批评“末尾像是死命在那里挣扎”，显然是不顾事实了。

赠长沙公族祖并序

长沙公于余为族，[①] 祖同出大司马。[②] 昭穆既远，[③] 以为路人。[④] 经过浔阳，临别赠此。

同源分流，人易世疏。

慨然寤叹，念兹厥初。
礼服遂悠，[5] 岁月眇徂。[6]
感彼行路，[7] 眷然踌躇。[8]

于穆令族，[9] 允构斯堂。[10]
谐气冬辉，映怀圭璋。[11]
爰采春华，[12] 载警秋霜。[13]
我曰钦哉，[14] 实宗之光。[15]

伊余云遘，[16] 在长忘同。[17]
笑言未久，逝焉西东。
遥想湘渚，[18] 滔滔九江。[19]
山川阻远，行李时通。[20]

何以写心？贻兹话言。[21]
进篑虽微，[22] 终在为山。
敬哉离人，临路凄然。
款襟或辽，[23] 音问其先。[24]

【注释】

①长沙公于余为族：一作“余于长沙公为族”。族，同族，同姓。长沙公为陶延寿。此句断句与通行本有别，详见评析。

②大司马：指陶侃。

③昭穆：古代宗族制度，宗庙按世系排列，始祖居中，二世、四世、六世居左，称“昭”，三世、五世、七世居右，称“穆”。

④路人：指昭穆既远，同族也视若陌路之人。

⑤礼服：礼制所规定的丧服。

⑥ 眇徂：远逝。

⑦ 行路：即诗序所说的“路人”。

⑧ 眷然：思恋貌。

⑨ 于穆：于，叹词。穆，美也。

⑩ 允：信。斯堂：比喻祖先的功德。

⑪ 圭璋：宝玉。这里喻长沙公的美德。

⑫ 春华：喻长沙公为学有得。

⑬ 秋霜：喻长沙公志操严厉。

⑭ 钦：敬也。

⑮ 宗：同祖为宗。

⑯ 伊：语助词，无义。遘：遇见。

⑰ 长：尊长。同：同族。

⑱ 渚：水边。湘渚指长沙公居住地。

⑲ 九江：此指渊明居住地。

⑳ 行李：使者。

㉑ 话言：善言。此指本诗。

㉒ 蒉：盛土的竹器。

㉓ 款襟：款诚的情怀。

㉔ 音问：音信。

【评析】

《赠长沙公》诗是陶集中的重要作品。据此，可探索陶氏家族的世系和陶渊明与陶氏嫡系之间的关系，也可以了解陶渊明的礼学修养。历代陶渊明研究者，无不对这首诗探幽索隐，异见之纷纭，成为陶渊明接受史上的奇观。

如果把《赠长沙公》诗比作神秘的洞穴，那么，究竟谁是长沙公？这个问题犹似挡住洞穴的巨石。许多研究者为它所阻，始终在洞穴外徘徊彷徨，空耗精力而一无所获。

诗题《赠长沙公族祖》，“族祖”二字是误读诗序而产生的根本性错误。诗序正确的读法应该是：“长沙公于余为族，祖同出大司马。”以“族”字断句，意思是说，长沙公与我是同族，先祖同出于大司马（陶侃）。因而诗题《赠长沙公族祖》，“族祖”二字应删去。长沙公是晋代封爵，说明这首诗写在晋宋易代之前。

可是，自宋以来，许多人以“祖”字断句，遂成“长沙公于余为族祖”，莫名其妙弄出一个“族祖”来。于是，长沙公成了渊明的“族祖”，高出渊明二辈。断句错误之外，还有版本问题。“长沙公于余为族”，别本作“余于长沙公为族”。如果再误读，就成了“余于长沙公为族祖”，陶渊明辈份比长沙公高出二辈。

诗序的异文和误读，犹如一团乱麻，理了千年，越理越乱。或说陶侃不是渊明曾祖，或说渊明是陶侃的五世孙，或说是六世孙。长沙公是谁？或说是陶侃的五世孙陶延寿，或说是渊明的叔祖陶弘，或说是渊明的另一叔祖陶绰，或说是渊明的族孙……《赠长沙公》诗之难解，是陶诗之难解的典型个案。

历史扑朔迷离，然真相终究是唯一的。诗序说：“昭穆既远，以为路人。”一章说：“同源分流，人易世疏。……礼服遂悠，岁月眇徂。”渊明与长沙公陶延寿同出于大司马陶侃，但已出五服之外，已为路人。延寿为陶侃五世孙，渊明为侃曾孙。论辈份，渊明是延寿诸父行。故渊明于延寿，或延寿于渊明，都不可能是什么“族祖”。

这首诗写陶渊明与长沙公在浔阳相遇后别离的故事。大约在晋安帝义熙六年（410），长沙公陶延寿时为刘裕咨议参军。刘裕平定南燕，凯旋京师，而陶延寿返回长沙，路过浔阳，渊明与之相见。不久，两人别离，渊明临别赠言。

黄文焕说："次章竖义奇奥，前后章情挚语质，最是家人真况。"（黄文焕《陶诗析义》卷一）"竖义奇奥"，指化用古代经典。"情挚语质"，指其他三章表现了诗人至诚敦厚的家族情怀。以下依次简略申述之。

二章"允构斯堂"句，典出于《书·大诰》："厥子乃弗肯堂，矧肯构？"孔安国传："父已致法，子乃不肯为堂基，况肯构立屋？"古人以构堂比喻继承先辈事业。这里赞美长沙公能继承祖业。后面多方形容长沙公的品行优良，末了赞叹道："我曰钦哉，实宗之光。"向长沙公致以敬意，称他是陶氏家族的光荣。《礼记·丧服》说："尊祖故敬宗，敬宗者，尊祖之义也。"虽然与长沙公昭穆既远，以为路人，但他是陶氏大宗之子，故仍对之表示敬意。敬宗即尊祖，敬长沙公，就是尊陶氏之祖大司马陶侃。二章意义皆出于礼经，可见渊明的礼学修养。三章说，你我彼此山川阻隔，仍希望常来常往，互通音讯。四章写临别赠言，心情凄然。全诗以质实、温润的语言，表达对族人的敬意，对先祖的尊重，一片至诚真情，令人感动。

酬丁柴桑

有客有客，爰来爰止。①
秉直司聪，② 于惠百里。③
餐胜如归，④ 矜善若始。⑤

匪惟谐也，屡有良由。⑥
载言载眺，以写我忧。
放欢一遇，既醉还休。

实欣心期，方从我游。

【注释】

① 爰：助词，无义。

② 秉直：秉公持正。司聪：为皇帝听察民情。聪，听。

③ 百里：指一县。

④ 餐胜：餐服胜义。胜，胜义，胜理。

⑤ 矜：一作“聆”。矜，谨守，慎重。

⑥ 由：一作“游”。由与“游”通。

【评析】

这是一首写给柴桑丁县令的四言诗。丁县令的名字和事迹，我们一无所知。也不知道此诗作于何年。《晋书·陶潜传》说：“既绝州郡觐谒，其乡亲张野及周旋人羊松龄、庞遵等，或有酒要之，或要之共至酒坐，虽不识主人，亦欣然无忤，酣醉便反。未尝有所造诣，所之唯至田舍及庐山游观而已。”记载渊明在义熙末年的交游。《酬丁柴桑》诗有可能作于此时。

诗一章六句，二章八句，这是非常奇怪的形式。因此有人怀疑第一章有佚句。例如徐仁甫《古诗别解》卷六说：“察次章首句曰‘匪惟谐也’，此承递前章之词。可见首章末缺二句，其末句必有‘谐’字，而今本佚矣。”由第二章开头转接的突然，判断首章之末缺二句，很有说服力。否则就难于理解一个写作四言诗的高手，会写出前后二章不一致的形式，而且次章首句的文义，与首章之末的意思续接不上。

这首诗不论内容和语言，在整个陶集中都显得相对平浅、单薄。只有“餐胜如归，矜善若始”二句较佳。古直注解释这二句说：“‘餐胜如归’，谓餐服胜义，如归家之乐；‘聆善若始’，谓虽习闻者，亦若始闻。言其谦逊。”所言正确无误。黄文焕说：“有入山如同归家，永矢不移，斯真可与餐胜矣。善之始闻，孰不知慕，转念意怠，能如初闻之踊跃者谁乎？有终身尝若始闻，反覆无厌，斯真可与聆善矣。”（黄文焕《陶诗析义》卷一）解释“聆善”尚可，而误“餐胜”之“胜”为“名胜之地”。于是，“餐胜”曲解成“入山如同归家，永矢不移”。其实，“餐胜”“聆善”，都是从道德意义上赞美丁柴桑向善向美的优秀品格。

丁柴桑秉公持正，品德高尚，治政有方，施惠一县，诗人自然与之和谐相得，常携手共游。结伴出游最好是找爱好相同，趣味相近，审美眼光相齐的“驴友”，才有可能享受“载言载眺，以写我忧”的快乐。与一个刚愎自用，言行粗鄙，不知美为何物的俗人共游，感觉碰上了灾难，十分不幸。

次章“实欣心期，方从我游”二句，是这首诗的“诗眼”。王叔岷注：“案二句谓‘实欣柴桑令之以心相期许，乃从我游也。足见柴桑令对陶公之倾慕。”以为丁柴桑倾慕陶公。其实，以心相许不仅是“屡有良游”的原因，也是渊明交友的基本原则。陶渊明的不少赠答诗，都或隐或显地体现出这条原则。

答庞参军并序

庞为卫军参军，从江陵使上都，过浔阳见赠。

衡门之下，[1] 有琴有书。
载弹载咏，爰得我娱。
岂无他好？乐是幽居。

朝为灌园，[2] 夕偃蓬庐。[3]

人之所宝，尚或未珍。
不有同爱，去胡以亲？[4]
我求良友，实觏怀人。[5]
欢心孔洽，栋宇惟邻。

伊余怀人，欣德孜孜。[6]
我有旨酒，与汝乐之。
乃陈好言，乃著新诗。
一日不见，如何不思！

嘉游未斁，[7] 誓将离分。
送尔于路，衔觞无欣。
依依旧楚，邈邈西云。
之子之远，良话曷闻？

昔我云别，仓庚载鸣。[8]
今也遇之，霰雪飘零。
大藩有命，[9] 作使上京。
岂忘宴安？王事靡宁。

惨惨寒日，肃肃其风。[10]
翩彼方舟，[11] 容与江中。[12]
勖哉征人，在始思终。
敬兹良辰，以保尔躬。[13]

【注释】

① 衡门：横木为门，贱者所居。

② 灌园：犹农耕。

③ 偃：卧。

④ 去：一作“云”，是。

⑤ 觏：遇见。

⑥ 孜孜：勤勉，不懈怠。

⑦ 斁：厌也。

⑧ 仓庚：黄莺。

⑨ 大藩：藩王。

⑩ 肃肃：迅疾貌。

⑪ 方舟：并两船。

⑫ 容与：船缓行貌。

⑬ 躬：身体。

【评析】

渊明自义熙元年（405）归隐之后，结庐人境，与州郡的官员仍有来往。庞参军便是其中之一，而生平事迹不详。陶集中有两首《答庞参军》诗，一是四言，一是五言，大约都作于宋少帝景平元年（423）。五言作于这年的春天，四言作于冬天。由诗序可知，庞当时正作卫将军参军。卫将军一说是谢晦，一说是王弘。庞参军从江陵往京师，经过浔阳，作诗赠渊明，渊明作答。

马墣概括这首诗各章的内容，说：“六首首首相接，层层相生。第五首言今日之别乃为王事，不得已也。末首临别赠言，相勖以德，而德则始终归重之意，见于第二首之怀人，第三首之‘欣德’者也。六首之章法皆藕断丝连，其情胜也。”（马墣《陶诗本义》卷一）。马墣的概括比较凌乱，可取者只有“情胜”二字。

诗有六章，依时间和内容，分为昔聚、今散两段。前三章忆昔忆聚，写昔日与庞参军结邻的愉快情景。后三章叙今叙离，写今日与庞参军离别之际的眷恋。深情是这首诗的灵魂。蒋薰说：“相见恨晚，相别恨远。眷恋依依，情溢乎词，视《长沙公诗》，真天渊矣。”（蒋薰评《陶渊明诗集》卷一）孙人龙说：“交情笃挚，妙能写出。”（孙人龙纂辑《陶公诗评注初学读本》卷一）以上评论是中肯的。

魏晋人深于情，陶渊明是一典型人物。他寻求良友，庆幸遇见庞参军这样的好邻居，以“旨酒”“好言”和“新诗”为伴，过着快乐的生活，也浇灌友谊的花朵。以“同好”与乐道，培养友谊之树雅正的身影。当然，从根本上说，陶渊明与庞参军两人的人生价值取向不同。前者早有隐居之志，毅然归田，君子固穷。后者仕途中人，身不由己，随时要为王命奔波。两人仕隐殊途，却并不妨碍建立友谊。

陶渊明待人处世有一点值得后人学习，即能理解朋友的人生选择。他不为五斗米折腰，不向权势小人低头。晚年面对儿子，自称“性刚才拙，与物多忤”。可是在朋友面前，不以自己的隐逸为高。他说庞参军匆匆行役是“岂忘晏安？王事靡宁”，意思是说庞参军也如我一样，喜欢安逸的生活，但急迫的王事比安逸重要，出语和婉。

渊明非常熟悉《诗经》并仿效之，含咀《诗经》的艺术精华，并从中吸取道德力量，培养自己的德性。六章临别赠言：“勖哉征人，在始思终。敬兹良辰，以保尔躬。”《左传·昭公五年》说：“敬始而思终，终无不复。”有始有终，是人类值得珍视的品德之一。有始无终的友谊一钱不值，甚至不如没有友谊。渊明与庞参军结邻时间不长，而庞此去可能一去不返，再无重聚的机会。但渊明牢记“在始思终”的道德古训，既勖征人，也勖自己。他的这种优良德性，也是很难企及的。四言《答庞参军》诗，是陶渊明深于情的人格酿成的醇酒，饮之不厚不薄，不温不火，余味悠长。

劝农[1]

悠悠上古，厥初生民。
傲然自足，抱朴含真。
智巧既萌，[2]资待靡因。[3]
谁其赡之？实赖哲人。

哲人伊何？[4]时惟后稷。[5]
赡之伊何？实曰播植。
舜既躬耕，禹亦稼穑。
远若周典，[6]八政始食。[7]

熙熙令德，[8]猗猗原陆。[9]
卉木繁荣，和风清穆。
纷纷士女，趋时竞逐。[10]
桑妇宵兴，[11]农夫野宿。

气节易过，和泽难久。
冀缺携俪，[12]沮溺结耦。[13]
相彼贤达，[14]犹勤垄亩。
矧伊众庶，[15]曳裾拱手。[16]

民生在勤，勤则不匮。
宴安自逸，岁暮奚冀？

檐石不储，[17]饥寒交至。
顾余俦列，能不怀愧？

孔耽道德，樊须是鄙。[18]
董乐琴书，[19]田园弗履。[20]
若能超然，投迹高轨。
敢不敛衽，[21]敬赞德美。

【注释】

①劝：劝导，劝教。

②智：智慧。巧：奇巧的器物。

③资：犹给也。待：义同“资”。

④伊：语助词，用于句中，无义。

⑤后稷：舜时农官。

⑥周典：即《尚书·周书》。

⑦八政：《尚书·周书·洪范》：“三，八政，一曰食，二曰货，三曰祀，四曰司空，五曰司徒，六曰司寇，七曰宾，八曰师。”

⑧熙熙：和乐貌。

⑨猗猗：美盛貌。

⑩趋时：趋赶农时。

⑪宵兴：夜起。

⑫冀缺：春秋时人。俪：此指妻子。

⑬沮溺：常沮、桀溺。结耦：二人并耕。

⑭相彼：犹看那。

⑮矧：况。

⑯拱手：谓敛手不干事。

⑰ 檐石："檐"为误字，一本作"儋"，是。儋受一石，故称儋石。用以计量谷物。

⑱ 樊须：孔子弟子樊迟，名须，字子迟。

⑲ 董：指董仲舒，汉景帝时博士。

⑳ 田园弗履：相传董仲舒三年不窥园，精于学术。

㉑ 敛衽：整一整衣服，以示恭敬。

【评析】

陶渊明在魏晋新思潮的影响下，任真自得，性好自然，追求自由，行为洒落，性情超旷，又深于情，完全合乎所谓魏晋风度的审美特征，故有人称他是魏晋风度的杰出代表。然而，我们也应当注意到陶渊明的有些思想与行为，不同于传统意义上的魏晋风度，比如他的踏实、勤勉、朴实，不尚清言，不慕玄虚。特别是他长期躬耕的经历，在魏晋文人群体中几乎没有第二人。迄今为止，似乎还没发现某个魏晋名士，在白天口吐莲花之后，披着一身的月光荷锄归来。

在渊明身上，依稀看得见他的曾祖父陶侃的影子。《世说新语・政事》一六说："陶公性俭，厉勤于事。"刘孝标注引《晋阳秋》说："侃练核庶事，勤务稼穑。虽戎陈武士，皆劝厉之。"以上两种文献，都记陶侃生性节俭，勤勉治军，奖励务农的故事。渊明劝农，与曾祖的作风完全一样。更可贵的是他不仅深刻理解农耕对于人类生存的伟大意义，并亲自种田二十余年。所以，渊明的思想与行为，比历来理解的魏晋风度的内涵要丰富。

全诗六章，一、二章写农耕的起始，指出"食"（吃饭）是政务中的头等大事。别小看这二章寥寥十余句，其实是中国农业史的伟大开篇。陶渊明重农务本思想的来源也由此可见。《史记・五帝本纪》《尚书》《汉书・食货志》《汉书・艺文志》，以及先贤有关农业思想的著述，渊明必定读过。三、四、五章皆从正反两方面劝农。三章写勤农。四章先写贤达勤农，后写众庶惰农。五章先正面略说民生在勤的好处，再反面详说惰农的害处。黄文焕说："三、四、五章始实指农事言之，就中复拈出冀缺、沮、溺，冀缺初耕而后仕者也，沮、溺不肯仕而隐于耕者也。百亩之间，可以仕，可以隐，岂曰贱务哉！举舜、禹、稷、周作榜样，以劝君相之重农。举冀缺、沮、溺作榜样，以劝仕隐之重农，竟无一人不在农中矣。洗题中劝字周匝无漏。"（黄文焕《陶诗析义》卷一）黄文焕说，"百亩之间，可以仕，可以隐"。"可以仕"者，不知是什么意思。"冀缺初耕而后仕"，既然是"初耕"，则隐于农。"后仕"，便不再务农了。故"可以仕"，必不仕在百亩之间。只有"洗题中劝字周匝无漏"一句，还算中肯而可取。

六章以反言劝农，说如果有孔子和董仲舒那样的道德与才能，才可以不务农耕，我也敢敛衽表示敬意。言外之意，不如孔子和董仲舒的，就老老实实、勤勤恳恳去种田吧！可见，被称为魏晋风度的杰出代表的陶渊明，个性中还有敦厚、勤勉的一面。钟惺说得好："人知陶公高逸，读《荣木》《劝农》《命子》诸四言，竟是一小心翼翼、温慎忧勤之人。东晋放达，少此一段原委，公实补之。"（钟惺、谭元春评选《古诗归》卷九）渊明既高逸放达，也敦厚勤勉，风采独特，是传统意义上的魏晋风度不能牢笼的。

《劝农》诗不再用《诗经》那样的复沓章法，回环咏唱。它不是感性的缠绵歌唱，而是史实的叙述与理性的分析，一章一章向前推进，或从正面，或从反面，申述诗的主题，表现出不同于《诗经》的新风貌。

写得最有趣的是第六章，历来为人叹赏。钟惺说："倒插有力有趣，俱在言外。"（钟惺、谭元春评选《古诗归》卷九）陈祚明说第六章"反覆证辨，故以作趣，有此一结，诗便超绝。"（陈祚明评选

《采菽堂古诗选》卷一三）蒋薰说：“删此末章八句，尤为高老，钟伯敬以此首‘倒插有力有趣’，恐不然。”（蒋薰评《陶渊明诗集》卷一）温汝能不同意蒋薰的意见，以为“末章反言相劝，见非乐诗书，则须务稼穑，激之正，所以劝之也。具见古人用笔超妙，迥异常溪。丹崖深于说陶，此论转恐未当”（温汝能纂集《陶诗汇评》卷一）。此说是也。末章用笔超妙，出人意表，又不离劝农主旨，幽默有趣，绝不可删。

命子

悠悠我祖，爰自陶唐。①
邈为虞宾，② 世历重光。③
御龙勤夏，④ 豕韦翼商。⑤
穆穆司徒，⑥ 厥族以昌。

纷纭战国，漠漠衰周。⑦
凤隐于林，幽人在丘。
逸虬绕云，⑧ 奔鲸骇流。
天集有汉，眷余愍侯。⑨

于赫愍侯，⑩ 运当攀龙。
抚剑风迈，⑪ 显兹武功。
书誓河山，⑫ 启土开封。
亹亹丞相，⑬ 允迪前踪。⑭

浑浑长源，郁郁洪柯。

群川载导，众条载罗。[15]
时有语默，[16]运因隆窊。[17]
在我中晋，业融长沙。[18]

桓桓长沙，[19]伊勋伊德。
天子畴我，[20]专征南国。
功遂辞归，临宠不忒。[21]
孰谓斯心，而近可得。

肃矣我祖，[22]慎终如始。
直方二台，[23]惠和千里。[24]
于穆仁考，淡焉虚止。
寄迹风云，置兹愠喜。[25]

嗟余寡陋，瞻望弗及。
顾惭华鬓，[26]负影只立。
三千之罪，无复其急。[27]
我诚念哉，呱闻尔泣。[28]

卜云嘉日，占亦良时。
名汝曰俨，[29]字汝求思。
温恭朝夕，念兹在兹。
尚想孔伋，[30]庶其企而。

厉夜生子，[31]遽而求火。[32]
凡百有心，[33]奚特于我？
既见其生，实欲其可。[34]
人亦有言，斯情无假。

日居月诸，渐免于孩。[35]
福不虚至，祸亦易来。
夙兴夜寐，愿尔斯才。
尔之不才，亦已焉哉。

【注释】

①陶唐：尧称陶唐氏。

②虞宾：指尧子丹朱。

③重光：日与月。喻功德相继。

④御龙：指陶唐氏的后代，在夏为御龙氏。

⑤豕韦：相传祝融的后代封于豕韦。

⑥司徒：指周时陶叔。

⑦漠漠：寂静无声貌。

⑧虬：无角的龙。

⑨愍侯：开封愍侯陶舍。

⑩于赫：于，感叹词，读乌。赫，明貌。

⑪风迈：趋前如风，形容勇猛迅疾。

⑫书誓：指汉高祖刘邦与功臣的结盟之词。

⑬亹亹：勤勉不倦貌。

⑭允：信。迪：蹈。

⑮罗：广布。

⑯语默：指出处、显隐。

⑰隆窊：高下貌。窊，义同污，下也。

⑱长沙：指长沙郡公陶侃。

⑲桓桓：威武貌。

⑳ 畴：等也。指功臣死后，子孙袭爵，世世与先人等。

㉑ 不忒：不差。

㉒ 肃：严也。祖：指渊明祖父陶茂。

㉓ 直：正直。方：方正。二台：《汉官仪》以兰台为内台，刺史治所为外台。

㉔ 千里：太守管辖千里。

㉕ 寘：一作“冥”。冥，幽隐，泯灭。愠：不悦。

㉖ 华鬓：斑白的鬓发。

㉗ 无复其急：一作“无后为急”，是。《孟子·离娄上》说：“不孝有三，无后为大。”

㉘ 呱：小儿啼声。

㉙ 俨：矜庄貌。

㉚ 孔伋：孔子之孙，字子思。

㉛ 厉：通“癞”，患癞病之人。

㉜ 遽：速也。

㉝ 凡百：众人。

㉞ 可：好，佳。

㉟ 孩：孩提。

【评析】

《命子》诗是陶集中的重要作品。关于陶渊明的世系，他的祖先的事迹，长子俨出生的年代，第一次做父亲的心情，他早年的精神风貌，等等，许多历史真相藏在这首诗里，犹如丰富的矿藏。如果能甄别、刮垢、剖析这些原生态的矿物，会发现价值无上的珍宝。

《命子》诗共十章，内容分为两部分。

一至六章，追溯陶氏家族的由来和绵延至今的历史，等于一部简略的陶氏宗谱。自陶唐以下，年代渺远，略述而已。汉初之后，谱系渐明，叙述陶氏家族史上最有名的几个祖先：汉愍侯陶舍、丞相陶青、晋长沙公陶侃。其中，特别赞美陶侃的功勋和美德。祖、父的功德并不显赫，故两人合为一章，也不书其名。渊明始料未及的是，因为他不书祖、父之名，后人探幽索隐，殚精竭虑，迄今未得其详。

七至十章，叙述得子、命子的情形以及对儿子的期望。温汝能概括《命子》诗的内容："此诗自首章追溯唐、虞、夏、商，盖厚陶姓氏族之所自来也。次章'眷予愍侯'言陶舍从汉破代封侯，因乱而获武功也。三章'亹亹丞相'谓陶青为丞相，能迪前踪也。四章言'运当隆窊'，谓陶青以后未有显者，迨至中晋而业融长沙也。五章言长沙公勋德并及其心期之高远也。六章叙祖若父，风规已见。七章以下方说生子命子之意。然观其自嗟寡陋，自惭影只，淳淳诫勉，其切望于诸子深矣。乃子俱不才，委之天运，究何尝有所牵滞于其间哉！"（温汝能纂集《陶诗汇评》卷一）简明扼要，足资参考。

《命子》诗属于渊明的大手笔。沈约《宋书·陶潜传》举渊明三篇大作：《归去来兮辞》、《与子俨等疏》、《命子》诗，体现了沈约的高明史识，能深刻理解这三篇诗文在陶渊明一生中有着重要意义。《命子》诗作于渊明的青年时代，并非仅仅是给儿子命名，它的重要意义是赞美陶氏祖先的功德，以此激励儿子，期望儿子能迪前踪，传承并发扬光大先人的功业。

中国古代社会体制以家族为基础，以家长制为中心。到了汉魏六朝，尤重门第。世家大族无不重视子女的教育，以兴盛家族为头等大事。《命子》诗就是这样的社会文化背景下的产物。陶渊明有强烈的门第观念，以前有人从负面角度批评渊明的这种意识。其实，谁不希望自己的子女像阶前的珠兰玉树，清风中幽幽芳香，让人赏心悦目？诗的第九章说："既见其生，实欲其可。人亦有言，斯情无假。"写父亲对新生儿子的期望，再没有比这四句诗更人性、更真实了！

然而，期望很美满，结局很沮丧。人人望子成龙，个个美梦落空。否则，早就满天飞龙了。所以，做父亲的一定要有思想准备：如果望子不成龙，反而成了虫，怎么办？渊明的回答太好了："尔之不才，亦已焉哉。"意思是说，你不成才，那也就算了。"夙兴夜寐，愿尔斯才"，是父亲的天性，很真情。"尔之不才，亦已焉哉"，是父亲的理智，很超旷。对于子女既真情又超旷，是父亲应该具备的两种品格，渊明做到了，不愧是个伟大的父亲。宋蔡正孙说："父子，天性也。安有为人父而不愿其子之贤者哉！所谓挂怀抱而钟情者，亦未为过。特子之贤不肖皆天也，非人之所能为也。康节有诗曰：'我欲教汝为大贤，未知天意肯从否。'故曰'尔之不才，亦已焉哉'。郑康成《戒子书》末语亦云：'若忽忘不识，亦已焉哉。'陶或本诸此。"（蔡正孙《精刊补注东坡和陶诗话》）从天性和天意两方面分析诗末二句，可称精确。

这首诗的风格同内容一样，也分为两截。陈祚明指出："前半序述安雅，后半抒写淋漓。安雅为四古常格，其淋漓处笔腾墨飞，非汉魏以来所能拟似。"（陈祚明评选《采菽堂古诗选》卷一三）安雅是《诗经》的本色，"笔腾墨飞"是魏晋四言诗的变异和创新。《命子》诗的后半，不论描写还是说理，表现出非凡的创造力。明人许学夷高度肯定渊明四言诗，说："陶靖节四言，章法虽本《风》《雅》，而语自己出，初不欲范古求工耳。……靖节无一语盗袭，而性情溢出也。"（许学夷《诗源辩体》卷六）《命子》诗后半，就当得起许学夷说的"章法虽本《风》《雅》，而语自己出"的赞誉。萧望卿《陶渊明批评》以为渊明的多数四言诗，"像是阴沉的古屋，没有一点新鲜的生意"。他的严苛批评，并不符合渊明四言诗的事实。

归鸟

翼翼归鸟，[1] 晨去于林。
远之八表，近憩云岑。[2]
和风弗洽，翻翮求心。[3]
顾俦相鸣，景庇清阴。[4]

翼翼归鸟，载翔载飞。
虽不怀游，见林情依。
遇云颉颃，相鸣而归。
遐路诚悠，性爱无遗。

翼翼归鸟，驯林徘徊。[5]
岂思天路，欣反旧栖。
虽无昔侣，众声每谐。
日夕气清，悠然其怀。

翼翼归鸟，戢羽寒条。[6]
游不旷林，宿则森标。[7]
晨风清兴，好音时交。
矰缴奚功，[8] 卷已安劳。[9]

【注释】

① 翼翼：飞貌。

② 憩：休息。

③ 翻翮：翻转羽翮。

④景：影。

⑤驯：顺也。

⑥戢羽：收敛翅膀。

⑦森标：森，树木高耸繁密貌。标，树梢。

⑧矰缴：以丝系矢的捕鸟工器。奚：何。

⑨卷已：一作“已卷”。卷，同“倦”。

【评析】

《归鸟》诗大概作于陶渊明辞去彭泽令的次年，即义熙二年(406)。诗以归鸟比喻归隐之初的愉悦心情。《归去来兮辞》说，“云无心以出岫，鸟倦飞而知还”，喻诗人的仕隐经历。《归鸟》诗的旨意即是“鸟倦飞而知还”。渊明出仕约十年，深陷尔虞我诈的世俗泥潭，为了养家糊口，不得不“违己交病”“口腹自役”。但内心对自由的向往从未停止，终于“觉今是而昨非”，毅然冲破精神枷锁，如飞鸟一样返归旧林，形神安顿在清阴里，感到无比愉悦。

魏晋文学中出现了不少飞鸟形象，这是人们感触恐怖现实的艺术反映。飞鸟有两种截然相反的生存状态：天空与网罗。前者是鸟的天性向往的乐园，后者是鸟失去自由的牢笼。当政治险恶的网罗越来越近，就会自然地想到飞鸟，赶快飞向自由。这里仅举何晏的例子。魏末曹爽集团与司马氏集团严重对立，大名士何晏与魏为姻戚，时已无退路，惧而赋诗：“鸿鹄比翼游，群飞戏太清。常畏大网罗，忧祸一旦并。”以鸿鹄自比。他畏惧大网罗的逼近，向往自由的天空，可惜最终都无法逃离灾难。

陶渊明比何晏涉险浅，也明智，当意识到“今是昨非”之后，连夜回到日夜向往的田园。“鸟倦飞而知还”，“知还”者，乃忧惧网罗，绝非只是“倦飞”也。沃仪仲说：“总见当世无可错足，不如倦飞知还之为得。‘已卷安劳’是全篇心事。”（黄文焕《陶诗析义》卷一引）指出“已卷安劳”一句是全篇旨意。清吴菘也说：“《归鸟》言志也，‘矰缴奚施’，具见逸然高蹈，明哲保身，一生出处学问。”（吴菘《论陶》）揭示《归鸟》诗的寓意是明哲保身。

《归鸟》诗是渊明四言诗的压卷之作，毫不依傍《诗经》，自铸新词，风格清新，与《诗经》的安雅不同，体现出非凡的艺术创新精神。沈德潜说：“他人学《三百篇》，痴而重，与《风》《雅》日远；此不学《三百篇》，清而腴，与《风》《雅》日近。”（沈德潜《古诗源》卷八）厉志说：“终汉魏六朝之世，善学《三百篇》者，以渊明为最。”（厉志《白华山人诗说》卷二）这首诗是“善学《三百篇》”的典型例子。诗以比体为赋体，所创造的意象在似与不似之间，语言之妙，为人赞叹不已。钟惺说：“其语言之妙，往往累言说不出处，数字回翔略尽，有一种清和婉约之气在笔墨外，使人心平累消。”（钟惺、谭元春评选《古诗归》卷九）钟氏的体会可谓深细。例如“和风弗洽，翻翮求心。顾俦相鸣，景庇清阴”四句，前二句以飞鸟不遇和风，翻转羽翮的变化，写出诗人与现实冲突，由仕而隐的人生之路的转向。后二句描写鸟儿们看着同伴，快乐地叫着，似道喜，似欢呼，庆幸得到了清阴的庇护。这岂不是渊明归隐之初快乐心情的写照吗？八九间草屋，前后榆柳扶疏，春天的田野，秋天的篱菊，庇护归来的诗人，正如树林中的清阴庇护归鸟一样。诗人的经历及丰富的情感内容，以此数句“回翔略尽”。其语言之妙，匪夷所思。其余诗句如“虽不怀游，见林情依”“遐路诚悠，性爱无遗”“日夕气清，悠然其怀”……皆妙不可言。细细赏读，能触摸到诗人的爱好、品格和性情。

卷第二

形影神[1] 并序

贵贱贤愚，莫不营营以惜生，[2] 斯甚惑焉。故极陈形影之苦言，神辨自然以释之。好事君子，共取其心焉。

形赠影

天地长不没，山川无改时。
草木得常理，霜露荣悴之。
谓人最灵智，独复不知兹。[3]
适见在世中，奄去靡归期。[4]
奚觉无一人，亲识岂相思？[5]
但余平生物，举目情凄洏。[6]
我无腾化术，[7] 必尔不复疑。
愿君取吾言，得酒莫苟辞。

【注释】

① 形影神：指形体、影子、精神。

② 营营：营求不已。

③ 知：一作“如”。兹：指草木。

④ 奄：忽然，突然。

⑤ 亲识：亲戚和相知人。

⑥ 洏：流泪貌。

⑦ 腾化术：长生术。

【评析】

《形影神》诗三首是研究陶渊明哲学思想的重要文献。这组诗大约作于晋安帝义熙九年（413），表达对庐山高僧慧远的佛教哲学的看法。在此之前，慧远作《形尽神不灭论》，以为灵魂不灭，如薪火相传，作为死后往生西方净土的理论依据。慧远又立佛影，作《万佛影铭》说："廓矣大象，理玄无名。体神入化，落影离形。"以为形神两者是分离的。陶渊明与慧远虽是方外之交，两人的哲学思想却大相径庭。相传慧远一再邀请渊明入庐山隐居，破例允许他饮酒。但渊明终究与佛教不合拍，进了庐山，听到寺里的钟声，转身就跑了。

关于形神问题，早在渊明之前的文献就已讨论过。例如《淮南子·原道训》说："夫形者，生之舍也；气者，生之充也；神者，生之制也。"司马迁《太史公自序》说："凡人所生者神也，所托者形也。神大用则竭，形大劳则敝，形神离则死。"嵇康《养生论》说："形恃神以立，神须形以存。"都认为形存则神存，形灭则神灭。生为神之充，死为气之散，神之灭。不存在一个永久不灭的神，独立于形之外。

陶渊明吸取前代的思想资料，以拟人化的艺术手法，假设形（形体）、影（影子）、神（精神）三者之间的对话，表达对此三者关系的理解，最后归结到神辨自然的哲学思想。

《形影神》诗虚拟形神对话以明理的艺术手法，近代学者胡小石指出由《庄子·齐物论》"罔两问景"一节化出（胡小石手批《靖节先生集》)。这一看法有一点道理。不过，罔两(有形之物的微影)问景(景物)，仅一问一答，而《形影神》诗中的形、影、神三者具人之感情与思维，各标义理，辩论畅达，比罔两问景复杂、精彩多了。

《形赠影》诗假设形体对影子说理。何焯说：“首篇言百年忽过，行与草木同腐，此形必不可恃，当及时行乐。下篇反其意，不如立善。”(何焯《义门读书记·陶靖节诗》)吴菘说：“《形赠影》首四句言天地山川，长存不改，草木常物，故尔荣悴。人为最灵，胡为亦同草木，而不能如天地山川乎？草木与人对照，得常理与最灵智对照。兹字指天地山川。‘适见在世中’以下，形极陈其苦也。‘我无腾化术，必尔不复疑’，形以不能长存翻怨到影，想头奇绝。结言既不能腾化，不如饮酒，乃无聊之思。”(吴菘《论陶》)何焯说此篇及时行乐，下篇不如立善，简而当。吴菘详论全诗，解释有不当处。如说“人为最灵，胡为亦同草木”。此解不确。草木能今年冬悴，明年春荣，最灵之人，反而不如草木也。“独复不如兹”之“兹”，指草木，非指天地山川。

形主及时行乐的人生哲学，早在汉末就已形诸诗歌，《古诗十九首》中的《驱车上东门》说：“……浩浩阴阳移，年命如朝露。人生忽如寄，寿无金石固。万岁更相送，贤圣莫能度。服食求神仙，多为药所误。不如饮美酒，被服纨与素。”人有生必死，成仙又不可能，则不如饮酒作乐。然透过形所标榜的“得酒莫苟辞”的旷达，看到的恰恰是“适见在世中，奄去靡归期”的悲伤，是“我无腾化术，必尔不复疑”的绝望。

那么，难道及时行乐是唯一的生存选择？饮酒真能忘记死亡逼近的恐惧吗？有没有别样的活法，使短暂的人生有一点正面的意义？

影答形

存生不可言，卫生每苦拙。[1]
诚愿游昆华，[2]邈然兹道绝。
与子相遇来，未尝异悲悦。
憩荫若暂乖，[3]止日终不别。[4]
此同既难常，[5]黯尔俱时灭。
身没名亦尽，念之五情热。[6]
立善有遗爱，胡可不自竭？
酒云能消忧，方此讵不劣！[7]

【注释】

① 卫生：卫护生命。

② 昆华：昆仑山与华山，为学道成仙之处。

③ 憩荫：在阴影里休息。荫，一作“阴”，是。

④ 止日：在太阳下停留。止，停，留。

⑤ 同：指形影相随。

⑥ 五情：谓喜、怒、哀、乐、怨。

⑦ 方此：对比这。

【评析】

《影答形》诗是影回答形的“得酒莫苟辞”的主张。开头“存生不可言”四句说：长生不可期，养生亦难事，神仙不可求。黄文焕解释道：“形灭则影灭，影不能代形存生，故曰不可言。岂惟不能存，并卫之亦拙焉。影可匿，形不可匿也。将谁卫之？莫卫之者，更莫存之者，何恃而不恐，其亦当自为计矣。苟可效力何尝不愿，顾不能也。

开口四言，为影谢担诉苦。”（黄文焕《陶诗析义》卷二）。黄氏把开头四句理解为影所言，是对的。但“影可匿，形不可匿”以下的解释，真不知所云。

其实，“存生不可言”即长生不可言。渊明《与子俨等疏》说：“天地赋命，生必有死。”人不能如山川草木长存天地之间，即“存生不可言”。“卫生每苦拙”，是说卫生也是难事。《庄子·达生》说：“世之人以为养形足以存生，而养形果不足以存生，则世之奚足为哉！”以《庄子》这段话解释“存生”“卫生”的难言难办，是最贴切不过了。上篇形说：“我无腾化术，必尔不复疑。”此篇影说：“诚愿游昆华，邈然兹道绝。”形影相吊，形既以为神仙难求，影必然同声附和。

“与子相遇来”以下八句，讲形影一体，形存影存，形灭影灭。形不可久存，则形影相随也必然无法常同，最终形影俱灭。“身没名亦尽，念之五情热”，念及此残酷的事实，任何人也无法改变，不由五情难抑——人生的大缺憾，莫过于身死名灭。

然而，古今哲人和有志者无不思考：如何使短暂的人生具有永恒的意义？影的主张便是最有影响的一种人生选择。影回答形：“立善有遗爱，胡可不自竭？酒云能消忧，方此讵不劣！”以为立善以求声名不朽，为何不努力为之呢？酒固然可以消忧，但同立善相比，岂非为劣？否定形的“得酒莫苟辞”的及时行乐的人生观。温汝能说：“立善即立德、立功、立言，言圣贤实际在此，故以之责形也。末二句答得酒句。”（温汝能纂集《陶诗汇评》卷二）陈寅恪说：“此托为主张名教者之言，盖长生既不可得，则惟有立名即立善可以不朽，所以期精神上之长生，此正周孔名教之义，与道家自然之旨迥殊，何曾、乐广所以深恶及非笑阮籍、王澄、胡毋辅之辈也。”（陈寅恪《陶渊明之思想与清谈之关系》）以为影代表名教者之言，与形代表的纵酒任达一派殊异。寅恪先生从所谓旧自然说、新自然说之不同，解释《形影神》诗，视野当然比古人开阔得多。

神释

大钧无私力，[①] 万理自森著。[②]
人为三才中，[③] 岂不以我故？[④]
与君虽异物，[⑤] 生而相依附。
结托善恶同，安得不相语。
三皇大圣人，[⑥] 今复在何处？
彭祖寿永年，[⑦] 欲留不得住。
老少同一死，贤愚无复数。
日醉或能忘，将非促龄具？[⑧]
立善常所欣，谁当为汝誉？
甚念伤吾生，正宜委运去。[⑨]
纵浪大化中，[⑩] 不喜亦不惧。
应尽便须尽，无复独多虑。

【注释】

① 大钧：指天地造化。

② 森：众多貌。

③ 三才：天、地、人。

④ 我：神自称。

⑤ 君：指形和影。

⑥ 三皇：古代传说中的伏羲、神农、燧人。

⑦ 彭祖：传说中的古代高寿者。

⑧ 将非：同“将无”，晋人口语，肯定而语气舒缓之词。促龄：减寿。

⑨ 委运：任随自然之意。

⑩ 大化：此指宇宙及自然的变化。

【评析】

《神释》一首是《形影神》诗的结穴，集中表达了陶渊明委运任化的生死观。

宋周密通观《形影神》三诗的主旨及内容之间的转换，说："靖节作《形影相赠》《神释》之诗，谓贵贱贤愚，莫不营营惜生，故极陈形影之苦，而以神辨自然以释其惑。《形赠影》曰：'愿君取吾言，得酒莫苟辞。'《影答形》曰：'立善有遗爱，胡可不自竭？'形累养而欲饮，影役名而求善，皆惜生之惑也。神乃释之曰：'大钧无私力，万理自森著。人为三才中，岂不以我故？'此神自谓也。又曰：'日醉或能忘，将非趣龄具？'所以辨养之累。又曰：'立善常所忻，谁当与汝誉？'所以解名之役。然亦仅在趣龄与无誉而已。设使为善见，知饮酒得寿，则亦将从之耶？于是又极其释曰：'纵浪大化中，不喜亦不惧，应尽便须尽，无事勿多虑。'此乃不以死生祸福动其心，泰然委顺，乃得神之自然。释氏所谓断常见者也。"（周密《齐东野语》卷九）周密以为形累养生而饮酒，影为役名而立善，皆是惜生之惑。神两破之，主张顺应自然。

陈寅恪独标新解，名陶渊明宗奉自然的人生哲学为"新自然说"。他先分析魏末、晋初的名士有三派：一派为"是自然而非名教者"，代表人物嵇康、阮籍叔侄之流。一派为"是名教而非自然者"，代表人物何曾之流。一派"老庄与周孔并尚，以自然名教为两是"，代表人物山涛、王戎兄弟。渊明生值东晋末年，宛如曹魏季年，"既不尽同嵇康之自然，更有异何曾之名教，且不主名教自然相同之说如山、王辈之所为……抑何可笑之甚耶？"（陈寅恪《陶渊明之思想与清谈之关系》）寅恪先生着重指出渊明"新自然说"与嵇康"旧自然说"

之不同，前者是创辟之新解，与佛教哲学殊异。唯在不与刘宋新朝合作这点上与“旧自然说”相同。

佛教哲学的理论核心是“诸法皆空”，即十二因缘合成的一切物质与精神现象皆为空。但灵魂不灭，成佛者往生西天弥陀净土。在渊明看来，人死形尽神灭，不存在什么西方净土。修炼成佛，也是焦虑于生死之变，同样是“惜生”表现之一种。正确的人生态度应该一任自然，不以生为喜，不以死为惧。

《神释》诗的命意不难理解。稍有必要解释的，是渊明对待立善的态度。上篇《影答形》诗说：“立善有遗爱，胡可不自竭？”以为立善有名于身后，优于饮酒。《神释》却说：“立善常所欣，谁当为汝誉？”前后两句似有矛盾。渊明究竟肯定立善，还是否认立善？马璞以为“渊明一生之心寓于《形影神》三诗之内，而迄今莫有知之者，可叹也！其中得酒、立善、委运三层，惟一立善而已”（马璞《陶诗本义》卷二）。沃仪仲说：“晋人喜放达，立善两字，重复提醒，足为名教干城。”（黄文焕《陶诗析义》卷二引）何焯意见与前二人不同，说：“末篇言纵欲足以伐生，求名犹为愿外，但委运以全吾神，则死而不亡，与天地俱永也。”（何焯《义门读书记·陶靖节诗》）

以上两种看法，后一种合乎渊明本意。“立善常所欣”，说明渊明肯定和赞美立善。但立善固是好事，与求名无关。《庄子·至乐》说：“至誉无誉。”嵇康《释私论》说：“善以无名为体。”若为名而立善，则善非真善。好比某人做了一件好事，到处宣扬，唯恐世人不知，则其立善为求名求誉，非真立善也。“谁当为汝誉”，盖一者立善不为名，二者身死名灭，亦犹形尽影灭。有人误解“谁当为汝誉”一句，以为立善既然无誉，则不必立善。难道渊明不欣立善，而欣作恶耶？当然，渊明说“谁当为汝誉”，也寄托他对于善恶不分的愤慨。《感士不遇赋》说：“原百行之攸贵，莫为善之可娱。奉上天之成命，师圣人之遗书。发忠孝于君亲，生信义于乡闾。推诚心而获显，不矫然而祈誉。嗟乎！雷同毁异，物恶其上。妙算者谓迷，直道者云妄。坦至公而无猜，卒蒙耻以受谤。虽怀琼而握兰，徒芳洁而谁亮！”从渊明深长的愤叹里，读者自会深刻理解“立善常所欣，谁当为汝誉”二句的内涵。

《形影神》诗深受玄言诗的影响。盛行于东晋中期的玄言诗，祖述老庄，弃比兴，少意象，大多味同嚼蜡。《形影神》诗假设形、影、神三者展开辩论，对话各有个性，恍若名士清谈的场面，十分有趣，与玄言诗完全不可同日而语。

九日闲居并序

余闲居，爱重九之名。秋菊盈园，而持醪靡由。[①] 空服九华，[②] 寄怀于言。

世短意恒多，斯人乐久生。[③]
日月依辰至，[④] 举俗爱其名。
露凄暄风息，[⑤] 气澈天象明。
往燕无遗影，来雁有余声。
酒能祛百虑，菊为制颓龄。[⑥]
如何蓬庐士，空视时运倾！[⑦]
尘爵耻虚罍，[⑧] 寒华徒自荣。
敛襟独闲谣，缅焉起深情。[⑨]
栖迟固多娱，[⑩] 淹留岂无成？

【注释】

① 醪：酒。

② 空服：有花无酒，故云。

③ 久生：长生。

④ 辰：日月的交会点。

⑤ 暄风：暖风。

⑥ 颓龄：衰年。

⑦ 时运倾：指时光流逝。

⑧ 尘爵：酒器蒙尘。爵，酒器。虚罍：空罍。

⑨ 缅焉：超远之意。

⑩ 栖迟：游息。此指隐居。

【评析】

九月九日重阳佳节，在古代是深受民众喜爱的日子。九者，久也。九、久两字，音义相通，久字寓久生（长生）之意。故举俗都爱重九之名。

陶渊明《九日闲居》诗，感慨九月九日无酒可饮。《宋书·隐逸传》说："（陶渊明）尝九月九日无酒，出宅边菊丛中坐久。值弘送酒至，即便就酌，醉而后归。"诗序"秋菊盈园，而持醪靡由"二句，正与《宋书》所载相印证。在这个美好的日子里，渊明却空对宅边的黄菊，看着空空的酒杯。那种尴尬，实难排遣。好在江州刺史王弘知渊明喜酒，差一白衣人送酒来，才使他持醪对秋菊，少了几声叹息。

诗开头四句指出时俗为什么都喜欢九月九日的原因，乃是"世短意恒多，斯人乐久生"。"世短"一句言约意丰，历来为人叹赏。李公焕注："古诗云'人生不满百，常怀千岁忧'，而渊明以五字尽之，曰'世短意常多'。东坡曰'意长日月促'，则倒转陶句耳。"其实，陆机已有“何命促而意长”之句（《吊魏武帝文》），渊明有可能点化陆机文句。

服食菊花的风气，早在屈原时代就有了。《离骚》说：“夕餐秋菊之落英。”秋菊如何夕餐？照王逸、洪兴祖等《楚辞》注释家的说法，是吞食秋菊，而不是制作菊花酒。由此想来夕餐落英，也是延年益寿的养生之举。

至迟在东汉，九月九日采菊并饮菊花酒的风俗已十分普遍。一年中最好的景致依辰而至，秋露如珠，凄清在晨光中。蓝天白云，清气澄澈。暖风日衰，燕子不见了踪影。北雁南飞，长空中传来呼唤落单的雁声。高丘上，河涘边，处处菊花，盛开在秋霜里，挺立于秋风中。西晋诗人傅玄《菊赋》写道：“布濩河洛，纵横齐秦。掇以纤手，承以轻巾。服之者长寿，食之者通神。”从河洛至齐秦，成了菊花的世界。年轻姑娘采了菊花，放在轻巾里。尔后泡制菊花酒，饮之可以长寿，可以通神。渊明虽说“存生不可言，卫生每苦拙”，似乎对“卫生”之举不以为然，但“酒能祛百虑，菊为制颓龄”二句，证明他并非完全不信“卫生”。饮菊花酒不是“卫生”吗？“如何蓬庐士”二句，感叹辜负良辰。“尘爵耻虚罍”二句，呼应诗序“秋菊盈园，而持醪靡由”。内心的不平之慨，汹涌而出。

最后四句，激烈的情绪归于平静。汤汉注：“淹留无成，骚人语也。今反之，谓不得于彼，则得于此矣。后‘栖迟讵为拙’亦同。”汤汉所说的“骚人语”指《楚辞·九辩》“蹇淹留而无成”。“淹留岂无成”句反用《楚辞》语。“栖迟固多娱”，与《癸卯岁十二月中作与从弟敬远》诗中“栖迟讵为拙”句同意，都是肯定自己守拙田园。

陶渊明被称为千古闲适之祖，是中国闲情文化的杰出代表。孔子说：“隐居以求其志，行义以达其道。”渊明归隐田园，正是求其志——摆脱世俗，追求精神自由。他自尊其个性，自信选择的人生道路，以为栖迟多娱，淹留有成。从艺术创作而言，闲居是必要条件。有了闲暇多多，才能听山水清音，观鱼鸟之乐。才能持醪东轩，涉园成趣，弹琴赋诗……完全可以这样说，渊明从奔走仕途到栖迟蓬庐，是他成为伟大诗人的最大契机。

归园田居五首

其一

少无适俗韵，[①] 性本爱丘山。
误落尘网中，[②] 一去三十年。[③]
羁鸟恋旧林，池鱼思故渊。
开荒南野际，守拙归园田。
方宅十余亩，草屋八九间。
榆柳荫后园，桃李罗堂前。
暧暧远人村，[④] 依依墟里烟。
狗吠深巷中，鸡鸣桑树巅。
户庭无尘杂，虚室有余闲。[⑤]
久在樊笼里，复得返自然。

【注释】

① 韵：气韵，风度，气质。

② 尘网：喻仕途。

③ 三十年：当作“已十年”。

④ 暧暧：昏昧貌。

⑤虚：心也。室：身也。

【评析】

《归园田居》五首，作于渊明辞去彭泽令的次年，即晋安帝义熙二年（406），时间上稍后于他的名作《归去来兮辞》。

诗从往昔写到当今，先“昨非”，后“今是”。渊明自称“少无适俗韵，性本爱丘山”。魏晋是生命意识觉醒，个性张扬的时代。人物的审美尤其注重人的风度、气质、情性。这就是“韵”的内涵。每个人的“韵”不一样，于是就有“风韵”“气韵”“远韵”“高韵”等审美用词的区别。渊明说自己“少无适俗韵”，意谓年轻时就没有迎合世俗的兴趣。“性本爱丘山”即是性爱自然。魏晋人发现了自然山水之美，性爱丘山是“高韵”“雅韵”的体现。

既然“少无适俗韵，性本爱丘山”，那就应该一生活在山水中。然而，家贫及其他多种原因，逼着他一时违背自己的个性和爱好，几次出仕，“误落尘网中，一去三十年”，忍受多年“违己交病”的痛苦。深陷人生的泥潭中，如何走出痛苦？最有效的办法是自我救赎。只要还有反思错误的能力，只要内心仍保存向往自由的种子，只要具有改变现状的坚强意志，就能自救。值得庆幸的是，陶渊明向往和追求自由的性情，并没有被俗世扼杀。他是羁鸟，时刻思恋旧林；他是池鱼，从未忘记故渊。他自己救自己，终于回到了自由自在的田园。

“开荒南野际”以下十句，写回到田园之后的生活情景。“开荒”写躬耕于南亩，“守拙”写绝俗之高韵。黄文焕说：“人道必有高韵，适俗亦必有媚韵，体骨不媚，无以合彼之韵中。”又引沃仪仲说：“有适俗之韵则拙不肯守，不肯守拙便机巧百端，安得复返自然？此句如负重乍释，真觉快乐。”（黄文焕《陶诗析义》卷二）指出渊明有“高韵”，“体骨不媚”。“守拙”与官场的机巧对立，“守拙”就是返归自然，就有快乐。陶渊明的田园诗在平淡的语言里，寄托批判世俗的精神，即黄文焕所谓“体骨不媚”。这是后来的田园诗人难以企及的。

诗人的喜悦，集中体现在农村景物的描写中。“方宅十余亩”四句近写，“暧暧远人村”二句远写，“狗吠”二句写村巷习闻之声响。以上八句，是陶渊明田园诗里最美的景致，历来赞美之词，不胜枚举。

例如张戒说：“渊明‘狗吠深巷中，鸡鸣桑树巅’，本以言郊居闲适之趣，非以咏田园，而后人咏田园之句，虽极其工巧，终莫能及。”（张戒《岁寒堂诗话》卷上）黄文焕说：“远村隔而遥视微茫，故曰‘暧暧’；里居密而烟起相傍，故曰‘依依’，善分状。”（黄文焕《陶诗析义》卷二）也许是农村景色太平凡了，在渊明之前，虽然偶尔有人描写，但从未写得如此雅致。渊明不用藻饰，纯用白描，语言朴素至极，景致优美至极。其中奥妙何在？

日本近藤元粹说：“直吐露真情来，无一修饰之语，而其间有无穷妙味，是陶诗之真面目也。”（近藤元粹评订《陶渊明集》卷二）指出陶诗的真面来自直吐真情。渊明的田园诗是写实的，又是写意的。常见的农家景象，经诗人审美理想的参与，遂化平凡为神奇。以真情、真意、奇情、奇趣，融入自然景色，便是渊明田园诗的奥妙所在。

惠洪《冷斋夜话》说：“东坡尝云：渊明诗初看若散缓，熟看有奇句，如……‘暧暧远人村，依依墟里烟。犬吠深巷中，鸡鸣桑树巅’，大率才高意远，则所寓得其妙，造语精到之至，遂能如此，似大匠运斤，不见斧凿之痕。”这首诗的写景，确如东坡所体会，初看若散缓，熟视有奇趣。写旧居、远人村、鸡鸣、犬吠，平淡中见真情奇趣，堪称化境。之所以能臻此不可企及的境界，东坡归之于渊明的“才高意远”。这四字，是评陶的不易之论。才高，能于平淡中见不平凡，不美中见美；意远，谓情趣高远，对天地自然的领悟卓出于凡庸，超乎具象，而入独得的理境。

诗的最后四句收束前面的写景，进入内心的哲思。远离尘网，拥抱久别的亲人和故园。如今，户庭清净，心有余闲。千万别小看余闲，它来之不易。将近十年的迷茫及挣扎，醒悟与决绝，才换来“虚室有余闲”。从此，余闲是宁静，是快乐，是自由，是诗歌的创造。至此，全诗的命意——“久在樊笼里，复得返自然”，瓜熟而蒂落，正所谓“如大匠运斤，无斧凿痕”。

其二

野外罕人事，① 穷巷寡轮鞅。②
白日掩荆扉，虚室绝尘想。
时复墟曲中，③ 披草共来往。④
相见无杂言，但道桑麻长。
桑麻日已长，我土日已广。
常恐霜霰至，⑤ 零落同草莽。

【注释】

① 人事：指人间杂事。

② 轮鞅：代指车马。鞅，套在马或牛颈上的皮带子。

③ 墟曲：墟里，乡村。

④ 披草：拨草。披，分开。

⑤ 霰：小雪珠。

【评析】

陶渊明归田之后，亲身参加劳动。这在中国文人生活史上是罕见的。有人说陶渊明虽归隐了，仍然是不事劳动的地主。这无视事实。

这首诗分三层意思。

“野外罕人事”四句为第一层。写隐居之后的清闲，可与第一首“户庭无尘杂，虚室有余闲”二句同看。离开了嘈杂的市朝，俗事少了，穷巷中也少有车马的喧闹。这种远离俗世而得到的闲暇，后来化作《饮酒》诗中“结庐在人境，而无车马喧”的佳句。掩上柴门，隔绝了俗世、俗情、俗念，心中一片澄澈。

“时复墟曲中”四句为第二层，写与乡邻的交往。“野外罕人事”，指与世俗的交游少，农事可多着呢！“白日掩荆扉”，也不是整天关门独坐，甚至六亲都不见。《归去来兮辞》说：“请息交以绝游。世与我而相遗，复驾言兮焉求？”表示再不与官场交游。世俗弃我，我弃世俗，还驾车干什么呢？但渊明的性格，“性刚”之外还有平和的一面。他有平民意识，与下层官吏有交游，与乡邻有更多的、亲切的交往。“时复墟曲中，披草共来往”二句，写他与乡邻的交往，是那样的真实、朴素，高雅有趣味。

官场谈升迁，学人说学问，农家道庄稼。人群不同，话题殊异。“相见”二句是典型的田家语，非常真实有趣。温汝能说：“‘相见’二语，逼真田家气象，陶诗多有真趣，此类是也。”（温汝能纂集《陶诗汇评》卷二）以“逼真”一语评渊明与农民的交谈，合乎事实。

“桑麻日已长”以下为第三层。桑麻一天天成熟，新垦土地一天天扩大，这是渊明的农耕成绩。农家最挂怀收获，收获是艰辛付出的最佳回报。方东树说：“‘桑麻日已长’以下乃申续乐意耳。只就桑麻言，恐其零落，方见真意实在田园，非喻己也。”（方东树《昭昧詹言》卷四）以为渊明真意在田园，这一看法也是符合事实的。

钟嵘《诗品》评陶诗说：“文体省净，殆无长语。笃意真古，辞兴婉惬。每观其文，想其人德。世叹其质直。至如‘欢言酌春酒’‘日暮天无云’，风华清靡，岂直为田家语邪？”由此看来，齐梁人以“质直”“田家语”评陶诗。但语言质直，不等于无味无趣。如“白日掩荆扉，虚室绝尘想。时复墟曲中，披草共来往”几句，有无穷妙味，正如钟嵘所说，“岂直为田家语邪”？

清王夫之赞同钟嵘论陶的准确，又说：“平淡之于诗自为一体。平者，取势不杂。淡者，遣意不烦之谓也。陶诗于此固多得之，然岂独陶诗为尔哉？若以近俚为平，无味为淡，唐之元、白，宋之欧、梅，据此以为胜场。”（王夫之《古诗评选》卷四）以为平淡乃诗的风格之一，平淡的风格是取势不杂，遣意不烦。不是近乎俚语就是平，无味便是淡。意谓陶诗平淡不同于元、白、欧、梅的平淡。这首诗语势平缓，意旨单一，平淡中可见渊明之为人，田家语之真朴。

末了，简说刘履对此诗的解读：“此篇言野外事简人静，绝无尘虑，唯与邻曲往来共谈桑麻之长而已。然我之生理有成，而志愿已遂，但恐天时变革，霜霰凋伤而零落同于草莽耳。盖是时朝廷将有倾危之祸，故有是喻。然则靖节虽处田野而不忘忧国，于此可见矣。”（刘履《选诗补注》卷五）。以为渊明归田之后，生活无虞，只是忧虑时局变化，朝廷有倾覆之祸，身在田野而不忘忧国，又说末二句是比喻。把一首意思非常明白的诗，无端与晋宋易代联系起来，可称为解读陶诗的“过敏症”，切不可从。

其三

种豆南山下，草盛豆苗稀。
晨兴理荒秽，带月荷锄归。
道狭草木长，夕露沾我衣。
衣沾不足惜，但使愿无违。

【评析】

上篇写种桑种麻，本篇写种豆。

“种豆南山下，草盛豆苗稀”二句，用《汉书·杨恽传》的典故。杨恽获罪，废为庶人。友人孙会宗写信劝谏他，恽内心不服，回信孙会宗说，自己酒后唱歌道：“田彼南山，芜秽不治，种一顷豆，落而为萁。人生行乐耳，须富贵何时！”张晏解释这首歌诗的意思是：“山高而在阳，人君之象也。芜秽不治，言朝廷之荒乱也。一顷百亩，以喻百官也。言豆者，贞实之物，当在囷仓，零落在野，喻已见放弃也。其曲而不直，言朝臣皆谄谀也。”若张晏的解释是对的，则杨恽这首诗是讽喻诗，发发牢骚，他可能从未亲自在南山种过豆。

前代的典故，完全可以灵活运用。渊明熟悉杨恽这首诗，也不会看不出诗的寓意。不过，他只用杨恽诗的字面意义，而扬弃背后的讽喻。若以为杨恽诗有寓意，而渊明化用了杨恽诗，就猜测“种豆南山下”二句是表达对现实政治的看法。过深的解读，不一定妥当。

“晨兴理荒秽，带月荷锄归”，是陶诗中的传世佳句。清晨，点点露珠映着初阳的瑰丽光芒，湿了诗人的鞋，湿了诗人的衣。刈去杂草荒秽，豆苗终于露出了笑颜。夜晚，月光如水，南山依稀如梦。诗人停止了劳作，荷锄归家，清辉洒满身影。温汝能说：“‘带月’句，真而警，可谓诗中有画。”（温汝能纂集《陶诗汇评》卷二）真要感谢“带月荷助归”的陶渊明，留给我们一幅亲切的、最有诗意的画象，无数的读者，都会对这幅画像遐想不已，为美所感动。

“道狭草木长”二句，写田间的小径上，草长势特别好，秋晚的夕露很快就沾湿了衣裤。这种逼真的场景，非有长期的农村生活经验所不能道也。谭元春说：“高堂深居人动欲拟陶，陶此境此语，非老于田亩不知。”（钟惺、谭元春评选《古诗归》卷九）后来不少人作和陶诗或拟陶诗，然终究不能逼真，盖深居高堂，养尊处优，无有亲自耕作经验之故。

末二句转折，表达田家最大的愿望在于收获。真朴实在，具有永恒意义。

此首同前篇，都是写田家实景，笃意真古，极有情致。苏轼自称古今诗人中独好渊明之诗，读陶评陶常有精深见解。他评此诗说："览渊明此诗，相与太息。噫嘻！以夕露沾衣之故而犯所愧者多矣。"（苏轼《东坡题跋》卷二《书渊明诗》）其中"以夕露沾衣之故"一句很是费解。是替渊明太息，还是自我太息？"犯所愧者多矣"之"愧"，是渊明所愧，还是苏轼自愧？渊明选择归隐的人生道路，绝无后悔、自愧之意。应该是苏轼有感渊明毅然归隐，遂反思自己达不到渊明的境界，觉得所愧甚多。苏轼《与苏辙书》说："……然吾于渊明，岂独好其诗也哉，如其为人，实有感焉。"渊明早年贫而出仕，后为逃避俗患，归隐田园。苏轼对照前贤，说："吾真有此病而不早自知，半生出仕，以犯世患，此所以深愧渊明，欲以晚节师范其万一也。"读此可知苏轼说"以夕露沾衣之故而犯所愧者多矣"，意思是：因犹豫夕露沾衣的艰辛，不能如渊明那样立志归隐，故所愧者多矣。

其四

久去山泽游，浪莽林野娱。[①]
试携子侄辈，披榛步荒墟。[②]
徘徊丘垄间，依依昔人居。
井灶有遗处，桑竹残朽株。
借问采薪者，此人皆焉如？[③]
薪者向我言，死没无复余。
一世异朝市，[④] 此语真不虚。
人生似幻化，终当归空无。

【注释】

①浪莽：广大貌。

②披榛：拨开丛木。

③焉如：何往。

④一世：三十年为一世。

【评析】

这首诗叙写游览看到的景物，表达万物及生命终归空无的感悟。邱嘉穗说："前言桑麻与豆，此则耕种之余暇，凭吊故墟，而叹其终归于尽。'人生似幻化'二句，真可谓知天地之化育者，与远公白莲社人见识相去何啻霄壤。"（邱嘉穗《东山草堂陶诗笺》卷二）特别指出渊明关于生命终归于尽的见识，与佛教中人有天地之别。

这首诗可以作游记读。前面四句记出游的地点及同游者。中间八句写看到的景物。徘徊在荒坟与故墟之间，有的只是昔人的遗迹触发的伤感。这时出现了采薪者。诗人与之对话："此人皆焉如？""死没无复余。"原来平直的叙述忽起波澜，生动可读了。由此可见陶诗转折之妙，固是胜场。最后四句表达游览后的感悟。《古出夏门行》说："市朝易人，千载墓平。"俗谚云："三十年河东，三十年河西。"世上万物，没有什么可以不变的，而变异又是何等迅疾！

"人生似幻化，终当归空无"二句，是这首诗的命意所在。生必有死，是陶诗中的重大主题。读陶诗，会经常听到诗人有感于生死之变的叹息。前面《形影神》第三首《神释》诗对于生死之变，已经讲得很多了。这里，又回答了生命过程的实质是什么，人死后归于何处两个问题，答案是"幻化"与"空无"。

然则，"幻化""空无"，源于中国的传统思想，还是佛教哲学？

清查慎行说："先生精于释理，但不入社耳。"（查慎行著、张载华辑《初白庵诗评》卷上）以为渊明精于佛理，不过不入白莲社而已。

近代以来，有些人说陶渊明信佛，依据即是“幻化”“空无”两个词见于佛经。其实，陶渊明所说的这两个词，与佛经所说的意义不同。《佛说法华三昧经》说：“万物如幻化，入出无形住。”《大宝积经》卷四说：“观有为法如幻化。”都是指一切法（万物）的变化是不真实的，如梦如幻。一切法无自性，由十二因缘而成，每一瞬间都在变化，是谓“幻化”。“幻化”一词，是佛经翻译者借用汉语。早在《列子·周穆王》中，就讲到“幻化”：“有生之气，有形之状尽幻也。造化之所始，阴阳之所变者，谓之生，谓之死。穷数达变，因形移易者谓之化、谓之幻。造物者其巧妙，其功深，固难穷难终。因形者其巧显，其功浅，故随起随灭。知幻化之不异生死也，始可与学幻矣。”这段话的大意是说，生死之变即幻化。气聚为生，生为有形之状；气散为死，死为无形之变。这是造化和阴阳变易之功。因此，《列子》所说的“幻化”不同于佛经所说的“幻化”，前者是讲有形之状的变化，后者根本不承认一切有形之物的实在性，也不承认造化和阴阳。

“空”，中国传统的意义是否定事物的不存在。佛教又称“空宗”，以诸法皆空为根本教义。《维摩经·弟子品》说：“诸法究竟无所有，是空义。”佛经所说的“无”，也不是一般意义上的不存在，而是指超乎有无之妙无。渊明这首诗中的“空无”，与佛经所说的“空”“无”不同。前者显然属于《老》《庄》和魏晋玄学的范畴，以为万物以无为本，无生有，有生万物，有是真实的存在。后者是指一切事物皆无自性，有也是“假有”，是不真实的。

这首诗说“一世异朝市”“人生似幻化”，认为万物的变易如“幻化”，却并不否定事物的真实存在。陶诗其他的篇章涉及生死问题，实质都与佛经所说的“诸法皆空”两样，都不否认真实的有。故陶渊明的死亡哲学，初看与佛教哲学相同，细细辨析之，其实是不一样的。

其五

怅恨独策还，[①] 崎岖历榛曲。[②]
山涧清且浅，遇以濯吾足。[③]
漉我新熟酒，[④] 只鸡招近局。[⑤]
日入室中暗，荆薪代明烛。
欢来苦夕短，已复至天旭。

【注释】

① 策：拄杖。

② 榛曲：草木丛生的偏僻之地。

③ 濯：洗。

④ 漉酒：以布滤酒。

⑤ 近局：近邻。

【评析】

《归园田居》共五首，此首列于最后。有人以为这首诗在时间上与第四首相接，渊明同子侄辈游完山泽之后，便独自还家了。但为什么一起笔就“怅恨”呢？邱嘉穗解释道：“前首悲死者，此首念生者，以死者不复还，而生者可共乐也。故耕种而还，濯足才罢，即以斗酒只鸡，招客为长夜饮也。”（邱嘉穗《东山草堂陶诗笺》卷二）但前首是记山泽游，非是耕种。邱氏说“耕种而还”，明显矛盾。其实，《归园田居》五首的排列，并非一定按照时间先后次序。“独策还”，可以独游而还，也可以耕种而还，造访亲友独还。“怅恨”之由，诗人没有说，也就不必多方猜测。人生一世，可喜者甚多，可恨者亦不少。何况，有许多事一则以喜，一则以忧。《时运》诗不是说“欣慨交心”吗？解诗忌拘泥。一拘泥就丧失回旋余地，把诗说死了。

诗前面四句言还。“山涧清且浅”二句，从《孟子·离娄》“沧浪之水清兮，可以濯我缨；沧浪之水浊兮，可以濯我足”数句化出。渊明“性本爱丘山”，一看到山涧清浅，立刻就感到可亲可近。

诗后面六句写回家之后招近邻饮酒。陶集中写到饮酒的诗特多，有时独饮，如《时运》诗“静寄东轩，春醪独抚”；有时群饮，如《游斜川》诗“提壶接宾侣，引满更献酬”。渊明虽然说“白日掩荆扉”，品味孤独的况味，其实他的性格中有平易近人的一面，经常与同好或乡邻群饮。“日入室中暗，荆薪代明烛”，荆薪的火光照亮渊明他们夜饮的场面，多么生动、真实，朴素、高雅！岂不远胜于贵族之家奢华酒宴的华灯煌煌、海陆珍馔？

清宋长白指出渊明饮酒的别开生面：“渊明田园诗：‘漉我新熟酒，只鸡招近局。’又曰：‘欲言无予和，挥杯劝孤影。’于醉乡日月，另辟一世界。读前二句，觉河朔西园，绝少山林气味；读后二句，觉竹林金谷，太呈名士风流。元次山曰：‘坐无拘忌人，勿限醉与醒。’陶公有知，应以素心许之。”（宋长白《柳亭诗话》卷二〇《近局孤影》）宋长白以为陶渊明的饮酒无贵族气，也无太多的名士气，而有山林气。山林气是指自由自在，摆脱拘束，各尽其量，如元次山所说的，“坐无拘忌人，勿限醉与醒”。渊明于醉乡中开辟的新世界，可以二字概括曰：自然。自然，便是真实，便是真情，便是自在。陈祚明说：“荆薪代烛，真致旷然。”（陈祚明评选《采菽堂古诗选》卷一三》）孙人龙说：“田家真景，令人悠然。”（孙人龙纂辑《陶公诗评注初学读本》卷一）真景与真情，就是陶渊明田园诗的灵魂。诗歌有了灵魂，就获得了永恒的生命。

游斜川[1] 并序

辛丑正月五日，天气澄和，[2]风物闲美。与二三邻曲，同游斜川。临长流，望曾城，[3]鲂鲤跃鳞于将夕，水鸥乘和以翻飞。彼南阜者，名实旧矣，不复乃为嗟叹。若夫曾城，傍无依接，独秀中皋，[4]遥想灵山，[5]有爱嘉名。欣对不足，率尔赋诗。悲日月之遂往，悼吾年之不留。各疏年纪乡里，以记其时日。

开岁倏五十，吾生行归休。[6]
念之动中怀，及辰为兹游。
气和天惟澄，班坐依远流。[7]
弱湍驰文鲂，闲谷矫鸣鸥。[8]
迥泽散游目，缅然睇曾丘。
虽微九重秀，顾瞻无匹俦。
提壶接宾侣，引满更献酬。[9]
未知从今去，当复如此不。
中觞纵遥情，[10]忘彼千载忧。
且极今朝乐，明日非所求。

【注释】

① 斜川：其地不详。

② 澄和：晴朗暖和。

③ 曾城：山名。

④ 皋：泽边高地。

⑤ 灵山：指昆仑曾城。

⑥ 归休：谓死。

⑦ 班坐：依位次而坐。班，次也。

⑧ 矫：飞也。

⑨ 引满：指酒满杯。

⑩ 中觞：同“中酒”，即酒饮至一半。

【评析】

陶集经过千年以上的传写和翻刻，版本繁多，异文不少，由此严重影响到作品创作年代的确定，造成理解上的障碍和分歧。

诗序说“辛丑正月五日”，诗第一句说“开岁倏五十”。以此推论，这首诗写于辛丑岁正月五日，渊明年五十岁。但问题并不这么简单，正是在这两个地方有重要的异文：辛丑，一作“辛酉”；五十，一作“五日”。查陶渊明旧谱，辛丑年（晋安帝隆安五年，401）渊明三十七岁。与“开岁倏五十”的“五十”不合。如果以“辛酉”为是，则辛酉年（宋武帝永初二年，421），渊明五十七岁，与“五十”不合。如果以诗序“辛丑”，诗开头“五十”为是，则辛丑年渊明五十岁，上推其生年在东晋穆帝永和八年壬子（352），至宋文帝元嘉四年（427）卒，渊明七十六岁。但可信度很高的沈约《宋书·隐逸传》说：“潜元嘉四年卒，时年六十三。”以上所列出的异文引起的歧解，还仅仅是一部分。如果全部列出，会成为一篇很长的考据文章。两处异文，犹如一堆乱麻，谁接在手里，谁就觉得烦。所以，这里还是取逯钦立先生的说法：“原序应作辛酉，辛酉者乃以干支记日。”辛酉这一天是正月五日，这年渊明五十岁。

魏晋时期，山水之美的发现和欣赏，是中国美学发展的重要阶段，值得大书特书。魏晋士人喜悦于外在的自然之美，经常游观山水，饮酒赋诗，心与景谐，产生难以忘怀的深情。在渊明之前，这种文士的雅集至少有两次。第一次在西晋元康六年（296），石崇邀当时名士苏绍、王诩等三十人，雅集于他的金谷涧别业，昼夜游宴，末了各人赋诗，抒写怀抱："感性命之不永，惧凋落之无期。"众名士中，以苏绍为首，时年五十（见石崇《金谷诗序》）。第二次在东晋永和九年（353）暮春之初，王羲之、谢胜、孙统等四十一人集于会稽山阴之兰亭。众人列坐于水滨，曲水流觞，赋诗者二十六人，不能赋诗者十五人。王羲之作《兰亭序》，感叹时不可留，人生短促："况修短随化，终期于尽。古人云，死生亦大矣，岂不痛哉！"这年，王羲之虚岁五十一，足岁五十。

《游斜川》诗序明显仿效《金谷诗序》和《兰亭序》，先记雅集的时间地点，次写所见风物之美，次写各人赋诗，次写生命不永之感慨，末记预会人物的年纪乡里。渊明与邻曲同游斜川，与石崇同众名贤游金谷涧、王羲之等于山阴之兰亭曲水流觞，一脉相承。所作诗序的格式及命意，前后若合符契。从苏绍、王羲之皆年五十推知，渊明游斜川之年，也应该是五十岁。诗的首句"开岁倏五十"，"五十"是对的。

大凡年至五十，去日苦多，来日苦短，人命短促的紧迫感令人心惊，于是自然想到及时行乐，而游览是最佳的娱乐方式。诗序说"悲日月之遂往，悼吾年之不留"，诗说"未知从今去，当复如此不"，"且极今朝乐，明日非所求"，及时行乐的诗旨，于一篇之中，三致意焉。

但前人或以为渊明游斜川不是真旷达，而是有感晋室将乱。陶必铨说："此篇年月在赴假之前，曰'忘彼千载忧'，又曰'明日非所求'，皆有慨乎言之。盖七月之赴假，亦见桓玄之将乱，不徒以不堪吏职也。又此时元显专权于内，桓玄觊觎于外，晋之危亡已兆，先生年才三十七，虽及时行乐，何遽汲汲若此？良以名臣之后，不得假手以救乱，情实不能已者，以为作达，真不知先生者矣。”（陶必铨《萸江诗话》）诗旨非常显豁的一首诗，陶必铨说成是感慨晋室危亡，“不得假手以救乱”云云。其误解盖在定此诗作于辛丑，《赴假还江陵》诗之前，时渊明三十七岁。然后再牵涉时局，又信沈约《宋书·隐逸传》谓“自以曾祖晋世宰辅，耻复屈身后代”之说，把一首好诗讲得莫名其妙，甚至连渊明是否有游斜川之事也闪烁其词。如此解读陶诗，真是陶诗的灾难。

《游斜川》诗属于陶诗中不多的山水诗，写景真切，境界清远。黄文焕对此有很细致的分析与体会，譬如评“弱湍驰文鲂”句说：“‘弱湍’字奇。湍壮则鱼避，至于渐缓而势弱，鱼斯敢于驰矣。”评“迥泽散游目”句说：“‘散’字奇。意纷于四顾，睛不得专聚也。”评“顾瞻无匹俦”句说：“既曰‘散游目’，又曰‘顾瞻无匹俦’，眼中意中，去取选汰，不遗不苟。”评“中觞纵遥情”句，更是细致，令人称道。他说：“‘纵遥’曰‘中觞’，酒趣深远，初觞之情矜持，未能纵也。席至半而为中觞之候，酒渐以多，情渐以纵矣。一切近俗之怀，杳然丧矣。近者丧，则遥者出矣。”（黄文焕《陶诗析义》卷二）黄氏的分析，值得参考。

《游斜川》诗于兰亭雅集六十年之后，重现了文人雅集的人文精神。它所表达的及时行乐的人生哲学，纾解了生命与死亡的焦虑，具有普遍意义，故深受后世文人的喜爱。苏轼《江城子》词序说：“陶渊明以正月五日游斜川，临流班坐，顾瞻南阜，爱曾城之独秀，乃作《游斜川》诗，至今使人想见其处。元丰壬戌之春，余躬耕于东坡，筑雪堂居之，南挹四望亭之后丘，西控北山之微泉，慨然而叹，此亦斜川之游也。”词云：“梦中了了醉中醒，只渊明，是前生。走遍人间，依旧却躬耕。昨夜东坡春雨足，乌鹊喜，报新晴。　雪堂西畔暗泉鸣，北山倾，小溪横。南望亭丘，孤秀耸曾城。都是斜川当日境，吾老矣，寄余龄。”仅此一例，就可见《游斜川》诗的影响深远。

示周掾祖谢[1]

负痾颓檐下，终日无一欣。
药石有时闲，[2]念我意中人。
相去不寻常，[3]道路邈何因？
周生述孔业，祖谢响然臻。[4]
道丧向千载，今朝复斯闻。
马队非讲肆，校书亦已勤。
老夫有所爱，思与尔为邻。
愿言诲诸子，从我颍水滨。[5]

【注释】

① 示周掾祖谢：一作“示周续之祖企谢景夷三郎时三人同在城北讲《礼》校书”。周续之：字道祖，雁门广武人。祖企、谢景夷不详。

② 闲：同“间”，离也。

③ 寻常：八尺曰寻，倍寻曰常。

④ 响然臻：应声而至。臻，至。

⑤ 颍水滨：相传是古代高士许由、巢父隐居之处。

【评析】

周续之入庐山，与刘遗民、陶渊明称为“浔阳三隐”。其实，陶渊明是真隐，周续之是假隐。刘裕做了皇帝之后，曾问周续之：“身为处士，常常跑到王廷来，为什么？”周回答：“心驰魏阙者，以江湖为桎梏；情致两忘者，市朝亦岩穴耳。”（《莲社高贤传》）意思是自己既忘魏阙，也忘江湖，做官和隐逸是一样的。故时人称他为“通隐先生”。通隐，意为通达之隐。说穿了，就是假隐士。

周续之、祖企、谢景夷三人在城北讲《礼》校书，事见萧统《陶渊明传》：江州刺史檀韶苦请周续之出州，与学士祖企、谢景夷三人，共在城北讲《礼》，并雠校古书。所住官舍，近于马肆。故陶渊明写诗给三人。檀韶于义熙十二年（416）为江州刺史，则渊明此诗当作于此年。

关于这首诗的内容及命意，李公焕注引赵泉山说：“按靖节不事觐谒，惟至田舍及庐山游观，舍是无他适。续之自社主远公顺寂之后虽隐居庐山，而州将每相招引，颇从之游，世号通隐。是以诗中引箕、颍之事微讥之。”黄文焕说：“语语讽刺，复闻扬之，非肆抑之，讲《礼》不如从我同隐，自抬身分。”（黄文焕《陶诗析义》卷二）“语语讽刺”倒未必，但大半讽刺是事实。“相去不寻常，道路邈何因？”渊明与续之等人居虽近而实远，原因何在？前者坚持隐居蓬庐，后者檀韶一召唤，马上就奔官府。“三观”不合，难怪渊明与“意中人”相去也遥远了。“道丧”二句讽刺之意更明显。道丧已有千载了，而续之、祖、谢三人今日又讲《礼》了。似乎是道的复活，但道真能回归吗？渊明深刻理解历史与现实，肯定认为道不可复闻，周生讲《礼》不会有作用。接下来“马队非讲肆”二句，是公然的讽刺。讲肆近邻马队，是讲《礼》的所在吗？这不是滑稽吗？接踵而至的讽刺，是渊明对通隐先生的嘲弄和轻视。

但讽刺归讽刺，渊明毕竟与周续之等有情谊，故依然说“老夫有所爱，思与尔为邻”。张潮等说：“诗似有冷讥，然曰‘念我意中人’，又曰‘思与尔为邻’，语意真切，又不似讥讽。”（张潮、卓尔堪、张师孔同阅《曹陶谢三家诗·陶集》卷二）又温汝能说：“末用冷讽，语虽诙谐，意本肫切，古人交谊不苟，于斯可见。”（温汝能纂集《陶诗汇评》卷二）以上两说都称赞渊明虽有讽刺，但交谊不苟。渊明真是厚道之人！

读这首诗，可知魏晋隐士从来就有真假之分。陶渊明晚年坚持他选择的人生道路，不为官府所用，穷且益坚，不坠青云之志。

乞食

饥来驱我去，不知竟何之。
行行至斯里，叩门拙言辞。①
主人谐余意，遗赠岂虚来。②
谈谐终日夕，③觞至辄倾杯。
情欣新知劝，言咏遂赋诗。
感子漂母惠，④愧我非韩才。
衔戢知何谢？⑤冥报以相贻。⑥

【注释】

① 拙言辞：犹笨嘴拙舌。

② 岂虚来：岂是白来。一作“副虚期”。

③ 谈谐：犹谐谈，谓合洽之谈。

④ 漂母：洗衣服的老妇。韩信饥，漂母曾给韩饭食十余日。

⑤ 衔戢：感戴。戢，藏。

⑥ 冥报：死后报答于冥冥之所。

【评析】

渊明以亲历的乞食之事入诗，这在中国诗史上似乎找不出第二人。

渊明乞食的故事很好懂，但解释这首诗却异见纷纭。

一种以为《乞食》诗是渊明晚年贫而乞食的真实写照。例如苏轼说：“渊明得一食，至欲以冥谢主人，此大类丐者口颊也，哀哉哀哉！”（苏轼《东坡题跋》卷二《书渊明乞食诗后》）

一种以为《乞食》诗是游戏之作。明张自烈说：“渊明乞食，正放倒一生，为后世达人说法，意谓劫掠多财，不如守贫乞食也。今人闻此事，必大笑渊明作痴儿矣。”（张自烈辑《笺注陶渊明集》卷二）又陶澍注引杨野王说：“坡公因公‘冥报’一语，咨嗟太息，若重哀其贫，几灭却一只眼矣。瓶无储粟，烟火裁通，而延之送二万钱，悉付酒家。公之乞丐，公自欲之耳……公盖洞见富不如贫，贵不如贱，并生死亦以为戏，‘纵浪大化中’，与之虚而委蛇，如是而已。其耻屈身后代，自公本怀，然去就之际，皆非公所屑也。”张自烈以为渊明乞食，“为后世达人说法”。如此，简直成了“行为艺术”，渊明真是作“痴儿”了。杨野王以为苏轼哀渊明之贫，是没有眼光。并以颜延之送渊明钱二万，后者悉付酒家为据，说渊明乞食，是自己想乞食，不是贫穷的缘故。

一种以为《乞食》诗是寄寓之作，有言外深意。黄文焕说：“……愧非韩才，时代将易，英雄无聊。‘冥报’二字愤甚。淮阴能辅汉灭项，乃能报漂母。不然竟漂之恩，亦何繇报哉！板荡陆沉之叹，寄托于此。生不能伸志于世上，乃死欲伸志于地下，尚可得乎？果何物可贻哉！‘贻’字冷甚。东坡以为真欲报谢主人，哀其口颊，抑何误也。”（黄文焕《陶诗析义》卷二）陶必铨说：“此诗寄慨遥深，着眼在‘愧非韩才’一语。借漂母以起兴，故题曰《乞食》，不必真有叩门事也。志不能遂，而欲以死报，精卫填海之意见矣。”又说：“此诗与《述酒》《读书》诸篇，皆故国旧君之思，不但乞食非真，即安贫守道亦非诗中本义。至东坡之哀冥报，谓饥寒常在身前，功名常在身后，亦借以自发牢骚耳，岂真以乞丐类公哉！痴人前不可说梦，良然。”（陶必铨《萸江诗话》）

一种以为此诗乃谢绝檀道济馈赠而作。章炳麟手批《陶渊明集》说：“此诗见意在‘感子漂母惠，愧我非韩才’，盖欲却檀道济馈赠而作也。若云诚乞食者，则二语非其分际矣。且漂母之惠，本由中发，非因淮阴乞食而来也。”（《乞食》诗眉批）

一种以为此诗写渊明借贷。张荫嘉说：“此向人借贷，感人遗赠留饮而作。题云《乞食》，盖乞借于人以为食计，非真丐人食也，观诗中解意遗赠可见。解者误会，唐突多矣。”（张荫嘉选《古诗赏析》卷一三）

种种异说，不一而足。陶诗真难解哉！

正确解读陶诗，我以为有两点最重要。一是知人论世，能大体确定作品创作的年代。一是必须十分重视文本，细读并深研之。关于陶渊明的史料很少，且年代久远，真假难辨。只有陶集的文本，才是作者整个人格、思想、情感的结晶。离开了文本，一切无从谈起。

《乞食》诗作于渊明晚年，这是首先须确定的。渊明晚年贫困，到了经常断炊的地步。作于晚年的《有会而作》诗、《咏贫士》七首等，非常真实地描写他饥寒交迫的困境。比如《有会而作》诗序说，青黄不接的季节，又值灾年，“登岁之功，既不可希，朝夕所资，烟火裁通，旬日已来，始念饥乏”。可见，渊明已饿了多天了。自救之道，唯有乞食。“饥来驱我去，不知竟何之。行行至斯里，叩门拙言辞”，完全是乞食者的真实写照，绝不是游戏人生，也不是什么“借贷”。按常理，借贷必向熟人借，未出门已有目标，不可能“不知竟何之”。主人知乞食者来意，遗赠食物；诗人又感激主人为“新知”，可见主人是从未谋面的陌生人。渊明感激主人的施惠，以至“冥报以相贻”。哪来黄文焕所说的“板荡陆沉”之叹，陶必铨所说的“故国旧君之思”“精卫填海之意”？

近年有人提出“新解”，以为《乞食》诗以行乞得赠为喻，是首干谒诗。这是对品格高洁的陶渊明的曲解。总之，渊明晚年贫寒而竟至乞食，当是事实，《乞食》诗描写的真实性不必怀疑。

诸人共游周家墓柏下[①]

今日天气佳，清吹与鸣弹。[②]
感彼柏下人，[③]安得不为欢。
清歌散新声，[④]绿酒开芳颜。
未知明日事，余襟良已殚。[⑤]

【注释】

① 周家墓：指周访家墓。周家与陶家为姻亲。

② 清吹：管乐器。鸣弹：弦乐器。

③ 柏下人：指墓中人。古人墓上植柏，故云。

④ 新声：指南朝流行的清商俗乐。

⑤ 襟：襟怀。殚：尽。

【评析】

陶渊明曾祖陶侃，与周访结为姻。许嵩《建康实录》卷五载：周访先人于汉末避乱至江南。晋平吴，移家浔阳。时周访为县功曹，陶侃为散吏，访荐侃为主簿，两人相与结交。周访以女妻侃子瞻。由此推知，周家墓必是周访家墓。陶澍注此诗说：“《晋书·周访传》：陶侃微时，丁艰。将葬，家中忽失牛，遇一老父谓曰：‘前冈见一牛，眠山污中，其地若葬，位极人臣矣。’又指一山云：‘此亦其次，当出二千石。’言讫不见。侃寻牛，得之，因葬其处，以所指别山与访。访父死，葬焉，果为刺史。自访以下三世，为益州四十一年，如其所言云。周、陶世姻，此所游或即访家墓也。”以上二书，记载了周、陶结为世姻的老故事，读来颇有兴味。从陶侃至渊明，已有四世，周、陶二家仍往来不断，可见古人对世姻十分重视。

这首诗写渊明诸人共游周家墓柏下的欢乐。墓地阴森，即使在晴天，参天的墓柏落下的阴影，也会让人感到不祥和恐惧。哪里不可以“清吹与鸣弹”？何处不可以“绿酒开芳颜”？为什么偏要跑到墓地来？可渊明等人就是达观，觉得墓柏下最宜作乐。原因是“感彼柏下人，安得不为欢”。再没有其他地方能比墓柏下，更能引发人生短促，生命可贵的感慨。

结尾“未知明日事，余襟良已殚”二句，与《游斜川》诗“且极今朝乐，明日非所求”二句的意思完全相同。所以，这首诗的主旨并不新鲜，不过言“及时行乐”而已。新鲜的是写墓柏下寻欢作乐。邱嘉穗说：“此诗翻尽丘墓生悲旧案。末二句益见素位之乐，虽曾点胸襟，不过尔尔。”（邱嘉穗《东山草堂陶诗笺》卷二）指出这首诗一改丘墓生悲的老路，写出渊明自得其乐的胸襟。这看法是中肯的。

汉末以来，写丘墓生悲的诗不少。例如乐府古辞《蒿里》：“蒿里谁家地，聚敛魂魄无贤愚。鬼伯一何相催促，人命不得少踟蹰。”《古诗十九首·去者日已疏》说：“出郭门直视，但见丘与坟。古墓犁为田，松柏摧为薪。白杨多悲风，萧萧愁杀人。”丘墓，历来是死亡和悲伤的象征。即使在科学昌明的今天，绝大多数人仍旧视墓地为不祥之地，一个阴暗、晦气、避之唯恐不及的彼岸世界。你不可能看到有人在墓地饮酒作乐，满脸酒色且喜气洋洋。由此可见，陶渊明对生死的了悟，行为的旷达，今人都无法企及。

这首诗语言简洁明了，内涵深厚。王夫之大加赞赏："笔端有留势。如此篇章岂不贤于'方宅十余亩，草屋八九间'乎？亦赖'余襟良已殚'五字为风雅砥柱。不然，轻佻圆丽，曹邺之长伎耳。"（王夫之《古诗评选》卷四）王夫之诗学以言约旨远，纯出胸臆语为上，以至称此诗胜于《归园田居》（其一），轻视建安邺下诗歌"轻佻圆丽"。他的批评，似乎偏颇了。

怨诗楚调示庞主簿邓治中[1]

天道幽且远，鬼神茫昧然。[2]
结发念善事，[3] 僶俛六九年。[4]
弱冠逢世阻，始室丧其偏。[5]
炎火屡焚如，螟蜮恣中田。[6]
风雨纵横至，收敛不盈廛。[7]
夏日长抱饥，寒夜无被眠。
造夕思鸡鸣，及晨愿乌迁。[8]
在己何怨天，离忧凄目前。
吁嗟身后名，于我若浮烟。
慷慨独悲歌，钟期信为贤。[9]

【注释】

① 怨诗楚调：郭茂倩《乐府诗集》卷四一《相和歌辞》有《楚调曲》，其中有《怨诗行》，多表现幽愤哀伤的主题。庞主簿：庞遵，字通之，渊明好友。邓治中：事迹不详。治中，官名，为州刺史的助理。

② 茫昧：幽暗。

③ 结发：即束发。

④ 僶俛：犹勉强。

⑤ 始室：指三十岁。室，妻室。偏：丧妻曰偏。

⑥ 螟蜮：食禾苗的害虫。恣：恣肆，放纵。

⑦ 廛：一夫之居称廛。

⑧ 乌迁：太阳下山。乌，古代传说日中有三足乌，故称日为乌。

⑨ 钟期：钟子期，伯牙的知音。

【评析】

据诗中“僶俛六九年”一句，可知这首诗作于渊明五十四岁，时在晋安帝义熙末年。

此诗叙写诗人平生遭遇的痛苦经历，情调哀伤。一开头就悲叹“天道幽且远，鬼神茫昧然”，作为全诗的发端，贯穿始终。这一声悲叹，是对所谓天道和鬼神的强烈质疑和抱怨。自古以来的说教是天佑善人，鬼神有知。自己“结发念善事，僶俛六九年”，却自少至老，灾祸不断，饥寒交至。哪有天佑善人？何来鬼神有知？渊明对天道的质疑，在其他作品如《饮酒》《感士不遇赋》中都有表现。

读“夏日长抱饥，寒夜无被眠。造夕思鸡鸣，及晨愿乌迁”这种悲伤的诗句，浮现在读者眼前的诗人穷愁潦倒，饥寒交困，境况凄惨，何有“清琴在床，浊酒半壶”的清闲安适？这是真实的陶渊明吗？是的。没有亲历饥寒威胁，不可能写出如此真切的诗句。

读陶诗，应该考虑到诗人归田前期与归田后期的生活境遇的变化。前期，“三径就荒，松菊犹存，携幼入室，有酒盈樽”，有粮有酒。后期，烟火不通，持醪无由。前期的安适是短暂的，后期的艰辛格外深重，且时日漫长。渊明性格固然旷达，但平生的苦难是需要倾诉的。何况庞主簿、邓治中是知音，愿意倾听他，同情他。在知音面前，倾诉他的坎坷遭遇，对天道、鬼神的怀疑，坦露他对身名的看法，慷慨悲歌，这不算失态，而是完全合乎人之常情。

诗中难解的是“吁嗟身后名，于我若浮烟”二句。张自烈说：“语气楚楚，只缘抛不得身后名，尽他智勇，俱受此中劳扰。渊明若能忘情，《五柳先生》一传，何以至今犹存？以此知名不可没，但无取盗名欺世耳。”（张自烈辑《笺注陶渊明集》卷二）以为此诗“语气楚楚”，只是因为渊明抛不得身后名，受名的劳扰。又说渊明不能忘情，《五柳先生传》至今犹存便是证据。

温汝能说：“没世而名不称，夫子疾之。人无身后名，是直与草木同腐耳。渊明不过一时感怀，发为此语，非真谓身后之名不足重也。然细按此语，非有渊明之襟期不能道。渊明安贫慕道，为晋代第一流人物，岂不知身后之名必不可没。第观其于生前困厄，虽偶形之悲歌，究其中实无所系累，况身后耶？张评以《五柳先生》一传尚存，谓其不能忘情，是亦不谅渊明甚矣。”（温汝能纂集《陶诗汇评》卷二）温汝能以为渊明“吁嗟身后名”二句不过一时感怀而发，不是不知身后名之重要；又以为渊明知自己身后名必不可没，但不为名所累。这样的解释比张自烈圆通。

渊明对名的见解散见于多篇诗文中。例如《影答形》诗说：“立善有遗爱，胡可不自竭？”遗爱，即身后名。但《神释》诗说：“立善常所欣，谁当为汝誉？”又主张无名无誉。《自祭文》说：“匪贵前誉，孰重后歌。”既不以生前名为贵，也不以生后名为重。我以为

《自祭文》二句最能代表渊明对名的看法。当然，渊明不会不理解孔子“疾没世而名不称”的教诲，但绝不孜孜求生前誉和后世名。渊明委运任化，不喜不惧于生死，自然也就看淡身前身后名。

答庞参军并序

三复来贶，[①]欲罢不能。自尔邻曲，冬春再交，款然良对，[②]忽成旧游。俗谚云：数面成亲旧。况情过此者乎？人事好乖，便当语离。杨公所叹，[③]岂惟常悲？吾抱疾多年，不复为文。本既不丰，[④]复老病继之。辄依周孔往复之义，[⑤]且为别后相思之资。

相知何必旧，倾盖定前言。[⑥]
有客赏我趣，每每顾林园。
谈谐无俗调，所说圣人篇。
或有数斗酒，闲饮自欢然。
我实幽居士，无复东西缘。
物新人唯旧，弱毫夕所宣。[⑦]
情通万里外，形迹滞江山。
君其爱体素，[⑧]来会在何年？

【注释】

① 三复：指再三展读。贶：赐物，这里指庞参军的赠诗。

② 款：诚也。

③ 杨公：指杨朱。

④ 本：指体质。

⑤ 往复之义：指《周礼》所说的礼尚往来。

⑥ 倾盖：指路上相遇，两车对话，两车盖稍许倾斜。

⑦ 弱毫：毛笔。

⑧ 体素：体质。

【评析】

这首五言《答庞参军》诗与前面四言《答庞参军》诗，大约皆作于宋少帝景平元年（423）。四言一首说："昔我云别，仓庚载鸣；今也遇之，霰雪飘零。"据此可知五言《答庞参军》诗作于"仓庚载鸣"的春天。

庞参军先赠诗渊明，渊明作答，故诗题曰《答庞参军》。张荫嘉解题说："庞为公邻，历时未久，时庞欲出，以诗招公，公答此诗以谢之，且送其行也。"（张荫嘉《古诗赏析》卷一三）所说大体不错。只是"以诗招公"之"招"字，一般解释为"召"或"招致"。庞参军为王命奔波，正欲离开浔阳，以诗招致渊明干啥？招渊明隐而复出，还是招渊明再饮数斗酒？所以，说"以诗招公"，易生误解。庞参军赠诗渊明，恐怕还是一般意义上的临别赠诗。

诗分两部分。前八句忆聚，后八句叙别。开头"相知何必旧"二句，呼应诗序"自尔邻曲，冬春再交，款然良对，忽成旧游"几句。渊明与庞参军结邻仅二年，新知成旧游，一定是有共同的基础。庞参军欣赏渊明的爱好自然之趣，"每每顾林园"，又谈谐高雅，两人常常欢然闲饮。情趣与文化素养相近，新知很快情若旧交。

但渊明深知自己的人生选择与庞参军不一样。他自称"我实幽居士，无复东西缘"，而庞参军正欲为王命奔波。人生道路不同，不应该损害已经建立的友谊。"情通万里外，形迹滞江山"——山河阻隔形迹，情谊万里相通。最后希望庞参军保养身体，相会在来年。

邱嘉穗说："此篇足见陶公善与人交处。'谈谐'数语既敬且和，

‘情通万里外’数语，又期以从要不忘之谊。序中所谓依《周礼》往复之义者，岂虚语哉！”（邱嘉穗《东山草堂陶诗笺》卷二）温汝能说：“陶公小序，多雅令可诵。序中起数语，何等缠绵，令人神往。至其与人款接，往往于赠答之什，自有一种深挚不可忘处，此古人所以不可企也。”（温汝能纂集《陶诗汇评》卷二）两人都欣赏渊明交友的深情，并特别指出诗序的缠绵，令人神往。若进而探究渊明交友的诚恳、深挚，则《周礼》的影响是不可忽视的。

五月旦作和戴主簿[①]

虚舟纵逸棹，[②] 回复遂无穷。
发岁始俯仰，[③] 星纪奄将中。[④]
南窗罕悴物，[⑤] 北林荣且丰。
神渊写时雨，[⑥] 晨色奏景风。[⑦]
既来孰不去，人理固有终。
居常待其尽，[⑧] 曲肱岂伤冲。[⑨]
迁化或夷险，[⑩] 肆志无窊隆。[⑪]
即事如以高，何必升华嵩！[⑫]

【注释】

① 五月旦：五月一日。戴主簿：事迹不详。

② 虚舟：空舟，轻捷之舟。

③ 发岁：开岁。俯仰：低头抬头之间，指时间短暂。

④ 星纪：星次名，十二次之一。泛指日月。中：当中。指一年过去了一半。

⑤ 悴物：憔悴衰败之物。

⑥ 神渊：犹天渊，天河。

⑦ 奏：进也。景风：南方来的夏风。

⑧ 居常：指处贫，也指委运造化。

⑨ 曲肱：此指贫困。

⑩ 迁化：一作化迁，这里指顺应自然而变化。

⑪ 窊隆：见《命子》诗注。

⑫ 华嵩：华山和嵩山，传说中的得道升仙之处。

【评析】

乘着轻快的日月之舟，仰望星空，日月星辰快速地变动着它们的位置。俯仰之间，一年逝去将半。五月来临了，这是景物美好的季节。南窗中镶嵌的风景，无不生机勃勃；北边的树林，丰隆茂密。天河泻落时雨，南方吹来凉爽的夏风。

日月运行及景物变化，匆匆而来，匆匆而去，周而复始。由此，很自然地过渡到社会与人生。“既来孰不去，人理固有终”。人之生为“来”，人之死为“去”。有来必有去，有生必有死。这是“人理”的必然规律。人的生命，甚至还不如草木能冬枯春荣，《形赠影》诗不是说：“草木得常理，霜露荣悴之。谓人最灵智，独复不如兹。”生命是单向的旅行，岂能比日月星辰，四季景物，“回复遂无穷”。面对“人理固有终”的铁律，许多人惶惶然，营营惜生。但渊明自有他独特的人生哲学，能破除生死的纠结及死亡的恐惧。所谓“居常待其尽，曲肱岂伤冲”，乐天知命，君子固穷。

居常待尽，典出于《说苑·杂言》：孔子见贫士荣启期，问：“先生何乐也？”荣启期答：“夫贫者，士之常也；死者，民之终也。处常待终，当何忧乎？”“曲肱”，典出于《论语·述而》：“饭蔬食，饮水，曲肱而枕之，乐亦在其中矣。”冲，道也。《老子》说：“道冲而用之，或不盈，渊兮似万物之宗。”“曲肱”一句，进一步申述“居常待其尽”的意义。以下“迁化”二句，谓顺应自然的变化，放纵情志，不要纠结什么，恐惧什么，刻意追求什么，而是静等生命终点的到来。可见，渊明的人生哲学，兼融儒道二家，而与《神释》诗的“纵浪大化中，不喜亦不惧。应尽便须尽，无复独多虑”四句意义完全一致。

邱嘉穗说:“此诗因时节之变迁，而感及于人事存忘进退之理，虽天道有盈虚，而此心确乎其不可拔，非夫知命不惑而有潜龙之德者，其孰能之！”（邱嘉穗《东山草堂陶诗笺》卷二）指出渊明知天命而不惑，有潜龙之德。方宗诚说“居常”四句，“得《孟子》‘夭寿不贰，修身以俟之’之意”。“迁化”四句，“得依乎中庸，无入而不自得之意”。（方宗诚《陶诗真诠》）。以为居常待尽，任情自得，源出孔孟。须补充的是，儒家的乐天知命，道家的宗仰自然，殊途同归，皆为渊明所用。

这首诗由外在自然景物的变化，由实入虚，表达诗人的人生哲学和生命观，与东晋中期的玄言诗同一机杼。不同的是写景如画，理由景出，两者浑然一体，不是景与理生硬拼凑。下半首说理超拔，体现出一个思想家的理论深度。两晋人物，谁能及之?

连雨独饮[①]

运生会归尽，终古谓之然。
世间有松乔，[②]于今定何间?[③]

故老赠余酒，乃言饮得仙。
试酌百情远，重觞忽忘天。④
天岂去此哉，任真无所先。⑤
云鹤有奇翼，⑥八表须臾还。
自我抱兹独，⑦僶俛四十年。
形骸久已化，心在复何言！

【注释】

① 连雨独饮：一作“连雨人绝独饮”。

② 松乔：赤松子、王乔，传说中的仙人。

③ 定：究竟。

④ 重觞：再觞，连饮。

⑤ 任真：冥合自然的意思。

⑥ 云鹤：指仙人。传说仙人乘鹤。

⑦ 独：谓独志。

【评析】

对生死问题的关注与思考，是陶诗的主题之一，也是陶渊明的哲学思想中最独特的部分。汉末发生的人的生命意识的觉醒，尤其魏晋时期社会动乱，政治险恶，人命危浅，为陶渊明亲见、亲历，都是形成陶渊明生死观的历史与现实的原因。

此外，一个最根本的原因是自身的生命变化。当生命不断衰老，看到“白发被两鬓，肌肤不复实”的同时，必然会听见死亡追逐的脚步声越来越响。所以，只要对日月的流逝还有感觉，还能正常思维，几乎无不意识到有生必有死的结局。陶渊明“年在中身，疢惟痁疾”（颜延之《陶征士诔》），中年时患有严重的疟疾。一般来说，如果生命过早衰老，人生苦短的体会就会更加强烈和深刻，要忘记死会变得更困难。渊明对死亡的淡定和最后超越，并不因为他忘记死，而在于他比一般人更多地思考生命的意义，思考如何生活，思考死亡的本质。而且，绝大多数人虽懂得生必有死的道理，却不会艺术地表达。陶渊明能将生死的体悟和乐天知命的思想，表达得如此深刻，如此深入人心，引起千年不绝的回响。所以，唯有他成为大诗人，成为思想家。

关于此篇表达的生死观，前人评论多矣。例如沃仪仲说："他作谈生死，犹是彭殇齐化之达观，独此云忘天任真，形化心在，诚有不随生存，不随死亡者。一生本领，逗泄殆尽。"（黄文焕《陶诗析义》卷二引）所谓"彭殇齐化之达观"，是说彭祖与殇子，寿者夭者，其实相齐，没什么两样。这种思想源于《庄子》的齐物论。而渊明忘天任真，形化心在，不以生死动其居常待尽的人生哲学，比死生相齐的达观高明得多。又邱嘉穗说："前篇'人理固有终'数语，与此起首四句，即《神释》篇'应尽便须尽，无复独多虑'之意。皆绝大议论，不意于小小题发出。盖陶公深明乎生死之说，而不以夭寿贰其心，所以异于慧远之修净土，作生天妄想者远甚。"（邱嘉穗《东山草堂陶诗笺》卷二）以为渊明对于生死的体悟，远胜于慧远的往生净土。

这首诗中有两处尚须解释。一是"试酌百情远，重觞忽忘天。天岂去此哉，任真无所先"四句。前二句写饮酒的妙处：试酌俗情顿远，重觞天也可忘。后二句说，任真就是忘天，忘天是第一位的。然则"忘天"之天，究竟何所指？《庄子·天地》说："忘乎物，忘乎天，其名为忘己。忘己之人，是之谓入于天。"郭象注："天物皆忘，非独忘己，复何所有哉？"据《庄子注》，天即是人，人即是天。忘己即是物我两忘。任真之真，与自然同义。任真，即冥合自然。

另一处是"云鹤有奇翼，八表须臾还"二句，解者多有不同。马璞说："虽然，吾见云鹤之飞，须臾穷于八表，恐彼自有奇翼，非我所能同。”（马璞《陶诗本义》卷二）以为云鹤有奇翼，我无，与之不同。方东树说：“云鹤，仙也。虽可羡而吾不愿顾。”（方东树《昭昧詹言》卷四）丁福保注：“此言仙人耽躬道真，至于遨游八表也。”王叔岷注：“上言‘世间有松乔，于今定何间？’陶公已不信仙人矣，此何必就仙人言之邪？二句盖喻心境之舒卷自如耳。”以上几种解释，以王叔岷之说稍有可取。其实，“云鹤”二句，不妨可以看作表达诗旨之前的铺垫或过渡。传说中的云鹤可以八表须臾还，但“自我抱兹独，僶俛四十年”，漫长的岁月中，历经多少夷险和窊隆，形骸之化非如云鹤须臾往还之速。在最后的转折中得出“形化心在”的旨趣，超拔而悠然。

移居二首

其一

昔欲居南村，① 非为卜其宅。
闻多素心人，② 乐与数晨夕。③
怀此颇有年，今日从兹役。④
弊庐何必广，取足蔽床席。
邻曲时时来，抗言谈在昔。⑤
奇文共欣赏，疑义相与析。

【注释】

① 南村：或称南里，其地大概在浔阳城南郊。

② 素心人：心地真纯的人。

③ 数：亲近。

④ 兹役：指移居事。

⑤ 抗言：高谈。

【评析】

《移居》诗二首的作年，有义熙四年（408）、五年（409）、六年（410）、七年（411）、十一年（415）等各种说法。渊明《与殷晋安别》诗说："去岁家南里。"移居，就指移家南里。邓安生《陶渊明年谱》考证此诗当作于义熙十一年。这里从邓先生的说法。

渊明为什么要移居南村？这首诗说得很清楚："昔欲居南村，非为卜其宅。闻多素心人，乐与数晨夕。"移居南村，并非为卜良宅，而是那边多有素心人，可以和他们朝夕相处。卜宅，典出《左传·昭公三年》："谚曰：非宅是卜，唯邻是卜。"《晋书·隐逸传》说："其乡亲张野及周旋人羊松龄、庞遵等或有酒要之，或要之共至酒坐。"是时，颜延之来到浔阳，作刘柳后军功曹，住浔阳，与渊明结邻。后颜作《陶征士诔》说："自尔介居，及我多暇。伊好之洽，接阎邻舍。宵盘昼憩，非舟非驾。"写他与渊明结邻的生活场景。

渊明归隐田园，独处衡门，与官场权力断绝来往。但毕竟结庐人境，事实上与周边的乡亲及州郡官员仍有交游。他移居南村，乐与素心人亲近。所谓素心人指心地单纯的人，有乡邻，也有下层官员。与南村的素心人结邻的念头已有多年了，今天才如愿以偿。根本不在意物质生活的简陋，向往的是与朋友的文义之会。"邻曲时时来，抗言谈在昔。奇文共欣赏，疑义相与析。"与南村素心人商榷古今，剖析文心，多么快乐，多么高雅！

罗大经说："自昔士之闲居野处者，必有同志之士相往还，故有以自乐。陶渊明《移居》诗云……则南村之邻岂庸庸之士哉！"（罗大经《鹤林玉露》卷七）钟惺说：“二诗移居，意重求友，其不苟不必言，亦想见公和粹坦易，一种近人处。”（钟惺、谭元春评选《古诗归》卷九）罗大经所说的隐居者必有同志与之往还，有以自乐，以及或如钟惺说的“意重求友”，相比古代那种山林岩穴的旧式隐士已有不同。渊明结庐人境，不愿离群索居，喜欢与素心人朝夕相处，姑且名之曰“新式隐士”。渊明性格中和粹坦易、近人乐群的一面，也与传统隐士异样。当然，他与素心人相处时平易近人，倘若碰到颐指气使的督邮，或是唯权势是从的乡里小人，可能就要“与物多忤”了。

其二

春秋多佳日，登高赋新诗。
过门更相呼，有酒斟酌之。[1]
农务各自归，闲暇辄相思。
相思则披衣，言笑无厌时。
此理将不胜，[2]无为忽去兹。
衣食当须纪，力耕不吾欺。

【注释】

① 斟酌：谓饮酒。

② 理：犹道理、事理、情理。将不：犹言岂不。

【评析】

上篇写移居南村同素心人的文会之乐。此篇写乡邻游览、赋诗、闲饮、言笑之乐。黄文焕概括《移居》二首的内容：“前首文心，此为务农，邻居中文质兼尽。曰相呼，又曰各归，各归之后，再说相思言笑，言笑则与农务不尽相涉矣。又再结以衣食力耕，见非荒嬉之谈也。'须纪'字、'不欺'字，仍是务农中扬榷古今文心。"（黄文焕《陶诗析义》卷二）渊明归田之后，诚然亲身务农，辛苦无比。但如果把他看作是只知耕耘，不懂文义的地道农民，那就错了！"相见无杂言，但道桑麻长"，这是他与农民在农田里谈论的主题。在南村与素心人相聚，则辩论古今，"奇文共欣赏，疑义相与析"，同东晋清谈名士差不多了。"登高赋新诗"时，他又是一个写诗的高手。说"衣食当须纪，力耕不吾欺"时，又像个踏实、勤勉，善于治生的当家人。渊明既擅文事，又勤农务；既握诗笔，又荷锄耒；既读书不求甚解，又赏文析疑；既洒脱，又不放诞。他是独特的，唯一的，难以仿效的。

《移居》二首是渊明田园诗中的佳作，体现了陶诗平淡自然、情真意厚的艺术特色。蒋薰说："直是口头语，乃为绝妙词。极平淡，极色泽。"（蒋薰评《陶渊明诗集》卷二）日本近藤元粹说："古朴而其中丰腴，是陶诗之所以不可企及。"（近藤元粹评订《陶渊明集》卷二）尤其是第二首，娓娓而道诗人与乡邻交往的种种快乐，纯为口头语，天然去雕饰，情意真笃，丰腴无比。

苏轼极推崇陶诗，说："渊明作诗不多，然其诗质而实绮，癯而实腴，自曹、刘、鲍、谢、李、杜诸人，皆莫及也。"（苏轼《东坡续集》卷三《与苏辙书》）"质而实绮，癯而实腴"八字，准确道出陶诗的艺术风格，堪称精妙。但陶诗何以能臻此妙境？这个问题就不容易回答了。古今皆知陶诗之妙，却少有人知所以之妙。我想，揭示陶诗的奥妙，必须回到文学的原点：文学即人学。文如其人，人如其文。深刻理解陶渊明之性格，之思想，之为人，才有可能揭开陶诗之妙的秘密。

和刘柴桑[1]

山泽久见招，胡事乃踌躇？
直为亲旧故，未忍言索居。
良辰入奇怀，挈杖还西庐。
荒涂无归人，时时见废墟。
茅茨已就治，新畴复应畬。[2]
谷风转凄薄，春醪解饥劬。[3]
弱女虽非男，[4]慰情良胜无。
栖栖世中事，[5]岁月共相疏。
耕织称其用，过此奚所须？
去去百年外，身名同翳如。[6]

【注释】

①刘柴桑：刘程之，字仲思，彭城人，曾为柴桑令。

②新畴：新田。畬：田三年称畬。

③劬：疲劳。

④弱女：喻薄酒。一说指渊明有女儿。

⑤栖栖：忙碌不安貌。

⑥翳如：隐没。

【评析】

萧统《陶渊明传》说："时周续之入庐山，事释慧远，彭城刘遗民亦遁迹匡山，渊明又不应征命，谓之浔阳三隐。"桓玄于晋安帝元兴二年（403）十二月篡晋称楚，改元永始。刘遗民于此时隐居庐山，事慧远。而渊明归田后，常往庐山游观，与刘遗民等作诗唱和。

起笔四句，交代自己不入庐山隐居的原因。大概在渊明归隐之初，已隐居庐山的刘遗民等就一再招他“考室林薮”。佚名《莲社高贤传》说：“远法师与诸贤结莲社，以书招渊明。渊明曰：‘若许饮则往。’许之，遂造焉。忽攒眉而去。”慧远以书招渊明的故事，说明“山泽久见招”之事真实可信。不过，渊明终究拒绝了，原因是“直为亲旧故，未忍言索居”。他家有贤妻翟氏，五个儿子，还有从弟敬远、仲德，不少相处融洽的乡邻。他不忍心离开亲友，进庐山过离群索居的生活。他是个看重亲情和友情的人，喜欢同浔阳的素心人交往，与亲旧相处相乐。

中国古代最著名的隐士，非陶渊明莫属。但他与从前的传统隐士不同。从前的隐士，决然辞别亲人，永远离开世俗，不知所终是他们最终的结局。渊明不是这样，他就生活在亲友之间，离群索居于他来说是无法忍受的。

渊明不入庐山，另有未曾说出的原因，乃在佛教的教义教规。戒酒是佛教的主要戒律。可渊明喜酒，与佛教戒律发生冲突。故当慧远以书招渊明时，渊明提出条件，“若许饮则往”。或许慧远太欣赏渊明的洒脱风度和隐士品格，特为破例许饮。可渊明上了庐山，最后仍“攒眉而去”。渊明任真自得，饮则必醉。慧远虽许他饮酒，但他终究觉得不自在。自由最可宝贵，连饮酒都不痛快，这是他不愿隐居庐山的重要原因。

“良辰入奇怀”以下十句写返家途中所见所思。其中“弱女”二句有多种解释。一说弱女比喻薄酒。李公焕注引赵泉山说：“以弱女喻酒之醨薄，饥则濡枯肠，寒则若挟纩，曲尽贫士嗜酒之常态。”张自烈说：“‘弱女’二句，即诗人食鱼不必河鲂之意。老氏亦云：‘知止常足。’”（张自烈辑《笺注陶渊明集》卷二）古直注说：“《魏志·徐邈传》：‘平日醉客，谓酒清者为圣人，浊者为贤人。’《世说·术解》：‘桓公有主簿，善别酒。好者谓青州从事，恶者谓平原督邮。’魏晋人每好为酒品目，靖节亦复尔尔。”一说刘柴桑以无男为憾。吴瞻泰说：“王棠谓‘谷风’以下，实写情事，柴桑有女无男，潜心白业，酒亦不饮，想必以无男为憾，故公以达者之言解之。”（吴瞻泰辑《陶诗汇注》卷二）

据陈舜俞《庐山记》，刘遗民临终前，“命子雍积土为墓，勿用棺椁”。可证刘遗民并非有女无男。又这首诗作于《命子》诗后，其时渊明已有子，也不是未有子，先得女也。

“栖栖世中事”以下六句，直抒胸臆，表现旷达的人生态度。“栖栖”二句，思考现实与人生两者的关系。陶澍注引何焯说：“共相疏，我弃世，世亦弃我也。”何焯的解释是正确的。《归去来兮辞》说：“已矣乎，寓形宇内能复几时？曷不委心任去留。胡为乎遑遑欲何之？”“栖栖世中事”，与“遑遑欲何之”同意。世与我疏，我与世疏。每个人，都好像是现实世界的弃儿。以上二句，在全诗中是一个停顿，一声对世界的叹息，为最后四句的说理作了铺垫。

“耕织称其用”四句表达渊明的人生哲学。何孟春说：“百年后，身与名且不得存，况外物乎？然则‘蔽庐何必广’‘衣食当须纪’‘耕织称其用’可也。”（何孟春注）方宗诚以为此四句“得君子居易以俟命之义。素位而行，不愿乎外，利念名念扫除净尽，岂可以旷达目之？”（方宗诚《陶诗真诠》）方氏所说比较到位。渊明的生活态度是旷达，又超乎旷达。他对世事和自身的看法，知足常乐，乐天知命，都是魏晋的旷达之士难以企及的。

酬刘柴桑

穷居寡人用，[1] 时忘四运周。[2]
櫚庭多落叶，[3] 慨然已知秋。
新葵郁北墉，嘉穟养南畴。[4]
今我不为乐，知有来岁不？
命室携童弱，[5] 良日登远游。[6]

【注释】

① 人用：犹人行。用，行事，行动。

② 四运周：四时周环往复。

③ 櫚：一作门，又作空，或作檐。櫚，同闾，里门也。作“空”亦佳。

④ 穟：同“穗”。

⑤ 室：妻。

⑥ 登：成也。

【评析】

多数人以为这首诗与《和刘柴桑》诗同作于义熙五年（409）。其实不一定。有可能此诗之作早于《和刘柴桑》诗。诗说“命室携童弱”，可知渊明这时的几个儿子还小。又写“櫚庭多落叶”“新葵郁北墉，嘉穟养南畴”，可见那个“方宅十余亩，草屋八九间”的故居生机勃勃，尚未衰败。而义熙四年（408），渊明故居遇火，一宅焚尽，暂住船上。据此判断，这首诗可能是遇火前所作，时间大概在义熙二年（406）或三年（407）。

与《和刘柴桑》诗相比，这首诗的内容比较单薄，命意也一览无遗：慨叹秋天到了，风景可观，即时出游，及时行乐。

起笔四句写慨然知秋。闭门穷居，不须人用，以至忘却了日月运行。见梱庭落叶已多，才慨叹秋天到了，与《桃花源诗》中“草荣识节和，木衰知风厉。虽无纪历志，四时自成岁”同一境界，写出与世隔绝，浑然忘却时间流逝的隐居状态。“梱庭”有异文，温汝能说：“‘空庭’二句神妙，诸本多作‘梱庭’，或作‘门庭’。‘已知’多作‘知已’，反欠浑脱。”（温汝能纂集《陶诗汇评》卷二）温汝能的分析颇具艺术眼光。“空庭”既见穷居的寂寂无人，又写出庭中无物，唯有落叶纷纷的秋天寂寥景象。

落叶知秋，秋天是衰败的开始。秋天又是充满生机与希望的。“新葵郁北墉，嘉穟养南畴。”岂不是正在孕育收获吗？“春秋多佳日”，秋天是游览的黄金季节。秋叶和秋稼，唤醒了诗人及时行乐的天性。于是命妻子携儿子们乘此佳日，且去远游。邱嘉穗说：“及时行乐，固是陶公素怀。”（邱嘉穗《东山草堂陶诗笺》卷二）吴瞻泰说：“此诗是靖节乐天之学。‘寡人用’，则与天为徒矣。天之四运周举，相忘于天也。落叶知秋，始知时序一周，正善写‘忘’字。新葵嘉穗皆秋景，一结，正见及时行乐也。”（吴瞻泰辑《陶诗汇注》卷二）

魏晋人热爱生命的激情，及时行乐是最重要最直接的体现。渊明堪称及时行乐的代表人物之一。陶集中经常响起及时行乐的唱叹，除本篇“今我不为乐，知有来岁不”二句外，还有“未知明日事，余襟良已殚”（《诸人共游周家墓柏下》），“千载非所知，聊以永今朝”（《己酉岁九月九日》），“感物愿及时，每恨靡所挥”（《和胡西曹示顾贼曹》），“且极今朝乐，明日非所求”（《游斜川》）……可见渊明彻悟生命的短暂，常常把及时行乐的素怀付之实践，以享受生命的乐趣。陶诗中及时行乐的唱叹，有着深刻的哲理，其实是如何生活的大智慧。

和郭主簿二首[①]

其一

蔼蔼堂前林，中夏贮清阴。[②]
凯风因时来，回飙开我襟。[③]
息交游闲业，[④]卧起弄书琴。
园蔬有余滋，[⑤]旧谷犹储今。
营己良有极，过足非所钦。
舂秫作美酒，酒熟吾自斟。
弱子戏我侧，学语未成音。
此事真复乐，聊用忘华簪。[⑥]
遥遥望白云，怀古一何深。

【注释】

①郭主簿：事迹不详。

②贮：积也。

③回飙：回风。

④闲业：指棋琴书画等技艺。

⑤余滋：多味。

⑥华簪：喻富贵显赫。

【评析】

陶渊明不愧是中国诗歌史上田园诗的祖师，司空见惯的农村风物，普通至极的生活场景，经他的诗笔的点化，竟然成为天下第一等美景和无上乐事，让人久久品味。陶诗能醉人，醉在他的风景里，醉在他的真诚里，醉在他的深情里。

《和郭主簿》二首，是渊明田园诗的代表作。第一首尤佳，醉人如醇酒。诗中所见的，应该是渊明归隐之前的生活实景。他的故园还在，有酒有粮，儿子尚小，饥寒的日子还在远方。这种颇似“小康”的生活，自给自足，平淡、淳朴、安宁，致使诗人目中所见、身之所接，无非乐事。

刘履说：“此诗虽因和人，而直写己怀。但据见在不为过求，而目前所接莫非真乐，是则世之荣利，岂有可动其中者哉！末言遥望白云，深怀古人之高迹，其意远矣。”（刘履《选诗补注》卷五）这段评论中较有价值的是“不为过求，而目前所接莫非真乐”二句，换言之，生活快乐源于知足常乐。这一看法是符合渊明思想的。

吴瞻泰指出了这首诗写到的种种快乐：“‘霭霭’四句，林栖有托，‘息交’四句，食用有资，皆营己也。‘春秫’以下，俱自足语，天真烂漫，与‘采菊东篱下，悠然见南山’同一洒落。‘学语未成音’，家常语，使人味之意怡。”（吴瞻泰辑《陶诗汇注》卷二）

吴氏评论，有二句话可以说得具体一些。

其一是“俱自足语”。“息交”四句，吴氏概括为“食用有资”。其实，“息交游闲业，卧起弄书琴”二句写有闲。“园蔬有余滋，旧谷犹储今”二句，才是“食用有资”，即生活资料不缺。“春秫作美酒，酒熟吾自斟”二句也是“食用有资”。有粮有菜有酒，生活所资可以自足，是为“俱自足语”。

其二是“天真烂漫”——源于自然的乐趣。令人击节叹赏的是起首四句，写夏天享受清阴清风之乐，天真烂漫，入于化境。苏轼《前赤壁赋》说：“惟江上之清风，与山间之明月，耳得之而为声，目遇之而成色，取之无禁，用之不竭，是造物者之无尽藏也，而吾与子之所共适。”在酷热的夏天，林下之清阴，南来之凉风，回风吹衣，顿觉入清凉世界，不啻是莫大的享受。历来写夏天清阴及凉风的美妙感受者，再不能超过渊明。

“弱子”四句写天伦之乐，吴氏把这几句归之“家常语”。但“家常语”中也有低俗猥琐不堪的，还不如称之天真烂漫更切合。看弱子在身旁游戏，听弱子牙牙学语——此事真复乐。盖此种乐趣完全来自人性的深处，是最最自然的。世间的乐事固然多多，但恐怕都不及看着小儿子游戏、学语更快乐。

最后二句写诗人抬头遥望白云，思绪飞越，似乎回到了羲黄时代。朱自清解释这二句说：“按《庄子·天地篇》：‘夫圣人鹑居而鷇食，鸟行而无彰。天下有道，则与物皆昌。千岁厌世，去而上仙，乘彼白云，至于帝乡。三患莫至，身常无殃，则何辱之有！’怀古也许怀的是这种乘白云至帝乡的人。”（朱自清《评古直陶靖节诗笺定本》）朱先生解释“遥遥”二句是有问题的。《归去来兮辞》明言“富贵非吾愿，帝乡不可期”，“富贵非吾愿”，义同“聊用忘华簪”。“帝乡不可期”，即否认仙人的存在。“遥遥”二句，实写诗人遥望白云，悠想远古之状。上引刘履说“末言遥望白云，深怀古人之高迹”，陈祚明说“‘遥遥望云’，别有古心”（陈祚明《采菽堂古诗选》卷一三），才是这二句的正解。

其二

和泽周三春，华华凉秋节。①
露凝无游氛，天高风景澈。
陵岑耸逸峰，② 遥瞻皆奇绝。
芳菊开林耀，青松冠岩列。③
怀此贞秀姿，卓为霜下杰。

衔觞念幽人，[4] 千载抚尔诀。[5]
检素不获展，[6] 厌厌竟良月。[7]

【注释】

① 华华：一作“清凉”。凉秋节：一作“华秋节”，又作“素秋节”。

② 陵岑：高岭。

③ 冠：覆盖。

④ 幽人：隐士。

⑤ 抚：持，把握。诀：诀要，方法。

⑥ 检素：自检平素。

⑦ 厌厌：濡弱不胜的样子。

【评析】

陶渊明生活在庐山脚下，常去庐山游观。可是，他很少正面描写庐山的奇秀，而特别钟情于田园。故他是杰出的田园诗人，并不以山水诗人名世。《和郭主簿》第二首，可以算是陶集中少数几首山水诗之一。这首诗描写秋天远望中的庐山，抒写隐逸者的情怀。

诗的主体部分写庐山的秋景。随着诗人视野的移动，景物随之变化。“华华凉秋节”一句有异文，作“清凉素秋节”最佳。这句先点时令。“露凝”二句，写秋高气爽。然后，目光由天宇移至庐山群峰。“陵岑”二句写遥瞻中的山峰高耸秀逸，无不奇绝。写天、写山，都能精确把握其特征，且很有层次。黄文焕评“露凝无游氛”四句说：“游氛少则半空无所障蔽，天加一倍矣，山亦加一倍矣。‘高’字‘耸’字承顶秋意，最为逗观。”（黄文焕《陶诗析义》卷二）指出这四句的用字之妙。沃仪仲说：“天高景彻，乃可遥瞻，信笔皆工于体物。”（黄文焕《陶诗析义》卷二引）指出此诗“工于体物”的艺术特点。具体而言，乃刻画秋气澄澈中的庐山远景，着眼庐山的整体美感，不是描写局部或细部的景物。所以，同样工于体物，陶渊明与谢灵运是不同的。后者细致地、逼真地刻画景物，炼字炼句；前者写景着眼于境界与总体神韵，不屑于作细小的雕琢。如以“逸”“奇绝”状庐山群峰，摄其神韵，表现雄奇秀逸之境界。

东晋后期，山水诗正在孕育之中。据目前所知，最早描写庐山的诗人，一是慧远，二是陶渊明。慧远是中国佛教史上著名的高僧，虽不以诗文名世，而文学修养极高。据慧远年谱，东林寺建于太元十一年（386），则现存慧远《庐山东林杂诗》，当作于是年之后，时间上可能比渊明《和郭主簿》二首略早。慧远此诗描写庐山的云雾、峻峰、声响、山泉，融以神仙的传说，然后大谈玄理，很不容易懂。渊明描写遥瞻中的庐山，比慧远所写美多了。慧远诗是正宗的玄言诗，渊明诗是全新的山水诗，风神摇曳，独步于东晋后期诗坛。

这首诗的后半，由写景自然过渡到感怀。“怀此贞秀姿，卓为霜下杰”。“贞秀姿”指青松，“霜下杰”谓秋菊。以青松喻人之品格，早已有之；以秋菊喻人之节操，则是汉末以后的事。曹植《洛神赋》说：“荣曜秋菊，华茂春松。”以松菊形容洛神的美艳照人，似乎还不能算是秋菊的人格化。到了魏末钟会《菊花赋》，才大体上把秋菊同人物的品性联系起来。《菊花赋》写道：“何秋菊之可奇兮，独华茂乎凝霜。挺葳蕤于苍春兮，表壮观乎金商……早植晚发，君子德也。冒霜吐颖，象劲直也。”赞美秋菊之可奇，独花发于凝霜季节。早植晚发，象征君子之德。冒霜吐颖，象征节士的劲直。到了陶渊明，以自身之幽人品格，再三赞美秋菊之迎霜怒放，从此，秋菊成为幽人节操的象征，高洁品格成为秋菊的灵魂。方孝孺《菊趣轩记》说：“……渊明之属意于菊，其意不在菊也，寓菊以舒其情耳。”（方孝孺《逊志斋集》卷六）以为渊明咏菊，意在抒怀。

渊明赞美松菊独秉异质，并自勉怀抱松菊之节操，愿千载仿效之。陶澍注说："'衔觞'四句，盖谓千载幽人，无不抱此松菊之操，抚之而志节益坚，以今准古，亦犹是也。自检平素，有怀莫展，厌厌寡绪，其谁知之乎！"陶澍的解释是可取的。

但有人以为这首诗有政治寓意。邱嘉穗说："远瞻陵岑之奇绝，近怀松菊之贞秀，皆与陶公触目会心，实借以自寓其不臣于宋之高节，所谓赋而比也。结四句颇吐忠愤本怀，殆欲有为而不得者欤？前首乐，此首忧，皆有次第。"（邱嘉穗《东山草堂陶诗笺》卷二）一首非常好的写景诗，被说成"赋而比"，不仅松菊，甚至"陵岑耸逸峰，遥瞻皆奇绝"的庐山群峰，也寄寓了"不臣于宋之高节"。动辄"耻事二姓"，"忠晋愤宋"，意思明白的写景诗，无端涂上政治色彩。解读陶诗的大敌，莫过于此。

于王抚军座送客[①]

冬日凄且厉，百卉具已腓。[②]
爰以履霜节，[③]登高饯将归。
寒气冒山泽，游云倏无依。
洲渚四绵邈，[④]风水互乖违。[⑤]
瞻夕欲良宴，离言聿云悲。[⑥]
晨鸟暮来还，悬车敛余晖。[⑦]
游止判殊路，[⑧]旋驾怅迟迟。
目送回舟远，情随万化遗。[⑨]

【注释】

① 王抚军：江州刺史王弘，时为抚军将军。

② 腓：病也。

③ 履霜节：下霜季节，指九月。

④ 洲渚：水中陆地。

⑤ 乖违：相背。

⑥ 离言：离别之言。聿：语助词，无实义。

⑦ 悬车：指太阳。

⑧ 游：一作“逝”，是。逝，行者。止：留者。

⑨ 万化：指天地万物之变化。

【评析】

大约在宋武帝永初元年（420）秋，庾登之为西阳太守，被征还；谢瞻为豫章太守，将赴郡。抚军将军、江州刺史王弘送至湓口，设宴饯别，邀陶渊明在座。数人在此赋诗叙别，渊明遂即席赋此诗。

渊明归隐之后，与州郡官员仍有来往。其中交往时间较长，官阶最高者为王弘。据《宋书·王弘传》，晋安帝义熙十四年（418），王弘任职江州，刚到任，就搜访隐逸。陶渊明出身江州洪族，为陶侃后裔，又是著名的“浔阳三隐”之一，人品高尚，于是王弘想方设法招致之。《宋书·隐逸传》载有王弘结识渊明的故事，饶有兴味：“江州刺史王弘欲识之，不能致也。潜尝往庐山，弘令潜故人庞通之，赍酒具于半道栗里要之。潜有脚疾，使一门生二儿轝篮舆，既至，欣然便共饮酌。俄顷弘至，亦无忤也。”据上记载，王弘初到江州，想结识渊明而不能致也。原因是渊明归隐之后，“穷巷寡轮鞅”，与官府不相往来。

但王弘略施小计就凑效，渊明也终于喝了酒。为什么渊明接受王弘欲结识的意愿了？主要原因是王弘结识渊明，并不是拉后者重入官场，而是出于对著名隐士的欣赏和尊重。魏晋时期以隐逸为高，普遍优待隐士。当然也有强征隐士入仕的例子，不过，王弘欲招致渊明并非逼其入世。其次是渊明个性的原因。渊明喜酒，性格有平易近人的一面。他看到故人庞通之携酒邀之，喜酒之人难以拒绝酒的诱惑，便欣然一起饮酒了。不一会儿王弘至，“亦无忤也”。别人尊重你，不强迫你戴官帽，让你安心做隐士，还送酒给你喝，你干嘛还与人发生冲突？

这次王弘送客，邀渊明作陪，渊明也就去了。这也是他个性中“无忤”一面的体现。不要因为他坐在地方最高长官的宴席上，就断定他的行为有损隐士的高操。

诗写履霜时节的萧瑟暮物，以及依依惜别的心情。其中“逝止判殊路”一句尤其值得注意。庾登之征还入朝，谢瞻赴豫章郡，王弘宴席完后还州府，三人皆是逝者。唯有渊明本人为止者——止于隐逸的道路不再离开。逝者、止者，道路殊别。渊明虽预别宴，十分清楚仕隐不同，各走各的路。丁福保注“逝止判殊路”四句，引程穆衡说：“庾入朝，谢赴郡，王还治，皆逝者也。止者斯旋驾可矣，复何怅为？虽然，于此而不动念者，非人情也。圣人必无非人情之事，此老庄、吾道之别也。若夫舟既远而此情犹不遗，尚得为人乎？我见朱轩绣毂，帐饮饯归者，不过亦如游云晨鸟，同为万化之一耳。纵化忽及我，而我自能遗化，斯善于观化焉。”程穆衡着重解释渊明为什么旋驾之时，复有怅憾？以为别离时刻的怅憾乃为人之常情。所谓圣人有情，老庄与圣人之道的区别就在这儿。程氏视老庄无情，这并不正确。但从人之常情来解释渊明的怅憾，是可取的。程氏又说渊明“善于观化”，说得也有道理。黄文焕说：“苦海不脱，只为情多，与化俱徂，则情随之而遗落矣。钟情语以遗情结，最工于钟情。”（黄文焕《陶诗析义》卷二）以化迁之哲思，遗落怅憾之人情，解释似乎更完美。

与殷晋安别[1] 并序

殷先作晋安南府长史掾，[2] 因居浔阳。后作太尉参军，[3] 移家东下，作此以赠。

游好非久长，[4] 一遇尽殷勤。
信宿酬清话，[5] 益复知为亲。
去岁家南里，薄作少时邻。[6]
负杖肆游从，[7] 淹留忘宵晨。
语默自殊势，亦知当乖分。
未谓事已及，兴言在兹春。
飘飘西来风，悠悠东去云。
山川千里外，言笑难为因。[8]
良才不隐世，[9] 江湖多贱贫。[10]
脱有经过便，[11] 念来存故人。[12]

【注释】

① 殷晋安：晋安太守殷隐。

② 南府：南中郎将将军府之省称。掾：军府的曹掾。

③ 太尉：指刘裕。

④ 游好：友好。

⑤ 信宿：连宿二夜。清话：高雅的言谈。

⑥ 薄：迫也，近也。

⑦ 游从：同游相从。

⑧ 因：亲也。

⑨ 良才：指殷隐。

⑩ 贱贫：渊明自指。

⑪ 脱：犹言“假使”“假若”。

⑫ 存：存问，劳问。

【评析】

这首诗首先要弄清楚诗题中的殷晋安是谁。旧说殷晋安为殷景仁，名铁，《宋书》卷六三、《南史》卷二七有传。邓安生先生一反旧说，以为殷晋安非殷景仁，而是《莲社高贤传》中的晋安太守殷隐。殷隐以南中郎将府的长史领晋安太守兼曹掾。因领职晋安太守，故称殷晋安；以南中郎将府的长史兼曹掾，得以居浔阳。殷晋安作太尉刘裕的参军，移家东下，渊明作诗以赠。时间大概在义熙十二年（416）。

诗前八句叙写与殷晋安结识的经过，后十二句写两人的离别。

从现存的陶诗看，渊明结识的“新知”是别地来浔阳任职的官吏，两者交往的时间都不长。殷晋安及庞参军就属此类。渊明为“浔阳三隐”之一，人品高洁，以致外来的官吏慕其名，多与之结交。渊明性格平易，既然人爱己，当然亦以爱对人。不过，渊明并不因为这些“新知”欣赏自己，就忘却了仕隐的界限。他始终意识到彼语我默的人生道路毕竟不同。比如《答庞参军》诗说：“我实幽居士，无复东西缘。”《于王抚军座送客》诗说：“逝止判殊路。”《与殷晋安别》诗说：“语默自殊势，亦知当乖分。”渊明很清楚：逝止各奔东西，语默终当乖分。“新知”，终究是萍水相逢，随时可能天各一方。

邱嘉穗指出：“此与前《于王抚军座送客》诗皆专就交情上说得缠绵恺切，非如《赠羊长史》《和郭主簿》《张常侍》诸篇吐露本志。然上篇云‘逝止判殊路’，此篇云‘语默自殊势’，则公之处己待人，亦不苟然者矣。”（邱嘉穗《东山草堂陶诗笺》卷二）以为此诗与《于王抚军座送客》诗只是专说交情的缠绵，与《赠羊长史》等篇吐露本志不同。意谓“新知”和“旧交”，还是有所区别的。邱氏辨别渊明赠答诗有不同的两种，体会深细，也符合陶诗的实情。

然而，尽管是“新知”，并且诗人也深知自己与“新知”逝止殊路，语默殊势，但交往之中绝不敷衍了事，而是真诚相待。这是渊明人品的不可及处。后世读者感动之余，必能想见其为人。

古今评论者，绝大多数赞誉渊明深情、忠厚，并无讽刺殷晋安的意思。如吴菘说：“深情厚道，绝无讥讽意。‘良才不隐世’，并不以殷之出为卑；‘江湖多贱贫’，亦不以己之处为高。各行其志，正应‘语默自殊势’句。真所谓‘肆志无污隆’也。”（吴菘《论陶》）张荫嘉也说：“殷出辅宋，本拂公心。而诗无讥讽，所谓亲者无失其亲也。”（张荫嘉《古诗赏析》卷一三）

也有少数学者说此诗有讥讽意。盖误以殷晋安为殷景仁，而殷事刘裕，与渊明的政治立场不同所致。例如温汝能说：“殷事刘裕，与靖节殊趣，故篇中‘语默殊势’已显言之。至‘事已及’，即指其移家东下。‘才华’数语，抑扬吞吐，词似出之忠厚，意实暗寓讥刺。殷景仁当日得此诗，未必无愧。予谓读陶诗者，当知其蔼然可亲处，即有凛然不可犯处。”（温汝能纂集《陶诗汇评》卷二）前吴菘解释“良才不隐世”二句，以为是“各行其志”；此处温汝能则以为“词似出之忠厚，意实暗寓讥刺”。究竟何者为是？我们以东晋著名隐士戴安道与其兄戴逯的故事说明之。《世说新语・栖逸》一二载：“戴安道既厉操东山，而其兄欲建‘式遏’之功。谢太傅曰：‘卿兄弟志业，何其太殊？’戴曰：‘下官不堪其忧，家弟不改其乐。’”戴逯回答谢安之言，意思即是或仕或隐，各行其志。渊明称殷晋安“良才不隐世”，称自己“江湖多贱贫”，虽说是谦逊之词，实际上婉转地表明了他与殷晋安之间语默殊势的看法，不存在讥讽。大概也在义熙十二年（416），颜延之为江州刺史后军功曹，住浔阳，与渊明结邻，成为好友。颜延之与殷晋安同样作刘裕的幕僚，难道渊明也会讥讽他？此事也可说明这首诗并无讥讽殷晋安之意。

赠羊长史并序

左军羊长史，[1]衔使秦川，作此与之。

愚生三季后，[2]慨然念黄虞。[3]
得知千载外，上赖古人书。[4]
贤圣留余迹，事事在中都。[5]
岂忘游心目？关河不可逾。
九域甫已一，逝将理舟舆。[6]
闻君当先迈，负痾不获俱。
路若经商山，[7]为我少踌躇。
多谢绮与甪，[8]精爽今何如？[9]
紫芝谁复采？深谷久应芜。
驷马无贳患，[10]贫贱有交娱。[11]
清谣结心曲，[12]人乖运见疏。[13]
拥怀累代下，言尽意不舒。

【注释】

① 左军：左将军之省称，指檀韶。羊长史：羊松龄，时作左将军檀韶的长史。

② 三季：指夏、商、周三代之末。

③ 黄虞：黄帝、虞舜。

④ 上：一作“政”。“政”同“正”，作“政”是。“政”，止，仅。

⑤ 中都：指西晋都城洛阳。

⑥ 逝将：逝，往也。将，助词。

⑦ 商山：又名商阪，在今陕西省商洛市商州区东南。

⑧ 谢：问候，问讯。绮与甪：“商山四皓”中人物。四皓谓东园公、甪里先生、绮里季、夏黄公。

⑨ 精爽：精魂。

⑩ 贳患：远患。贳，同“赊”，有久远义。

⑪ 交娱：近娱。交，接也，引申为近。

⑫ 清谣：指四皓所作的歌。

⑬ 人乖：指人与世乖。

【评析】

读《赠羊长史》诗，须先了解它的写作背景。刘履说：“义熙十三年，太尉刘裕伐秦，破长安，送秦主姚泓诣建康受诛。时左将军朱龄石遣长史羊松龄往关中称贺，而靖节作此诗赠之。”（刘履《选诗补注》卷五）后来解释此诗者，多沿袭刘履的说法，以为“左军”是朱龄石。至逯钦立始立异说，以为“左军”是檀韶，为江州刺史。羊长史在浔阳，故渊明得以作诗赠之。今从逯先生所说。

义熙七年（411），刘裕授大将军、扬州牧，标志着朝廷大权已为刘裕控制，晋室的灭亡之势，已经无可挽回了。陶渊明曾亲见桓玄篡晋，对于刘裕的终极意图不会看不清楚。义熙十二年（416），刘裕北伐灭后秦，西晋永嘉之后沦丧于北方异族的国土，百年之后重新统一。天子下诏，进位刘裕相国、总百揆、扬州牧，位在诸侯王之上。至此，晋室名存实亡。

渊明本来就比较关注时局的变化，在历史将要发生巨变的时刻，他大概觉得有必要表示政治倾向了。再说，羊长史是旧交，在他面前表白心迹无碍。其心迹主要有二：一是对刘裕平定关中的态度，二是坚持隐居的心志。刘裕平定北方，是东晋历史上的大事件。虽然三年之后关中得而复失，但在当初，终究是前所未有的奇功。然则，渊明如何看待刘裕统一南北的成功呢？

诗起笔就说“愚生三季后，慨然念黄虞”，不去赞美天下重归一统，反而向往千载以上的黄虞社会，可见他对刘裕的功勋非常冷淡，不情愿一提。“贤圣留余迹，事事在中都。”说明他感兴趣的只是中都的贤圣余迹，不忘游心目，可惜“关河不可逾”。如今“九域甫已一，逝将理舟舆”，可以随羊长史往中都游观贤圣的余迹了。可结果却是“闻君当先迈，负痾不获俱”。难道渊明真的有病，错失了游心目的良机？其实不是。中都洛阳历经百年浩劫，贤圣余迹所剩无几，渊明大概不会不知晓洛阳的现状。更主要的原因是，晋宋易代在即，渊明对未来的新朝不感兴趣。于是托病，婉转表示不能与羊长史同往。

渊明寄怀不忘的仍是汉初“商山四皓”。四皓作《紫芝歌》的故事，载在《古今乐录》：“四皓隐居，高祖聘之，不出，作歌曰：‘漠漠高山，深谷逶迤。晔晔紫芝，可以疗疾。唐虞世远，吾将安归？驷马高盖，其忧甚大。富贵之畏人兮，不如贫贱之肆志。’”渊明一定觉得，那几个隐在高山深谷里的老先生，就像是自己的影子。再没有比那首《紫芝歌》，更能贴切地传达自己坚持隐居的志向了。渊明拜托羊长史路经商山时，替他殷勤问候四皓，“精爽今何如”？其实是自问：隐居之志今如何？在时代巨变之际，对自己选择的人生道路，会不会动摇呢？不会的！商山四皓是榜样，《紫芝歌》嘹亮在心中。

前面曾多次指出，动辄称“寄寓易代之感”，乃是解读陶诗的一大弊病。这样说，并不是一概否认陶诗确有忧时感事之作。事实上，

《赠羊长史》诗寄寓晋宋即将易代的感慨，是明白无误的。汤汉注指出：“天下分崩，而中州贤圣之迹不可得而见。今九土既一，则五帝之所连，三王之所争，宜当首访，而独多谢于商山之人，何哉？盖南北虽合，而世代将易，但当与绮、角游耳。远矣深哉！”以为时代将易，渊明欲与四皓同隐。蒋薰说：“是年刘裕平关中，故羊长史松龄使秦川。越三年，裕受晋禅矣。先生念黄虞而谢绮、角，乃致慨于晋宋之间也。斯为‘言尽意不舒’乎？”（蒋薰评《陶渊明诗集》卷二）也指出了此诗的时代之慨。

《赠羊长史》诗是陶诗中的佳作，艺术成就极高。方东树说：“其文法之妙，与太史公《六国表》同工。觉颜《北使洛》如嚼蜡，如牛负物行深泥，费力而索然无复生气。陶诗当以此为冠卷……‘路若经商山’，以笔势论，亦是蹴起陡势，神来气来之笔。‘紫芝谁复采’，正言我将继之也。‘贳患’即贾祸也。‘言尽意不舒’，不啻明说吾意不能明露也。高妙疏远，笔势骞举，不独谢（灵运）不能，鲍（照）亦不能。”（方东树《昭昧詹言》卷四）甚至称陶诗当以此为冠卷。确实，“路若经商山”以下，以四皓为己写照，为己代言，真是神来之笔，世所罕及。

岁暮和张常侍

市朝凄旧人，[①] 骤骥感悲泉。[②]
明旦非今日，岁暮余何言！
素颜敛光润，白发一已繁。
阔哉秦穆谈，[③] 旅力岂未愆。[④]

向夕长风起，寒云没西山。
厉厉气遂严，⑤ 纷纷飞鸟还。
民生鲜常在，⑥ 矧伊愁苦缠。
屡阙清酤至，无以乐当年。
穷通靡攸虑，憔悴由化迁。
抚己有深怀，履运增慨然。⑦

【注释】

① 市朝：公众聚集之所。

② 骤骥：喻光阴疾速。悲泉：日落处。

③ 阔：迂阔。秦穆：秦穆公。

④ 旅力：体力，同“膂力”。

⑤ 厉厉：猛烈。

⑥ 民生：民性。

⑦ 履运：遭逢时运。

【评析】

前人一般都以为这首诗作于义熙十四年（418）。陶澍注：“张常侍，当即本传所称乡亲张野……但野以义熙十四年卒，题不应云和。详味诗意，亦似哀挽之辞。或‘和’当作‘悲’。又野族子张诠，亦征常侍。或诠有挽野之作，而公和之邪？”怀疑张诠有挽张野之作，渊明和之。陶澍的怀疑合乎情理。

方东树分析这首诗的命意、内容和章法，说：“大致因岁暮而感流年之速，已之将老死也，而精深沉至，不浅滑平显，一起一结尤深。”又称赞此诗“章法文法，曲折顿挫”（方东树《昭昧詹言》卷四）。温汝能说：“此篇音节悲古，起结尤感叹欲绝。盖人生境遇无常，抚己慨然，正非渊明所独。惟渊明当日之怀有难以告人者，故其触景增慨，比他人为独深也。”（温汝能纂集《陶诗汇评》卷二）方东树以为此诗为岁暮感慨。温汝能以为感慨人生境遇无常，但又隐约其辞，说渊明情怀“有难以告人者”。

另一种意见以为此诗非一般的岁暮感慨，而是感慨易代之事。以下仅举刘履和邱嘉穗两人之说。

刘履说：“按晋史义熙十四年十二月，宋公刘裕弑安帝于东堂而立恭帝。靖节和此岁暮诗，盖亦适当其时，而寄此意焉。首言市朝耆旧之人，莫不相为悲凄，而其乘马亦有悲泉悬车之感。且谓明旦已非今日，予复何言，其意深矣。中谓长风夕起，寒云没山，猛气严而飞鸟还者，以喻宋公阴谋弑逆之暴，而能使人骇散也。篇末又言穷通死生皆不足虑，但抚我深怀而践此末运，能不慨然而增愤激焉。”（刘履《选诗补注》卷五）

又邱嘉穗说：“‘市朝凄旧人’及‘明旦非今日’皆指易代之事而言。前《九日闲居》诗犹曰：‘栖迟固多娱，淹留岂无成。’虽坐视晋亡而不能救，犹以命自安，而有养晦待时之意。此则直激于义，而叹膂力之既愆，不可复以有为矣。故曰：‘抚己有深怀，履运增慨然。’盖悲愤之甚，而词气仍复含蓄。篇中‘向夕长风起’四句，似只赋题‘岁暮’二字，而实则比晋亡宋兴，旧人畏罪相附，尤觉有味。”（邱嘉穗《东山草堂陶诗笺》卷二）

刘履、邱嘉穗两人的评论，几乎把诗中的每一句都说成愤宋篡夺。例如邱氏谓“明旦非今日”一句，乃指易代之事而言。其实，这句写老年人人命危浅的切身感受。《形赠影》诗“适见在世中，奄去靡归期”二句，可作“明旦非今日”句的注脚。老年人说去就去，朝不保夕。今日还见在，明旦人已去。诗人思及于此，又有何言？

诗中“向夕长风起”四句，实写冬日严寒景色，刘履解为喻刘裕阴谋弑逆之暴，使人骇散。邱嘉穗则说“比晋亡宋兴，旧人畏罪相附”。牵强附会如此，岂可信从？

陶渊明晚年受到晋宋易代的刺激，这不用怀疑。但易代之感，并非天天有，时时有。也不是每首诗都会寄寓时局引起的愤恨。中国历史每到易代之际，政治特别险恶，言行稍有不慎，就有可能遭遇不测。渊明即使不满易代，也用不着经常形诸诗文。事实也是如此，他把复杂的情感藏之于心，偶有表露，或用比兴，或以逊词。如果文本没有明确的指向，就不必非得坐实。离开文本的索隐，终究无多大意义。

要之，论此诗命意，还是以岁暮感流年之速一说为妥。正如前人所指出，此诗的起结尤为出色。起笔“市朝凄旧人，骤骥感悲泉”二句，写出了迟暮之人最普遍的生命体验。市朝一切皆变，然对于老年人来说，旧人日益零落，新人多为不识，乃是最觉惊心动魄的变易。深感流年越来越快，属于自己的时光越来越短，人生终点快速逼近，悲叹与恐惧有几人能免？

结尾四句，表达渊明对生命的感悟，即是以化迁的人生哲学，消弭生命历程中的一切痛苦，诸如衰老、饥寒、愁苦、无酒、穷通、死亡……“穷通靡攸虑，憔悴由化迁”，顺遂自然的变化，不喜不惧，了结一生。至此，诗人的情绪似乎平静了。可是，最后又复慨然，如陡峰突起。可见，深怀终究难以平静，情在岁暮岂不慨然！陶诗本色固是平淡，但也用曲折顿挫之法。至于“深怀”与“慨然”的内涵，诗人未明言，读者尽可以猜想和体会。

和胡西曹示顾贼曹[1]

蕤宾五月中,[2] 清朝起南飔。[3]
不驶亦不迟,[4] 飘飘吹我衣。
重云蔽白日，闲雨纷微微。[5]
流目视西园，晔晔荣紫葵。
于今甚可爱，奈何当复衰。
感物愿及时，每恨靡所挥。
悠悠待秋稼，寥落将赊迟。[6]
逸想不可淹,[7] 猖狂独长悲。[8]

【注释】

① 胡西曹、顾贼曹：两人事迹不详。西曹、贼曹，皆州官名。

② 蕤宾：指五月。

③ 飔：凉风。

④ 驶：疾也。迟：缓慢。

⑤ 闲雨：小雨。闲，缓，慢。微微：小也。

⑥ 赊迟：犹迟缓。

⑦ 淹：留也。

⑧ 猖狂：纵恣迷妄。此形容情怀激烈。

【评析】

这首诗的写作年代不容易确定。诗中有“每恨靡所挥”一句，古直注引《说文》：“挥，奋也。”以为这句意即“有志不获骋”。有人据古直注，称渊明早年有志从政，但遇不到好机会，遂定此诗作于渊明早年。但问题是陶诗中的几次“挥”，均指挥觞，即饮酒。例如《时运》诗“挥兹一觞”，《咏二疏》诗“挥觞道平素”。而“每恨”句下说“悠悠待秋稼，寥落将赊迟”，可见生活窘迫，无酒可饮。这种状况更像渊明的晚年。据此，这首诗可能作于晚年，大概与《九日闲居》诗之作相去不远。

诗的前半十句写景。写五月的风，五月的云，五月的雨，还有五月的紫葵花开得光辉灿烂。五月的景物美好宜人。可诗人流目晔晔的紫葵，正如他怅惘荣木的“晨耀其华，夕已丧之”一样，看到了她在不久之后的必然衰败。

由此，过渡到下半首六句的抒怀。“感物愿及时”，有感于紫葵的“于今甚可爱，奈何当复衰”，了悟到应该及时行乐。饮酒，便是行乐之一。可惜“每恨靡所挥”。盼望秋稼成熟，可以酿酒。然而时日悠悠，秋稼稀稀落落，长势也缓慢。遭遇这样的生活苦境，种种狂想再也无法停止，情怀激烈，独自长悲。与《岁暮和张常侍》诗结尾“抚已有深怀，履运增慨然”一样，“逸想”和“猖狂”的内涵难以确指。这反而给读者留下了广阔的想象空间。

邱嘉穗此人常常戴着“晋宋易代”的政治眼镜看陶诗，解读此诗亦如此。他说：“此诗赋而比也。盖晋既亡于宋，如重云蔽日而阴雨纷纷，独公一片赤心如紫葵向日，甚为可爱，而又老至，不能及时收获，渐当复衰，此公所以感物而独长悲也。”（邱嘉穗《东山草堂陶诗笺》卷二）诗中“重云蔽白日”二句，明明是实景描写，被说成是比喻晋亡于宋。紫葵也是实景，邱氏以为是渊明自比，一片赤心如紫葵向日，云云。牵强又支离，了不可信。

王夫之大为赞赏此诗，称“广大深密，学陶者何尝见其涯涘”（王夫之《古诗评选》卷四），温汝能则称“此篇在集中为平淡之作”（温汝能《陶诗汇评》卷二）。这首诗相对单纯，不见得“广大深密”，不见涯涘。说它“平淡”，倒是恰如其分。

悲从弟仲德

衔哀过旧宅，悲泪应心零。
借问为谁悲？怀人在九冥。[①]
礼服名群从，[②]恩爱若同生。[③]
门前执手时，何意尔先倾。[④]
在毁竟不免，[⑤]为山不及成。
慈母沉哀疢，二胤才数龄。[⑥]
双泣委空馆，[⑦]朝夕无哭声。
流尘集虚坐，[⑧]宿草旅前庭。[⑨]
阶除旷游迹，[⑩]园林独余情。
翳然乘化去，[⑪]终天不复形。[⑫]
迟迟将回步，恻恻悲襟盈。[⑬]

【注释】

①九冥：同“九泉”。

②礼服：指丧服的礼制。

③同生：一母所生称同生。

④倾：倾世，弃世。

⑤在毁：毁，一作“数”。作“数”是。数，命数，天数。在数，犹命数之内。

⑥二胤：指仲德的两个儿子。胤，后代。

⑦双泣：泣，一作“位”。作“位”是。位，鬼神的灵位。双位，指

仲德夫妇的灵位。

⑧ 虚坐：指为死者所设的非饮食之坐。

⑨ 宿草：来年之草。旅：野生的谷或草称“旅”。

⑩ 旷：空也。游迹：指人迹。

⑪ 乘化去：指死。化，造化，自然。

⑫ 终天：终古，永久。

⑬ 恻恻：伤心貌。悲襟盈：一作“衿涕盈”。

【评析】

现知渊明有两个从弟，一名敬远，一名仲德，皆早死。这首诗叙述诗人至仲德旧宅到离开旧宅的过程。先是回忆仲德生前与自己恩爱若同生，痛惜他“在毁竟不免，为山不及成”，功亏一篑。然后描写所见仲德死后家庭的惨况：慈母哀痛，儿子尚小，灵位空寂。流尘集于虚坐，宿草旅生前庭。阶除渺无人迹，园林独我悲情。来时“衔哀过旧宅，悲泪应心零”；去时“迟迟将回步，恻恻悲襟盈”。以哀情起，以哀情结。诗人始终陷于哀痛，几至不能自拔。

昔庄子丧妻，箕踞鼓盆而歌，世以为达。渊明彻悟死生，作《神释》诗说：“纵浪大化中，不喜亦不惧。要尽便须尽，无复独多虑。”何其达观！然而从弟仲德之死已过去数年，渊明过其旧宅仍悲泪盈襟。这与达观岂不矛盾吗？

诚然，渊明彻悟死生，这是清明的理性。但在另一方面，贤圣有情。若无情，不成其为贤圣。渊明深于情，特别关注生命的价值，当生命一旦逝去，心中不能无感，更不可能像庄子丧妻一样鼓盆而歌。何况，渊明深受儒家礼经的影响，应该熟悉礼经上有关丧葬的详细规定。向死亡的亲友表示哀痛，本质上源于自然的人性，后来成为礼经的规定。故渊明的旷达，与魏晋任诞之士的旷达是不一样的。前者是基于理性和亲情两者基础上的旷达和洒脱。换言之，渊明彻悟生死的旷达与亲友死亡表达的伤痛，两者不存在冲突。

前人一致肯定渊明哀伤仲德之死的感情，曰“真切”，曰“至情”。但有人对此诗的语言评价不高。如陈祚明说：“其情颇真切，特多弱句，如‘悲泪应心零’‘何意尔先倾’‘园林独余情’之类，皆不健。公诗真率，每嫌体弱。是时诸家皆务矜琢，琢则远自然，然自成其古；率则近自然，然每流于弱。”（陈祚明评选《采菽堂古诗选》卷一四）陈氏以为渊明之情真切，但“特多弱句”。不仅评此诗弱句，而且评陶诗的全部，说什么“公诗真率，每嫌体弱”，又说“率则近自然，然每流于弱”。如此一来，似乎陶公的真率，反倒成了所谓“弱”的起因了。

下面仅评陈祚明所举本诗的例子，看看是否属“弱句”。“门前执手时，何意尔先倾”二句，写当年渊明执从弟仲德之手时，根本想不到仲德会先行离世。然仲德竟然先走了！为什么仲德先倾？自己与从弟，总有人先倾。但为什么偏偏从弟先倾呢？“何意”之“意”，渊明必知是天意无疑，可他还要明知故问。故“何意”一句，写尽了渊明悲仲德之死的痛惜和无奈。可陈祚明居然称这句为“弱”。这是什么眼光？至于说真率近自然，每流于弱，更不值一驳。

又有温汝能评此诗，说“此篇与上《和胡西曹》二作中，如‘不驶亦不驰’‘每恨靡所挥’‘在数竟未免，为山不及成’等句，似属急猝成章，不甚经意。即按之体格，亦属集中别调，非陶本色。陈评摘其一二率语，谓近于弱，似也。要之论古人诗，须于性情品格中求之，徒于字句间或一二篇什指瑕摘疵，则古人真面目未为得也，而况以论陶诗哉！”（温汝能纂集《陶诗汇评》卷二）温氏赞同陈祚明所谓“弱句”之说后，也举了《和胡西曹示顾贼曹》诗中“不驶亦不驰”等句，说成是“不甚经意”“非陶本色”，云云。按，五月的南风，不急不徐，“飘飘吹我衣”，那是沁人心肺的好风，大自然的恩赐，给人无上的享受。真率自然的佳句，温汝能却以为“不甚经意”，近于弱。真是不可思议！温汝能好像觉得自己的评论不妥，转而论古诗说：须于性情品格中求之，不可以一二句指瑕摘疵。这几句话才算比较中听。从陶诗中摘一二句，又不联系上下文句，忽视诗人的情感内容，便说某句弱，某句不经意，难免佛头着粪，岂能揭示陶诗的高妙？

卷第三

始作镇军参军经曲阿①

弱龄寄事外，② 委怀在琴书。
被褐欣自得，③ 屡空常晏如。④
时来苟冥会，⑤ 婉娈憩通衢。⑥
投策命晨装，⑦ 暂与园田疏。
眇眇孤舟逝，绵绵归思纡。
我行岂不遥，登陟千里余。⑧
目倦川涂异，心念山泽居。
望云惭高鸟，临水愧游鱼。
真想初在襟，谁谓形迹拘。
聊且凭化迁，终返班生庐。⑨

【注释】

① 曲阿：地名，在今江苏丹阳，离京口不远。

② 弱龄：泛指年轻时期。

③ 被褐：即披褐。褐，粗布衣。

④ 屡空：经常空匮贫乏。

⑤ 冥会：自然而来，不求自至。

⑥ 婉娈：《文选》作“宛辔”。

⑦ 投策：弃杖。

⑧ 陟：登也。一作“降”。

⑨ 班生：指班固。

【评析】

翻开陶集，会发现第三卷集中了陶渊明的全部纪年诗，而《始作镇军参军经曲阿》诗编在卷首。有人据此以为诗题中的“始作”，意思即“始仕”，渊明始仕为镇军将军参军。至于镇军是谁，有多种说法。或说是太元年间作镇军将军的郗愔，或说是刘牢之，或说是刘裕，迄今仍无共识。

这首诗有三层意思。开头四句回忆从前的田园生活，虽贫犹乐。中间一层先交代出仕的原因，所谓“时来苟冥会”。后描写行役之路遥远和艰难。其中“目倦川涂异，心念山泽居。望云惭高鸟，临水愧游鱼”等句，写诗人刚告别田园，就有后悔之意了。最后四句表达暂时出仕，终归田园的心愿。

温汝能把陶渊明始作镇军参军与诸葛亮出山相提并论：“孔明初出茅庐，便有归耕南阳之想；渊明始作参军，便有终返故庐之志，其胸怀一而已。至于一返一不返，时势不同，所遭各异也。”（温汝能纂集《陶诗汇评》卷三）说渊明、孔明胸怀一也，未免不伦不类。渊明年轻时固然有远志，但绝对比不上诸葛亮早年好为《梁父吟》，自比管仲、乐毅。渊明是因贫而仕，诸葛亮则是欲复兴汉室，挽狂澜于既倒。渊明偶出，即有归思之意；孔明一出茅庐，鞠躬尽瘁，死而后已。以为两人胸怀一也，属于皮相之论。

渊明“少无适俗韵，性本爱丘山”，为何离开心爱的田园，去作镇军参军呢？答案是“时来苟冥会”。然“时来”之时，究竟何时？

又发生何事？居然把蓬庐中闲情满满的陶渊明吸引过来，踏进滚滚红尘中？

上述问题，是这首诗最难解的地方，古今学者多所探索。其中李善注《文选》此诗的意见比较合理：“臧荣绪《晋书》曰：‘宋武帝行镇军将军。’”以为镇军将军是刘裕。后来马端临《文献通考》说：“刘裕起兵讨玄，诛之，为镇军将军，渊明参其军事。”刘裕为镇军将军，揭义旗讨桓玄，时在元兴三年（404）。在政局变化的关键时刻，渊明做了刘裕的参军。“时来苟冥会”的答案就在于此。虽说是姑且“冥会”，但多多少少表现出他的政治态度。

当然，“时来苟冥会”也可看出他出仕终究抱着“临时观念”。匆匆行役，千里颠簸，还没到任就“心念山泽居”了。仰望云中鸟，俯察水中鱼，不禁心生惭愧。本来好端端在山泽居，却跑出来受风波之苦。渊明啊，你这是何苦呢？

然而，渊明自有他的处世哲学，可以应对或夷或险的社会变化。诗的最后四句便是他应对外部世界的大本领：“真想初在襟，谁谓形迹拘”？意思是说，那“真想”当初就已扎根在胸怀，谁说我为形迹所拘呢？然则何谓“真想”？真与自然同义。“真想”，即是任真之想，爱自然之想。“弱龄寄事外，委怀在琴书”就是“真想”，“少无适俗韵，性本爱丘山”也是“真想”。形迹可以与时俱化，“真想”却永在心中。因“真想”在心，故不惧事变。既然“时来”，不妨“冥会”之，所谓“聊且凭化迁”。而“真想”终究是我的灵魂，故“终返班生庐”。“聊且”二句，实质是进一步解释“真想初在襟”。

这首诗的旨意以出仕为冥会，是与时俱化；以山泽居为“真想”，为终极归宿。可见渊明终究是隐士，唯有隐最合他的本性。黄文焕说：“能寄乃能委，自道出脱俗妙诀。‘暂疏’与‘终返’相映。题是《始作参军经曲阿》，束装初出，何尝有仕途岁月之苦，而曰‘归思纡’，曰‘心念居’，曰‘终返庐’，一篇三致意，如若旷历年岁，久堕难脱然。章法善用复，既言‘惭’‘愧’‘真想’，毋乃遁乎？复自扬，曰‘在襟’，曰‘谁谓形迹拘’，形坠仕途，想不与俱坠也……”（黄文焕《陶诗析义》卷三）。黄氏指出的那些两两相映的字，实质就是仕隐两种人生态度，最后的归宿乃是隐。所谓“一篇三致意”，致意在隐，在“班生庐”。

庚子岁五月中从都还阻风于规林二首①

其一

行行循归路，计日望旧居。
一欣侍温颜，②再喜见友于。
鼓棹路崎曲，指景限西隅。③
江山岂不险，归子念前涂。
凯风负我心，戢枻守穷湖。
高莽眇无界，④夏木独森疏。
谁言客舟远，近瞻百里余。
延目识南岭，⑤空叹将焉如！

【注释】

①规林：古地名，在今安徽宿松县境内。

②温颜：指生母。

③指景：即指日。景，太阳。

④莽：草。

⑤ 南岭：庐山中一高峰。

【评析】

晋安帝隆安四年庚子（400），陶渊明为桓玄僚属，因事使都。公事了，五月中从都还故乡浔阳。遇江上风波，阻于规林，作《阻风于规林》诗二首。至于渊明何以使都？是否有家眷在京都？还浔阳何事？这些问题历代学者多有讨论。终因时代渺远，很难知悉当年的具体情况。

现在大致可知的是，渊明先在桓玄幕府，后来作刘裕镇军参军，不久又作刘敬宣建威参军。有几年时间，他在荆州至建康的江面上东来西往，历经风波之苦。现存陶集中有多首诗，写他在波峰浪谷之间行行重行行，看着大江两岸的景物，想象着亲人与故园，苦况与思念，皆绵绵不绝。

远方游子的归家路，往往潜伏着不确定性，故而特别漫长而且坎坷。吴菘说："'计日望旧居'，写尽客子情态。前四句皆志喜，后皆叹也。路曲景限，江山又险，已为可叹。乃风又负我，水又穷我，远则高莽绵邈，近则夏木蔽亏，百里非遥，瞻望弗及，与前'计日'殊相左矣，能不永叹！"（吴菘《论陶》）前称"计日望旧居"，似乎马上可以回到慈母和亲友的身边。想不到阻风规林，困守穷湖，游子归家，何其难哉！

黄文焕说："崎曲怨地、限隅怨日、凯负怨风、森疏怨木，层层添苦。路直则归速，日长则行倍，地不可缩，日不可系，此无可如何者也。风若顺而何忧路曲，何忧日短。木不森则无所蔽，远望可以当归。路曲尚藉目直，日短难抑心长，乃两受阻焉，此偏添相挠者也。写怨幻奥。"（黄文焕《陶诗析义》卷三）分析游子归途中的种种苦况，非常细致。

邱嘉穗指出陶渊明的孝友和慈爱，也值得参考。他说："余读'一欣侍温颜，再喜见友于'，及'久游恋所生'，与夫《悲从弟》《祭程氏妹》诸诗文，而知公之真孝友。读《责子》《告俨等疏》，及'弱子戏我侧，学语未成音''弱女虽非男，慰情良胜无'等句，而知公之真慈爱。"（邱嘉穗《东山草堂陶诗笺》卷三）从本篇"一欣侍温颜，再喜见友于"及下篇"久游恋所生"等句看来，此时渊明母孟夫人尚在，从弟敬远、仲德也未亡。读《阻风于规林》诗二首，确实可见陶渊明的孝悌和慈爱。

其二

自古叹行役，我今始知之。
山川一何旷，巽坎难与期。①
崩浪聒天响，② 长风无息时。
久游恋所生，③ 如何淹在兹！
静念园林好，人间良可辞。
当年讵有几？④ 纵心复何疑。

【注释】

① 巽坎：指风水。《易·说卦》："巽为木，为风。""坎为水，为沟渎。"

② 聒：声音嘈杂响亮。

③ 所生：此指陶渊明生母孟氏。

④ 当年：壮年。

【评析】

本篇诗意紧接上篇。上篇末二句说"延目识南岭，空叹将焉如"，本篇开头二句说“自古叹行役，我今始知之”，再叹行役之苦。

早在《诗经》中，就已写到行役之苦。《诗·魏风·陟岵》说：“嗟，予子行役，夙夜无已。”描写孝子行役，登山以望父母之所在，想象其父挂念自己，叹息道：“嗟乎！我的儿子行役，夙夜勤劳，不得止息。”

《汉书》中载有王阳行役，至险地而返的故事：王阳为益州刺史，行部至邛崃九折阪，叹曰：“奉先人遗体，奈何数乘此险！”于是托病辞官。王阳畏行役之险，以为身体受之父母，数乘此险，若有不测，乃是不孝，情愿弃官也不冒行役之险。上面有关行役的典故，说明古代行役不仅夙夜无已，履险甚至有生命之虞。父母挂怀儿子，游子思念父母。上篇说“一欣侍温颜”，本篇说“久游恋所生，如何淹在兹”，所写正是游子对父母的不绝思念，与《诗经》以来表现行役的文学传统一脉相承。

诗末四句，是渊明亲历行役之苦后的参悟：隐比仕好，盛年短暂，何不摆脱人间拘束，放任情怀。“纵心复何疑”，与《经曲阿》诗“真想初在襟”“终返班生庐”同一意思。

黄文焕说：“二首专写归省，恨处急处，足催唤世间游子。”（黄文焕《陶诗析义》卷三）何孟春注：“朱子尝书此诗与一士子云：‘能参得此一诗透，则今日所谓举业，与夫他日所谓功名富贵者，皆不必经心可也。’”但事实是，参得透此诗的士子古今少见，“吃得苦中苦，方为人上人”才是大多数读书人的人生信条。为了实现所谓“人生价值”，“货与帝王家”，顶着一块“忠”字大招牌，割舍父母、妻儿的亲情，没日没夜为王命奔波。说穿了，便是“功名富贵”四字。因此，汉代的王阳畏行役托病辞官，晋人陶渊明为自由而毅然归田，是极罕见的醒来的世间游子。

辛丑岁七月赴假还江陵夜行涂中[①]

闲居三十载，遂与尘事冥。
诗书敦宿好，林园无俗情。
如何舍此去，遥遥至南荆。[②]
叩栧新秋月，临流别友生。
凉风起将夕，夜景湛虚明。
昭昭天宇阔，[③]皛皛川上平。[④]
怀役不遑寐，中宵尚孤征。
商歌非吾事，[⑤]依依在耦耕。[⑥]
投冠旋旧墟，不为好爵萦。
养真衡茅下，庶以善自名。

【注释】

① 赴假：犹今“销假”。涂中：《文选》李善注作“涂口”，是。涂口，当在今湖北武汉以西不远处。

② 南荆：即荆州。

③ 昭昭：明亮。

④ 皛皛：明亮。

⑤ 商歌：《新序·杂事第五》载：宁戚穷困，想做官，“望桓公而悲，击牛角疾商歌”。

⑥ 耦耕：古代隐士长沮、桀溺两人并肩而耕。

【评析】

晋安帝隆安五年辛丑（401），陶渊明已是桓玄的僚属。去年，即隆安四年四月，桓玄表求领荆、江二州。安帝下诏，以玄都督八州诸军事，兼荆州、江州刺史。今年七月，渊明销假回荆州江陵任职。至于这年何时请假回浔阳，详情难知。

陶渊明的行役诗，包括有些田园诗，总是把隐居的欢乐与仕宦的痛苦对立起来，因之他的人生价值取向特别鲜明。例如《经曲阿》诗开头写昔日隐居之乐："弱龄寄事外，委怀在琴书。被褐欣自得，屡空常晏如。"中间写今日行役之苦，前后对比鲜明。《阻风于规林》诗其二："静念园林好，人间良可辞。"爱园林，厌人间。《归园田居》诗其一："少无适俗韵，性本爱丘山。误落尘网中，一去三十年。"丘山与尘网相对。

此诗前面六句也是如此，以昔日闲居之乐与今日行役之苦相对。渊明多年东西游走，对隐居之乐和仕宦之苦，体会是越来越深了。去年五月回浔阳阻风规林，还在"静念园林好，人间良可辞"，情绪不算很激烈；今年七月离开浔阳往荆州，心情就不平静了，愤而自责："如何舍此去，遥遥至南荆！"明孙月峰说：比前篇《阻风于规林》诗二首"更冲淡"（孙月峰评、闵齐华注《文选瀹注》卷一三）。蒋薰也说："篇中淡然恬退，不露怼激，较之《楚骚》，有静躁之分。"（蒋薰评《陶渊明诗集》卷三）但读此诗开头六句，尤其是"如何舍此去，遥遥至南荆"二句的反思与自责，实在看不出"更冲淡"，也看不出"淡然恬退，不露怼激"。

中间"叩枻新秋月"以下八句，写夜行江上所见景色。诗人描绘了两幅图画：一幅秋江月下离别图。七月，初秋的夜晚，明月在天，江水泛着月光，浩荡东去。江边，泊着将要远行的船，船夫的桨叩击着船舷，催促游子快上船。渊明与敬远、仲德等兄弟们依依道别。他抬头望新秋月，觉得在如此美妙的夜晚，匆匆离开故园，离开年迈的母亲，是多么残忍与不智。另一幅是月夜秋江舟行图。船帆扬起，逆流而上，渊明站在船头，夜风吹动衣襟。月升高了，更显皎洁，视野也更辽阔。夜半，风浪中的船仍在前行。

以上两幅图景，虽隔千年，仍清晰可见。陈祚明说：“‘叩枻’六句，景色生动。”（陈祚明评选《采菽堂古诗选》卷一三）杨雍建说：“景色如次，清湛无滓。”（杨雍建评选《诗镜》一〇《晋第三》）古来描写长江夜行的诗篇，少有如此生动的写景。

“商歌”以下六句，是感慨，是思考，更是声明：仕宦不是我的选择，隐居田园才是我的最终归宿。《经曲阿》诗说：“真想初在襟，谁谓形迹拘。”意谓只要“真想”一直在怀抱，形迹不妨与时俱化。《阻风于规林》诗其二说：“静念园林好，人间良可辞。”对园林的向往可以默默地“静念”。这首诗则直接宣示：做官不是我的事业，我思慕古代隐士沮、溺的农耕。丢掉官冕返回旧墟吧，不可被好爵拘束身心。涵养我的本真之性，庶几能善保自己的名誉。相比前面的两诗，此诗表示隐居之志更为直白和强烈。

关于“善自名”之“善”字，有人解释为善恶之“善”。如方宗诚说：“‘诗书敦宿好，园林无俗情’‘养真衡茅下，庶以善自名’，渊明念念不忘《诗》《书》，不忘善，与庄、列之学不同。”（方宗诚《陶诗真诠》）方氏的解释不确。善为善于之“善”，同《庄子·大宗师》所说的“故善吾生者，乃所以善吾死也”之“善”。涵养自己的本真之性，便是养真之善，如此才是保持自己名誉的方法。

癸卯岁始春怀古田舍二首

其一

在昔闻南亩，当年竟未践。
屡空既有人，春兴岂自免？[①]
夙晨装吾驾，启涂情已缅。[②]
鸟哢欢新节，[③] 泠风送余善。[④]
寒竹被荒蹊，地为罕人远。
是以植杖翁，悠然不复返。
即理愧通识，[⑤] 所保讵乃浅。

【注释】

① 春兴：同“春作”，谓“春耕”。

② 缅：超远。

③ 哢：鸟鸣。

④ 泠风：和风。

⑤ 通识：通达而有见识者。

【评析】

《癸卯岁始春怀古田舍》诗二首作于晋安帝元兴二年癸卯（403）初春。

关于这二首诗的写作背景有不同说法。宋王质《栗里谱》以为诗作于京都：“当是自江陵归柴桑，复适京都，宅忧居家，思湓城，故有《怀古田舍》。”王质有渊明居京都六年之说，并说前年（隆安五年辛丑，401）七月赴假还江陵，冬天，渊明之父死在柴桑。但问题是隆安五年冬至元兴二年始春，相距只有一年多，渊明还在守丧期间，理应在柴桑，为何要跑到京都，在那边作《怀古田舍》诗呢？如依王质的说法，诗中描写的春耕景象，就成了在京都的诗人对于故乡的想象，而非实写。显然，王质的说法难以取信。陶澍就反驳说，渊明未尝有携家眷居京师事，“平畴良苗，即事多欣，乃田家实景，即寝迹衡门，邈与世绝，亦岂在京师语邪？”陶澍的反驳是有力的。

诗题中的“怀古田舍”四字也须解释。王质《栗里谱》说渊明在京都为父守丧，思念故乡，所以怀古田舍。“古田舍”三字连读。张玉谷说：“古田舍，旧田舍也。”陶澍则说：“古人文简语倒，当是于田舍中怀古也……王氏似以旧居为古，则于文为不辞。”（陶澍《靖节先生年谱考异》）陶澍的解释是正确的。“怀古田舍”，意思是在田舍中怀古。田舍，可能是田中简陋农舍，以便农事和休憩，无所谓古与不古，不能同渊明的旧居相提并论。

诗从当年未到南亩耕种发端。南亩，见于《诗·豳风·七月》：“馌彼南亩。”泛指农田。有人据此说，渊明在癸卯岁之前未曾种过田，躬耕始于癸卯岁。这种说法不合事实。《饮酒》其十九说：“畴昔苦长饥，投耒去学仕。”可见渊明出仕前就在家务农了。“南亩”不是泛指农田，是指他的某一处耕地，当年未曾去过。

渊明以为古时既已有颜回这样的贤人，饥饿仍晏如，但自己做不到。民以食为天，饥饿是最切身的事。春耕时节到了，岂能不荷耒下地呢？何焯评“屡空”句说：“言己不足以当之也，即下章‘难逮’之意。词有轻重，下字尤工。”（何焯《义门读书记·陶靖节诗》）分析很到位。

从“夙晨装吾驾”至“地为罕人远”六句，写去“南亩”一路上所见的初春景物。“南亩”较远，须一清早就准备车驾，而启程就觉得情绪超远。超远之意，当由怀古而起。“鸟哢欢新节”二句，一作“鸟弄新节令，风送余寒善”，欠佳。写初春的鸟与风，自然美妙，那是诗人于欣喜心境中得到的印象。张自烈说：“‘欢’字、‘送’字，巧丽天然。”（张自烈辑《笺注陶渊明集》卷三）“泠风送余善”句写风之和美，尤佳。谭元春说：“‘余善’‘余’字追泠风之魂。右丞每妙于用‘善’字，本此。”（钟惺、谭元春评选《古诗归》卷九）读陶渊明的田园诗，会不断发现诗人对最平凡的自然景物，表现出极高的审美水准。“鸟哢”二句，便是极好的例子。“寒竹”二句写农田的偏远。“地为罕人远”，是说地远因人迹罕至，同《饮酒》诗其五“心远地自偏”句相近，于此可见陶诗的锤炼。

最后四句抒怀。植杖翁悠然不返，点诗题“怀古”。植杖翁是诗人的精神寄托，借以自励、自况，表达躬耕田园，不再返回仕途的愿望。“即理愧通识”之“通识”，指那些名利兼收的所谓通达之士。面对这些人，我恐怕是有愧了。谦语实是自负语。何焯说：“自诡通识而至丧节，乃吾所羞也，正言若反。”（何焯《义门读书记·陶靖节诗》）此言是也。“所保讵乃浅”一句，肯定隐居以保真，何尝是浅。黄文焕说：“往田舍乃着此闳论作结。躬耕之内，节义身名，皆可以自全，纵不能为颜子，不失为文人。‘保’字总括通首，旨趣悠长。说‘保’先说‘愧’，自谦自负，两映生姿。”（黄文焕《陶诗析义》卷三）揭示“保”字内涵，可以参考。

其二

先师有遗训，忧道不忧贫。
瞻望邈难逮，转欲患长勤。①
秉耒欢时务，② 解颜劝农人。
平畴交远风，良苗亦怀新。

虽未量岁功，[3] 即事多所欣。
耕种有时息，行者无问津。
日入相与归，壶浆劳近邻。[4]
长吟掩柴门，聊为陇亩民。

【注释】

① 患：一作“思”，又作“志”。当作“志”。志，有志于。

② 时务：应时之农务，指春耕。

③ 量：估量，估算。岁功：指一年收获。

④ 壶浆：以壶盛浆，此指酒。

【评析】

此篇与上篇意脉相通，都写田舍中的怀古，表达归隐之志。

刘履评二诗说：“古人处畎亩之中，躬耕乐道，非若后世徒为丰积者比。靖节自辛丑岁七月于镇军幕赴假还后，日以耕稼自乐。及赋此诗，乃以‘怀古’名题，意有在矣。其言圣人忧道而不忧贫，而我瞻望远不易及者，盖犹有饥馁之累，不免务为农作，而转欲忘其长勤也。然既能忘其勤劳，且耕且种，即事欢欣如此，其于忧贫也复何有哉！观其日入而归，壶浆相劳之后，而又长吟以掩柴门，则其气象悠然，有非言语可得而形容者矣。”（刘履《选诗补注》卷五）

刘履称渊明“躬耕乐道”，以为题名“怀古”，其意在圣人忧道不忧贫，而我瞻望远远不及者，盖犹有饥饿之累，故不免务为农作。指出渊明躬耕原因乃在有饥饿之累。他的分析合乎渊明贫而耕种的实情。但说“转欲忘其长勤”云云，恐怕是误解。“转欲患长勤”一句中的“患”，一作“思”，又作“志”，并无作“忘”者。“邈难逮”者，指先师孔子忧道不忧贫的遗训。因“邈难逮”，故转而欲立志长期辛勤于躬耕。怎么会“忘长勤”呢？刘履之所以会出这样的错谬，原因是疏忽了陶集中的异文。这种情况说明，陶集中的有些异文，完全可能影响到文义的正确理解。

这首诗写景只有“平畴交远风，良苗亦怀新”二句，但得到古今一致赞赏。苏轼说：“陶靖节云：‘平畴交远风，良苗亦怀新。’非古之偶耕植杖者，不能道此语；非世之老农，不能识此语之妙。”（苏轼《东坡题跋》卷二《题陶渊明诗》）元陈秀明编《东坡诗话录》下载：“苏子瞻一日在学士院闲坐，忽命左右取纸笔写‘平畴交远风，良苗亦怀新’两句，大书、小楷、行草，凡写七八纸，掷纸太息曰：‘好！好！’散其纸于左右给事者。”陈祚明说：“‘平畴’二语写景，神到之句，写物者摭实，写气者蹈虚，便已生动；若写神，谁能及之？”（陈祚明评选《采菽堂古诗选》卷一三）陈祚明说“平畴”二句妙在写神，庶几得之。

早春的风，来自远方，轻轻地拂过平坦的田野，带着暖意和春天的希望。诗人受之而欢欣，万物喜之而得宜，以至良苗也在泠风中起舞，喜悦生命的春天的到来。良苗之欣，就是诗人之欣。良苗之神，乃是诗人之神移至物也。人情物理，可以相通。

陶诗劲挺、耐读，与结构的多转折有莫大关系。沉郁顿挫，厚重也能飞动，后世只有杜甫差可仿佛。方东树说：“起四句飞动，第三句转折，言不能不忧，故劝农，而以先师高一层起。‘秉耒’八句，就顺入田舍，又以问津倒煞收四句，再四咏羡之。”（方东树《昭昧詹言》卷四）分析此诗的转折层次，还比较粗略。说得具体一些，此诗的转折至少有四五层之多。第三、四两句为第一层。“先师有遗训，忧道不忧贫”，然我等非圣人，为衣食不能不忧。这层转折与《劝农》诗第六章同意。“秉耒欢时务”以下四句紧承上面意思，既已“志长勤”，自然就“欢时务”。所见平畴远风，良苗怀新，无一不是乐意。第二层即写“欢时务”。“虽未量岁功，即事多所欣”。始春离秋收尚远，岁功也无法估量，但秉耒之际，乐也在其中矣。此为第三层。“耕种有时息”二句为第四层转折。遗憾当世无有子路这样的问津者。以下“日入”二句写归家之后的邻里交往之乐。最末二句表达“聊为陇亩民”的躬耕愿望。全诗忽古忽今，忽乐忽叹，说理、写景、叙事、抒怀，层转层深，造语高妙，且极为灵动。

癸卯岁十二月中作与从弟敬远①

寝迹衡门下，邈与世相绝。
顾眄莫谁知，荆扉昼常閇。②
凄凄岁暮风，翳翳经日雪。
倾耳无希声，在目皓已结。③
劲气侵襟袖，箪瓢谢屡设。
萧索空宇中，了无一可悦。
历览千载书，时时见遗烈。④
高操非所攀，深得固穷节。⑤
平津苟不由，⑥栖迟讵为拙？
寄意一言外，兹契谁能别？

【注释】

①敬远：渊明从弟。渊明母与敬远母皆孟嘉女。

②昼常閇：一作“终日閇”。閇，义同“闭”。

③结：一作“洁”。作“洁”佳。

④遗烈：遗业。

⑤ 深：一作“谬”。作“谬”佳。

⑥ 平津：坦途，大道。此喻入仕门径。由：顺随，遵从。

【评析】

关于这首诗的写作背景，程穆衡之说可作参考：“时先生居忧，敬远与先生同居，其母与先生母，又姊妹也。敬远能甘贫遗世，读书躬耕，称先生同志。诗中所陈，盖两人共之，故此诗以相贻美而慰之也。后此八年卒，而为《祭敬远文》曰：‘每忆有秋，我将其刈。与汝偕行，舫舟同济。三宿水滨，乐饮川界。’是先生躬耕，敬远实与同志而相乐也。”（丁福保注引）所谓“时先生居忧”，指渊明母丧在浔阳。我们已知，隆安五年辛丑（401）七月，渊明赴假还江陵，作有《夜行涂口》诗。大概在这年的冬天，母孟夫人丧，渊明由荆州返回故乡，为母守丧。至晋安帝元兴二年癸卯（403）始春，渊明作《怀古田舍》诗。到这年的十二月，又作《与从弟敬远》诗。敬远与渊明为从兄弟，相处极好，两人一起躬耕，视为同志。

隐居者多负气带性，陶渊明就是一个典型人物。陈祚明说：“起四句便已傲睨一世。”又说：“起四句，一句一意，一意一转，曲折尽致，全得子卿‘骨肉缘枝叶’章法，而无揣摩之迹。”（陈祚明评选《采菽堂古诗选》卷一三）。渊明寝迹衡门，傲世绝俗。“邈与世相绝”，意思是说，世弃绝我，我也弃绝世，绝不向世俗折腰的风骨傲然挺立。在自家园林中顾盼自如，人莫知我，我也何须知人！自尊自负的气概跃然纸上。

“凄凄岁暮风”之下写岁暮雪景和生活的贫困。其中，“倾耳无希声，在目皓已洁”二句写冬景，是陶诗中的写景名句。后世写雪，再没有比这二句更好的了。正如罗大经说：“渊明雪诗云：‘倾耳无希声，在目皓已洁。’只十字，而雪之轻虚洁白尽在是矣。后来者莫能加也。”（罗大经《鹤林玉露》卷五）黄文焕评“凄凄岁暮风，翳翳经日雪。倾耳无希声，在目皓已洁”四句说：“‘翳翳’，微雪之况也。声之‘希’者，并无可闻，善写微雪之状。”（黄文焕《陶诗析义》卷三）陈祚明说：“‘倾耳’二句写风雪得神，而高旷之怀，超脱如睹。”（陈祚明评选《采菽堂古诗选》卷一三）沈德潜说：“渊明咏雪，未尝不刻划，却不似后人黏滞。愚于汉人得两语，曰‘前日风雪中，故人从此去’；于晋人得两语，曰‘倾耳无希声，在目皓已洁’；于宋人得一语，曰‘明月照积雪’。为千古咏雪之式。”（沈德潜《古诗源》卷八）沈氏所举汉人两语，是写风雪中的别离，算不上咏雪。“明月照积雪”固是佳句，但不如渊明“倾耳”二句，通过人之耳目所感觉，写出雪飘落之无声，洁白与堆积之速，几乎入于化境。

诗人写雪，并不是欣赏，而是衬托岁暮之寒。岁暮风、经日雪，寒气凌厉，侵入襟袖，加上箪瓢不能常设，饥寒交迫，苦挨时日。衡门外白茫茫无边萧瑟世界，唯有悲哀，了无可悦！

然而，渊明不惧岁暮风雪，饥寒不可能把他击倒。他有精神支柱，古代的节士，君子固穷的高操，是他的榜样，与他息息相通。“高操非所攀，深得固穷节”，前句自谦，后句自傲。程穆衡说：“夫寝迹衡门，岁暮萧索，人谓其去殍厉无几，而不知其胸中方以作相封侯为糠屎？”（丁福保注引）确实，若常人岁暮饥寒，自度去饿鬼不远，泣涕涟涟，哪会想到古贤“君子固穷”的高操？萧统《陶渊明集序》称赞渊明：“加以贞志不休，安道苦节，不以躬耕为耻，不以无财为病，自非大贤笃志，与道污隆，孰能如此乎！”萧统赞许渊明是“大贤笃志”，实至名归。

以下“平津”二句，意谓不走仕宦之道，栖迟未为拙。明白宣示鄙弃仕途，坚持隐居。《九日闲居》诗说：“栖迟固多娱。”《癸卯岁始春怀古田舍》诗其一说：“即理愧通识，所保讵乃浅。”《示周掾祖谢》诗说："愿言诲诸子，从我颍水滨。"……渊明总是赞美隐居，对人生道路的选择表现出充分自信。

最后二句点题，以为"栖迟讵为拙"之意，他人莫能知，唯有从弟敬远与我相契矣。王叔岷注："陶公秉性孤介，固不轻言志趣相合者。此许敬远以'契'（不以栖迟为拙），既见陶公之笃于友于，亦以征敬远之节操也。"其说精到。

陶诗多转折。这首诗也是如此。黄文焕评下半首的章法，说："无一可悦，俯首自叹；时见遗烈，昂首自命。非所攀，又俯首自逊；苟不由，又昂首自尊。章法如层波叠浪。"（黄文焕《陶诗析义》卷三）归根结底，诗人的情感如波澜起伏，形诸笔墨，章法自然就如层波叠浪。

乙巳岁三月为建威参军使都经钱溪[①]

我不践斯境，岁月好已积。[②]
晨夕看山川，事事悉如昔。
微雨洗高林，清飙矫云翮。[③]
眷彼品物存，[④] 义风都未隔。[⑤]
伊余何为者，勉励从兹役。
一形似有制，[⑥] 素襟不可易。[⑦]
园田日梦想，安得久离析！
终怀在归舟，谅哉宜霜柏。

【注释】

①钱溪：据胡三省《资治通鉴》注，钱溪即宋时梅根港，因设立铸

钱监，故谓之钱溪。

② 好：甚，很。

③ 矫云翮：高飞的鸟。

④ 品物：万物。

⑤ 义风：此指崇尚节义之风。

⑥ 形：形体。

⑦ 素襟：素怀，本心。

【评析】

晋安帝义熙元年（405）三月，渊明作建威将军参军，开始他作桓玄幕僚之后的新仕途。建威将军是谁？有三说。一说刘敬宣，一说刘怀肃，一说刘裕。据考证，以刘敬宣的可能性较大。为什么渊明日夜思念田园，却又去作刘敬宣的参军？邱嘉穗说："此诗亦与前《经曲阿》《从都还阻风》《还江陵夜行》三诗同旨，皆不乐奔走于外，而思归隐之意。盖此四五年间，公虽为镇军、建威参军，已自灼见时事之不可为，特以为贫而仕，不得已耳。故是年秋为彭泽令，不及三月即赋《归去来辞》，皆以自遂其本志也。"（邱嘉穗《东山草堂陶诗笺》卷三）以为渊明"为贫而仕，不得已耳"。诚如邱氏所说，渊明先前要赡养老母及五个儿子。老母故世后，五个孩子"幼而饥寒"，作为父亲，心中的内疚可以想象。无奈，只好出仕以救穷。

这首诗的旨意仍是不乐行役，思归田园。多年之前，诗人到过钱溪。这次重来，山川依旧。"微雨洗高林，清飙矫云翮"，也是旧时景色。比较难懂的是"眷彼品物存，义风都未隔"二句。古直注："《易·乾·彖传》：'云行雨施，品物流形。'《文言》曰：'利物足以和义。'又曰：'知终终之可与存义。'直案：'眷彼品物'二句，当本此。'义风未隔'，即孔疏所谓'品类之物流布成形，各得亨通无所壅蔽’也。”古直以为“眷彼品物”二句皆同《周易》有关，恐不尽然。“眷彼品物存”一句确与《周易》有关，是说眷彼品物如昔犹存。但“义风”一句，却不一定与《周易》“利物足以和义”有关。魏晋诗文中的“义风”，多指崇尚节义之风。逯钦立注此句说“正义风尚没有改变”，大体是正确的。义熙元年（405），晋安帝“反正”还京师，桓玄余党基本被肃清。渊明虽心怀田园，但毕竟有“士禀义风”的传统美德，分得清是非顺逆。故“义风都未隔”一句，反映出渊明对于时局巨变的感受和看法。

下半首“伊余何为者”以下，依旧叙写行役中的反思，宣称他终将归去。“一形似有制，素襟不可易”，是说身在仕途，心在故园。吴瞻泰说：“‘一形’二语，言身为物役，心却有主宰。”（吴瞻泰辑《陶诗汇注》卷三）渊明的这一人生哲学，成为暂且出仕，应对俗世的策略。比如《经曲阿》诗说：“真想初在襟，谁谓形迹拘。”《连雨独饮》诗说：“形骸久已化，心在复何言。”都与“一形似有制，素襟不可易”二句意思相同。最末二句，再次宣示归隐之志，赞美松柏不凋，借以自励。

还旧居

畴昔家上京，[1] 六载去还归。
今日始复来，恻怆多所悲。
阡陌不移旧，邑屋或时非。
履历周故居，[2] 邻老罕复遗。
步步寻往迹，有处特依依。

流幻百年中，寒暑日相推。
常恐大化尽，气力不及衰。
拨置且莫念，一觞聊可挥。

【注释】

① 上京：庐山附近一地名，很可能在庐山之南。一说上京是京师。

② 履历：脚步所至。

【评析】

《还旧居》诗是陶集中非常难解的作品。此诗的作年，迄今无共识。此为难解之一。诗人说："畴昔家上京，六载去还归。""上京"在哪儿？六载，是指哪六年？又是两个难解的问题。对于古今各种异说，难以一一介绍。正确分析文本，才是最必须的。

陶集中，"上京"之名出现二次。一见于《答庞参军》诗："大藩有命，作使上京。""上京"指京师建康无疑。另一见即本诗所云"畴昔家上京"。如果本诗中的"上京"与"作使上京"所指同一，自然就会得出渊明有旧居在京师的结论。然而，《还旧居》诗描写的旧居环境，却不像是京师："阡陌不移旧，邑屋或时非。履历周故居，邻老罕复遗。"这是一幅典型的农村景物。仅存的几个老邻居，早在很久之前就相识相邻。当年渊明若在京师谋食，必身在市井，不太可能住在阡陌交横的乡村。因此，我怀疑诗中的"上京"旧居，应当是庐山周围的某一处故居。现存资料中，提到"上京"地名的是朱熹，说是"在上京坡遇雨"。后来李公焕注"上京"说："《南康志》：近城五里地名上京，亦有渊明故居。"至于"上京"是否确在庐山之南，或在其他地方，年代渺远，早难得其详了。

据诗意，渊明往昔曾住在上京，有六年时间离去又归来。显然，这是渊明六年之间仕隐不定。后来，移居别处，多年后重来旧居，所见物是人非，故老罕遗，往迹依稀。

《古诗十九首》说："所遇无故物，焉得不速老。"渊明多年后还故居，便是这种心情。由故物不存，自然联想到人生易老，遂感叹"流幻百年中，寒暑日相推。常恐大化尽，气力不及衰"。凡是伟大的诗人，无不热爱生命，思考死亡。面对越来越快的生命流逝，能不恐惧？黄文焕说："由壮而衰，由衰而老，此化尽之恒也。中年物化，则衰将不及，可畏哉！勿曰气力尚壮，足以恃也。"（黄文焕《陶诗析义》卷三）黄文焕的意思，似乎以为这首诗作于渊明中年，不及五十岁时。由壮而衰，由衰而老，固然是不可抗拒的大化；但若中年便物化，未免可惜更可畏。黄氏的解释有参考价值。要之，《还旧居》诗作于渊明将近五十岁时，忧虑化尽而不及衰（五十岁）。

或许有人会问：陶渊明《神释》诗不是说："纵浪大化中，不喜亦不惧。要尽便须尽，无复独多虑"，不是对化尽无所喜惧吗？为什么这里又说"常恐大化尽，气力不及衰"？他对死亡究竟是恐惧，还是无所谓？回答这个问题须从两个层面说。渊明一再说，生必有死。从哲学层面讲，渊明深刻理解生命必然会终结。基于这个铁律，遂得出居常以待尽，乐天知命，面对化迁，不喜不惧，要尽便尽，无复多虑。从情感层面说，生命无比珍贵。诗人无不敏感，即使时移节换，万物荣衰，都会引起心灵的回应而思绪万千，又岂能漠视生命的衰老而心如古井？若年届百岁的老寿星，由老得终，则可羡而不悲矣。若夭折者，英年早逝者，被横祸而亡者，岂非人世之大痛？年不及五十，光景未晚，前景可期，却忽然物化，谁不畏哉？孰不痛哉！

陈祚明说："'大化'二语，名言。人所虑者衰，孰知有不及衰者，造感更深一层，是以异语患不能异耳。作理语而平平，便卑矣。"（陈祚明评选《采菽堂古诗选》卷一三）陈氏称"大化"二语是"名言”，以为作理语不可平平。“大化”二语属理语，但不平有异，乃是充满感情的理语。渊明有相当数量的诗，感叹生命的短促，常常说到死亡，虽说终究是言理之语，却不觉枯燥乏味，奥秘就在这些理语浸透了诗人的感情，表达了对死亡的独特理解，既入情，又入理。

最后二句“拨置且莫念，一觞聊可挥”，以饮酒排遣化尽的悲哀，仍是“纵浪大化中，不喜亦不惧”的旷达态度。渊明固然也不能忘记死，但终究有他的大本领，即委运化迁的生死哲学，可以消弭死亡引起的焦虑，平静其心，安顿他整个灵魂。邱嘉穗说：“陶公诸感遇诗，都说到极穷迫处，方以一句拨转，此所以为安命守义之君子也，而章法特妙。”（邱嘉穗《东山草堂陶诗笺》卷三）指出陶公感遇诗的章法，在于“极穷迫处”的“拨转”。他的体会是准确的。陶诗“拨转”之处，往往是渊明人生哲学的表达，或是对隐居道路的肯定。

戊申岁六月中遇火

草庐寄穷巷，甘以辞华轩。
正夏长风急，林室顿烧燔。
一宅无遗宇，舫舟荫门前。①
迢迢新秋夕，亭亭月将圆。②
果菜始复生，惊鸟尚未还。
中宵伫遥念，③ 一盼周九天。
总发抱孤念，④ 奄出四十年。
形迹凭化往，灵府长独闲。⑤
贞刚自有质，玉石乃非坚。

仰想东户时，[6] 余粮宿中田。
鼓腹无所思，朝起暮归眠。
既已不遇兹，且遂灌我园。

【注释】

① 舫舟：并舟。舫，与方同。

② 亭亭：高貌。

③ 伫：久立。

④ 孤念：念，又作“介”。作“介”佳。

⑤ 灵府：心神也。

⑥ 东户：东户季子，古代人君。

【评析】

晋安帝义熙四年戊申（408），渊明故居遇火。李公焕注：“靖节旧宅居于柴桑县之柴桑里，至是属回禄之变，越后年，徙居于南里之南村。”其实，遇火之宅即是上京旧居。“方宅十余亩，草屋八九间。榆柳荫后园，桃李罗堂前”，那个简朴自然，足以安顿身心的所在，在仲夏的急风中，顿时化为灰烬。一家人只能暂住在门前的舫舟上。

夏去秋来，凉风初起，明月已圆，天宇澄清。诗人不眠，踌躇在火神摧残过的土地上，见果菜开始复生，而惊鸟尚未归来。受伤的树木和土地，离痊愈的日子还远着呢。

“中宵伫遥念”以下，抒写诗人的秉性、襟怀与怀古的社会理想。邱嘉穗概括诗的下半首说：“‘总角抱孤念’六句，是守义之言；‘仰想东户时’六句，是安命之言。惟其守义，是以能安命也。末与上篇结句皆于急流中转棹，何等笔力，陶公最熟此云。”（邱嘉穗《东山草堂陶诗笺》卷三）邱氏的概括有可取处，也有说不通的地方。比如

“总发抱孤念，奄出四十年。”可以说是“守义”。“形迹”二句，则是人生哲学，不是“守义”所能概括了。

诗人“中宵伫遥念，一盼周九天”，思绪万千。其中“形迹”二句，与《连雨独饮》诗“形骸久已化，心在复何言”二句同义。《淮南子·人间训》说：“得道之士，外化而内不化。”形迹不得不化，心神则自能控制，可以始终不变。“贞刚自有质，玉石乃非坚”二句，言己秉性贞刚。贞刚与孤介相通。遇火，玉石俱焚。自谓贞刚之质，坚于玉石。旧居遇火，为何向往上古东户季子时代的“余粮宿中田”？向往赫胥氏之时的“含哺而熙，鼓腹而游”？目的在对比今不如昔，无有余粮，不能含哺而熙，鼓腹而游。诗人并没有描述遇火后的生活艰难，但从他对上古社会的礼赞中，不难想见他的生活困境。最后二句说，上古之世既不可追，不如灌园而已。隐居之志的坚定，不言自明。

此诗除前半首交代遇火情况之外，不见悲苦愁叹之词。前人多评论渊明的淡定。例如蒋薰说：“他人遇此变，都作牢骚愁苦语，先生不着一笔，末仅仰想东户，意在言外，此真能灵府独闲者。”（蒋薰评《陶渊明诗集》卷三）。钟秀说：“靖节此诗当与《挽歌》三首同读，才晓得靖节一生学识精力有大过人处。其于死生祸福之际，平日看得雪亮，临时方能处之泰然，与强自排解、貌为旷达者，不翅有霄壤之隔……”（钟秀编《陶靖节纪事诗品》卷二《宁静》）确实，渊明遇火宅毁，泰然处之，诗中不着一笔。向往上古社会，意在言外，也不是牢骚语。读者若不加体会，可能不解诗人“仰想东户时”究竟是何意。他之所以能在死生祸福之际犹能泰然处之，关键还是他的人生哲学，能深刻理解“时有语默，运因隆窊”（《命子》诗）、“迁化或夷险，肆志无窊隆”（《五月旦作和戴主簿》诗），了悟人之一生，有夷有险，有隆有窊，皆由命定。旧居遇火是祸，亦是无可逃避之命定，为迁化之一事，何必牢骚愁苦不休？“形迹凭化往，灵府长独闲”二语，便是渊明一生学识的大过人处。甚至生死之变都可以“应尽便须尽，无复独多虑”，区区一宅，遇火又算得了什么！

己酉岁九月九日

靡靡秋已夕，[①] 凄凄风露交。
蔓草不复荣，园木空自凋。
清气澄余滓，杳然天界高。
哀蝉无归响，[②] 丛雁鸣云霄。
万化相寻绎，[③] 人生岂不劳？
从古皆有没，念之中心焦。
何以称我情？浊酒且自陶。
千载非所知，聊以永今朝。

【注释】

① 靡靡：犹“迟迟”。

② 归响：一作“留响”。作“留响”佳。

③ 寻绎：谓抽引而出。

【评析】

陶渊明爱重阳节，先后写过两首重九诗，即《九日闲居》和《己酉岁九月九日》。本诗写于义熙五年己酉（409）重九日。虽然去年烧了故居，但渊明尚有酒喝，也还有气力饮酒作乐，消遣时日。

这首诗前半八句描写秋景。中国文学中写秋、咏秋的作品特多。

溯其源，悲秋的始祖非宋玉莫属。他的代表作《九辩》起首就兴叹："悲哉！秋之为气也！"以下写草木摇落而变衰，天高而气清，收潦而水清，描绘秋天的典型景物。陶渊明《九日闲居》《己酉岁九月九日》《和郭主簿》等诗描写秋景，与宋玉有渊源关系。

翻检陶诗，会发现写景诗以写秋景最多。除上面所举的三首之外，还有《西田获早稻》诗、《于下潠田舍获》诗，写秋天山中气候、清泉和荒山。渊明说："春秋多佳日。"（《移居》诗其二）秋色固然美，诗人也真爱秋色，但渊明写秋，主要还是悲秋的书写传统和审美传统。一年四季，唯有秋天最能引发人生衰老的感叹，而生莫名的悲哀。

这首诗写秋景，比《九日闲居》诗具体而详细。其中为人称道的佳句有"哀蝉无留响"。王棠称赞道："'往燕无遗影'，妙在'遗'字；'哀蝉无留响'，妙在'留'字。皆静察物理之言。"（吴瞻泰辑《陶诗汇注》卷三引）温汝能说："'留响'有作'归响'者，究不及'留'字之妙也。"（温汝能纂集《陶诗汇评》卷三）然陶澍以为诗中的秋景不是实写，而是影射时事。他说："知此时宋公不臣之节已形，先生诗中'哀蝉''丛雁'及'念之心焦'等句，盖亦有为而言与？"（陶澍《靖节先生年谱考异》）"哀蝉""丛雁"明明写实景，陶澍却联系刘裕的篡夺形势，疑心渊明"有为而言"。"哀蝉"既然已无留响，说明不鸣将死，岂能"有为而言"呢？

"万化相寻绎"以下八句抒怀。抒怀由写景生出。天地万物的变化，如抽引而绵绵不绝。人生处于万化之中，历经夷险、隆污，恰如蔓草遇霜露不复荣，如园木遇秋气空自凋。人生之秋，来日可短，感觉死亡的脚步愈来愈近。虽知"从古皆有没"，但未免"念之中心焦"。前面多次言及，渊明非常热爱生命，故特别关注死亡，思考生命的意义。他对死亡是达观的，但正如鲁迅所指出，渊明不能忘掉死。

几乎人人摆脱不了死亡的阴影，尤其是渐入老境之人，几乎人人

“念之中心焦”。如何消解心中的纠结？渊明以酒解之，让纠结的内心变得舒畅。这就是《形赠影》诗中形的人生观：“愿君取吾言，得酒莫苟辞。”在陶诗中，形的“得酒莫苟辞”的人生观被充分宣扬，反复赞美。譬如“中觞纵遥情，忘彼千载忧。且极今朝乐，明日非所求。”（《游斜川》诗）“试酌百情远，重觞忽忘天。”（《连雨独饮》诗）“清歌散新声，绿酒开芳颜。未知明日事，余襟良以殚。”（《诸人共游周家墓柏下》诗）……浊酒自陶，把握今天的欢乐，乃是破除和忘却死亡恐惧的良药。试想，一杯复一杯之际，醉醺醺之时，还能思考明日之事吗？还会“念之中心焦”吗？结果当然是“不喜亦不惧”了。

庚戌岁九月中于西田获早稻

人生归有道，衣食固其端。
孰是都不营，[①] 而以求自安！
开春理常业，[②] 岁功聊可观。
晨出肆微勤，[③] 日入负禾还。[④]
山中饶霜露，风气亦先寒。
田家岂不苦？弗获辞此难。
四体诚乃疲，交无异患干。[⑤]
盥濯息檐下，升酒散襟颜。[⑥]
遥遥沮溺心，千载乃相关。
但愿长如此，躬耕非所叹。

【注释】

① 孰：何。是：指代衣食。

② 常业：指农务。

③ 肆：力也，勤也。

④ 禾：一作“耒”，是。

⑤ 交：一作“庶”，是。庶，副词，希望，但愿。干：犯。

⑥ 憷：一作“襟”，是。襟，襟怀。

【评析】

这首诗是证明陶渊明亲身参加农业劳动的重要诗篇，也是体现他重农思想的重要文献。

晋安帝义熙六年庚申（410），渊明辞官归田已有六年了。躬耕所获之外，他没有别的经济来源。年复一年的播种和收获，把他塑造成一个乡村的老农。对于农业的重要意义，以及田家的辛苦，他都有切身体会。这种独特的人生经历，既成就陶渊明的思想高度，也成就他所开创的田园诗的崇高地位。

“人生归有道，衣食固其端。孰是都不营，而以求自安。”诗一开头就提出一个人类社会的重要问题，即衣食是生存的首要条件。中国很早就是一个重农社会，《尚书・周书・洪范》有“八政”之说，一曰食，第一位是吃饭问题。王粲《务本论》也说：“八政之于民也，以食为首。”把食置于道的首要地位。明李贽曾说：“穿衣吃饭，即是人伦物理；除却穿衣吃饭，无伦物矣。”（李贽《答邓石阳》，《焚书》卷一，中华书局1961年版）“人生归有道”之“道”，很简单，即是李贽所说的“人伦物理”。

在老子的哲学体系中，道是形而上的，“道可道，非常道”，处于文化的最高层面，几乎不可言说。衣食则是形而下的、粗鄙的，完全不可与高深的、精致的道相提并论。比如中国的道教徒，就以为食五谷不能成仙，因为五谷粗鄙；只有食柏实、服石散，呼吸吐纳，才能成仙。但实际上离开五谷，任何人也无法生存。这就是渊明所说的，“孰是都不营，而以求自安”。

黄文焕评“人生归有道”二句说：“衣食从有道说起，善为观获占地步，会心不远，无一非道也。”（黄文焕《陶诗析义》卷三）所谓“善为观获占地步”，是把获早稻提升到“有道”的高度。而渊明会心处即是眼前的躬耕求衣食，所见无一不是道。确实，在农民眼中，耕种与收获，便是世间最根本的道理。

“开春理常业”以下，写躬耕的艰辛。早在归隐之前所作的《癸卯岁始春怀古田舍》诗里，就写到初春的一个早晨，驾车往南亩耕种，刚启程便觉得情绪超远，一路上都是大好春景，无不美妙。这是诗人愉悦之时的审美。归田之初的劳动场景，似乎轻松而有诗意，譬如“带月荷锄归”。那时，这类明显带有理想色彩的农耕生活，其实反映了诗人经济条件尚可，体力也足以应对躬耕的状况。

自义熙元年（405）归田之后，失去了做官的俸禄，农耕成了唯一的生活来源。义熙四年（408），旧居毁于火。渊明虽然达观，生活的贫困则是实实在在的压力。随着年岁的流逝，原本早衰多病的诗人，想必不再能轻松应对田家的劳作。在《于西田获早稻》诗里，我们看到：劳动不再被描写为具有美感的过程，自然景物也带着苦况。早起晚归，辛苦异常。“山中饶霜露，风气亦先寒”，找不到理想的、欢悦的色彩。

“田家岂不苦”四句，解释田家之所以苦，也交代何以坚持隐居的原因：一是田家唯有劳苦耕作，再无他途可以获得衣食。二是“四体诚乃疲”，却庶几可免“异患”的干犯。“异患”指什么？诗人没有明说。但可以从他的仕隐经历探索。渊明先仕桓玄，后仕刘裕。桓玄篡晋失败，余党悉被刘裕诛灭。刘裕擅权后，与徐道覆、卢循在江州一带大战，死伤无数。政治的险恶和兵祸连年，渊明亲历亲见。他弃官归隐，固然与他追求自由的个性有关，而逃避政治、军事集团之间的杀戮，是更重要的原因，尽管他对此秘而不宣。故“庶无异患干”一句，深藏渊明归隐的秘密，不可忽略。

最后四句，抒写诗人尚友古人的怀抱。千载之上的隐士长沮、桀溺，冥契渊明的志向，以致诗人向他们再三致意。例如《劝农》诗说：“沮溺结耦。”视之为“贤达”。《辛丑岁七月赴假还江陵夜行涂口》诗说：“商歌非吾事，依依在耦耕。”《扇上画赞》说：“辽辽沮溺，耦耕自欣。”渊明心事与沮溺息息相关。黄文焕说：“屡言沮溺以自况，所处之时运同也。感叹晋衰，胸中有故。”（黄文焕《陶诗析义》卷三）章炳麟则说：“沮、溺、荷蓧，皆靖节所深契，则仕隐不为易代也。”（章炳麟手批《陶渊明集》）以为渊明深契沮溺等古代高隐，与晋宋易代无关也。章氏所说可从。

这首诗以议论发端，中间叙写获早稻的辛苦，接着再发议论，再叙劳作后的休憩，最后又议论，表示与沮溺千载相关。全诗在议论和叙写的转换中，刻画了诗人的自我形象。方宗诚说：“陶公高于老、庄，在不废人事人理，不离人情，只是志趣高远，能超然于境遇形骸之上耳。”（方宗诚《陶诗真诠》）其说可作参考。

丙辰岁八月中于下潠田舍获

贫居依稼穑，戮力东林隈。[1]
不言春作苦，常恐负所怀。

司田眷有秋，[2] 寄声与我谐。
饥者欢初饱，束带候鸣鸡。
扬檝越平湖，泛随清壑迴。
郁郁荒山里，猿声闲且哀。[3]
悲风爱静夜，林鸟喜晨开。
曰余作此来，三四星火颓。[4]
姿年逝已老，其事未云乖。
遥谢荷蓧翁，[5] 聊得从君栖。[6]

【注释】

① 戮力：犹勉力，并力。隈：旁边。

② 司田：管理农事的官吏。

③ 闲：大。这里作“响亮”解。

④ 三四：指十二年。星火：古代星名，亦称大火。

⑤ 谢：告。荷蓧翁：《论语·微子》：“子路从而后，遇丈人，以杖荷蓧。”荷，负。蓧，竹器，耘田的农具。

⑥ 聊：愿。

【评析】

这首诗作于义熙十二年丙辰（416），渊明归隐已有十二年了。若依照陶渊明旧谱，他的年纪应该五十有余。

邱嘉穗概括本诗的内容，说：“不苦春作，恐负本怀，故早起泛湖而获，愿从丈人终老也。”（邱嘉穗《东山草堂陶诗笺》卷三）“不苦春作，恐负本怀”，即诗的开头四句。渊明自义熙元年（405）归田后，以耕作为生，生活日趋贫困。他的土地可能不止一处，庐山东林附近的山隈中，也有一块田。春天“戮力”播种，常担心不获好收成。十多年的躬耕，他已成了老农。默默耕耘不言苦，但恐秋获负所怀。《于西田获早稻》诗说：“田家岂不苦？弗获辞此难。”《归园田居》诗其三说：“衣沾不足惜，但使愿无违。”渊明的希望与担心，与地道的农民并无不同。

“司田眷有秋”以下十句，具体写清晨泛湖，进山收获。历代主农事的官吏，无不注重秋收。“寄声与我谐”句，丁福保注：“寄声，谓托人致问也。”又注：“谐，戏谑也。”王叔岷注：“《玉篇》：‘谐，合也。’‘寄声与我谐’，似谓司田‘寄言与我合作收获’，与上‘戮力’相应。”以上二说不同。鄙意以为丁福保释“寄声”，王叔岷释“谐”为“合”，皆可取。司田重视秋收，托人致问渊明，问中当有今年秋收如何，颗粒皆应进仓之类，与渊明之愿望相合，此谓“谐”也。王叔岷则疑心司田与渊明合作收获。试想，农户甚多，司田有可能帮家家户户收获吗？“饥者欢初饱”一语非饥者不能道。钟惺评曰：“非惯穷不知此趣，老杜‘我饥岂无涯’与此同妙。”（钟惺、谭元春评选《古诗归》卷九）其说是。“束带候鸣鸡”，写赴田之早。鸡尚未鸣，天还没亮，已束带准备出发。田家劳作之苦可以想见。以下写扬楫平湖，尔后泛随清溪进山。荒山郁郁，猿声悲哀而响亮。写景具体，读之如身临其境。“悲风”二句，明显有锤炼痕迹。钟惺说：“‘爱’字妙。无‘悲’字不妙。”谭元春说：“何爱之有，所以妙。”钟惺又评“林鸟”一句说：“此句之妙，又不在‘喜’字，而在‘开’字。”（钟惺、谭元春评选《古诗归》卷九）又王棠说：“静夜风声更清，有似于爱静夜，炼字之妙如此。”（吴瞻泰辑《陶诗汇注》卷三引）一致指出“悲风”二句炼字之妙。陶诗平淡自然、不事雕琢，为其根本特色，但偶然也有锤炼的地方。

“曰余作此来”六句，即邱嘉穗所说“愿从丈人终老也”。归田以来已有十二年了，虽姿年已逝，老境已至，然躬耕之志，未尝乖违。

真可谓初心不以年衰而忘。最后又是尚友古人：敬告千年以上的荷蓧丈人，愿得从君栖隐于陇亩中。结尾与《于西田获早稻》诗“遥遥沮溺心，千载乃相关”之意相同。

饮酒二十首并序

余闲居寡欢，兼比夜已长。[①] 偶有名酒，无夕不饮。顾影独尽，忽焉复醉。既醉之后，辄题数句自娱。纸墨遂多，辞无诠次。聊命故人书之，以为欢笑尔。

其一

衰荣无定在，彼此更共之。[②]
邵生瓜田中，[③] 宁似东陵时。[④]
寒暑有代谢，人道每如兹。
达人解其会，逝将不复疑。
忽与一觞酒，日夕欢相持。

【注释】

① 比：近来。

② 更：交替，更迭。

③ 邵生：秦时人邵平。

④ 东陵：邵平在秦时为东陵侯。

【评析】

《饮酒》二十首写作年代有多种说法，其中影响最大的是汤汉注：

“彭泽之归在义熙元年乙巳，此曰‘复一纪’，则赋此《饮酒》诗当是义熙十二三年间。”汤汉的结论源于渊明自述。《饮酒》其十九渊明自述仕隐经历云“终死归田里”，以下又说“冉冉星气流，亭亭复一纪”。义熙元年（405）归田，加上一纪十二年，则诗作于义熙十二年（416）或十三年（417）。王瑶注陶集，从汤汉之说，以为《饮酒》二十首，作于义熙十三年。汤汉和王瑶的系年，与事实相去不会太远。

据《饮酒》诗序，这二十首诗作于一时，是诗人酒醉之后自娱的作品，编排也无诠次。“命故人书之”的故人，有人以为是颜延之或殷晋安等。这种说法有可能。不过渊明有不少乡亲，如张野、张诠、庞通之等。故人也有可能指本地的乡邻或老朋友。

《饮酒》二十首虽以“饮酒”为题，其实约有一半左右的诗无关饮酒。准确地说，《饮酒》诗是渊明醉时或醒时的咏怀之作。邱嘉穗说：“公《饮酒》二十首中有似着题似不着题者，其着题者固自言其饮酒之适，其不着题者亦可想见其当筵高论、停杯浩叹之趣，无一非自道其本色语也。东坡有云：‘作诗必此诗，定知非诗人。’岂此谓欤？”（邱嘉穗《东山草堂陶诗笺》卷三）不题“饮酒”的诗，似乎也有酒中之趣。

方东树说：“据序亦是杂诗，直抒胸臆，直书即事，借饮酒为题耳，非咏饮酒也。阮公《咏怀》，杜公《秦川杂诗》，退之《秋怀》，皆同此例，即所谓遣兴也。”又说：“此二十首篇篇具奇旨旷趣，名理名言，非常恣肆，皆道腴也。”（方东树《昭昧詹言》卷四）以为《饮酒》二十首是杂诗，皆饮酒以遣兴，“篇篇具奇旨旷趣，名理名言”，“皆道腴”，云云，指出了《饮酒》诗是杂诗，具有理趣。这些看法是中肯的。《饮酒》诗与前面的田园诗不一样，田园诗有叙事，有写景，也有谈理，但《饮酒》诗以咏怀、谈理为主，确实几乎篇篇有名理名言。

《饮酒》第一篇就体现出渊明的大智慧，对历史进程的深刻洞察力，以及如何应对历史巨变。

“衰荣无定在，彼此更共之。”衰而荣，荣而衰，此起彼伏。谁见过万年天子，千古江山？盛衰之变，乃是历史最本质的表现形式。秦时邵平的故事，印证了“彼此更共之”的历史变化。“达人解其会”四句，是讲理解“衰荣无定在”的历史本质之后，如何应对之。最佳的应对策略便是“逝将不复疑”，即远离危险的时代，在饮酒中远害全身，获取生命的欢乐。一首短诗，以精粹的语言阐述历史巨变的大道理，并给出一种非常智慧的处世之道。无数事实证明，这种处世之道历久弥新，永不过时。以区区酒一觞，就能抵抗并忘却历史转折关头的巨大风险。这不是真正的达人吗？不是凡庸难及的大智慧吗？

温汝能称赞渊明说：“《鹖冠子》云：达人大观，乃见其符天下之理，惟达人能解会。谓一理浑合之处，不解其会，仍非达也，一饮酒耳。非索解大悟之后，不足以语此。读达人一语，真觉世之嗜酒者，难索解人。竹林七贤、饮中八仙，尚未到解悟地位，而况其他？千古饮酒人，安得不让渊明独步！”（温汝能纂集《陶诗汇评》卷三）这首小诗，确实是“达人达观”。在历史转折关头能看清历史走向者，真是凤毛麟角。解会者难觅！世之嗜酒者很多，然有几个是历史的解人？所以温汝能赞许“千古饮酒人，安得不让渊明”。渊明寄酒为迹，其意深矣！

如前所言，诗中以邵平之例印证“衰荣无定在”。然何焯称渊明“先世宰辅，故以邵平自比”。（何焯《义门读书记·陶靖节诗》）邱嘉穗也说：“陶公昔为晋参军、县令，今则退而闲居、饮酒，故以邵平事自比。”（邱嘉穗《东山草堂陶诗笺》卷三）二人都说渊明以邵平事自比，影射晋宋易代的巨变。其实这种看法很牵强。邱氏所说的渊明“先世宰辅”，大概指陶侃。陶侃之卒，距《饮酒》诗的作年已有六七十年，渊明根本没得到祖宗的余荫，何必以邵平自比？何况，渊明作《饮酒》诗时东晋还未亡。二人曲解诗意，曲解渊明，把渊明说成如邵平一样，由荣转衰了。这还是达人渊明吗？

其二

积善云有报，夷叔在西山。①
善恶苟不应，何事空立言？
九十行带索，② 饥寒况当年。③
不赖固穷节，百世当谁传！

【注释】

① 夷叔：伯夷、叔齐，商孤竹君的两个儿子，因互让君位，逃去。商亡后，隐于首阳山（西山），不食周粟而死。

② 九十：指古代隐士荣启期。带索：以绳索为衣带，喻贫。

③ 当年：壮年。

【评析】

这首诗分前后二层。前面四句等于司马迁《史记·伯夷列传》的缩写。写完伯夷最终饿死首阳山的故事，司马迁说：“或曰天道无亲，常与善人。若伯夷、叔齐可谓善人者非邪？积仁絜行如此而饿死。且七十子之徒，仲尼独荐颜渊为好学。然回也屡空，糟糠不厌，而卒蚤夭。天之报施善人，其何如哉？盗跖日杀不辜，肝人之肉，暴戾恣睢，聚党数千人，横行天下，竟以寿终。是遵何德哉！此其尤大彰明较著者也。若至近世，操行不轨，专犯忌讳，而终身逸乐，富厚累世不绝。或择地而蹈之时，然后出言行不由径，非公正不发愤而遇祸灾者，不可胜数也。余甚惑焉。傥所谓天道是邪非邪？子曰：‘道不同，不相为谋。亦各从其志也。’”司马迁怀着自身经历的惨痛与不平，以伯夷、叔齐和颜渊是善人而不得好报，又以盗跖恶人竟以寿终，近世操行不轨者，富贵累世不绝的历史与现实的几个显例，强烈质疑“天道无亲，常与善人”的说教。然天道是耶非耶终究无法解释，于是只能用“亦各从其志”的话来自解。

沈德潜评《饮酒》其二说：“《伯夷传》大旨已尽于此。”（沈德潜选《古诗源》卷九）与司马迁一样，渊明也依据自身经历和对历史及现实的观察、思考，质疑善恶不相应。

原善恶报应之说，中国古已有之。《易・坤・文言》：“积善之家，必有余庆；积不善之家，必有余殃。”《诗・大雅・抑》：“无言不雠，无德不报。”《老子》七十九章：“天道无亲，常与善人。”然而，无论历史和现实，都证明善恶相应是“空言”。渊明在这首诗里质疑“善恶苟不应，何事立空言”之外，又在《感士不遇赋》里历数史上善恶不应的例子，说“疑报德之若兹，惧斯言之虚陈”，与本诗“善恶”二句意思完全一致。

后四句是第二层。先说荣启期行年九十，贫困至极，犹不改节操，何况壮年饥寒者。意谓后者更应该处贫犹乐。然后议论道：君子唯赖固穷之节，声名才能传至百世。诗人举荣启期的例子，还是意在质疑善恶不相应。荣启期一生安贫守道，若天道有知，理应有善报。可事实是，荣启期九十岁仍穷得用绳索作衣带。可证善人不得善报也。但最后二句说，荣启期正赖固穷节，名声才得以百世相传。诗人前面强烈质疑善恶报应之说，称之为“空言”，然荣启期正赖固穷节，百世声名传。这岂不是善有善报吗？如何理解既否定善恶相应，又肯定并赞美君子固穷的善行，乃是懂得这首诗的关键。

陈祚明说：“起四句几许曲折，然味末句，善恶岂顾应否耶？史迁不云乎，亦各从其志也。”（陈祚明评选《采菽堂古诗选》卷一三）陈氏之评殊可注意的有二处，一处说“善恶岂顾应否耶”，这里的“善恶”一词取其善，意思说行善者，岂考虑善恶相应耶，即行善之际，不会考虑善定有善报的结果。另一处说，司马迁不是说，亦各从其志也。司马迁非常困惑“天道无亲，常与善人”的说教，但又无法解释清楚天道的幽渺，遂用孔子“道不同，不相为谋”及“各从其志”来解释善人恶人的行径。意思是说，虽然善恶不相应，但行善者或行恶者，亦不过是各从其志意而已，不必先考虑善与恶的报应。言外之意是，虽天道莫测，善恶不相应，但我立志行善可也。

方东树评此诗的旨意与文法变化，说:“言不必计善恶之报爽，但以固穷守道为正。求仁得仁，同一穷死，不如留名没世。一起四语，偏反飞动。收二句语势尤劲折，无一平直浅滞顺滑之笔。上言其爽而空言诘之，作波澜以起下百世之传，折出一荣公，文法变化如此。以福报则爽，以名报则应，文法变化。”（方东树《昭昧詹言》卷四）方氏说，此诗后四句是说不必计较善恶不相应，只以固穷守道为正。解释是正确的。但曲解渊明本心的也有，例如说“以福报则爽，以名报则应”，意思说，渊明质疑“福报”不相应，但肯定“名报则应”。这里就是曲解了。一是渊明绝非孜孜求名者；再者，求名者也未必得真名，何来“名报则应”？如果人人皆以为“福报”必定爽，“名报”必会应，则人人不善，个个求名。依此推论，渊明隐居躬耕，君子固穷，也是为求身后名了。这岂不是曲解渊明之志？至于陈氏说此诗“语势劲折”“折出一荣公”“文法变化”等，均为可取之处。

其三

道丧向千载，人人惜其情。
有酒不肯饮，但顾世间名。
所以贵我身，岂不在一生？

一生复能几，倏如流电惊。[1]
鼎鼎百年内，持此欲何成！

【注释】

①流电：闪电。

【评析】

此诗前四句叙俗世人人惜情、求名。“道丧”二句，反映了陶渊明的社会发展观。他以上古的真淳为有道，以上古之后的“智巧既萌”为丧道。道丧以来，将近千年，人人惜情。惜情，指拘束情感，顾忌俗世的虚名，不肯也不敢任情肆志。这与上古之世放任人的情感完全对立。道丧之后的名教社会，一方面以礼法为治民的手段，压抑人的自然情感；一方面引导人们追求虚名。《吕氏春秋·情欲》说：“故耳之欲五声，目之欲五色，口之欲五味，情也。”那么，有酒当饮，属于正常的人情。

黄文焕评“人人惜其情”一句说：“‘惜’字搜出病根，留情以为别用，故不复用之于道。”（黄文焕《陶诗析义》卷三）称“留情以为别用”，有可取处。但仍未指出，俗世的留情之目的，其实是“别用”于追求名教肯定的虚名。名教以为纵酒任诞，悖乱伤教，不是谨慎守礼的君子所为。惜情者但顾世间虚名，压抑自然的情欲，“有酒不肯饮”。可见“道丧”四句，实质上与嵇康“越名教而任自然”之说一脉相承。

“所以贵我身”四句，即“及时行乐”之意。世间万物，莫如自身之宝贵，生命之无价。这种珍重生命的思想，早在战国时代就已成为通识。《韩非子·爱臣》：“万物莫如身之至贵也。”《列子·杨朱》：“故智之所贵，存我为贵。”然则如何“贵我身”？渊明以为“岂不在一生”，也就是珍惜生命，珍惜当下，享受一生的欢乐，诸如任情肆志，饮酒歌舞。若虽知自身为贵，却不肯饮酒，整天兀坐如痴，惶惶然唯恐越礼，不懂何为欢悦，则此短暂一生，有何可贵？岂不是辜负一生？何况“一生复能几，倏如流电惊”。若能意识到生命的可贵与短促，自然而然就会得出须及时行乐的结论。渊明深刻理解为什么要及时行乐，故说“且极今朝乐，明日非所求”（《游斜川》），“感彼柏下人，安得不为欢……未知明日事，余襟良已殚”（《诸人共游周家墓柏下》）。把握每一天，快乐每一天。

末了“鼎鼎百年内，持此欲何成”二句，是诗人直接向惜情顾名者喊话了：百年转瞬即逝，你们慢吞吞的，还守着俗世虚名干什么！意思是人生苦短，何以解忧，唯有杜康，快喝酒啊！闻人倓解释“鼎鼎”二句说：“此言‘鼎鼎’，取宽慢之意。百年自速而人意自宽慢。‘持此欲何成’，‘此’字指但顾世间名。或以‘鼎鼎’为薪火不传意，殊觉杜撰。宋陆游诗‘百岁常鼎鼎’‘新春鼎鼎来’，亦似未得陶公本意。”（闻人倓《古诗笺》卷六）以为“持此欲何成”之“此”字指世间名。此解极是。

关于此诗的命意，大致有两说。

一说人生短促，不能慢吞吞，一无所成而不能垂名。刘履说：“此言大道久丧，情欲日滋，当时之人，不肯适性保真，而徒恋惜世荣，殊不知一生之内，倏如电之过目，今乃舒缓怠惰，不自速悟，持此以往，欲何所成而垂名乎？盖不特以之讽人，亦以自警焉尔。”（刘履《选诗补注》卷五），以为“持此欲何成”是“欲何所成而垂名乎”？又何焯说：“‘有酒不肯饮’，直是有人不肯做之托词耳。百年几何，奈何不及时自立也。”（何焯《义门读书记·陶靖节诗》）

一说此诗只是说任情饮酒，应及时行乐。何孟春注批评刘履说：“魏武帝《短歌行》：‘对酒当歌，人生几何？譬如朝露，去日苦多。

慨当以慷，忧思难忘。何以解忧，惟有杜康。’此饮酒语也，故此诗意如此，非靖节本意。”以为此诗只是言饮酒，刘履的解读非渊明本意。

方东树说：“言由于不悟大道，故惜情顾名，而不肯任真，不敢纵饮，不知即时行乐。此即身后名不如生前一杯酒，与上篇似相背，然惟其能固穷，是以能忘忧而饮酒，固是一串意，非相背也，不可以文害义也。此即《神释》之意，注说及何义门解，皆失之滞，书生之见。”（方东树《昭昧詹言》卷四）以为任情饮酒，身后名不如生前一杯酒。方氏之解是正确的。

《世说新语·任诞》载：时人谓张翰：“卿乃可纵适一时，独不为身后名邪？”答曰：“使我有身后名，不如即时一杯酒。”渊明此诗的命意，与张翰如出一辙。不屑世间浮名，任真肆志，痛饮酒，本来就是魏晋名士普遍认同的人生哲学，渊明也不例外。

其四

栖栖失群鸟，日暮犹独飞。
裴回无定止，[①] 夜夜声转悲。
厉响思清远，去来何依依！
因值孤生松，[②] 敛翮遥来归。
劲风无荣木，此荫独不衰。
托身已得所，千载不相违。

【注释】

① 裴回：即徘徊。

② 值：遇。

【评析】

陶诗以飞鸟归林比喻自己归隐经历的，不止本篇，例如《归鸟》、《归园田居》其一："羁鸟恋旧林。"《咏贫士》其一："迟迟出林翮，未夕复来归。"

邱嘉穗说："此诗纯是比体。盖陶公自彭泽解绶，真如失群之鸟，飞鸣无依，故独退守田园，如望孤松而敛翮，托身不相违也。公尝有《归鸟》四言诗，正与此诗意同。"（邱嘉穗《东山草堂陶诗笺》卷三）以为此诗旨意同《归鸟》，甚是。

此诗分两层意思。前六句写失群鸟徘徊无定，比喻仕宦的痛苦；后六句写归鸟托身孤生松，比喻归隐后决不再仕。前者为失，后者为得。方东树所谓"即今是昨非之意"（方东树《昭昧詹言》卷四）。吴瞻泰说："此借失群鸟以自况也。得失两字遥对，须知失处正是得。"（吴瞻泰辑《陶诗汇注》卷三）由失到得，是诗人人生道路转变的结果。

"栖栖失群鸟，日暮犹独飞。"象征诗人身在仕途，为王命奔波，昼夜无已。"裴回无定止，夜夜声转悲。"比况自己徘徊彷徨，找不到安顿身心之处，夜夜悲叹。"厉响思清远"，是说失群鸟叫声急促，向往高远之处。然虽有远志，却往来难遇栖身之所。总之，失群鸟乃是渊明在仕途的形象写照。

后半首写失群鸟"因值孤生松"，终于托身得所。《归去来兮辞》说："抚孤松而盘桓。"可与"因值孤生松"一句对读。孤生松独立不凋，失群鸟孤独无偶。孤鸟、孤松，两者相配，而成双倍的孤独，更能显示失群鸟的孤傲不群。另外的意义指：经过多少年徘徊无定，去来何依依，最终得遇孤生松。在"劲风无荣木"的肃杀寒风中，唯有孤生松"此荫独不衰"。也唯有孤生松，才是失群鸟最相宜的庇护所。她喜悦“托身已得所”，表示永远不与田园相违。

此诗纯是比体，与饮酒不相涉。但前人或执意与酒联系起来。例如黄文焕说：“胸中殆有万绪，眼中竟无一人，安得不以酒浇之。不待言饮酒而酒意勃勃。”（黄文焕《陶诗析义》卷三）闻人倓说：“失群得所，遥对失处，正是不可不饮酒也。”（闻人倓《古诗笺》卷六）如前面已说，《饮酒》二十首约一半左右有酒，一半左右无酒。此首明明不言饮酒，何必非要弄出一点酒气呢？

关于此诗的命意也有不同看法。李公焕注引赵泉山说：“此诗讥切殷景仁、颜延之辈附丽于宋。”蒋薰说：“失群之鸟，托身孤松，先生借以自比，不似殷景仁、颜延年辈草草附宋，若劲风无荣木也。”（蒋薰评《陶渊明诗集》卷三）不同意上述看法者如孙人龙说：“或谓此诗讥切殷景仁、颜延年之附宋，余谓亦自写其高致耳。”（孙人龙纂辑《陶公诗评注初学读本》卷二）温汝能说：“通首俱是比体，靖节矢志不肯附宋，饮酒托兴，聊借物以自况。至讥切殷、颜辈，似非正旨。”（温汝能纂集《陶诗汇评》卷三）此诗以失群鸟去而归，喻自己的仕隐经历，以及托身得所，决不再仕的志向，或许有不肯仕刘裕的寓意。但从文本分析，似乎体会不出讥切殷、颜辈的意思。故仍以孙人龙、温汝能所说者符合事实。

其五

结庐在人境，而无车马喧。
问君何能尔？心远地自偏。
采菊东篱下，悠然见南山。
山气日夕佳，[1]飞鸟相与还。
此中有真意，欲辩已忘言。

【注释】

① 山气：山间之云气。

【评析】

这首短小的诗，却是陶诗中传颂最广的佳作。诗中隐含的魏晋人士对隐逸的新理解，体现的自然与心境两者之间的融合，以及出色的傍晚山景的描写，景物中包含的深邃哲理，无不令人拍案叫绝，倾倒了古今无数读者。

开头四句写隐居生活，富有时代新意。众所周知，魏晋是崇尚隐逸的时代，隐士多如牛毛。魏晋之前的传统隐士，往往隐于岩穴山林，离群索居，不少人甚至不知所终。到了魏晋，传统隐士与新式隐士并存。前者如《世说新语·栖逸》记载的嵇康遇见的道士孙登。刘孝标注引《嵇康集》说："（孙登）无家，于汲郡北山土窟住。夏则编草为裳，冬则被发自覆。"又注引《文士传》说："嘉平中，汲县民共入山中，见一人所居悬岩百仞，丛林郁茂。"孙登隐在山上土窟中，简直像"土拨鼠"。不过，到了东晋，像孙登那样的隐士已经不多见了。

陶渊明"结庐在人境"，隐在人间，与亲友住在一起。《和刘柴桑》诗说："山泽久见招，胡事乃踌躇？直为亲旧故，未忍言索居。"可见，渊明喜隐居却不喜离群索居。他不愿去山林，不愿离开亲友。他享受亲友的温情，在故居中与琴书相伴。日出而作，日入而息，过平常人的生活，便是他隐居的方式。

"结庐在人境，而无车马喧。"说明渊明的隐居方式与岩居穴处的传统隐士两样。不过，隐士疏离社会的本质特征并没有改变。"车马喧"，指与官府的车马往来。有人虽是隐了，却仍与上层社会交往，与官场藕断丝连。这种假隐士在东晋不少，渊明不屑于此。譬如与渊明同为"浔阳三隐"的周续之为官府招引，讲《礼》校书，渊明作诗讥讽说："道丧向千载，今朝复斯闻。马队非讲肆，校书亦已勤。"

"问君何能尔，心远地自偏"二句，回答上面"结庐在人境，而无车马喧"的疑问。"心远地自偏"句，其实表现了魏晋一部分隐士对隐逸的新观念：隐不在形迹，而在心迹。宋武帝曾问周续之："身为处士，时践王庭，何也？"续之答："心驰魏阙者，以江湖为桎梏；情致两忘者，市朝亦岩穴耳。"（佚名《东林十八高贤传》）所谓"市朝亦岩穴"，即隐在心迹，情致两忘。那么，市朝也可以隐，不一定非要隐在岩穴。这种隐逸的新观念，是名教与自然调和的产物，以为名教中也有乐地。当然，渊明与"通隐先生"周续之不一样，是坚持隐居，绝不重返官场的真隐士。但他的"心远地自偏"的看法，其实质就是隐在心迹。若心远了，人境也是僻远之地。

"心远地自偏"的意义，远不止用于隐逸。宁静境界的获得，艺术的审美与创造，无不与"心远"有关。王士禛评《饮酒》其五说："通章意在'心远'二字，真意在此，忘言亦在此。从古高人只是心无凝滞，空洞无涯，故所见高远，非一切名象之可障隔，又岂俗物之可妄干。有时而当静境，静也，即动境亦静。境有异而心无异者，远故也。心不滞物，在人境不虞其寂，逢车马不觉其喧……"（王士禛《古学千金谱》）这段话，从审美的角度阐述"心远地自偏"的意义。

至于古今激赏"结庐在人境"四句者，举不胜举。如王安石说："渊明诗有奇绝不可及之语，如'结庐在人境'四句，由诗人以来无此句。"（李公焕注引）钟惺说："'心远'二字，千古名士高人之根。"（钟惺、谭元春评选《古诗归》卷九）

"采菊东篱下"二句承上"心远"，也为古今读者激赏。苏轼说："因采菊而见山，境与意会，此句最有妙处。近岁俗本皆作'望'南山，则此一篇神气都索然矣。"（苏轼《东坡题跋》卷二《题渊明饮酒诗后》）晁补之说："东坡云陶渊明意不在诗，诗以寄其意耳。'采菊东篱下，悠然望南山’，则既采菊又望山，意尽于此，无余蕴矣，非渊明意也。‘采菊东篱下，悠然见南山’，则本自采菊，无意望山，适举首而见之，故悠然忘情，趣闲而累远，此未可于文字精粗间求之。”（晁补之《鸡肋集》卷三三《题陶渊明诗后》）苏轼、晁补之辨析此诗的两种版本，一作“见”，一作“望”，以为“见”字为佳。“见”为无意见山，境与意会；“望”为有意而望，境与意隔。所以苏轼说，作“望南山”，则神气索然矣。

“山气日夕佳，飞鸟相与还”四句写傍晚归鸟回巢的景象，自有一种趣味和深意。《归鸟》诗说：“日夕气清，悠然其怀。”鸟儿在日夕的山岚中归来，多么悠然自在。这幅景象，岂不是诗人回归田园的象征么！他就是回归自然的飞鸟啊！

最后二句，是诗人从“飞鸟相与还”中体会到的“真意”。真意为何？非言语所能形容，语言显得力不从心。《周易》和《庄子》都有“言不尽意”之说。魏晋玄学家王弼在《易》《庄》的基础上，创立“得意忘言”的新论。自此，魏晋哲学、文学、美学都深受王弼之说的影响。渊明的行为洒脱放达，深受魏晋玄风的熏陶显而易见。渊明不少诗文，写景简略，摄景物之神韵，超乎象外，意境悠远，也与玄学的影响有关。《饮酒》其五是魏晋玄学“得意忘言”之说影响诗歌的突出例子。“采菊东篱下”四句为所见之景，“象者所以存意”，由所见南山悠然和飞鸟晚归的景象，悟出其中的“深意”。既已得意，便可忘象忘言。故说“此中有真意，欲辩已忘言”。

末了，以温汝能的评论作为结束：“渊明诗类多高旷，此首尤为兴会独绝，境在寰中，神游象外，远矣。得力在起四句，奇绝妙绝，以下便可一直写去，有神无迹，都于此处领取。俗人反先赏其采菊数语何也。至结二句则愈真愈远，语有尽而意无穷，所以为佳。张评谓篇中有畎亩不忘君之意，真嫌着相。”（温汝能纂集《陶诗汇评》卷三）

文中的“张评”，指张九成之说：“此即渊明畎亩不忘君之意也。”（李公焕注引）一首兴会独绝的好诗，被说成是不忘君之意，何其陋哉！

其六

行止千万端，谁知非与是。
是非苟相形，雷同共誉毁！
三季多此事，[①] 达士似不尔。
咄咄俗中愚，且当从黄绮。[②]

【注释】

① 三季：指夏、商、周三代之末。

② 黄绮：指商山四皓中之夏黄公、绮里季。

【评析】

这首诗纯为议论，批判俗中愚不知是非，雷同誉毁。渊明隐然以达士自居，表示从黄绮而隐的志向。

吴菘解释此诗，可作参考：“‘行止千万端’，行止即出处也。‘谁知非与是’，人不能审其出处耳。‘是非苟相形，雷同共誉毁’，不知是非，徒随声附和共毁誉耳。‘三季多此事’，言三季以来皆如此。此事即不知是非、雷同毁誉之事。此等皆咄咄可怪之俗人，若达士如黄、绮辈定不尔也。”（吴菘《论陶》）关于此诗命意，以汤汉注比较可取：“此篇言季世出处不齐，士皆以乘时自奋为贤，吾知从黄、绮而已，世俗之是非誉毁，非所计也。”

“行止千万端”，大略言之，或出或处。至于与出处关涉的种种行为取舍，就有千万端了。“谁说非与是”，不是无是非，而是是非不分，能知是非者罕见其人。至于“是非苟相形，雷同共誉毁”，任何时代皆如此，尤以季世为甚。《汉书·刘歆传》说："雷同相从，随声是非。"绝大多数俗人都无辨别是非的能力，分不清事物的本质与现象。既然是非不能辨别，那就只得"雷同相从，随声是非"。张自烈说："'雷同共誉毁'，括尽末世情态。是非皆不可知，如何如何！"（张自烈辑《笺注陶渊明集》卷三）末世往往是非不分，倒果为因，邪正易位，君子遭殃，恶人得志，"谁知非与是"？

渊明《感士不遇赋》列举"自真风告逝，大伪斯兴"之后，善恶颠倒、是非不分的史实，正可作此诗的注脚。作者叹道："嗟乎！雷同毁异，物恶其上，妙算者谓迷，直道者云妄。坦至公而无猜，卒蒙耻而受谤。虽怀琼而握兰，徒芳洁而谁亮？"以上一段，正是三季"行止千万端，谁知非与是。是非苟相形，雷同共誉毁"的生动写照。

渊明为何要批判"三季多此事"？邱嘉穗猜测："此必当时仕宋者反议公之退隐为非，如淳于髡之讥孟子以名实，孟子答以三子同归于仁，公此诗亦然。"（邱嘉穗《东山草堂陶诗笺》卷三）邱氏的猜测有可能。渊明归隐之后，躬耕陇亩，日趋贫困，有人说他穿着破衣服，守着茅庐，未必为高栖。俗人岂能分得清非与是，清与浊？

"达士似不尔"一句，以健笔收束以上的"自真风告逝，大伪斯兴"。尔后直斥"咄咄俗中愚"——咄咄，惊叹也，表达追随古贤黄、绮隐居之志。张潮等说："颠倒是非，自古皆然，惟求自知耳。吾当从黄、绮，心事毕现。"（张潮、卓尔堪、张师孔同阅《曹陶谢三家诗·陶集》卷三）此说是也。世俗的是非毁誉，愚人痴妄，岂能动我初心哉！我走自己的路！

其七

秋菊有佳色，裛露掇其英。[1]
泛此忘忧物，远我遗世情。

一觞虽独进，杯尽壶自倾。
日入群动息，归鸟趣林鸣。
啸傲东轩下，聊复得此生。

【注释】

①裛：同“浥”，沾湿。掇：拾起，引申为摘取。

【评析】

渊明爱秋菊，原因有二：一是菊花酒可以延年益寿；二是秋菊隐然有隐士幽人的品格。《九日闲居》诗说，“酒能祛百虑，菊为制颓龄”，道出爱菊的第一种原因。《和郭主簿》诗其二称秋菊有“贞秀姿”，称为“霜下杰”，这是渊明爱菊的更深层的原因。秋菊有幽人之姿，贞秀之操。渊明欣赏秋菊的品格，故深爱之，形诸歌咏。李公焕注引定斋说：“自南北朝以来，菊诗多矣，未有能及渊明之妙。如‘秋菊有佳色’，他花不足当此一佳字，然通篇寓意高远，皆由菊而发耳。”采摘晨露中菊英，浸泡成菊花酒。“泛此忘忧物，远我遗世情”二句，说酒之妙用。忘忧物，指酒。曹操《短歌行》诗说：“何以解忧，唯有杜康。”《影答形》诗说：“酒云能消忧。”《连雨独饮》诗说：“试酌百情远。”可知，魏晋人喜饮酒，根本在于酒醉状态下的忘忧。

《晋书·陶潜传》：渊明喜酒，而“亲旧知其如此，或置酒招之，造饮必尽，期在必醉”。“一觞虽独进，杯尽壶自倾”二句，即写渊明独饮时一杯复一杯，酒尽壶倾的饮酒作风。非得杯尽壶倾才罢休，这也算是渊明真率，不假造作的个性体现。

“日入群动息，归鸟趣林鸣”二句，可以理解为实写，也可以看作虚写。若后者，乃是渊明以归鸟自况。王士禛解释此二句说：“因思人生所遇，不过喧寂二境：万象不闻，喧中寂也；归林鸟鸣，寂中喧也。我从此啸歌寄傲东轩之下，娱情于喧寂之间，聊得此生已矣。”（王士禛《古学千金谱》）王氏所谓“娱情喧寂之间”，空洞而费解。吴淇说：“‘日入’二句，不是写景，乃是言理。当此日入之际，正群动皆息之时，天地闭塞之意，归鸟是于群动特取一物证之。曰‘趋’是形动，曰‘鸣’是声动，曰‘归’乃厌动而求静也。此岂有为之时哉，亦惟啸傲东轩而已。”（吴淇《六朝选诗定论》卷一一）吴淇的解释，显然比王士祯“娱情喧寂之间”的费解明畅多了。“归鸟趣林鸣”，正是由动趋静也。

最末“啸傲东轩下”二句是此诗命意所在。东坡说：“靖节以无事自适为得此生，则凡役于物者，非失此生耶？”（苏轼《东坡题跋》卷二《题渊明诗》）魏晋人喜啸，借啸声抒泄傲然自得之情。“聊复”之“复”，有失而复得之意。“久在樊笼里”是失生，“敛翮遥来归”谓之失而复得。

苏轼以“得生”“失生”两种人生观解释此诗，揭示渊明的人生哲理，独具眼光。渊明由仕到隐的经历，从生命意义的角度看，乃是失生至得生的过程。在官场处处役于物，“口腹自役”“违己交病”，如苏轼所说，“非失此生耶”？归隐之后，“虚室有余闲”，享受诗酒人生和得生之乐。陶诗中表现得生之乐的诗作不止一篇，例如《饮酒》其三说：“所以贵我身，岂不在一生？”之所以珍爱自身的形体，岂不是为了一生的快乐吗！不懂得生之乐，则形体便是行尸走肉，有何趣味？渊明任真自得，啸傲东轩，游目散怀，浊酒自陶，珍爱生命，欢乐当下，是真正懂得并享受得生之趣的人。

其八

青松在东园，众草没其姿。

凝霜殄异类，卓然见高枝。
连林人不觉，独树众乃奇。
提壶挂寒柯，远望时复为。
吾生梦幻间，何事绁尘羁。[1]

【注释】

① 绁尘羁：为尘世羁绊。绁，系。

【评析】

菊与松是陶诗中鲜明的自然景物意象，蕴含着诗人的人格审美理想。菊有幽人之姿，松有傲然风骨。两者皆有“贞秀姿”，都为“霜下杰”。诗人赋予松菊傲霜斗雪的品格，显然是借以自况。

读者是否发现：陶诗中出现的松树，往往不是一片松林，而是独立的“孤松”（《和郭主簿》其二“青松冠岩列”除外），例如“抚孤松而盘桓”（《归去来兮辞》），“因值孤生松，敛翮遥来归”（《饮酒》其四）。诗人似乎特别喜欢和赞叹孤松，这是颇堪玩味的。

本篇刻画孤松，在所有陶诗中最细致。起笔“青松”二句先抑，言青松为群草所没，不见挺拔之姿。意象与左思《咏史》其二咏涧底松相似。左思诗写道：“郁郁涧底松，离离山上苗。以彼径寸茎，荫此百尺条。”感叹涧底松为山上苗所遮掩。这是用比兴手法批判当时“上品无寒门，下品无势族”的门阀制度的不公。本篇描写群草没东园青松之姿，也是比兴，为自己写照。当然，两者的喻义稍有不同。青松为群草所没，比喻君子为凡庸所掩，不见奇异之姿。“凝霜”二句后扬。只有在严酷的霜寒季节，万物凋零之后，才能见到青松的卓然高枝。这二句与“劲风无荣木，此荫独不衰”同意。君子与庸众的区别，唯有在危难之际，逆境之中，方能区别分明。

“连林”二句，以连林衬托孤松之奇。若松林一片，人不觉为奇。若一松长于大片树林中，也不甚奇。只有孤松独立在东园，或庭中，干如铁，枝若虬，亭亭如盖，才显得奇挺无比。渊明赞美“独树众乃奇”，以比傲世的人格美感，体现出独特的审美眼光。凡是品格奇特之士，皆傲世独立，如孤松，“卓然见高枝”。

“独树众乃奇”之“独”，既是哲学观念，也是审美范畴。《连雨独饮》诗说：“自我抱兹独，僶俛四十年。”独，谓独志，独特之志。渊明个性不同流俗，故喜用“独”字。“独树”之独，属审美范畴，意为“独立”“独秀”“独拔”。叶又生说：“‘独树众乃奇’‘禀气寡所谐’，渊明岸然自异，不同流俗，不如此不成渊明。”（徐师曾《诗体明辨》卷一引）叶氏的体会很正确。渊明以“独树众乃奇”为美，最根本的原因正是他的独特品格，卓然独异。独树就是渊明，渊明就是独树。

“提壶挂寒柯”以下四句，写诗人与孤松之间的亲密感情，以及他的人生哲学。“挂寒柯”之“挂”，一作“抚”。作“抚”更佳。作“挂”也不坏。酒壶挂在寒柯上，行为洒脱，与“抚孤松而盘桓”（《归去来兮辞》），有异曲同工之妙，都表现出诗人与孤松的亲密。孤松是诗人的知己，精神可以相托。“远望时复为”，时复为，一作“复何为”。陶澍注：“此倒句，言时复为远望也。”按，西晋傅玄《云中白子高行》诗：“长与天地并，复何为，复何为。”诗人“提壶挂寒柯”，与寒柯相与为友，既无外慕，何必再远望呢？故这句作“复何为”更好。

最后二句，言人生短促，转瞬间化尽如梦幻。人一旦生于此梦幻之中，无法把握。可把握者，唯有摆脱人世拘束，珍惜当下之生命，及时行乐，有酒便饮。

大凡诗人笔下的竹木花草，少有纯客观的描写，一般都经诗人情趣的点染，成为“有我之物”。情与趣的加持，自然风物就变成艺术品，犹如玉琢而方成器。渊明笔下的松菊兰等物象，无一不是“有我之物”。

洪迈说：“其《饮酒》诗二十首中一篇云……所谓孤松者是已，此意盖以自况也。”（《容斋三笔》卷一二）以为孤松是渊明自况。吴师道说：“陶公《归去来辞》‘三径就荒，松菊犹存’，下复云：‘景翳翳以将入，抚孤松而盘桓’。系松于径荒景翳之下，其意可知矣。又好言孤松，如‘冬岭秀孤松’，如‘青松在东园，众草没其姿’，下云‘连林人不觉，独树众乃奇’，皆以自况也。人但知陶翁爱菊而已，不知此也。”（吴师道《吴礼部诗话》）指出渊明爱菊之外也爱松，而尤喜爱孤松。吴瞻泰说：“此借孤松为己写照也。”（吴瞻泰辑《陶诗汇注》卷三）孤松即是诗人傲岸品格的写照。温汝能说：“此篇语有奇气，先生以青松自比，语语自负，语语自怜，盖抱奇姿而终于隐遁，时为之也，非饮酒谁能遣此哉！”（温汝能纂集《陶诗汇评》卷三）称此篇有奇气。奇气何来？来自青松的奇姿，更来自渊明的奇志。总之，渊明写孤松，即写其胸中奇志奇趣耳。

其九

清晨闻叩门，倒裳往自开。
问子为谁与？田父有好怀。
壶浆远见候，疑我与时乖。①
褴缕茅檐下，② 未足为高栖。③
一世皆尚同，愿君汩其泥。④
深感父老言，禀气寡所谐。
纡辔诚可学，⑤ 违己讵非迷！
且共欢此饮，吾驾不可回。

【注释】

①疑：怪也。

②繿缕：同“褴褛”，衣服破烂。

③高栖：高隐。

④汩：搅浑。

⑤纡辔：回车，喻违反素愿而再次出仕。

【评析】

此诗借与田父的对话，表达坚持隐居，拒绝出仕的志向。

诗中的田父，或实有其人，诗人隐其姓名。或以为无田父其人，乃是诗人虚构的人物。前者如赵泉山说：“时辈多勉靖节以出仕，故作是篇。”（李公焕注引）蒋薰说：“此田父犹俗见耳。其至诚可取，惜不与延年、景仁同传名。”（蒋薰评《陶渊明诗集》卷三）后者如温汝能说：“篇中不过设为问答以见志耳。所云田父，正不必求其人以实之也。陈、蒋二评，未免稍涉粘着。纵即有其人，然以不入耳之言来相劝勉，自不得不以峻词拒之矣。”（温汝能纂集《陶诗汇评》卷三）

《宋书·隐逸传》说：“义熙末，征著作佐郎，不就。”可见当时确有征渊明著作佐郎的机遇。渊明晚年已经相当贫困，出仕可以救穷。时人劝他出仕，也是情理中事。故田父可能实有其人。也许是渊明的某个乡亲，也许是远方的一个朋友。

这是一个好心人，带上了酒，一清早就来敲诗人的门，怪其与时世不合：穿着破烂衣裳，住在茅舍里，不足为高隐。举世都以雷同为美，希望你随波逐流。田父这番劝勉，与当年渔父劝屈原之辞相同：“圣人不凝滞于物，而能与世推移。世人皆浊，何不淈其泥而扬其波？”此田父有“好怀”，为诗人着想，可惜是俗见的化身。俗见有三点：

一是以为渊明的隐居行为同世俗背离。人人都想出仕，以求富贵，你偏偏辞官隐居。二是守着蓬庐，衣衫褴褛，这算是高栖吗？高栖是一边自诩隐士，一边谋取实际利益，如周续之之流的通隐先生，名利双收。三是“一世皆尚同”，时人无不汩其泥而扬其波。你却不肯随波逐流，特立独行。

对于田父的“好怀”，诗人断然回绝，直截了当地表示决不迎合世俗，坚持隐居的志向。吴菘说：“‘深感父老言’以下，‘纡辔诚可学’，作一开；‘违己讵非迷’，作一阖；‘且共欢此饮’，再一开；‘吾驾不可回’，再一阖。抑扬尽致。”（吴菘《论陶》）这段评论说此诗后半的句法“抑扬尽致”，固然可取，但未能从诗人的独特个性，揭示他拒绝出仕的根本原因。诗人自称“禀气寡所谐”，个性刚直，不合时宜。吴菘却完全忽略了。《归园田居》其一说：“少无适俗韵，性本爱丘山。”《与子俨等疏》说：“性刚才拙，与物多忤。”《扇上画赞》赞於陵仲子：“养气浩然，蔑彼结驷，甘此灌园。”《读史述九章》赞美伯夷、叔齐“贞风凌俗，爰感懦夫”，赞美鲁二儒“介介若人，特为贞夫”。不论是自述还是赞美古人，都可见他对俗世的鄙视，对孤高耿介个性的推崇。渊明不为五斗米折腰，是“禀气寡所谐”的最著名的例子。田父劝他出仕，简直是要渊明向世俗折腰，难怪渊明回答：“吾驾不可回。”斩然截然。

其十

在昔曾远游，直至东海隅。[①]
道路迥且长，风波阻中涂。
此行谁使然？似为饥所驱。
倾身营一饱，[②] 少许便有余。
恐此非名计，[③] 息驾归闲居。

【注释】

① 东海隅：指曲阿县（今江苏丹阳），晋时属南东海郡，距海不远。

② 倾身：竭尽一身之力。

③ 名计：犹言“明计”，谓良策也。

【评析】

此诗回忆早年的仕隐经历及归隐的原因。

诗中写到昔年的一次行役。渊明究竟在哪一年远游至东海隅？前人有不同说法。刘履《选诗补注》说：“渊明于晋安帝元兴三年甲辰，为镇军将军刘裕参军，经曲阿赴丹徒。‘在昔’二句似追述其事。”陶澍注则以为渊明参刘牢之军事，此诗是追述从讨孙恩至东海，即浙东沿海一带。逯钦立注以为“风波阻中涂”句，即是庚子岁五月阻风于规林事。

上述诸说，刘履之说可以信从。义熙元年（405），镇军将军刘裕举义旗讨伐桓玄，渊明觉得“时来苟冥会”，离开田园，作刘裕参军，经曲阿赴京口。曲阿濒临大海，故说“直至东海隅”，不是今日所说的浙东沿海地区。“道路迥且长，风波阻中涂”，乃是行役中的常事。并非一定就是庚子岁五月中从都还阻风于规林之事。

“此行”二句，交代出仕之由是贫穷。赵泉山说：“此篇述其为贫而仕。”（李公焕注引）为贫而仕，确实是渊明出仕的主要原因，渊明一再言及。譬如《饮酒》其十九说：“畴昔苦长饥，投耒去学仕。”《与子俨等疏》说：“少而穷苦，每以家弊，东西游走。”吴瞻泰说：“‘此行谁使然’，问得冷，妙。‘似为饥所驱’，答得诙谐，却妙在一‘似’字，若非己所得主者。末六句一句一转，低回欲绝。”（吴瞻泰辑《陶诗汇注》卷三）一问一答，比平铺直叙生动活泼得多。“似”字可见出仕为饥饿所驱，非是本怀，有身不由己，无可奈何的味道，确实答得诙谐巧妙。

“倾身”以下四句，交代归隐之由。竭尽全身力气，才能得到一饱。可见，营一饱多么不易。但一饱之外的少许，也觉得是多余。所以这二句与“耕织称其用，过此奚所须”（《和刘柴桑》）、“营己良有极，过足非所钦”（《和郭主簿》）等句意思全同，为止足之义。

渊明出仕之后，俸禄虽只有五斗米，但基本可免一家的饥饿。既然衣食称其用，则过此非所须。再者，人在仕途，“违己交病”，“口腹自役”。隐居的素志从未忘怀，重回故园的自由与安谧，始终是他的梦想。在《祭从弟敬远文》中，他自述归隐的原因：“余尝学仕，缠绵人事。流浪无成，惧负素志。”“恐此非名计”，即指仕宦非是良策，“息驾归闲居”，不负素志，才是明智之计。王叔岷注“非名计”三字说，犹“非所以为名也”，恐尚未到位。

何焯则释“恐此非名计”一句谓“恐坠固穷之节”（何焯《义门读书记·陶靖节诗》）。孙人龙、方东树皆同。这种解释也不太正确。盖此诗是追述昔年为饥而仕，以为仕宦不是良策，而渊明归隐之后生活日益贫困，才经常咏唱君子固穷。不可以渊明晚年情绪，来解释他的早年经历。

其十一

颜生称为仁，[①] 荣公言有道。
屡空不获年，[②] 长饥至于老。
虽留身后名，一生亦枯槁。
死去何所知？称心固为好。
客养千金躯，临化消其宝。[③]
裸葬何必恶，人当解其表。[④]

【注释】

① 颜生：颜渊，孔子弟子。

② 年：年寿。

③ 临化：临死。宝：身也。

④ 其表：一作“意表”，是。意表，意之外，即言外之意。

【评析】

这首诗纯以议论行之。前八句讲名不足赖，后四句言身不足惜。汤汉注：“颜、荣皆非希身后名者，正以自遂其志耳。保千金之躯者，亦终归于尽，则裸葬亦未可非也。或曰：前八句言名不足赖，后四句言身不足惜。渊明解处，正在身名之外也。”以为此诗既破名，亦破身，旨意在身名之外。汤汉之解可称精到。

颜生以仁名世，荣公以道著称。然颜渊屡空短寿，荣公九十长饥。两位古贤留名身后，却一生枯槁。“死去何所知？称心固为好”——死去一切皆归于尽，身后名也毫无意义，故生时称心最好。渊明说过：“所以贵我身，岂不在一生。”“啸傲东轩下，聊复得此生。”珍爱一生，享受得生之趣，岂不是“称心”二字的最好注解吗？

然则，颜生之仁，荣公之道，两位古贤生前都有嘉言懿行，是否为求身后之名？汤汉以为“颜、荣皆非希身后名者，正以自遂其志耳。”“自遂其志”一语，来自司马迁《史记·伯夷列传》，伯夷善人终饿死，盗跖杀人却寿终，天道难测，司马迁困惑，只能以“亦各从其志也”一语解释之。汤汉以为颜、荣两贤身前为善，并不是希身后之名，也是各从其志罢了。而王棠说：“颜、荣以名为宝。”（吴瞻泰辑《陶诗汇注》卷三引）其说非也。

“客养千金躯”四句，表达渊明的死亡哲学。”“客养千金躯”，属于“贵贱贤愚，莫不营营以惜生”（《形影神》诗序）的愚昧之举，以为养形可以长寿，甚至长生。但《庄子》早就说过："世之人以为养形足以存生，而养形果不足以存生，则世奚足为哉！"任你养以琼浆玉液、人参黄精、呼吸吐纳，结果唯有"临化消其宝"一种。化尽之日，千金躯便成土、成灰、成空无。"有生必有死"，这一实实在在的真理，每天都被证实。但贵贱贤愚，仍莫不营营以惜生，寻觅各种"腾化术"，卫护千金躯。苏轼说："《饮酒》诗云：'客养千金躯，临化消其宝。'宝不过躯，躯化则宝已矣，人言靖节不知道，吾不信也。"（苏轼《东坡题跋》卷二《书靖节饮酒诗后》）以为渊明是知道之士。

"裸葬何必恶，人当解其表"二句，表达对裸葬的看法。历史上主张裸葬最著者是西汉杨王孙。《汉书·杨王孙传》记载：杨王孙病将死，先命其子说："吾欲裸葬，以反吾真，必亡易吾意。死则为布囊盛尸，入地七尺，既下，从足引脱其囊，以身亲土。"杨王孙裸葬，要"以反吾真"，赤条条来，赤条条去，这才是生死之真。以身亲土即是"反真"，回到死的本真状态。西晋皇甫谧《笃终论》赞同裸葬是"反真之理"，并说："杨王孙亲土，《汉书》以为贤于秦始皇。"盖秦始皇厚葬违反自然之理，又劳民伤财也。

圣人固然反对厚葬，但也不主张裸葬。王孙临终，遗令裸葬。其子欲裸葬，又心不忍；不裸葬，则父命难违。于是请教王孙友人祈侯。祈侯致书王孙，以为若死者有知，裸葬是犹戮尸地下，将裸见先人，吾所不取。且《孝经》曰："为之棺椁衣衾"，亦圣人之遗制。云云。由此可知，祈侯之流认为王孙裸葬不合圣人遗制，以裸葬为恶。渊明赞同王孙裸葬以矫世俗厚葬之风，以为"裸葬何必恶，人当解意表"，应理解王孙主张裸葬之举的言外之意。

这首诗的命意是身名两破，以称心为贵。方东树说："起六句将枯槁与名并说足，以下解之双承名亦不知，枯槁亦不知，但贵称心耳。

苟能称心，即裸葬犹可，又何生前枯槁足恨？”（方东树《昭昧詹言》卷四）不过，也有人以为渊明还是顾惜身名。例如温汝能说：“陶公一生志节如是，其顾惜身名为何如耶！篇中言身名不足惜，不过世人之见，反言之以自写其一时达趣云尔。不然，饮酒之余，身名不惜，何以为靖节哉。”（温汝能纂集《陶诗汇评》卷三）以为诗中所写的身名不足惜，乃一时达趣，渊明其实是顾惜身名的。方氏之评，显然曲解了本诗意旨。

其十二

长公曾一仕，[1] 壮节忽失时。[2]
杜门不复出，终身与世辞。
仲理归大泽，高风始在兹。
一往便当已，何为复狐疑？
去去当奚道，世俗久相欺。
摆落悠悠谈，请从余所之。

【注释】

① 长公：西汉张释之子张挚，字长公。

② 壮节：壮烈节操。

【评析】

这首诗旨意显豁。邱嘉穗说：“此又借古人仕而归者，以解其辞彭泽而归隐之本怀。”（邱嘉穗《东山草堂陶诗笺》卷三）温汝能说：“篇中引用二子（指长公、仲理），渊明盖以自况，辞近牢骚。末数语颇有傲世之意。”（温汝能纂集《陶诗汇评》卷三）渊明愈到晚年，隐逸之志愈坚。当世不理解自己归隐的深衷隐曲，则尚友古人，借古人行事以见己意。这是渊明咏怀常用的表现手法，咏古人即咏己怀也。

张挚“杜门不复出，终身与世辞”，岂不是为己写照吗？“仲理归大泽，高风始在兹”，赞美杨伦，便是自赞归隐陇亩的高风。

“一往便当已”以下六句议论，坚信自己选择的人生道路是正确的；批判世俗的虚伪，摆落道路流言，坚定地走隐居的路。黄文焕评此诗下半首说：“世疑我之乖时，我畏俗之欺我。‘咄咄俗中恶’，知之久矣。‘摆落’二字，恨不决绝。‘请从余所之’，与‘愿君汩其泥’作对砭。”（黄文焕《陶诗析义》卷三）黄氏以《饮酒》其九同本篇对读，阐发诗旨，是可取的。田父否定渊明辞官归隐的人生选择，奇怪诗人为什么与世俗相违背。本篇则说：“一往便当已，何为复狐疑？”以为既然走上了归隐之路，何必再怀疑当初的选择呢？事实证明，渊明一旦辞别官场，便从不怀疑自己选择的人生路。

“去去当奚道”一句，丁福保注：“诗言快去快去，当从何路？”王叔岷注：“陶公喜叠用去字，《和刘柴桑》：‘去去百年外。’《杂诗》之六：‘去去转欲速（一作远）。’七：‘去去欲何之？’《联句》：‘去去当何极？’皆其证。‘当奚道’，犹言‘尚何言’。丁氏未得其旨。”王氏释“道”为“言”“说”，这是对的。如上所说，渊明一旦辞官归隐，就不再怀疑所走的路。怎么会狐疑“当从何路”呢？这必定是“有好怀”的田父之流，在渊明面前絮叨，劝他重返仕途。渊明则截然回答：“去吧去吧！你们还啰嗦什么呢！”诗人从历史与现实中，看到了世俗的虚伪由来已久。譬如“积善云有报，夷叔在西山”，这不是“世俗久相欺”之一例吗？

“摆落悠悠谈”，摆落，义同“摆脱”。“悠悠谈”，大概就是田父劝诗人“一世皆尚同，愿君汩其泥”之类的悠缪之言。诗人则回绝道：“抛弃你们的悠缪之言，还是跟我走吧！”“请从余所之”，同《示周掾祖谢》诗“愿言诲诸子，从我颍水滨”二句意思相近，对自己所走的道路充满自信。温汝能指出“末数语颇有傲世之意”。诗人既然鄙视世俗，那么，自信就是必然的，傲世也与自信不远了。

其十三

有客常同止，[1] 取舍邈异境。
一士长独醉，一夫终年醒。
醒醉还相笑，发言各不领。
规规一何愚，[2] 兀傲差若颖。[3]
寄言酣中客，日没独何炳。

【注释】

① 同止：犹同居。

② 规规：浅陋拘泥貌。

③ 兀傲：孤傲不羁。差：略。

【评析】

这首诗假设醉者和醒者二人，取舍迥异，表达诗人鄙视俗世俗情，以及逃世于酒的人生态度。

前面六句，以夸张的语言，描写醉者和醒者取舍异境。醉者常独醉，醒者终年醒。醉者嘲笑醒者，醒者嘲笑醉者。二人发言，双方都不理解对方，犹如鸡同鸭讲。

“规规一何愚，兀傲差若颖”二句，为诗中的警句。诗人以醒者为愚，以醉者为颖。这其实反映了诗人对世俗、对饮酒、对当时两种人格类型的评价。

为什么醒者愚，醉者颖？诗人未曾说明。但这问题是理解此诗的关键，必须探讨。最早是汤汉注给出了问题的答案：“醒者与世讨分晓，而醉者颓然听之而已。渊明盖沉冥之逃者，故以醒为愚，而以兀傲为颖耳。”意思是醒者乖巧，世上各种利害关系样样要弄个明白，犹今日所谓“高智商的利己主义者”。醉者任情肆志，明白无论贤愚，富贵荣华，最终皆归空无，故颓然自放，与世无争。渊明本来就是个沉冥逃世者，故以醒者为愚，醉者为颖。黄文焕所谓“巧营者愈愚，静守者偏聪”（黄文焕《陶诗析义》卷三）。此说大体不错，但太简略，有必要作一些申述。

其实，醒者愚、醉者颖的答案就藏在“规规”“兀傲”二词中。“规规”一词出于《庄子·秋水》：“子乃规规然而求之以察，索之以辩，是直用管窥天，用锥指地也，不亦小乎！”庄子的意思是世界之大，宇宙无穷，用小见来观察、求索世界，好比“用管窥天，用锥指地”。醒者规规然，无大格局、大勇气，如《庄子·秋水》所嘲讽者，使一点小聪明，算计得一点小便宜。故诗人称醒者“规规一何愚”。反之，醉者兀傲，任真自得，乐天知命。时势夷也好，险也好，都不碍任情肆志。有酒便饮，饮则辄醉。放得下，看得透，彻悟养生术为假，身后名为虚，只有当下的欢乐可以把握，珍视生命，及时行乐。故诗人赞“兀傲差若颖”。

不难发现，“规规一何愚”二句，完全合乎魏晋名士的人物审美的时代尺度。一何愚的醒者，是名教塑造出来的人物，“有酒不肯饮，但顾世间名”。醉者则是魏晋人性解放新思潮中出现的人物，其人格特征是“越名教而任自然”。以阮籍、嵇康为代表的竹林七贤，便是兀傲风度的典型人物。阮籍饮酒，在酒乡中避世。刘伶自称“以酒为名”。稍后，张季鹰纵任不羁，时人号为“江东步兵”。有人问他：“卿乃可纵适一时，独不为身后名邪？”答曰：“使我有身后名，不如即时一杯酒。”渊明喜酒，深得阮籍和张季鹰的真传，作诗说：“泛此忘忧物，远我遗世情。一觞虽独进，杯尽壶自倾……啸傲东轩下，聊复得此生。”（《饮酒》其七）以酒逃世的作风和及时行乐的人生哲学，与竹林七贤和张季鹰深有渊源。渊明“兀傲差若颖”的人物审美，正是魏晋风度的鲜明体现。到了三百年之后的李白，作《将进酒》诗，唱道：“钟鼓馔玉不足贵，但愿长醉不愿醒。古来圣贤皆寂寞，惟有饮者留其名。”以为饮者留名，超越圣贤之上，赞美醉者，达于极致。可见，渊明“兀傲差若颖”的人物审美，在后世风流旷达之士那儿得到巨大的回响。

不用多说，那个被赞美的醉者，就是渊明自己。末了，“寄言酣中客，日没独何炳”。“独何炳”，一作“烛当炳”。作“烛当炳”是。古人有炳烛夜游之说。《古诗》说：“昼短苦夜长，何不秉烛游。”一流的饮者不仅“得酒莫苟辞”，而且“日没烛当炳”。在《归园田居》第五首里，我们看到了渊明夜饮的场景：“日入室中暗，荆薪代明烛。欢来苦夕短，已复至天旭。”

这首诗满篇醉语，表达了渊明的人格审美和人生哲学。邱嘉穗说：“陶公自以人醒我醉，正其热心厌观世事而然耳。要之，醒非真醒而实愚，醉非真醉而实颖。其箴砭世人处，却仍以诙谐出之，故不觉其言之激也。”（邱嘉穗《东山草堂陶诗笺》卷三）这段评论稍有价值之处是指出此诗的“以诙谐出之”。如诗中描写醒者醉者“一士长独醉，一夫终年醒。醒醉还相笑，发言各不领”，两人虽同止，取舍异境一至于此，令人莞尔。

其十四

故人赏我趣，挈壶相与至。
班荆坐松下，[①] 数斟已复醉。
父老杂乱言，[②] 觞酌失行次。
不觉知有我，安知物为贵。

悠悠迷所留，[3]酒中有深味。

【注释】

① 班荆：铺树枝杂草于地。班，布也。

② 乱言：昏乱的话。乱，昏乱，迷乱。

③ 悠悠：闲适貌。留：此指酒。

【评析】

此诗描写乡亲父老饮酒场景。陶诗中写饮酒的诗不少，但若论描写饮酒情景的具体生动，或许以此篇为最。

黄文焕说："前田父邀饮，此故人就饮。一疑我乖，一赏我趣；一异调之饮，一同调之饮。"（黄文焕《陶诗析义》卷三）指出前田父邀饮和此故人就饮的情趣有别，有参考价值。沈约《宋书·陶潜传》说："性嗜酒，而家贫不能恒得。亲旧知其如此，或置酒招之，造饮辄尽，期在必醉。"此诗描写渊明与故人饮酒的情景，可与沈约之说相互印证。诗中的"故人"，大概就是《宋书·陶潜传》所说的"亲旧"。亲旧不比远来的田父，深知渊明喜酒的天性并赏其趣，故黄文焕说是"同调之饮"。

与故人共饮，无拘无束。布荆条杂草于地，坐其上。上有松枝笼盖，清风徐来。也许再也没有比这更自然、简朴的酒筵了。渊明饮酒作风就是"期在必醉"的，故人又是有情有趣，自然的酒筵使饮者更为放松。于是，酒过数斟就已醉了几次了。父老醉语颠倒，行酒举觞也不讲规矩了。行次，指按照辈份长幼的次序。古人非常讲究辈份高低，斟酒、举觞以年长者为尊。酒醉之后，行觞往往乱了辈份，所谓"失行次"。"数斟"二句即写醉后"失行次"的场面。孙人龙说："此同调者，是交醉真境。"（孙人龙纂辑《陶公诗评注初学读本》卷三）

“不觉知有我”二句以下写酒中趣的体认。前句说忘己，后句说忘物，酒醉之后进入物我两忘的精神状态。这二句深契道家及玄学的核心，得到古今读者的一致赞赏。陈祚明赞其“超超名理”（陈祚明评选《采菽堂古诗选》卷一三）。温汝能说：“世人惟知有我，故不能忘物，物我之见存，则动多拘忌矣。渊明忘我更胜于《齐物》，其殆酒中之圣者欤！”（温汝能纂集《陶诗汇评》卷三）陶诗中有不少名理之言，义理深刻，极有趣味。陶诗的思想深度，是同时代的其他诗人望尘莫及的。这是陶诗不可企及的重要原因。

最后二句写酒中趣的悠长。王叔岷注：“作‘悠悠’义胜，陶公与故人为酒而留。‘悠悠’正以状其迷于所留之久也。”“迷所留”之“留”，指酒。释为“停留”或“留恋”，似不很正确。酒醉之后，身心非常闲适，长长的迷糊状态。关于酒中趣的美妙，魏晋时的超级酒徒，多有“夫子自道”。例如王忱说：“三日不饮酒，觉形神不复相亲。”王卫军说：“酒正自引人著胜地。”王蕴说：“酒正使人人自远。”（以上皆见《世说新语》）渊明外祖父孟嘉喜酒，桓温问：“酒有何好，而卿嗜之？”孟嘉答：“明公但不得酒中趣耳。”（陶渊明《晋故征西大将军长史孟府君传》）……酒能使人形神相亲，脱略形骸，忘忧遗世。酒醉之后，物我两忘。我既不存，何有世界？渊明总结为“悠悠迷所留，酒中有深味”。

然而即使大醉三月，总有醒来的一天，总会觉得我还在。知有我在，必定会感知世俗的痛苦。如此，又买醉三月。这样，醒醒醉醉，循环往复何时了？整天烂醉如泥，心无所虑，能算是善饮者吗？其实不能算。善饮者在某种意义上说是不醉的，或者说，形醉而心不醉。如阮籍那样，司马氏要和他攀亲家，他不愿意，大醉六十天。司马氏只得打消联姻的念头。阮籍大醉，但心却醒着。饮酒，在他来说成了一种手段，一种掩饰。渊明饮酒，也同阮籍。萧统《陶渊明集序》指出："吾观其意不在酒，亦寄酒为迹也。"然则，渊明之意何在？"泛此忘忧物，远我遗世情"（《饮酒》其七），忘忧和遗世，便是渊明意之所在。马璞说："此首乃醉中之真趣，渊明之所乐，实以之处乱世者也。"（马璞《陶诗本义》卷三）以为渊明于醉中所得的真趣和真乐，其实是用来处置乱世的。如何处置？忘忧与遗世。故所以寄酒为迹，首先与社会环境有关，以饮酒寄寓与时势有关的感慨。其次，与渊明的人生哲学有关，以饮酒作为享受人生的最佳手段。"提壶接宾侣，引满更献酬。未知从今去，当复如此不。"（《游斜川》诗）"感彼柏下人，安得不为欢。清歌散新声，绿酒开芳颜。未知明日事，余襟良已殚。"（《诸人共游周家墓柏下》诗）以上这几句诗，足以说明渊明喜饮，为的是极当下之乐，享受有限人生。所以，我们不称渊明是历史上的超级酒徒，而称他是最著名的善饮者。讨论渊明的饮酒及他所说的"酒中有深味"，应该从社会原因及人生哲学两方面探究，才不致偏颇。

其十五

贫居乏人工，灌木荒余宅。
班班有翔鸟，[1]寂寂无行迹。
宇宙一何悠，人生少至百。
岁月相催逼，鬓边早已白。
若不委穷达，素抱深可惜。

【注释】

① 班班：络绎不绝貌。

【评析】

这首诗可分三层意思。前四句写贫居的破败和寂寥，中间说岁月易逝，人生不永，最后二句表达委顺穷达的素志。

那个灌木丛生，满目荒凉，群鸟来往不绝，而人迹寂寥的贫居，完全是渊明衰老的象征。归田之初“榆柳荫后园，桃李罗堂前”的简朴而美好的故居，早已不存。如今，孤贫衰损的诗人，穷居于荒宅之中，岂能无感慨？

由贫居而感兴，思绪飞扬，想到宇宙永恒，百年苦短。在岁月催逼之下，诗人早已是两鬓皆白的老人了。古今中外的大诗人，大概没有一个不会思索悠悠宇宙与短促人生两者之间的关系。人生苦短的感慨，是陶诗中经久不息的声音，非常动人，并引发后世诗人同样不断的回音。渊明的感慨及后人的回音，会传之永远。

本篇“岁月相催逼”一句，读来最觉惊心动魄。诸如“岁月悠悠”“岁月无痕”“岁月易老”之类的句子，皆属浅语，根本未曾抵达时间本质的深处。岁月的本质是毁灭：毁灭青春、毁灭美好、毁灭春草、毁灭夏荷，毁灭沧海，毁灭桑田……毁灭存在的一切！岁月是终极的大杀手！

岁月怎么是无痕呢？无痕还称岁月吗？岁月处处留下深刻的印痕——“肌肤不复实”“鬓边早已白”，把衰老毫不留情地刻在你的额头。岁月哪来的静好？它每时每刻都露出冷酷无情的真面，虽不言不语，却催你、逼你，往人生的终点迅跑。岁月对老年人尤其苛刻，催逼特别严厉，一刻也不让停留。“适见在世中，奄去靡归期。”（《形赠影》诗）“昨暮同为人，今旦在鬼录。”（《拟挽歌辞三首》其一）杀人于顷刻之间，旦暮之际。前人说，陶诗最宜老年人读。如“岁月相催逼”这样的句子，老年人读着，也许会在拍案叫绝之后，长久地黯然神伤。

“若不委穷达，素抱深可惜”二句，是此诗的命意所在。贫居年衰，岁月催逼，但委运任化的人生哲学，终究是诗人的精神支撑。穷达，非仅仅指贫穷富贵，也包括精神的拘束或任放。什么叫“素抱”？素抱即“平津苟不由，栖迟讵为拙”（《癸卯岁十二月中作与从弟敬远》），“养真衡茅下，庶以善自名”（《辛丑岁七月赴假还江陵夜行涂中》），固穷守节，乐天知命。黄文焕说：“穷达摇其虑，则素抱不能自主。肯委之度外，然后素抱不坏。”（黄文焕《陶诗析义》卷三）以为将穷达置之度外，素抱才能保持不坏。他说的素抱，当是隐居情怀。邱嘉穗说：“时不我与，而老将至，不得展其素抱，知其无可奈何而安之于命也。”（邱嘉穗《东山草堂陶诗笺》卷三）邱氏所说的素抱，似指用世之心。谓渊明不遇于时，又老之将至，不得展其用世怀抱，无可奈何，安之若命。此乃误解，不可从。

其十六

少年罕人事，游好在六经。
行行向不惑，淹留自无成。
竟抱穷苦节，饥寒饱所更。
弊庐交悲风，荒草没前庭。
披褐守长夜，晨鸡不肯鸣。
孟公不在兹，① 终以翳吾情。②

【注释】

① 孟公：东汉刘龚，字孟公。

② 翳：隐蔽不明。

【评析】

这首诗简略回顾诗人的一生经历。年轻时乐在琴书的自由自在的生活，值得诗人终生回忆。他有不少诗言及青少年时代的美好光阴，例如“少无适俗韵，性本爱丘山”（《归园田居》其一）、“弱龄寄事外，委怀在琴书”（《始作镇军参军经曲阿》）、“闲居三十载，遂与尘事冥。诗书敦宿好，林园无俗情”（《辛丑岁七月赴假还江陵夜行涂中》），可与本篇“少年罕人事”二句参看。

然后忆及学仕无成的经历。将近不惑之年，意识到久留仕途，一事无成。《祭从弟敬远文》说：“余尝学仕，缠绵人事，流浪无成。”无成，指学仕无成。《自祭文》说：“惟此百年，夫人爱之。惧彼无成，愒日惜时。存为世珍，殁亦见思。”此处的“无成”，指一生无成。活着不为当世所重，死后也无遗惠后人，那是失败的人生。黄文焕解释“淹留自无成”（自，一作“遂”）句说：“淹留岂无成，以避俗自许，不坠庸众之径也。淹留遂无成，以读经自惭，未深圣贤之奥也。”（黄文焕《陶诗析义》卷三）黄氏把“淹留”理解为“避俗”，即隐居。这是误解。此处的“淹留遂无成”，指久留官场终究无成。黄氏在后面又以为“淹留遂无成”是读经无成，未进圣贤堂奥。这是更大的误解。渊明少年时就“游好在六经”，后来一直读经不断，他何尝说过淹留经书而无成的话？蒋薰说：“观后篇，意多所耻，终归田里，公年近四十而去官也。故云‘向不惑’‘遂无成’。”（蒋薰评《陶渊明诗集》卷三）以为“遂无成”指陶公年近四十而去官。此解是也。

“竟抱穷苦节”，一作“竟抱固穷节”。当以“固穷节”为是。此句以下六句，历叙归隐以来的种种贫苦。其中“披褐守长夜，晨鸡不肯鸣”二句，写难耐长夜严寒之苦，十分真实，非亲历此情此景者而不能道。《怨诗楚调示庞主簿邓治中》诗说："夏日长抱饥，寒夜无被眠。造夕思鸡鸣，及晨愿乌迁。"四句写饥寒交至，可与本篇同看。

"孟公不在兹"二句，借古人之事，抒写世无知己的感慨。丁福保注："《高士传》：'张仲蔚，平陵人，博物善属文，好诗赋，常居穷素，所处蓬蒿没人。时人莫识，惟刘龚知之。'……今陶公固穷有年，荒草没庭，处境与仲蔚相似，惜无知己如刘龚其人者，故有'孟公不在兹'之叹也。"丁注是正确的。

吴瞻泰说："此章悲无酒也。抱固穷之节，唯酒可以陶情，而孟公不在，酒侣无人，情受障矣。'翳'字愤甚。"（吴瞻泰辑《陶诗汇注》卷三）以为此诗悲无酒，视孟公为酒侣。此解未中肯綮。

邱嘉穗把诗中晚年苦况的真实描写，一律看作比喻："'悲风'比世乱，'荒草'比小人。刘裕弑零陵，天昏地黑，夹日无人，真如漫漫长夜，晨鸡不鸣之时。玩'悲风''荒草''长夜''晨鸡'等字，亦赋而比也。公平生望古遥集，本欲有为，而四十无成，终隐于晋宋鼎革之乱，故托言如此。"（邱嘉穗《东山草堂陶诗笺》卷三）诗人明明说"竟抱固穷节"，末了叹"孟公不在兹，终以翳吾情"，晚年贫苦，又无知己，诗意显豁，且一以贯之。邱氏谬相比附晋宋易代的史事，绝不可信。

其十七

幽兰生前庭，含薰待清风。
清风脱然至，[①] 见别萧艾中。[②]
行行失故路，任道或能通。
觉悟当念还，鸟尽废良弓。

【注释】

① 脱然：舒展的样子。

② 萧艾：杂草。

【评析】

幽兰是陶诗中又一种鲜明意象，与松菊一样，也赋予其人格意味。如果说秋菊待寒霜而发华，是君子之操的象征，那么，幽兰待清风而始吐芳烈，显示有别于萧艾的幽人品格。

诗中的幽兰虽有诗人自况的意味，但若把她比作具有内美的君子和贤者，应当更为妥帖。汤汉注："兰薰非清风不能别，贤者出处之致，亦待知者知耳。"指出了幽兰、清风，是比兴手法。上篇感叹："孟公不在兹，终以翳吾情。"就有幽兰"含薰待清风"的味道。清风不至，兰薰何由而扬？芳香不吐，何以见别萧艾？孟公不在，吾情谁亮？

"行行失故路"四句，仍以比写由仕而归的人生转折，乃是醒悟的结果，所谓"实迷途其未远，觉今是而昨非"。汤汉注："渊明在彭泽日，有'怅然慷慨，深愧平生'之语，所谓'失故路'也。惟其任道而不牵于俗，故卒能回车复路云耳。鸟尽弓藏，盖借昔人去国之语，以喻己归田之志。"渊明为救穷考虑，离开故园，走入仕途，东西游走了十年左右，所谓"行行失故路"也。迷途上遭遇的种种屈辱与痛苦，使他终于觉悟，觉得田园才是最好的归宿。道在何方？道即在田园，在衡门，在妻儿一家中，在与亲旧的欢饮里。任道，即是任真。回归故园才是正确的道路。于是，诗人"拂衣归田里"。

"鸟尽废良弓"句是熟典，出于《史记·淮阴侯列传》："狡兔死，良狗烹；高鸟尽，良弓藏。"上句"觉悟当念还"，觉悟，即是下句"鸟尽废良弓"。渊明当年辞官归隐，是否出于"鸟尽废良弓"

的忧惧？

这问题在陶诗中找不到明确的答案。不过，有蛛丝马迹可寻。例如《归鸟》说："矰缴奚功，卷已安劳。"这二句就有归隐避害之意。又《感士不遇赋》说："密网裁而鱼骇，宏罗制而鸟惊。彼达人之善觉，乃逃禄而归耕。"完全可以看作"觉悟当念还"二句的具体解释。再譬如《庚戌岁九月中于西田获早稻》说："四体诚乃疲，庶无异患干。"异患，很有可能指当时上层统治者之间的斗争与杀戮。自刘裕消灭桓玄之后，十几年中不断清除篡晋道路上的障碍，刀光血影中，收割了不少尊贵的头颅。例如义熙八年（412），刘裕害兖州刺史刘藩、尚书左仆射谢混，消灭荆州刺史刘毅、南蛮校尉郗僧施。义熙九年（413），刘裕又杀诸葛长民及其弟黎民、幼民等。这些都是"鸟尽良弓藏"的惨痛大事件，为渊明耳闻目见。由此判断，诗人这里并非泛用典故，而是当世血淋淋的事实给他的深刻印象。

温汝能说："此诗只是借幽兰以自喻，似无别意。惟末语所指不甚明晰。"（温汝能纂集《陶诗汇评》卷三）陶必铨则说："非经丧乱，君子之守不见，寓意甚深。觉悟念还，傅亮、谢晦辈不知也。"（陶必铨《萸江诗话》）以为此诗"寓意甚深"，并以傅亮、谢晦被杀的事实，指出"觉悟当念还"二句的深意，眼光比温汝能锐利。

其十八

子云性嗜酒，[1] 家贫无由得。
时赖好事人，载醪祛所惑。
觞来为之尽，是谘无不塞。[2]
有时不肯言，岂不在伐国。
仁者用其心，何尝失显默。[3]

【注释】

① 子云：西汉扬雄，字子云。

② 咨：问。塞：满，引申为满足。

③ 显：说话。默：不语。一说显为出仕，默是隐居。

【评析】

汤汉注："此篇盖托言子云以自况，故以柳下惠事终之。"黄文焕说："以子云问奇事作引起，忽及柳下惠不肯言伐国，章法甚幻，结以不失显默，自道生平脚跟。"（黄文焕《陶诗析义》卷三）此诗先写扬雄，忽及柳下惠，以两古人自况，借以表达仁者不失显默的处世之道。

子云嗜酒之事见《汉书·扬雄传》："家素贫，嗜酒，人希至其门。时有好事者，载酒肴从游学。"渊明《五柳先生传》说："性嗜酒，家贫不能常得，亲旧知其如此，或置酒而招之。造饮辄尽，期在必醉。"显然，渊明嗜酒家贫，同扬雄相似。差别也许在扬雄博学，时人"载醪祛所惑"，目的是向扬雄请学，释疑解惑。扬雄则有问必答，人人满意而去。至于亲旧置酒招渊明，是满足后者的嗜酒之好，好像与请教学问无关。

叙扬雄事毕，忽及柳下惠。"有时不肯言"二句，用柳下惠的典故。《汉书·董仲舒传》："闻昔者鲁君问柳下惠：'吾欲伐齐，何如？'柳下惠曰：'不可。'归而有忧色，曰：'吾闻伐国不问仁人，此言何为至于我哉？'"最后"仁者"二句是全篇命意所在。显、默，从本篇用柳下惠的典故判断，还是以言与不言为妥。可言则言，不可言则不言，言语以谨慎为要。

陶澍注分析此诗的旨意，说："载醪不却，聊混迹于子云；伐国不对，实希风于柳下。盖子云《剧秦美新》，正由未识不对伐国之义，必如柳下，方为仁者之用心，方为不失显默耳。此先生志节皭然，即寓于和光同尘之内，所以为道合中庸也。”陶澍的分析，足资参考。

此诗前咏扬雄嗜酒，后咏柳下惠仁者之用心，看似分咏，其实偏重后者柳下惠。当然，扬雄酒醉之后，回答众人之问，令人人满意，这也可以理解为显言。但主要取扬雄嗜酒，所谓“觞来为之尽”。

然则，诗人赞美柳下惠，是否另有隐情？蒋薰说：“不肯言伐国，隐然以刘宋比新莽，盖难言之矣。”（蒋薰评《陶渊明诗集》卷三）以为难言之隐是以刘宋比王莽新朝。方东树说：“言止可饮酒，不可及世事，当深心接物可知。虽与王、颜相往还而不入之，不可得而杂也。”（方东树《昭昧詹言》卷四）以为渊明虽与王弘、颜延之交往，但不入他们的政治圈子，这是不可得而杂。意思是与王、颜只是说饮酒，不言及世事。以上两人的评论，大体揭示出渊明所说“仁者用其心，何尝失显默”的难言之隐，与晋宋易代有关。这种看法，应该离当时的现实不远。在历史大转折的关头，政治总是特别险恶，言语稍有不慎，祸害往往应声而至。故“莫谈国是”在很多时代都是座右铭。综观陶诗，感慨历史与现实的地方很多，可见渊明不是一概淡忘世事。但确乎极少言及当代政治，证明他真正达到了“何尝失显默”的高境界。

此诗的语言也有值得称道处。王棠说：“‘塞’字用得奇。人问即答，必塞人之望也。‘岂不在’‘何尝失’六字妙。当时刘裕举兵，岂非伐国？渊明绝口不言朝政，岂非守默？我如是，子云亦如是，仁者用心相同，如此方见六字含吐之妙。”（吴瞻泰辑《陶诗汇注》卷三引）不仅“塞”字奇，余如“觞来”二字亦奇。“有时”以下四句，诵读之下，自有一种抑扬顿挫，慷慨吞吐之妙。

其十九

畴昔苦长饥，投耒去学仕。
将养不得节，[①] 冻馁固缠己。
是时向立年，志意多所耻。
遂尽介然分，[②] 终死归田里。[③]
冉冉星气流，亭亭复一纪。[④]
世路廓悠悠，杨朱所以止。[⑤]
虽无挥金事，[⑥] 浊酒聊可恃。

【注释】

① 将养：将与养同义。节：节度，法度。

② 介然：耿介，执着。分：犹志也。

③ 终死：一作“拂衣”，是。拂衣，振衣而去，谓归隐。

④ 一纪：十二年。

⑤ 杨朱：战国初魏人，主张“贵己”“重生”。

⑥ 挥金事：详见《咏二疏》诗评析。

【评析】

这首诗渊明自述出仕及归隐的原因。其中“是时向立年”“亭亭复一纪”二句，与渊明经历和行事有关，据此可考证渊明的年岁，历来为研究者所重视。

“畴昔苦长饥”以下六句自述因贫穷而出仕。渊明年轻时在故园读书抱琴，闲适无事。后来为“长饥”“冻馁”所迫，违本心而出仕，时在向立年（将近三十岁）。“志意多所耻”句，写在仕途的心情。《归去来兮辞》说：“及少日，眷然有归欤之情。何则？质性自然，非矫励所得，饥冻虽切，违己交病，尝从人事，皆口腹自役，于是怅然慷慨，深愧平生之志。”这段文字，即写人在官场，所耻甚多。

“遂尽介然分”二句，自述耻辱之感，激起了耿介的志节，以至拂衣而去。尽，竭尽之尽，谓全部。分，犹志也，节也。“遂尽介然分”，意谓于是竭尽我耿介的志节，决然归隐。黄文焕解释“遂尽介然分”一句说：“‘分‘字更透，人人各有介然之分，仓卒中耻心萌焉，所谓介然也，扩而满之，所谓分量也。分量本全，而因循苟且，当念所起，转念或止，于是应尽之分，莫肯尽矣。尽则必以终死为誓，以田里为安。”（黄文焕《陶诗析义》卷三）黄氏说，“人人各有介然之分”，此解就不确了。孤介之志向或节操，并非人人各有。又说介然扩而满之，所谓分量。此解就不知所云了。介然满了怎么成了分量呢？看来，他把“介然之分”的“分”，误解为“分量”。渊明独抚孤松，并自述“自我抱兹独，僶俛四十年”（《连雨独饮》），乃一孤介之士。孤介者知耻。因之不为五斗米向乡里小儿折腰，“拂衣归田里”，便是知耻，便是介然之分。作出这样的决定并不容易，须有大智慧和大勇气，故说“遂尽介然分”。为了回归田园，不再犹豫和徘徊，付出介然之志所保有的所有能量。

“冉冉星气流”二句，是说归田至今已有一纪（十二年）了。渊明义熙元年（405）辞官归隐，据此推算，作《饮酒》诗在义熙十二年（416）、十三年（417）间。

“世路”二句用杨子见歧路而哭的典故，借以说明自己归隐的原因。渊明当年身处的社会环境很险恶，正如杨朱见歧路，可以南，可以北。迷途是恐怖的。若选错了路，身家性命难保。渊明深刻理解这一点，决心止步于仕途，返回日思夜想的故园。

自述完由仕而隐的经历，最后写归隐之后的生活，用了西汉疏广、疏受的典故。陈祚明误解二疏的“挥金事”，说：“彼捉而掷之者何人耶？”（陈祚明评选《采菽堂古诗选》卷一三）张冠李戴，以为是《世说新语·德行》中管宁、华歆的故事：“管宁、华歆共园中锄菜，见地有片金，管挥锄与瓦石不异，华捉而掷去之。”闻人倓则说：“挥金用景阳句，正与饮酒相关。陈祚明评云‘彼捉而掷之者何人耶？’以华歆事解之，误矣。”（闻人倓《古诗笺》卷六）按，张协（景阳）《咏史》咏二疏事，有句云“挥金乐当年，岁暮不留储”。闻氏的解释是正确的。这二句表达了渊明归田之后的生活态度。家贫虽无挥金可能，而浊酒自持，庶几能排遣时光。总之，饮酒是他归隐生活的主要内容，也是欢乐之源，在他的人生哲学中占有非常重要的地位。

其二十

羲农去我久，① 举世少复真。
汲汲鲁中叟，② 弥缝使其淳。③
凤鸟虽不至，礼乐暂得新。
洙泗辍微响，④ 漂流逮狂秦。
诗书复何罪，一朝成灰尘。
区区诸老翁，⑤ 为事诚殷勤。
如何绝世下，六籍无一亲！
终日驰车走，不见所问津。
若复不快饮，空负头上巾。
但恨多谬误，君当恕醉人。

【注释】

① 羲农：伏羲氏和神农氏，传说是上古帝王。

② 鲁中叟：孔子。

③ 弥缝：弥合，缝补。

④ 洙泗：洙水、泗水，在今山东曲阜市北。微响：犹微言。

⑤ 诸老翁：指汉初伏生等儒生。

【评析】

这首诗是《饮酒》二十首的末篇。二十首诗虽总题名《饮酒》，但有的与酒有关，有的无关，编排也看不出有次序。不过，此诗最末四句忽然接上饮酒，并说："但恨多谬误，君当恕醉人。"显然呼应诗的总题。由此看来，至少此诗作为二十首的收尾，并非是无意的。另外，诗人虽然以醉者为颖，醒者为愚，其实，他这个醉者，终究是醒着的。读诗的最后二句，更加体会到萧统评渊明诗"寄酒为迹"之语，深得渊明饮酒的真意。苏轼也指出："陶诗云：'但恐多谬误，君当恕醉人'，此未醉时说也。若已醉，何暇忧误哉？然世人言醉时是醒时语，此最名言。"（苏轼《东坡题跋》卷二《书渊明诗》）如此识见超拔的诗，岂是醉人说得出来的？

此诗历来为人称道，除结构上呼应诗题及"寄酒为迹"之外，最令人赞誉的是义理丰蕴，以至有人以为若论说理，此诗在陶集中为第一。然则，诗中的义理究竟指什么？是儒家的圣人之学，还是老庄的自然之旨？前人的看法并不一致。

宋人罗愿说："魏晋诸人，祖庄生余论，皆言淳漓朴散，繄周孔礼训使然。孰知鲁叟为此将以淳之耶？渊明之志及此，则其处已审矣。"（陶澍注引）以为庄子及魏晋诸人，把上古时代的淳漓朴散，归咎于周公、孔子的制礼作乐，渊明却说孔子是努力还淳复真的。渊明之志也是如此。言外之意是渊明信奉孔子之道。

真德秀甚至认为，渊明的学问正来自经学，魏晋玄虚之士岂可望其项背（详见真德秀《真文忠公文集》卷三六《跋黄瀛甫拟陶诗》）。沈德潜说："晋人诗旷达者征引老庄，繁缛者征引班、扬，而陶公专

用《论语》。汉人以下，宋儒以前，可推圣门弟子者，渊明也。”（沈德潜《古诗源》卷九）

与上述看法相反，有人以为渊明思想还是以道家为主。例如朱熹说：“渊明所说者庄老。”（黎靖德编《朱子语类》卷一三六）陈寅恪说：“渊明之为人，实外儒而内道，舍释迦而宗天师者也。”（陈寅恪《陶渊明之思想与清谈之关系》）朱自清统计陶诗的用事，以《庄子》最多，《论语》次之，以为沈德潜所谓“陶公专用《论语》”之说不符合陶诗实际，于是称渊明思想以老庄为主。他在《陶诗的深度》一文中分析《饮酒》其二十说：“‘真’和‘淳’都是道家的观念，而渊明却将‘复真’‘还淳’的使命加在孔子身上，此所谓孔子学说的道家化，正是当时的趋势。所以陶诗里主要思想实在还是道家。”应该说，仅就这首诗而言，朱自清的分析有说服力，但广而言之说陶诗里的主要思想是道家，尚须对全部陶诗作仔细的分析，才能判断他的结论是否合乎事实。

在我看来，老庄讲到的“真”“淳”，是指事物的原始状态，不缘饰。例如《老子》第二十一章：“其精甚真。”河上公注：“甚真，非有饰也。”非有饰，义同“淳”。《庄子》中的“真”，有自然之义，与伪相对。《齐物论》：“其有真君存焉。”郭象注：“任之而自尔，则非伪也。”《庄子》中的“真人”，即一切任自然的人。到了魏晋，以道释儒，儒道融合，成为一时风气。渊明的真、淳观念，是道是儒，已经完全相融，难以分辨。故这首诗中的真、淳，既是道家的，也是儒家的，而后者恐怕还多一些。不仅孔子是复真还淳者，汉初伏生等著名儒者，都成了恢复上古真淳社会的代表人物。渊明赞扬孔子复真还淳的努力，蔑视秦为“狂秦”，痛恨始皇焚书，赞美汉初诸儒的存亡继绝，叹恨六经已非本来面目，世无孔子之徒。凡此，都鲜明地体现出渊明对儒学的敬仰与尊重，对道家真淳境界的向往。

渊明在此诗中体现出来的儒者情怀，获得后人的纷纷赞誉。例如谭元春评“羲农去我久”四句说：“一片热肠，可作孔子赞。”钟惺评“汲汲鲁中叟”二句说：“《庄子》一部书，嘲谑圣贤，不如此语立言渊妙。觉孔老一生述作周流，及从来圣哲奔忙，只是弥缝二字。”谭元春评“为事诚殷勤”句说：“道尽伏生辈好处，自与训诂腐儒不同。”（以上见钟惺、谭元春评选《古诗归》卷九）黄文焕素来以儒者眼光读陶评陶，评此诗尤其推崇渊明的儒者情怀。如评“弥缝使其淳”句：“‘弥缝’二字，道尽孔氏苦心。决裂多端，补绽费手。”评“区区诸老翁，为事诚殷勤”二句：“‘区区’二字有斟酌，是固不敢与孔子并，然用力亦劳矣。”……并引沃仪仲之言说：“‘举世少复真’，开口愤世，到末却又自恨多谬误，我亦未能复真也。以圣贤自勖自愧，此近里着己之言，宋儒谓汉、魏以降无此人，信然。”（黄文焕《陶诗析义》卷三）

总之，这首诗不论包蕴的义理之丰厚，还是语言表达的高超，都达到很高的境界。以前者而言，从“羲农去我久”至“不见所问津”，可以看作渊明历史观的大纲，他的学问确实高出于一般的旷达之士。以后者而言，此诗的章法与语言，即使在全部陶诗中都属于上乘之作。洪度说：“‘不见所问津’上皆庄语，‘若复不快饮’忽作醉语，‘但恐多谬误’又作醒语。忽庄、忽醉、忽醒，语真无诠次矣，方是二十首《饮酒》总结。”（吴瞻泰辑《陶诗汇注》卷三引）高超的语言表达能力，同时代的诗人罕能比肩。如果说，《饮酒》二十首的编排“辞无诠次”，但每首诗的辞意表达皆清晰有层次。章法多变，情辞或显或隐，皆有脉络可寻，《饮酒》其二十为典型例子。陶诗的语言艺术，同样难以企及。

止酒[①]

居止次城邑，[②]逍遥自闲止。
坐止高荫下，步止荜门里。[③]
好味止园葵，大欢止稚子。
平生不止酒，止酒情无喜。
暮止不安寝，晨止不能起。
日日欲止之，营卫止不理。[④]
徒知止不乐，未信止利己。
始觉止为善，今朝真止矣。
从此一止去，将止扶桑涘。[⑤]
清颜止宿容，[⑥]奚止千万祀。[⑦]

【注释】

① 止酒：停止饮酒。此诗中的止字有两义。一、停也，居也，留也；二、阻止，禁止，终止。

② 次：近也。

③ 荜门：柴门。

④ 营卫：指人体中运行不息的营气、卫气。

⑤ 扶桑：神话中的树木名。

⑥ 宿容：平素容颜。

⑦ 祀：岁，年。

【评析】

这首诗每句有一“止”字，或在句首，或在句中，或在句尾，差次活泼，颇有谐趣。朱自清《陶诗的深度》说："《止酒》诗每句藏一'止'字，当系俳谐体。以前及当时诸作，虽无可供参考，但宋以后此等诗体大盛，建除、数名、县名、姓名、药名、卦名之类，不一而足，必有所受之。逆推而上，此体当早已存在，但现存的只《止酒》一首，便觉得莫名其妙了。"王瑶注此诗，以为"当是受了民间歌谣的影响"。这不过是猜测，无法举出实证。遍检现存的东晋诗，发现庐山诸沙弥《观化决疑》诗，除开头三句外，每句藏一"化"字，也系俳谐体。可见当时已有此种游戏笔墨。

诗前半六句写种种乐趣与闲趣："居止次城邑，逍遥自闲止。坐止高荫下，步止荜门里。好味止园葵，大欢止稚子。"与《和郭主簿》诗其一所写的闲适之乐相似。胡仔评"坐止高荫下"等四句说："余尝反复味之，然后知渊明之用意非独止酒，而于此四者皆欲止之。故坐止于树荫之下，则广厦华居吾何羡焉。步止于荜门之里，则朝市声利我何趋焉。好味止于噉园葵，则五鼎方丈我何欲焉。大欢止于戏稚子，则燕歌赵舞我何乐焉。在彼者难求，而在此者易为也。渊明固穷守道，安于丘园，畴肯以此易彼乎！"（胡仔《苕溪鱼隐丛话》后集卷三）以为渊明非独乐于酒，也乐于丘园生活的种种可乐，固穷守道，体会很细腻。

"平生不止酒"以下点诗题。"平生"二句是诗旨所在，表明诗人对止酒的态度。"平生不止酒"之"止"，当用其禁止、终止之义，与"停""居"之义有别。"平生"二句说，平生从不终止饮酒，禁酒则情无喜了。试想，渊明平生嗜酒，若禁止其饮酒，会快乐得起来吗？"暮止"二句，具体写"止酒情无喜"的情状——"暮止不安寝，晨止不能起"，总之是朝夕不安。天天想禁酒，若真止了，则营卫运行不顺，血脉不畅。只晓得禁酒的不快乐，哪知禁酒对自己有利。

魏晋饮酒之风盛行，必然有起而纠风的一派。譬如著名酒徒刘伶，从妇求酒，妇损毁酒器，哭着谏曰：“君饮太过，非摄生之道，必宜断之。”（《世说新语·任诞》）刘伶妇称饮酒太过，非摄生之道，便是止酒可以利己的说辞。又孔群好饮酒，丞相王导对他说：“卿何为恒饮酒，不见酒家覆瓿布，日月糜烂。”以覆瓿布日久糜烂的比喻，说明恒饮酒非摄生之道。渊明本人当然也知道饮酒太过会伤生的道理，否则不会说“日醉或能忘，将非促龄具”（《神释》诗），称饮酒过甚是“促龄具”。但这样的思考在陶诗中仅一见，更多的是饮酒之乐的欢歌。“徒知止不乐，未信止利己”，酒会伤身呀，促龄呀，我不知道，只知欢乐当下，享受生命，才是醉者对人生的彻悟。

然而，令人困惑的是，诗人居然说“始觉止为善，今朝真止矣”，称止酒为善，真要止酒了。而且从此止酒到底，一直止到成仙。难道诗人改弦易辙，“觉今是而昨非”了？难道赞美“兀傲差若颖”的诗人，从此看着酒杯盛满灰尘，不以为耻了？

这就出现一个必须要解答的问题：此诗的命意，是真想止酒，还是一时戏言？苏轼《和止酒》诗序说：轼谪南海，弟子由亦贬雷州。渡海，轼时有病，子由诵渊明诗劝轼止酒。遂作《和止酒》诗云：“劝我师渊明，力薄且为己。微疴坐杯酌，止酒则瘳矣……从今东坡室，不立杜康祀。”似以为渊明真欲止酒。俞德邻对苏轼《和止酒》诗表示怀疑：“是果渊明之意耶？”（俞德邻《佩韦斋辑闻》卷二）蒋薰说：“初言酒不能止，继言止酒可仙，想是偶然乏酒，作此游戏言，故曰‘今朝真止’。”（蒋薰评《陶渊明诗集》卷三）邱嘉穗也说“《止酒》诗是陶公戏笔”（邱嘉穗《东山草堂陶诗笺》卷三）。称《止酒》诗是渊明乏酒时的戏言，是此诗正解。试想：诗人明言“平生不止酒，止酒情无喜”，岂会“今朝真止矣”？

此诗一句一个“止”字，虽有渊源可寻，但无损其创新精神。明人谢臻说：“梁元帝《春日》诗，用二十三‘春’字，鲍泉奉和，亦用二十九‘新’字，不及渊明《止酒》诗，用二十‘止’字，略无虚设，字字有味。”（谢榛《四溟诗话》卷一）吴瞻泰说：“以上六‘止’字，陪下‘止酒’十二‘止’字，只以‘平生不止酒’一句为主，末二‘止’字又开一径，出奇无穷。”（吴瞻泰辑《陶诗汇注》卷三）渊明《止酒》诗以二十个“止”字，写他隐居的乐趣，率真地表达自己的喜酒个性以及对饮酒的看法，戏言之中真趣无穷。前人赞“止”字“略无虚设”“出奇无穷”，非是缪誉。

述酒

仪狄造，杜康润色之。[①]

重离照南陆，[②] 鸣鸟声相闻。
秋草虽未黄，融风久已分。[③]
素砾皛修渚，[④] 南岳无余云。
豫章抗高门，[⑤] 重华固灵坟。[⑥]
流泪抱中叹，倾耳听司晨。[⑦]
神州献嘉粟，西灵为我驯。[⑧]
诸梁董师旅，[⑨] 羊胜丧其身。[⑩]
山阳归下国，[⑪] 成名犹不勤。
卜生善斯牧，[⑫] 安乐不为君。[⑬]
平生去旧京，[⑭] 峡中纳遗薰。[⑮]
双陵甫云育，[⑯] 三趾显奇文。[⑰]
王子爱清吹，[⑱] 日中翔河汾。
朱公练九齿，[⑲] 闲居离世纷。

峨峨西岭内，偃息常所亲。[20]
天容自永固，[21]彭殇非等伦。

【注释】

① 仪狄、杜康：相传两人为古时善酿酒者。又，题注八字下，宋本云："此篇与题非本意。诸本如此，误。"《太平御览》卷八四三引《世本》："仪狄始作酒醪，变五味，少康作秫酒。"少康，即夏少康。逯钦立注："比喻桓玄篡位于前，刘裕润色于后，晋朝终于灭亡。为了篡位，桓玄曾鸩杀司马道子，刘裕曾鸩杀晋安帝，都是用毒酒完成篡夺。所以陶以述酒为题，以'仪狄造，杜康润色之'为题注。"

② 重离：重黎之讹字。《晋书·宣帝纪》："其（司马氏）先出自帝高阳之子重黎，为夏官祝融。"汤汉注："司马氏出重黎之后，此言晋室南渡。"南陆：指江左。

③ 融风：古代五行家将八个方位的风配以卦名，东北风为融风。

④ 素砾：白石。砾，小石。皛：明亮。

⑤ 豫章：指刘裕，义熙二年（406），封刘裕为豫章郡公。

⑥ 重华：虞舜之号。此指晋恭帝。灵坟：舜的坟墓。隐言晋恭帝之死。

⑦ 司晨：鸡鸣报晓，故称司晨。

⑧ 西灵：汤汉注："西灵当作四灵。"抄写时的手误。《礼记·礼运》："麟、凤、龟、龙，谓之四灵。"

⑨ 诸梁：沈诸梁，即叶公，战国楚人。

⑩ 羊胜：羊，一作芊。按，当作芈。芈胜，白公胜，为楚太子建之子。

⑪ 山阳：指汉献帝，魏受禅，封献帝为山阳公。

⑫ 卜生：卜子夏。汤汉注："魏文侯师事卜子夏，此借之以言魏文

帝也。”

⑬ 安乐：安乐公刘禅。

⑭ 平生：一作“平王”，是。指周平王。

⑮ 薰：指薰鬻。即獯鬻，古匈奴名。

⑯ 双陵：即二陵，指崤山。因崤山分为东崤、西崤，故称。

⑰ 三趾：指三足乌，晋初以为是代魏的祥瑞。

⑱ 王子：指仙人王子晋。

⑲ 朱公：托言陶也。九齿：同久龄。九，通“久”。齿，同“龄”。

⑳ 偃息：偃卧安息。

㉑ 天容：一说为天子之容。一说是《楚辞》思远游之旨，指天老与容成。

【评析】

这首诗似咏史诗。词义隐晦，几乎不知所云。自宋以来，学者殚精竭虑，想破解诗的内容及旨意，异说极多。直至今日，仍不断有人提出新解。笔者有时想，若得确解，恐怕要起渊明于地下。

黄庭坚说：“《述酒》一篇盖阙，此篇似是读异书所作，其中多不可解。”可见在黄庭坚之前，此诗无有解人。稍后，韩子苍始有破解之功。他说：“余反覆之，见‘山阳归下国’之句，盖用山阳公事，疑是义熙以后有所感而所作也。故有‘流泪抱中叹’‘平王去旧京’之语，渊明忠义如此。今人或谓渊明所题甲子，不必皆义熙后，此岂足论渊明哉！”在韩子苍破解的基础上，赵泉山说：“此晋恭帝元熙二年（420）也。六月十一日宋王裕迫帝禅位，既而废帝为零陵王。明年九月，潜行弑逆，故靖节诗中引用汉献事。”（以上皆见李公焕注引）到了南宋汤汉，确定《述酒》诗是为零陵王被杀而作：“晋元熙二年六月，刘裕废恭帝为零陵王。明年以毒酒一罂授张祎，使鸩王，祎自饮而卒。继又令兵人逾垣进药，王不肯饮，遂掩杀之。此诗所为作，故以《述酒》名篇也。诗辞尽隐语，故观者弗省。独韩子苍以‘山阳下国’一语，疑是义熙后有感而赋。予反覆详考，而后知决为零陵哀诗也。……昔苏子读《述史九章》曰：‘去之五百岁，吾犹见其人也。’岂虚言哉！”

当代学者研究《述酒》诗，逯钦立创获较多。逯作《述酒诗题注释疑》一文说：“汤注此篇，大体明确。而其以刘裕遣张祎鸩恭帝事，说明《述酒》名篇之意，尤卓绝不刊之论。顾尚不知此仪狄、杜康之注文，正与题目表里相成，以示其诗为兼斥桓玄、刘裕而哀东晋之两次篡祸也。夫东晋之亡，亡于两次之篡夺……又莫不有关于酒。如桓玄鸩杀道子，刘裕鸩弑安、恭二帝，俱以酒取人天下。此略观《晋书·安帝纪赞》《会稽王道子传》《宋书·王韶之传》及《晋书·张祎传》即可洞知。渊明所以设此题注，即以此也。”

由韩子苍开始的《述酒》的解读，打开了此诗暗藏的秘密之门。虽然少数句子的解释尚有分歧,但形成的主流意见相比分歧重要得多。所谓主流意见最主要有两点：

一是此诗为零陵王哀诗。依一般的逻辑推断，陶诗“文取指达”，简明易懂，然唯有《述酒》诗满篇皆隐语，读之不可解。诗人为何吞吞吐吐，遮遮掩掩？由此猜测，此诗必是写当代之事，恐触时忌，不便明言。那么，是否写东晋初期及中期历史呢？我以为也未必。一是如王敦、苏峻之乱，桓温擅权，渊明都未亲历；二是若写东晋初、中期历史，何必尽用隐语，使读者不解？

二是陶渊明有忠晋愤宋情绪。这是陶渊明研究中的重点，亦是难点。韩子苍以为渊明“忠义”，汤汉发渊明未白之“忠愤”，黄文焕称此诗“用意至曲至愤”……历来评析《述酒》诗命意者，几乎无不指出并推崇渊明的忠愤。有人对此不以为然。但我以为从探究本诗的寓意再推衍，得出渊明有忠愤情绪是合情合理的。如果渊明果真毫不在乎皇帝是姓刘的，姓司马的，则何必空耗心力，写这篇让人看不懂的诗？前人或以为“流泪抱中叹，倾耳听司晨”二句，是诗人为恭帝幽于零陵而流泪中叹，夜不寐而达曙。今人则多以为“流泪抱中叹”者乃晋恭帝，非诗人自己。既使如后者所解，也表现出诗人对恭帝的同情。忠愤之意亦在其中矣。再如最后“峨峨西岭内”四句，汤汉注：“西岭，当指恭帝所藏。帝年三十六而弑，此但言其藏之固，而寿夭置不必论，无可奈何之辞也。”丁福保注引曾国藩说：“西岭，当指恭帝所葬之地。谓偃息丘山，天容自固，岂与寻常之寿夭并论哉！”如果我们同意汤汉、曾国藩的解释，则渊明在晋宋易代之际表现出来的忠愤情绪，是存在的，很难否认的。

自沈约首创渊明耻事二姓说之后，后世十分推崇渊明的“愤宋忠晋”的品格，以至解读陶诗时，常常牵涉晋宋易代的历史变故及渊明的政治态度。有时，明是赋而认作比，动辄君臣之义，君子小人，这就迂了。近代以来，有人一概否定沈约的说法，其实也是一种偏颇。《述酒》诗最能证明渊明的愤宋篡夺的忠义，同情晋恭帝，这应该是毋庸置疑的。

责子①

白发被两鬓，肌肤不复实。②
虽有五男儿，总不好纸笔。
阿舒已二八，懒惰故无匹。
阿宣行志学，而不爱文术。

雍端年十三，不识六与七。
通子垂九龄，[3]但觅梨与栗。
天运苟如此，且进杯中物。

【注释】

① 责子：各本题下有注："舒俨、宣俟、雍份、端佚、通佟，凡五人。舒、宣、雍、端、通，皆小名。俟一作俣，佟一作俗。"

② 实：坚实。

③ 垂：将近。

【评析】

渊明有五个男儿，名俨、俟、份、佚、佟，小名舒、宣、雍、端、通。写《责子》诗这年，舒十六岁，宣十五岁，雍、端十三岁，通将及九岁。渊明前后两娶，五子非一母所生。据《命子》诗、《怨诗楚调示庞主簿邓治中》诗、《与子俨等疏》及古时的风俗，大概俨、俟、份、佚四子为原配所生，佟为继室翟氏所生。佚、份都是十三岁，很有可能是双生子。

这首诗作于渊明四十余岁时。诗开头描写诗人的自我形象："白发被两鬓，肌肤不复实。"可见渊明早衰。以下写五男儿的群体形象：老大懒惰，老二不爱读书，老三老四迟开悟，幼子通只知道觅野果子吃。"虽有五男儿，总不好纸笔"二句，概括孩子们的现状，也流露出诗人面对现实的无奈。最后二句自我排遣："天运苟如此，且进杯中物。"将孩子们的不如人意归之于天命。顿时，郁结化解了，多少烦恼，都付与持觞独饮中。

陶集中有三篇佳作，写到渊明的儿子。先后次序是《命子》诗、《责子》诗、《与子俨等疏》。这三篇作品，表现了父爱是天地间的大爱，其中流露的真情，身为人父者，读之无不动容。《命子》诗最后一章说："夙兴夜寐，愿尔斯才。尔之不才，亦已焉哉。"愿尔斯才，是父亲对儿子的期望。世上没有一个父亲不企盼儿子成才。此是出于天性。可是，残酷的现实十之八九会击碎期望。被寄予厚望的儿子，成龙成凤者罕见，平凡人总是大多数。渊明深知天不随人愿，故说"尔之不才，亦已焉哉"——你若不成才，那也就算了！

十余年后，渊明有了五个儿子，却"总不好纸笔"。看着一群并不优秀的儿子，无论如何是一种遗憾。渊明却以为这是"天运"如此，"天运"不可违逆，只能"顺化"。看着五男儿的不才，他拿起了酒杯。"忘忧物"能祛除百虑，一杯心平，二杯气和。一切顺其自然吧！渊明以"天运"解释儿子们"总不好纸笔"的现实，这是他"委运任化"的人生哲学的又一体现。

前人评论《责子》诗，有渊明"达道"与否的分歧。这一笔墨之争起于杜甫的《遣兴》诗："陶潜避俗翁，未必能达道。观其著诗集，颇亦恨枯槁。达生岂是足，默识盖不早。有子贤与愚，何其挂怀抱。"杜甫似以为渊明《责子》诗挂怀有子贤与愚，未必能达道。黄庭坚评《责子》诗说："观渊明之诗，想见其人岂弟慈祥，戏谑可观也。俗人便谓渊明诸子皆不肖，而渊明愁叹见于诗，可谓痴人前不得说梦也。"（黄庭坚《山谷集》卷二六《书陶渊明责子诗后》）以为《责子》诗表现了渊明的慈祥和戏谑，并非因诸子不肖而愁叹见于诗。黄庭坚又说："子美困顿于三川，盖为不知者诟病，以为拙于生事，又往往讥议宗文、宗武失学，故聊解嘲耳。其诗名曰《遣兴》，可解也。俗人便谓讥病渊明，所谓痴人前不得说梦也。"（阮阅《诗话总龟》后集卷三七）以上二说，稍有出入，而后者文意清楚。

然则，"有子贤与愚"，是否应当挂怀？若不挂怀达道，挂怀是否不达道？或反之，挂怀达道，不挂怀不达道？先看二条前人评论。张自烈说："以《责子》诗合之《命子》诗，燕诒之道，实备乎此，如杜子美嘲先生云'有子贤与愚，何必挂怀抱'，此直笑谑耳。士虽达观，仅可忘情俗累，未有置天性之爱于膜外，如萍梗之适值者。愚按渊明诸篇，托兴写怀，主于自娱，然其怀亲爱君教子笃友之意，恳恳勤勤，读之蔼然可想，世徒以诗歌风雅取之，失渊明多矣。"（张自烈辑《笺注陶渊明集》卷三）邱嘉穗说："子之贤与愚，虽圣人亦不得不挂怀抱也。公《命子》诗云'厉夜生子，遽而求火。凡百有心，奚特于我？既见其生，实欲其可。人亦有言，斯情无假。'以此言之，虽挂怀抱，何病焉。况其结语优游任运，亦未尝沾沾挂怀抱也。萧统序之曰：'论怀抱，则旷而且真。'岂虚语哉！"（邱嘉穗《东山草堂陶诗笺》卷三）以上两人从人的天性之爱，说明为父者不得不挂怀"有子贤与愚"；何况，渊明委运任化，也未尝时时挂怀抱。这种看法是深刻的。

故渊明挂怀儿子，乃出于父爱的天性，与达道不达道无关。他说"天运苟如此，且进杯中物"，将"有子贤与愚"，归之"天运"，真所谓"达人解其会"。既然已悟天运如此，则"忽与一觞酒，日夕欢相持"，百虑皆消，一时不复挂怀也。

有会而作[①] 并序

旧谷既没，新谷未登。[②]颇为老农，而值年灾。日月尚悠，为患未已。登岁之功，既不可希。朝夕所资，烟火裁通。[③]旬日已来，始念饥乏。岁云夕矣，慨然永怀。今我不述，后生何闻哉！

弱年逢家乏，老至更长饥。
菽麦实所羡，孰敢慕甘肥！

惄如亚九饭，[4] 当暑厌寒衣。
岁月将欲暮，如何辛苦悲。
常善粥者心，深恨蒙袂非。[5]
嗟来何足吝，[6] 徒没空自遗。
斯滥岂彼志？[7] 固穷夙所归。
馁也已矣夫，在昔余多师。

【注释】

① 会：领悟，体会。

② 登：成熟，丰收。

③ 裁：同“才”。

④ 惄如：饥饿状。亚九饭：犹三旬九食之亚。此处用子思故事，《说苑·立节》：“子思居卫，缊袍无表，三旬而九食。”一作“恶无饭”。

⑤ 蒙袂：以袖遮脸。

⑥ 吝：恨也。

⑦ 斯滥：指无操守之小人。彼：一作“攸”。

【评析】

这首诗作于渊明晚年，真实地记录了诗人贫病交加的生活苦境以及君子固穷的精神状态。

萧统《陶渊明传》说：“江州刺史檀道济往候之，偃卧瘠馁有日矣。道济谓曰：‘贤者处世，天下无道则隐，有道则至。今子生文明之世，奈何自苦如此？’对曰：‘潜也何敢望贤，志不及也。’道济馈以粱肉，麾而去之。”据《宋书·文帝纪》《资治通鉴》，元嘉三年（426）五月，檀道济为征西大将军、江州刺史。此诗序说：“岁云夕矣。”则此诗作于元嘉三年岁暮。诗序说：“登岁之功，既不可希。

朝夕所资，烟火裁通。旬日已来，始念饥乏。”所写正是渊明“偃卧瘠馁有日”的情景。

诗前八句写老来贫苦。钟惺说：“妙在有会而作，命题旷远，而序与诗，句句是饥寒衣食之言，真旷远在此。”（钟惺、谭元春评选《古诗归》卷九）蒋薰说：“弱年至老，常逢饥乏。陶公定有几番穷时，到此而有会者，能师固穷也。”（蒋薰评《陶渊明诗集》卷三）渊明终生贫苦，只有在归田之初，生活尚可。随着年龄渐老，年灾频仍，晚年竟至乞食。任你再旷达，也难免嗟贫叹老。

后八句“常善粥者心”以下，表达诗人的“有会”。“常善”二句是诗人解读《礼记·檀弓下》记载的一个故事：齐国大饥，黔敖在大路旁烧好了粥，等待饥者来食。见有一饥者穿着破鞋，以袖遮面孔而来。黔敖托着粥碗，呼唤道：“嗟，来食！”饥者睁大眼睛看着粥，说：“我就是不食嗟来之食，才落到这地步。”于是告辞。后竟不食而死。为什么饥者宁愿饿死也不食嗟来之食？原因是“嗟，来食”不是敬辞。黔敖施粥固是善事，但对饥者不敬。不食嗟来之食的故事，表现即使饿死也要捍卫人格尊严的主题。但在生命与尊严发生冲突的情况下，是否一定选择尊严，而放弃生命？其实，应该据具体情况作出取舍，不一定非此即彼。当时，曾子听说蒙袂者不食嗟来之食的故事，评论说：“微与！其嗟也可去，其谢也可食。”元人陈澔解释曾子之言说：“微与，犹言细故末节。谓嗟来之言虽不敬，然亦非大过，故其嗟虽可去，其谢则可食矣。”（陈澔《礼记集说》卷二）曾子的评论，合情合理。黔敖施粥本出于善心，蒙袂者不感激他的善心，而计较他的不敬之辞，甚至不食而死，这也未免太计较善人的细故末节了。为了一己之所谓尊严，宁愿饿死，行为太过极端。所以渊明同意曾子的看法，肯定粥者之心，深感蒙袂之非，以为嗟来何足吝，白白饿死毫无意义。

“常善粥者心”四句，表现出渊明珍惜生命的意识。或许有人以为这四句诗有损渊明不为五斗米折腰的刚直不阿的品格。其实，人的尊严只有在沧海横流时才会显示它的崇高与价值，而并不在细小之处“鹤立鸡群”，更不是“爱面子”。在艰难困苦的环境中，保护并珍爱生命，度过人生的难关，以求未来的发展，不仅无可非议，而且是很智慧的表现。渊明晚年贫而乞食，接受陌生人的馈赠，甚至感激要“冥报以相贻”。后人不认为渊明丧失操守，倒是表示深深的同情。

最后“斯滥岂彼志”四句，大声宣示“君子穷居”的志向。“斯滥”与“固穷”，诗人选择后者。在渊明“偃卧瘠馁有日”时，檀道济赠以粱肉，渊明麾而去之，最好地注释了“斯滥岂彼志？固穷夙所归”二句的内涵。方东树解释“斯滥”四句说：“‘斯滥’二句解上文，言彼宁死不能滥，则余今日亦止有固穷甘馁而死，正以师昔人也。读此乃见公用笔之变，用意之深曲，文法妙不测。”（方东树《昭昧詹言》卷四）方氏所谓“正以师昔人”，“昔人”，指蒙袂者。又丁福保注亦以为“在昔余多师”之“师”，“蒙袂者实为多师中之一”。王叔岷注以为丁注非是，说：“案陶公既言‘深恨蒙袂非’，则蒙袂者固非多师中之一矣。多师，当于《咏贫士》七首中求之。如荣启期、原宪、黔娄、袁安、阮公、张仲蔚、黄子廉诸贤是也。”王氏的解释是正确的。

蜡日

风雪送余运，[1] 无妨时已和。
梅柳夹门植，一条有佳花。[2]
我唱尔言得，酒中适何多！

未能明多少，章山有奇歌。[3]

【注释】

① 余运：犹岁暮。

② 佳花：梅花。

③ 章山：王瑶注谓即《山海经》中所载的章山。逯钦立注即庐山石门山。王叔岷说是商山，商与章古字通。

【评析】

蜡日在古代是个年终祭名，周称蜡，秦称腊，是休息和饮酒的日子。快到送旧迎新的时候，以酒和欢乐慰劳自己，回顾一年来的辛劳，期待新岁的到来，能带来吉祥与丰收。《世说新语·德行》记载，华歆蜡日，召集子侄"燕饮"，王朗亦学之。可见，蜡日的主要内容是饮酒作乐。

这首诗前四句描写岁暮风雪，不碍祥和，梅柳种植在门两旁，梅花开得正盛。后半句写饮酒，众人边唱边饮，酒中的欢乐真是多。最后二句就难解了：章山何在？奇歌谓何？邱嘉穗说："通篇俱不着题，后四语未详其义。"（邱嘉穗《东山草堂陶诗笺》卷三）陶澍注："此诗不知所谓，未敢强解。"陶诗中的难解之诗，《述酒》之外，就是此篇了。

但强解多少会启发他人思考。吴骞说："其《蜡日》诗，旧亦编次《述酒》之后，而文清未注。予细读之，盖犹之乎《述酒》意也。爰为补释于左，俟考古者论定焉。'风雪送余运，无妨时已和'，此感蜡为岁之终，喻典午运已告讫，而宋祚方隆，臣民已多附从，不必更滋防忌，故曰无妨也。'梅柳夹门植，一条有佳花'，梅喻君子，柳比小人。夹门植谓差错朝宁。君子不能厉冰霜之操，小人则但知趋炎附时，望风而靡。‘一条有佳花’，有者犹言无有乎尔。‘我唱尔言得，酒中适何多’！裕以毒酒一罂命张袆鸩帝，袆自饮之而卒。又命兵进药而害之。下句言酒中之阴计何多耶。‘我唱尔言得’，谓裕倡其谋，而附奸党恶者众也。‘未能明多少，章山有奇歌’，《山海经》：‘鲜山又东三十里，有章山。’《地理志》章山在江夏竟陵县东北，古文以为内方山。按竟陵、零陵皆楚地，故假竟陵之山以寓意，犹《述酒》诗之用舜冢事也。渊明为桓公曾孙，昔侃镇荆楚，屡平寇难，勋在社稷。‘未能明多少’，谓若曹勿谓阴计之多，以时无英雄耳。使我祖若在，岂遂致神州陆沉乎！‘有奇歌’，盖欲效采薇之意也。”（吴骞《拜经楼诗话》卷三）吴氏以为此诗犹如《述酒》诗，故以刘裕篡晋之事解释之。但陶澍说“吴说迂晦，恐未必然”。

王叔岷注：章山即商山。“商山四皓之隐遁，固陶公所向往者。‘有奇歌’，即四皓紫芝歌也。吴氏谓此诗与《述酒》篇同意，颇为有见。”“‘一条有佳花’，盖喻能厉冰霜之操者极少，非谓无有也。《述酒》诗题原注：‘仪狄造，杜康润色之。’喻桓玄、刘裕先后以酒谋篡夺（如逯钦立君说）。此诗‘我唱尔言得，酒中适何多’，盖亦此意。谓桓玄唱于前，刘裕和于后，以酒谋篡夺者何其多也！‘未能明多少’，谓此后以酒谋篡夺者不知有多少也。处此忧患之世，当效四皓隐遁商山，高歌以肆志耳。故曰‘章山有奇歌’也。”

以上吴骞及王叔岷所解，皆牵强迂晦。细读此诗，也就是最后二句不明其义，其他都不难懂。写岁暮风雪、时和、梅柳、饮酒，无一不是蜡日景象。“未能明多少”句意承上句“酒中适何多”。“多少”即“适”多少，是说酒中之适无限多。吴骞、王叔岷或说酒中阴计何多，或说以酒谋篡夺者不知有多少，恐怕都是曲解。若“章山”确指“商山”，“奇歌”即四皓唱的紫芝歌，则“章山有奇歌”句，无非是赞美四皓，也无非是表示向往归隐，与刘裕篡晋并无关系。

卷第四

拟古九首

其一

荣荣窗下兰，密密堂前柳。
初与君别时，不谓行当久。
出门万里客，中道逢嘉友。
未言心相醉，不在接杯酒。
兰枯柳亦衰，遂令此言负。
多谢诸少年，相知不中厚。
意气倾人命，离隔复何有？

【评析】

文学史上的拟古风气，早在陶渊明之前就已有了。西汉扬雄作《太玄》以拟《易》，作《法言》以拟《论语》。东汉班固《两都赋》以拟司马相如《子虚》《上林》。西晋左思拟张衡《两京赋》而作《三都赋》，陆机拟古诗作《拟古诗》十二首，都是著名的例子。

拟古或拟古诗的体式，或拟古诗的语言，或拟古诗的意境。魏晋以后，拟两汉乐府诗的风气盛行，借古题咏古意，借旧曲翻新意。其中傅玄、陆机最喜欢作拟古诗。

陶渊明《拟古》九首虽以“拟古”为题（包括《杂诗》十二首），其实只是拟古诗的体式，内容则完全属于新创。许学夷说：“靖节《拟古》九首，略借引喻，而实写己怀，绝无摹拟之迹，非其识见超越，才力有余，不克至此。后人学陶者，于其平直处仅得一二，至此，百不得一矣。尝疑《拟古》或诸家所为，但晋宋无此等人。”（许学夷《诗源辩体》卷六）。许氏以为渊明《拟古》九首“实写已怀，绝无摹拟之迹”，是合乎事实的评价。《拟古》九首，确实是很有创新意义的咏怀诗。

《拟古》九首可能作于晋宋易代之后。刘履说：“凡靖节退休后所作之诗，类多悼国伤时托讽之词，然不欲显斥，故以拟古、杂诗等目名其题云。”（刘履《选诗补注》卷五）以为《拟古》九首作于易代之后，内容多为悼国伤时。温汝能说：“《拟古》九首大抵遭逢易代，感世事之多变，叹交情之不终，抚时度势，实所难言，追惜伤今，惟发诸慨，在陶集中意义固甚明者。诸家有疑其中不可解，或且别为之说，务为穿凿以求，其失愈远矣。”（温汝能纂集《陶诗汇评》卷四）也以为《拟古》九首作于晋亡之后。诗中诚有易代之慨，但若每一首都作如是解，牵扯时事，穿凿以求诗人本意，则如温汝能言，“其失愈远矣”。

例如刘履解释《拟古》诗第一首，就穿凿以求诗意，谓“初与君别时”句中之“君”，乃是晋君。吴瞻泰则说：“‘君’字泛指，不必泥晋君。此叹中道改节之人，徒矜意气，反复不常也。”（吴瞻泰辑《陶诗汇注》卷四）以为君指“中道改节之人”，显然比刘履合理多了。

这首诗中出现自然物“兰柳”，人物有“君”“诸少年”和“嘉友”。兰柳比较好懂，是为比兴。人物就难解了。吴汝纶说：“兰柳柔弱之质，以比晋主及忠于晋室诸人。‘诸少年’，则附宋者。初与兰柳别，谓出仕外郡。‘嘉友’，指宋公。‘多谢’二句正意，末二句代诸少年作答词也，言宋公相厚，视去晋如脱屣耳。”（吴汝纶评选《古诗钞》）吴氏所解，说他全是臆说都不为过。最可笑者，称“嘉友”指宋公刘裕。难道渊明中道逢刘裕，“未言”就“心相醉”了？岂止不忠晋主，反而视刘裕为“嘉友”，称宋公相厚，“视去晋如脱屣”。如此，渊明居然成了拥戴刘裕的人物。何其谬哉！

其实，此诗的意旨并不太隐晦，大意是慨叹交友之道的不忠厚。钟惺说：《拟古》其一、其六两诗“皆叹交道衰薄，朋友不足倚赖，然寓意立言，感慨深厚”（钟惺、谭元春评选《古诗归》卷九）。马璞说：“此首叹改弦易辙者之多，无久要不忘之人也。”（马璞《陶诗本义》卷四）邱嘉穗则进一步探索：“此必当时有与公同约偕隐，已而背去附宋者，反未免侧目公也，故云。”（邱嘉穗《东山草堂陶诗笺》卷四）。邱氏的猜测甚合情理。例如周续之原先与陶公同隐，名列“浔阳三隐”，后来出入州府朝廷，真所谓“兰枯柳亦衰，遂令此言负”，以致渊明作诗感叹：“相去不寻常，道路邈何因？”（《示周掾祖谢》）其中是否有“多谢诸少年，相知不中厚”的味道？

读此诗，又见渊明推崇的交友之道：相知要中厚。不要太重意气，意气为情绪的一时冲动与欣赏，甚至人命可以为之倾。然一旦隔离，或“中道逢嘉友”，有了新交，昔日情谊便忘之脑后，旧交无痕。所以，中厚才是交友的最坚实的基础。

其二

辞家夙严驾，[1] 当往志无终。[2]
问君今何行？非商复非戎。[3]
闻有田子春，[4] 节义为士雄。

斯人久已死，乡里习其风。
生有高世名，既没传无穷。
不学狂驰子，⑤直在百年中。

【注释】

① 严驾：准备车马。

② 无终：地名，今天津市蓟州区。

③ 商：商山，汉初四皓避地商山。戎：西戎，相传老子出关往西戎化胡。

④ 田子春：田畴，汉末北平无终人。春，《三国志·魏书·田畴传》作“泰”。

⑤ 狂驰子：追名逐利之徒。

【评析】

这首诗寄慨汉末节义之士田畴，鄙视奔竞钻营之徒。

前面四句叙写早早整治车马，为往无终之地作准备。并以一问一答，突出此行非往商山，也非至西戎，目标地是无终。此四句蓄势，表现对田子泰的仰慕。

“闻有田子泰”六句，赞扬田子泰的节义和死后高名不朽。李公焕注：“时董卓迁帝于长安，幽州牧刘虞欲遣使奔问行在，无其人。闻畴奇士，乃署为从事。畴将行，道路阻绝，遂循间道至长安。致命，诏拜骑都尉。畴以天子蒙尘，不可荷佩荣宠，固辞不受。得还，报虞已为公孙瓒所灭。畴谒虞墓，哭泣而去。瓒怒曰：‘汝何不送章报于我？’畴答曰云云。瓒壮之。畴得此归，遂入徐无山中。”在兵荒马乱之中奔问汉帝行在，此为节；受刘虞赏识，虞死，谒虞墓哭泣，此为义。

最后“不学狂驰子”二句，讽刺奔竞逐利之徒，不过一时得意而已。

汉末人物田子泰，相去晋宋之交已有二百年，为何渊明作诗赞颂他“节义为士雄”，“生有高世名，既没传无穷”？理解这个问题，是读懂这首诗的关键。

何孟春注：“春谓晋宋易代之际，士如畴者几人？子春之事，靖节安得不极口赞扬，以讽狂驰辈耶？”黄文焕说：“田畴为无终人，未说破其名姓，而先举其地，地以人重，急拈突数，笔意最工。‘当’字、‘志’字，选择斟酌。世界虽大，他无可往，只此一处耳。‘乡里习其风’，冀有继起之人，可以与我同心，愤甚热甚，悼晋之怀，千盘百结，却只以引援故实藏之。……晋主被废，有一人能为田畴者乎？此诗当属刘裕初废晋帝为零陵王所作。盖当时裕以兵守之，行在消息，总无能知生死何若，故元亮寄慨于子春也。”（黄文焕《陶诗析义》卷四）马璞也说：“此首似刘裕初废恭帝而作，故寄想于田畴，无限感慨，只从典故出之。”（马璞《陶诗本义》卷四）以上三人的解释，有详有略，皆以为此诗作于刘裕废晋帝时，感慨举世无人能有田畴一样的节义人物，奔问晋帝行在消息。

另外一种解释以为此诗作于元兴、义熙之际，渊明以田畴自况。例如邱嘉穗说：“按晋安帝、恭帝之时，刘裕假受禅名色而行篡弑之计，正董卓、公孙瓒之流。公虽辟为镇军参军，又辟为建威参军，使都还江陵正幽州牧署从事之比。后为彭泽令，不三月而赋归来，竟以耻臣于宋不复出，正与畴以天子蒙尘，辞骑都尉之荣，而归隐无终山同一辙。”（邱嘉穗《东山草堂陶诗笺》卷四）逯钦立看法与邱嘉穗相近，以为此诗作于元兴三年（404），时渊明东下赴京口，为刘裕镇军参军。桓玄挟晋安帝西走，渊明为勤王之事，涉险奔波于浔阳、建康之间，这与董卓挟汉献帝西迁，田畴致命行在，驱驰于幽州、长安间的事情“极其类似”（详见逯钦立《陶渊明事迹诗文系年》“元兴三年甲辰”条）。

以上两人的说法，经不起事实的推敲。元兴三年（404）二月，刘裕起兵讨伐桓玄，渊明东下，作刘裕镇军参军，与当年田畴奔赴长安勤王，二者不可等同而语。何况刘裕举起勤王的旗号，一时风响云从，成为续命晋室的大功臣。至于他日后篡晋，则另当别论。渊明辞官归隐，也不是什么“耻臣于宋”。故上述两种解释，还是以第一种较为可信。

其三

仲春遘时雨，始雷发东隅。
众蛰各潜骇，[①] 草木从横舒。
翩翩新来燕，双双入我庐。
先巢故尚在，相将还旧居。[②]
自从分别来，门庭日荒芜。
我心固匪石，君情定何如？

【注释】

① 蛰：冬眠的动物。

② 相将：相偕，相共。

【评析】

凡是伟大的诗人，都有一双发现美的眼睛，一个想象无所不达的头脑。从一粒沙子看到大千世界，从当前的一刹那抵达过去和未来。陶渊明就是这样的诗人。

这首诗的主体部分是前面八句，描写仲春生机勃勃的景象：春雨濛濛，第一声春雷响起在东方。冬眠的蛰虫，被雷声惊醒，破土而出，好像是慌张，其实是欢欣。草木在春雨中脱下枯槁的冬装，施展身心，迎着春阳自由生长。翩翩新燕归来了，带着昔年的记忆和新春的喜悦，双双飞入我的茅庐。门梁上的旧巢还在，新燕相共呢喃，似在商量什么，一进屋就找到了旧居。

这一幅春天万物萌生的景象，谁没见过？可有几人能由春景引起无所不能的想象，以某种意念加诸客观景物之上，使之具有人性与灵魂？陶渊明的非凡诗才，在于他把自己的感受、联想与思考，融入到外物之上，物情因此有了人情。

在所有的春景中，诗人最关注“翩翩新来燕”，“相将还旧居”。正是这种去而复归不忘旧的物情，引发他的联想与思索，才有了下面的问燕之语：“自从分别来，门庭日荒芜。我心固匪石，君情定何如？”“我心固匪石”一句，典出于《诗·邶风·柏舟》：“我心匪石，不可转也。我心匪席，不可卷也。”郑玄注：“言己心志坚平，过于石、席。”这里只取“我心匪石”，指心志坚牢于某处，不可转也。

读到这里，必然会追问：诗人所说的“我心匪石”，是为何者坚守不移呢？“君情定何如”，又是问谁呢？以上两个问题，都指向这首诗的命意，即诗人坚守什么？吴师道以为“托言不背弃之意”（吴师道《吴礼部诗话》）。邱嘉穗说：“自刘裕篡晋，天下靡然从之，如众蛰草本之赴雷雨，而陶公独惓惓晋室，如新燕之恋旧巢，虽门庭荒芜，而此心不可转也。”（邱嘉穗《东山草堂陶诗笺》卷四）上述看法，成为这首诗的主流解释。

另一种解释为“讥仕宋者”。马墣说：“此首似讥仕宋室者之不如燕也。”（马墣《陶诗本义》卷四）此说可以与上面一种解释相通。

再有一说是“此拟春闺怀远之诗”（张荫嘉《古诗赏析》卷一四）。

第四种是以全诗物象比附元兴、义熙间的时事。古直重定本注：

"此首咏刘裕与桓玄之事也。《晋书》：元兴三年二月，刘裕与何无忌起京口，故曰'仲春遘时雨'。京口在建康之东，故曰'始雷发东隅'。与刘裕同谋起义者……为内应，刻期齐发，故曰'众蛰各潜骇'。……义熙元年三月甲午，帝至建康，故曰'翩翩新来燕，双双入我庐。先巢故尚在，相将还旧居'。刘裕一群草泽英雄，故字曰新燕。翩翩，形容其多也……《宋书·武帝纪》曰：高祖奋起草莱之中，倡大义以复皇祚，此皆巢林之燕，未居人家画梁者，字以新燕，诚恰当也。"古直逐句比附时事，牵强至极。仅以新燕释刘裕，即可证其乖谬不可通。"翩翩"四句中的新燕，是指新春所来之燕，非谓前所未来之燕。既言"先巢故尚在，相将还旧居"，说明"先巢"和"旧居"，乃新燕昔年所筑，曾栖息于此，今年又重来。刘裕入建康，古直称其"未居人家画梁者，字以新燕"，意谓刘裕以前未曾入京都。既然刘裕"未居人家画梁"，则何以解释诗中的"先巢""旧居"？仅此一端，即可见古直的解释牵强不可从。

以上四种解释，以第一种为可信。这就涉及到渊明的所谓"忠晋"的政治立场。沈约《宋书·陶潜传》说："自以曾祖晋世宰辅，耻复屈身后代，自高祖王业渐隆，不复肯仕。"渊明因家世的原因，自有同情晋室的一份旧情，表现为不复肯仕新朝的节义。有些研究者不相信沈约所说，否认渊明耻仕新朝的节操，其实是漠视了渊明品格中最可宝贵的部分。

这首诗是陶集中的佳作。首先是整体的构思自然巧妙。新燕入旧巢是很常见的自然现象，诗人由此联想到人间的"不背弃"的品德，并以问燕四句，完成主题的表达，一气呵成，入情入理。其次，语言精练圆润，状物细致妥帖。如写春景四句，以"各潜骇"形容各种虫类闻春雷而惊动，以"从横舒"状春草萌生之快速，宋长白称赞说："静观元化，得天理流行之妙。"（宋长白《柳亭诗话》卷二八）又用连绵词“翩翩”“双双”状新燕相继飞入旧巢，无不圆润准确。渊明人格的奇情异彩及高超诗艺，在这首诗中得到鲜明体现。

其四

迢迢百尺楼，[1]分明望四荒。
暮作归云宅，朝为飞鸟堂。
山河满目中，平原独茫茫。
古时功名士，慷慨争此场。
一旦百岁后，相与还北邙。[2]
松柏为人伐，高坟互低昂。[3]
颓基无遗主，游魂在何方？
荣华诚足贵，亦复可怜伤！

【注释】

① 迢迢：高貌。

② 北邙：山名。邙，亦作芒。在河南洛阳之北，汉魏君臣多葬于此。

③ 低昂：高低貌。

【评析】

古人有登高而赋的习俗。此篇写登百尺高楼，见平原茫茫，慨叹游魂何方，荣华无常。

前六句写登高。吴瞻泰说：“起二句从高视下，有鄙夷一切之意。下俱承‘望’字来，宅但有云，堂但有鸟，一望空无人焉。写得荣华全无把握，一任朝更暮改，怜伤孰甚哉。二语耐人百思。”（吴瞻泰辑《陶诗汇注》卷四）起二句不过说登高而望，看得四荒分明，似乎并没有吴氏所说的“有鄙夷一切之意”。“暮作”二句，诚如吴氏所说，昔日百尺高楼，今但作云鸟之巢，早已空无一人矣。荣华化为荒凉，与李白诗“楚王台榭空山丘”同一境界。“山河”二句，视野更为广阔。山河满目，平原茫茫，昔日英雄追南逐北的场景，如今唯剩空无。这二句极有悲怆的情致和苍凉无边的美感。

后十句抒怀，吊古伤今。“古时功名士”二句，写历来的功名之士为问鼎江山，慷慨征战疆场。“此场”，既指“山河”与“平原”，也指荣华名利之场。以上二句略写。“一旦百岁后”几句详写繁华消失之后的苍凉。“功名士”的最终归宿，是北邙山上的累累坟茔。百年千年之后，墓柏为薪，高坟崩塌，野鬼幽魂，不知何方矣。陈祚明评此诗说：“句法全似《十九首》。”（陈祚明评选《采菽堂古诗选》卷一三）岂止句法，内容、语言，情绪之悲凉，摇曳之风情，均神似《古诗十九首》。古诗《去者日以疏》写游子过墓墟：“出郭门直视，但见丘与坟。古墓犁为田，松柏摧为薪。白杨多悲风，萧萧愁杀人。”渊明此诗写古墓之荒凉无主，与古诗何等相似！

最末二句点醒世上功名不足贵。荣华难久恃，富贵如浮云。如温汝能所说：“诗意即所谓贵贱同归土一丘也，然独悲怆淋漓，令人不忍卒读。”（温汝能纂集《陶诗汇评》卷四）

然则，这首诗是单纯感叹荣华不久，还是寄寓诗人对于现实政治的感慨？有人以为感慨当世。譬如黄文焕说：“前六语纯从国运更革寄怆。”以为前六句寄寓晋宋易代之变的怆然之慨。黄文焕又说：“而况有土之万乘，掷河山于他人，受未死之屈辱，可怜可伤，不更万倍乎？盖感愤于废帝极矣！”（黄文焕《陶诗析义》卷四）“有土之万乘”数句，感愤晋恭帝被刘裕废为零陵王。马璞则说：“此首伤篡夺者之无知也。”（马璞《陶诗本义》卷四）篡夺者究竟指谁？若是泛指，指历史上的篡夺者。特指，当指刘裕。可叹一切篡夺者，恐怕都不会理解荣华难久的道理。陶澍注：“慷慨而争，同归于尽。后之视今将亦犹今之视昔耳。哀司马即是哀刘裕，意在言外，当善会之。”历史的真相确实是盛极而衰，古今一律。刘裕同样繁华难久，结局也是“一旦百岁后，相与还北邙。松柏为人伐，高坟互低昂。”陶澍以为渊明之意在言外，须细细体会之。“荣华”二句，具有普遍意义。渊明感慨何所指，读者可以“善会之”。

其五

东方有一士，被服常不完。
三旬九遇食，[①] 十年著一冠。
辛勤无此比，常有好容颜。
我欲观其人，晨去越河关。
青松夹路生，白云宿檐端。
知我故来意，[②] 取琴为我弹。
上弦惊《别鹤》，[③] 下弦操《孤鸾》。
愿留就君住，从今至岁寒。

【注释】

① 九遇食：见《有会而作》诗注。

② 故来意：犹今来意。故，今也。

③《别鹤》：琴曲名。下句《孤鸾》亦琴曲名。

【评析】

这首诗分两层意思。第一层前面六句，叙写东方一士的形象：写衣、写食、写冠，辛苦无比，却“常有好容颜”。由此可知，东方一士乃固穷守节之士。有道之士，才有好容颜，如陈祚明说，“身困道亨也”（陈祚明评选《采菽堂古诗选》卷一三）。“我欲观其人”以下是第二层，叙写诗人往观东方一士，受到对方礼遇，为诗人弹琴曲《别鹤》《孤鸾》。诗人表示愿从之而游，抒写固穷守节的情怀。

读此诗首先有一个问题：东方一士是谁？苏轼说："此东方一士，正渊明也。不知从之游者谁乎？若了得此一段，我即渊明，渊明即我也。"（苏轼《东坡题跋》卷二《书渊明东方有一士诗后》）以为东方一士就是渊明自己。邱嘉穗说："此公自拟其平生固穷守节之意，而托言欲观其人，愿留就在耳。"（邱嘉穗《东山草堂陶诗笺》卷四）马墣、陈沆等亦以为此诗是"渊明设言以自寓"，"此渊明自咏"。

另一说以为东方一士确有其人。张自烈说："尚友古人之意，见于此。"（张自烈辑《笺注陶渊明集》卷四）蒋薰猜测："伊何人哉，其孙登之流耶？是神仙而无铅汞气者。"（蒋薰评《陶渊明诗集》卷四）以为是孙登之流的隐士。方熊说："所言必有其人。"（方熊评《陶靖节集》卷四）却又无法确指。

上述两说，以第一说较为可信。拟古实为咏怀，所拟之人或事，不必实有其人其事。渊明交往的朋友中，也找不到远在河关之外，如东方一士那样的人物。故苏轼说此东方一士，正是渊明，见识卓绝。诗设言东方一士，渊明愿与之游，以此寄寓隐逸之志。如此写来，故事曲折，读者也觉饶有兴味。

心有灵犀一点通。东方一士知悉诗人来意，特地为之弹《别鹤》《孤鸾》。嵇康《琴赋》说："王昭、楚妃，千里别鹤。"崔豹《古今注》说："《别鹤操》，商陵牧子所作也。娶妻五年无子，父兄将为之改娶。妻闻之，中夜起，倚户而悲啸。牧子闻之，怆然而悲，乃援琴而歌。后人因为乐章也。"《别鹤》《孤鸾》之曲，都表现孤寂情怀。渊明正是孤寂者，自言"自我抱兹独，僶俛四十年"。又诗中多赞美孤松。东方一士是孤独之人，且知诗人也孤独，故弹《别鹤》《孤鸾》之曲，可谓诗人之知己也。诗人见东方一士乃得道之士，常有好容颜，故愿意从之而游，表示“愿留就君住，从今至岁寒”。

这首诗设言东方一士，写其形象和情怀，借以自喻。语言、意象奇特，与陶诗平淡自然的一般风格有异，王夫之极为称赞：“结构规恢，真大作手，令人读之，不辨其为陶诗矣。”（王夫之《古诗评选》卷四）其实，陶诗固多平淡自然之作，亦有境界恢弘，奇情异彩之篇。本篇即属后者。

其六

苍苍谷中树，冬夏常如兹。
年年见霜雪，谁谓不知时？
厌闻世上语，结友到临淄。[①]
稷下多谈士，[②] 指彼决吾疑。[③]
装束既有日，已与家人辞。
行行停出门，[④] 还坐更自思。
不怨道里长，但畏人我欺。
万一不合意，永为世笑之。
伊怀难具道，[⑤] 为君作此诗。

【注释】

① 临淄：战国时代齐国都城。

② 稷下：临淄稷门附近地区，齐国国君曾在此建学宫，当时谈士多聚于此。

③ 指：语也。

④ 停出门：正出门。停，正也。

⑤ 伊怀：此怀。

【评析】

首四句以“苍苍谷中树”起兴。谷中树，指松柏。陶诗中常见对松树的礼赞，如《饮酒》其四：“劲风无荣木，此荫独不衰。”其八：“凝霜殄异类，卓然见高枝。”“谁谓不知时”，正谓知时。霜雪到来之时，谷中树苍苍之色不改，结霜雪而不凋，时愈艰而愈奇，“霜下杰”之品格，令人肃然起敬。吴瞻泰说：“首四句兴起，人品已见。下故为颠倒错综之言，以写霜雪不移之志，波澜起伏，心绪万端。”（吴瞻泰辑《陶诗汇注》卷四）“苍苍谷中树”，正是诗人品格的写照。

以下叙写欲往临淄，语稷下谈士而决疑，但终于未果的原因。这样写也是设言，借情节的展开，表现心理活动。像是一首叙事诗，有波澜起伏之妙。

读诗人欲往临淄，后来怀疑而退的故事，有三个问题须解答：其一，“稷下谈士”为何许人？其二，“决吾疑”为何疑？其三，诗人正出门，为何终于停止了脚步？

汤汉注：“前四句兴而比，以言吾有定见，而不为谈者所眩，似谓白莲社中人也。”以为“稷下谈士”，似指白莲社中人，即庐山以慧远为首的佛教中人。邱嘉穗从汤汉之说，而更具体：“公（指汤汉）以稷下谈士目东林诸名人，欲就决疑而中止，其终不肯入社，甚且已到寺门，闻钟攒眉而回车远避，即此诗意也。”（邱嘉穗《东山草堂陶诗笺》卷四）汤、邱两人之说的依据是出于《庐阜杂记》的一则传说：“远师结白莲社，以书招渊明。渊明曰：‘弟子性嗜酒，许饮即往矣。’远许之。遂造焉，因勉令入社，渊明攒眉而去。”虽是传说，但颇符合渊明不信佛教的思想。庐山僧人及刘遗民等名士，念佛三昧，期西方弥陀净土。刘遗民还欲招渊明进庐山隐居。渊明不信佛教，反复思考，打消了入山的念头。故这首诗所写欲往临淄，出门而终于止步的情节，与上面的传说非常合拍。

也有另一种解释。孙人龙以为汤汉“似指白莲社中人”之说法“恐未的”。吴汝纶则以当时的政治形势解释：“此欲起义讨贼，而恐其无成也。所以终前章访田畴之旨。”（吴闿生评选《古今体诗约选》卷一）吴氏把此篇与《拟古》第二首看作内容相关联的一件事，以为渊明欲往无终访田畴，与往临淄相同，终皆未成，比作欲起义讨贼不成。这种解读大不可信。盖刘裕杀恭帝之前，篡晋之势早成。任何反抗他的意图，必遭毁灭。渊明岂会不知晋朝的大厦已倾，独木难支？无奈只能作《述酒》诗，以隐晦难明的语言，表示愤宋情绪，断不会请“稷下谈士”决疑。

又蒋薰以为此诗为假隐士而作。他说：“稷下之士，乃趋炎热，不耐霜雪者也。此诗想为终南、北山人而作。”（蒋薰评《陶渊明诗集》卷四）以为“稷下谈士”趋炎附势，不耐隐居的艰苦与寂寞，是走“终南捷径”的唐代卢藏用、南齐孔稚珪《北山移文》讽刺的假隐士周颙之流。猜想渊明对此类人有感而作。

诗的意象总是大于诗旨。意象不确定，诗人不明言，就会给读者留下难以界定的诠释空间。此诗未言“稷下谈士”是谁，“决吾疑”为何疑。诗人又说“伊怀难具道”，不道心中所怀是何事，可见是有意掩饰。如此，后人的诠释不同就很正常。种种解读，或许汤汉之说最接近渊明的本意。

其七

日暮天无云，春风扇微和。
佳人美清夜，达曙酣且歌。
歌竟长叹息，持此感人多。
皎皎云间月，灼灼叶中华。

岂无一时好，不久当如何？

【评析】

钟嵘《诗品》说陶渊明也有“风华清靡”的诗，所举之例便是本篇。在日暮无云，清风微来的清夜，有一佳人既饮且唱，直至天明。天上“皎皎云间月”，地上“灼灼叶中华”。佳人美，清夜歌，杯中酒，云间月，叶中花，良辰美景，赏心乐事。如此美妙的情景，在以朴素自然为基本风貌的陶诗中，极为罕见。是否渊明先生座中确有佳人，清夜酣且歌？恐怕不会有。渊明晚年贫居荒宅，衣食不周，哪来经济能力招佳人侑酒歌唱？故诗中所写，毋宁看作是虚构的场景与人物，不过表达荣华难久的诗旨。

刘履解读陶诗，常以比兴说，用晋宋易代的史实比附陶诗的意象。解释本篇亦如此，说：“此诗殆作于元熙之初乎？‘日暮’以比晋祚之垂没。天无云而风微和，以喻恭帝暂遇开明温煦之象。‘清夜’则已非旦昼之景，而‘达曙’则又知其为乐无几矣。是时宋公肆行弑立，以应‘昌明之后，尚有二帝’之谶，而恭帝虽得一时南面之乐，不无感叹于怀，譬犹云间之月，行将掩蔽，叶中之华，不久零落，当如何哉！其明年六月，果见废为零陵王，又明年被弑。此靖节预为悯悼之意，不其深欤？”（刘履《选诗补注》卷五）刘氏逐句比附晋宋易代的史事，实在不可信从。既然“日暮”“清夜”“达曙”等皆有政治寓意，然则“佳人”是何隐喻？最可笑者，称元熙二年（420）零陵王被弑，靖节此诗是“预为悯悼”。渊明难道是未卜先知的术士吗？

古直也以史事解释此诗。《晋书·谢朗传》载：谢朗之子谢重尝因侍坐会稽王司马道子。于时月夜明净，道子叹以为佳。重率尔说：“意谓乃不如微云点缀。”道子因戏重曰：“卿居心不净，乃复强欲滓秽太清邪？”古直重定本注以为“渊明诗盖指此事”。又说：“《晋书》

称道子与帝恒舞酣歌连日夜。‘佳人美清夜，达曙酣且歌’二句指斥，至为明显。”古直的解释离诗旨更远。司马道子与谢重的对话，不过一以月夜明净为美，一以微云点缀更美，本来就没有什么政治分歧的隐喻。何况，宫廷君臣之间的细事，庐山脚下一个隐士，何由得知？渊明此诗感叹好景不长，与司马道子、谢重两人的对话，更是风马牛不相及。司马道子与晋孝武帝恒舞酣歌达旦，是不理政事，贪图享乐。“佳人美清夜，达曙酣且歌。歌竟长叹息，持此感人多。”歌唱、酣饮之中有深沉的感慨，感慨良辰美景虽好却不长久。这与道子与帝昼夜歌舞绝不同，岂可类比？

解诗还是应当以文本为基础，注意文本内在的情感逻辑。过多地强调比兴，动辄比附世事，刻意求深，其实是危险的。解读此诗，有两点须重视：一是景物之清靡，二是佳人之叹息。景物清靡最宜享受，然佳人歌竟居然长叹息。为何叹息？原因在“岂无一时好，不久当如何”。依此情感逻辑，得出的结果最有可能的是“恐美人迟暮”。今日青春年华，犹如“皎皎云间月，灼灼叶中华”，但好景难长，朝花夕陨。吴瞻泰指出：“‘云间月’‘叶中花’，借以兴一时好，而着‘岂无’字、‘当如何’字，冷语刺骨。《楚辞》‘恐美人之迟暮’，即首六句意，正悲美人之失时也。”（吴瞻泰辑《陶诗汇注》卷四）吴氏由文本分析得出“恐美人之迟暮”的结论，有说服力，可以信从。

其八

少时壮且厉，抚剑独行游。
谁言行游近？张掖至幽州。[①]
饥食首阳薇，[②]渴饮易水流。[③]
不见相知人，惟见古时丘。
路边两高坟，伯牙与庄周。[④]

此士难再得，吾行欲何求？

【注释】

① 张掖：郡名，在今甘肃。幽州：古九州之一。今北京、河北北部及辽宁一带。

② 首阳薇：《史记·伯夷列传》说：商亡后，伯夷、叔齐不食周朝的粮食，隐于首阳山，采薇而食。

③ 易水：河流名。在今河北省西部，源出易县境。相传荆轲入秦行刺秦王，燕太子丹及宾客饯别于易水上。

④ 伯牙：楚人。其友钟子期死，伯牙绝弦破琴，以为世上再无欣赏者。

【评析】

渊明自称“少无适俗韵，性本爱丘山”。年轻时喜欢闲适，也有远大的志向，曾经壮怀激烈。归隐之后，昔年的壮心渐渐淡去，偶尔也会流露出来。鲁迅说得好：“除论客所佩服的‘悠然见南山’之外，也还有‘精卫衔微木，将以填沧海。刑天舞干戚，猛志固常在’之类的‘金刚怒目’式，在证明着他并非整天整夜的飘飘然。这‘猛志固常在’和‘悠然见南山’的是一个人，倘有取舍，即非全人，再加抑扬，更离真实。”（《鲁迅全集》第六卷《且介亭杂文二集》）读这首诗，也可见归隐多年的陶渊明，犹虎虎有生气，于世事并非彻底淡忘。在他干枯的血管里，有时仍会流过年轻时代的热血。“忽与一觞酒，日夕欢相持”之时，会回忆青年时期的壮志远翥，思绪便飞扬到首阳山和易水边。伯牙、庄周那样的古贤，如今安在哉？

王夫之读此诗，称赞渊明说：“神骏不可方物，而固不出于圜中。陶公高音亮节自有如此者，孟浩然一流亦曾梦见一斑否？”（王夫之

《古诗评选》卷四）陶公固是神骏，老骥伏枥了，千里之志犹在。在蓬庐里常唱着悠闲的歌，有时却响遏行云。高风亮节，老而弥坚，孟浩然一流的隐士哪能梦见！凡真隐士，必负性带气，必风骨坚挺，必生气勃勃。古来隐士无数，谁能比肩陶公？

前已说过，拟古或拟古诗之体式，或拟古诗之语言，或拟古诗之意境，重在抒情，非以叙事为胜。本篇说“少时壮且厉，抚剑独行游”，乃是设言，是虚构，并非真的到过张掖、幽州，首阳、易水。在南北分割的东晋，渊明不可能越过长江，度越北方的关山。不论是有关渊明的传记，还是他的诗文，都不可能找到他青年时代曾远游至北中国的证据。《赠羊长史》诗说：“岂忘游心目？关河不可逾。”是渊明终生未至中原的有力证据。

此诗的寓意不难解。汤汉注：“伯牙之琴，庄子之言，惟钟、惠能听，今有能听之人而无可听之言，此渊明所以罢远游也。”诗人自负有壮志，然世无知己，所谓“不见相知人，惟见古时丘”，所以渊明罢远游也。“不见相知人”以下六句，便是诗旨所在。

然而，诗中流露出来的壮怀激烈究竟是什么？黄文焕以为是忠晋情怀。他说：“曰‘壮’曰‘厉’，重叠自标，明少壮之侠骨，叹老至之无能。夷、齐之叩马，荆轲之献图，生平慕之，今已矣。吾不能以昔之为商为燕者，为晋一明大义，少泄忿心矣。曰‘不见相知人’，吾之力既不能施，吾之志亦莫能识也。但有，仍靠古丘作我知己，奈何！奈何！夷、齐、荆轲后忽接入牙、庄，章法幻奥。伯牙之琴，不肯为不知音者轻鼓；庄周避世，放言不肯轻仕。得此人以为我之伴，虽不能匡复，犹堪偕隐。乃举世难觅也，又奈何！”（黄文焕《陶诗析义》卷四）以为此诗的旨意是自述少壮时有侠骨，感叹老来无能为力，不能为晋复仇，而举世难觅知己。

吴菘分析诗的内容层次，揭示诗人的志趣：“忠君报国之念，隐然发露，绝非隐逸忘世者。盖少时抚剑行游边塞，无非欲访西山之义士，易水之剑客。此我所欲相知者，而不可得见，唯见伯牙、庄周两坟。伯牙因钟子死而绝弦，庄周因惠子死而深瞑，悲无知己也。今夷、齐、荆轲之徒既难再得，是无知己矣，吾虽游行，何所求哉？”（吴菘《论陶》）指出渊明“绝非隐逸忘世者”，当世无有知己，所以罢远游。这些看法是中肯的。

关于此诗的章法，吴瞻泰说：“此篇无伦无次，章法奇奥。始而张掖、幽州，悲壮游也。忽而首阳、易水，伤志士之无人。忽而伯牙、庄周，叹知音之不再，而避世之难得也。公生平志节，亦尽流露矣。”（吴瞻泰辑《陶诗汇注》卷四）起笔“少时”二句，已见其奇情壮志。承以“张掖至幽州”句，此两地在当时为极远之边塞，非一般人可至。忽又回到中原，对伯夷、叔齐之高节，易水送别荆轲之悲壮，表示敬意和向往。“不见相知人”四句，突兀而起，最是奇奥。诗人之壮心，无人能识，唯于古人中求之。伯牙、庄周的高坟，激起诗人的无限敬意。结以“此士难再得，吾行欲何求”二句，不胜感慨之中，寄托遥深。咏诵此诗，又见陶公的奇情异彩。

其九

种桑长江边，三年望当采。
枝条始欲茂，忽值山河改。
柯叶自摧折，根株浮沧海。
春蚕既无食，寒衣欲谁待。
本不植高原，今日复何悔。

【评析】

这首看来非常好懂的诗，难道只是写一棵桑树短短三年的命运吗？当然不是。桑树由种下至摧折的意象，自有深刻的喻义。

那么，喻意是什么呢？历来的主流意见以桑树摧折，比喻晋朝灭亡。黄文焕以晋宋易代的史实，通释全诗："种桑长江边，三年望当采"二句："刘裕以戊午年十二月弑晋主于东堂，立琅琊王德文，是为恭帝。己未为恭帝元熙元年，庚申二年而裕逼禅矣。帝之年号，虽止二年，而初立则在戊午，是已三年也。""望当采"句："既经三年，或可以自修内治奏成绩也。长江边岂种桑之地？为裕所立，而无以防裕，势终受制。初着既误，后祸自来也。字字隐语，然意义甚明。""枝条始欲茂，忽值山河改"二句："明言之。""本不植高原"句："归咎之语，应前'江边'。""今日复何悔"句："举朝无人，坐听改革，事至于不堪悔，而臣子之罪愈深矣。曰'望'、曰'始'，所愿何长？曰'忽值'，所逢何短？曰'柯叶摧折''根株浮海'，所受之祸，又何太酷！如此孤愤，胸中火发，大地山崩矣。'既无'之后，又曰'欲待'，与'欲茂'相应，绝望仍一回望，惨不可言。然后推寻祸基曰'本不植高原'，误国之人，误国之政，所繇来已久，所初行实谬，咎岂在今哉？此一篇大奏疏也。"（黄文焕《陶诗析义》卷四）

陈沆说："此慨晋室之所以亡也。典午创业，本乏苞桑之固，五马南浮，复无磐石之安。何曾兴叹其前，干宝抗论于后。'本不植高原，今日复何悔'，为此诗者，其知道乎？命意全在末二章。所谓图穷而匕首见。"（陈沆《诗比兴笺》卷二）

黄文焕和陈沆，都以为此诗慨叹晋亡。不同在于前者只是以晋恭帝立三年就被废的史实说事，而后者则称晋朝建立之初，就已根基不固。比较下来，黄氏之说能落到实处；陈氏之解，与"三年望当采"的意象不合。

另一种解释，以为此诗不过说明下流不可处的道理。例如何孟春

注："此诗全用鬼谷先生书意。《逸民传》：鬼谷遗苏秦、张仪书曰：'二君岂不见河边之树乎？仆御折其枝，风浪荡其根，此木岂与天地有仇怨？所居然也。子见崇岱之松柏乎？上枝干于青云，下枝通于三泉，千秋万岁不逢斧斤之患，岂与天地有骨肉？所居然也。'"何氏指出此诗的命意，来自鬼谷先生之所居位置决定结果的道理。何焯说得更明白："此言下流不可处，不得谬比易代。"（何焯《义门读书记·陶靖节诗》）

一说此诗慨叹晋室灭亡，一说不过言下流不可处的道理。初看两说似皆可通，但若通读《拟古》九首，不难发现几乎篇篇都有深沉的感慨，有关历史、社会和人生。难道独独最末一首只是喻比"所居然也"的道理？渊明识见超拔，何以倾心于这一浅显的处世常识？试体会"枝条始欲茂，忽值山河改""本不植高原，今日复何悔"等句，显然有欲言却难言之隐。何孟春以为此诗全用鬼谷先生诗意，郑文焯就不以为然，引晋初作家咏桑树的典故，如傅咸《桑树赋》序、陆机《桑赋》、潘尼《桑树赋》，"但咏皇晋兴起之瑞"，称"陶公此作，寓意典据，自然分明，盖溯想皇晋建国之初兆，而俯仰古今，而发桑田碧海之叹耳"（郑文焯批、日本桥川时雄校补《陶集郑批录》）。郑氏所引晋初辞赋中的桑树典故，虽同"三年望当采"一句不切合，但指出诗中桑树意象的来源，与何孟春注不同，另辟解读此诗的新途径，是值得肯定的。

杂诗十二首

其一

人生无根蒂，飘如陌上尘。
分散逐风转，此已非常身。
落地为兄弟，何必骨肉亲！
得欢当作乐，斗酒聚比邻。
盛年不重来，一日难再晨。
及时当勉励，岁月不待人。

【评析】

《文选》王粲《杂诗》李善注："五言杂者，不拘流例，遇物即言，故云杂也。"所谓杂诗是不拘时空，遇事遇物，随时叙写，即时抒怀。渊明《杂诗》十二首非一时所作，内容也杂。前八首感叹晚年贫困，大概作于晚年。后三首写行役之苦，可能作于义熙元年（405）。最后一首咏物诗，难知作年。

黄文焕概括《杂诗》十二首的大意，说："十二首中愁叹万端，第八首专叹贫困，余则慨叹老大，屡复不休，悲愤等于《楚词》，用复之法亦同之。"（黄文焕《陶诗析义》卷四）蒋薰说："《杂诗》十二首，前七篇皆是'岁月不待人'意；'代耕'之后，却有谋生羁役之感。至末'袅袅'六句，恐非《杂诗》，或《拟古》之十，亦缺落不全者。"（蒋薰评《陶渊明诗集》卷四）指出《杂诗》十二首有三种情况。不过，说第十二首"或《拟古》之十"，并无依据。

《杂诗》其一讲人生哲学，句句至理名言。起笔四句说人及人生的本质。人是什么？诗人形容为无根蒂的陌上尘。人来自何处？未生之前是什么？这两个问题，至今无人能回答。人既生之后，如风中的陌上尘。陌上尘正应“无根蒂”。这一比喻，源于《古诗十九首》“人生寄一世，奄忽若飙尘”二句。陌上尘随风飘荡，或落于山巅，或落于沟壑，或落于芳草，或落于粪溷……全凭天意。有人在乎微尘的归宿吗？有人能把握自己的人生吗？没有。以下“分散逐风转”二句，黄文焕解释道：“逐风原无定处，落地何必认真。未坠胞胎，安禀形质？本自无身，复何云常？此一逐风也。睽离万变，无所不有，身则各具，常竟安在？又一逐风也。溘然物化，朝不保夕，身之灭矣，宁有常期？此又一逐风也。”（黄文焕《陶诗析义》卷四）从人本无身，至身灭无有常期；从人由无至有，有又至无的一生变化，解释“分散”二句，非常透彻。

“落地为兄弟”四句，讲人如何结交。《论语·颜渊》说：“四海之内，皆兄弟也。”渊明信奉圣人之言，对几个儿子说：“汝等虽曰同生，当思四海皆兄弟之义。”（《与子俨等疏》）在“得欢当作乐，斗酒聚比邻”的与乡邻的欢饮中，表现了伟大的泛爱之心。其他如“漉我新熟酒，只鸡招近局”（《归园田居》其五）、“日入相与归，壶浆劳近邻”（《癸卯岁始春怀古田舍》其二），都是践行“四海皆兄弟”的仁爱精神的写照。

“盛年不再来”四句，是说贵生、得生之趣。温汝能说：“言‘不重来’，则盛年其可长恃耶？‘难再晨’，则一日其可暂忽耶？所以贵及时也。”（温汝能纂集《陶诗汇评》卷四）人生苦短，时不再来的叹息，成为魏晋文学中经久不息的声响：“盛时不再来，百年忽我遒”（曹植《箜篌引》）、“白日陨隅谷，一夕不再朝”（阮籍《咏怀诗》）、“盛年焉可恃”（陆机《月重轮行》）……意识到盛年不再来之后，如何度过短暂的人生，就成了非常迫切的问题。这时，大致有两种选择：

一、及时建功立业，遗惠后人。二、及时行乐，让每一天充满快乐。诗人选择“及时当勉励”，因为“岁月不待人”。勉励什么？勉励珍惜光阴，奋发有为吗？不是的。意思是勉励自己及时行乐，享受得生的乐趣。王叔岷注列举陶诗中有关饮酒、游览的句子，以为“皆及时行乐之意，诗人知及时行乐者多矣。陶公于行乐中，能以及时勉励自警警人，此其所以异于其他诗人也”。正确揭示了此诗的命意。

渊明《自祭文》有一段言及自己的人生哲学与世人不同：“惟此百年，夫人爱之。惧彼无成，愒日惜时。存为世珍，没亦见思。嗟我独迈，曾是异兹。宠非己荣，涅岂吾缁。捽兀穷庐，酣饮赋诗。识运知命，畴能罔眷……”盖人生短促，故世人特爱惜之。唯恐光阴虚度，故爱日惜时，及时而有成，活着为人尊重，死后为人思念。渊明则自称人生观与世人从来就不一样，他栖隐穷庐，意气高傲，酣饮赋诗，理解时运与天命。在委运任化的一生里，享受生的乐趣。这便是“及时当勉励，岁月不待人”二句的正解。

其二

白日沦西河，[①] 素月出东岭。
遥遥万里辉，荡荡空中景。[②]
风来入房户，夜中枕席冷。
气变悟时易，不眠知夕永。
欲言无予和，挥杯劝孤影。
日月掷人去，有志不获骋。
念此怀悲凄，中晓不能静。[③]

【注释】

①沦：沉。河，一作“阿”。

② 荡荡：广大貌。

③ 中晓：中夜。中，一作“终”。作“终”佳。

【评析】

这首诗以写景始：夕阳沉入西山，一轮明月在东山之上升起。万里清辉，洒遍空旷无比的天宇。虚空明净澄澈，皓月是唯一的主宰。

诗人的目光从清辉、明月中收回来，开始审视自己的内心世界，感觉也随之细腻了。秋风吹进房室，枕席有了凉意。暑气退，秋气来，季节转换了。难以入眠，夜就变得特别长。为什么“不眠”？邱嘉穗猜测：“日沦月出，气变时易，似亦微指晋宋革代之事而言。”（邱嘉穗《东山草堂陶诗笺》卷四）这仍是以比兴解读此诗，把天象和季节的变化，看成晋宋易代的象征。这种解读，未免牵强。何况，此诗未必作于晋亡之后。若此时尚未易代，邱氏的猜测，岂不是空中楼阁？

“欲言无予和，挥杯劝孤影。”是写诗人有话欲对人倾诉，可夜深无人应答，遂在月下独酌。孤影，指月下自己的身影。这二句颇受后人欣赏。温汝能说：“妙在‘欲’字、‘劝’字，于寂寞无聊之况，得此闲趣。周青轮谓遣闷妙法。予谓渊明怀抱，独有千古，即此可见。”（温汝能纂集《陶诗汇评》卷四）其实，“欲”“劝”二字固然妙，“孤影”一词更新奇，写出诗人孤独寂寞之处境，表现出渊明孤傲之品性。王叔岷评“挥杯”句说：“劝字绝佳！所劝者孤影而已。二句最见陶公之寂寞，亦见陶公之孤高。”所评十分精到。自甘寂寞者必孤高，孤高者必寂寞。王夫之却说：“‘挥杯劝孤影’，是此老霸气语。才有霸气，即入流俗，无怪乎流俗之亟赏也。”（王夫之《古诗评选》卷四）何谓“霸气”？为何一有“霸气”，就入“流俗”？王夫之语焉不详。此老评诗，往往三言二语，似是高深，让人费解。“流俗”亟赏“挥杯劝孤影”句之佳，是有充分理由的。这句奇思妙想，既是自慰、自遣，也是自得、自傲。三百年之后的李白亟赏渊明此佳句，作《月下独酌》诗说：“花间一壶酒，独酌无相亲。举杯邀明月，对影成三人。月既不解饮，影徒随我身。暂伴月将影，行乐须及春。我歌月徘徊，我舞影零乱。醒时同交欢，醉后各分散。永结无情游，相期邈云汉。”渊明诗描写形影两者，李白诗则描写形、影、月三者的各自情态，生动至极。陶诗影响的深远，可见一斑。

尽管不断“挥杯劝孤影”，但诗人终究是醒着的，回顾平生，感叹“日月掷人去，有志不获骋”。诗人对时间的流逝特别敏锐，因为时间的流逝即是生命的流逝。时间残酷且无情，任何人都会被它掷于如水奔腾不息的流动中，一个个没顶消失。诗人深刻地感觉“日月掷人去”，青春早逝，盛年已过，憾恨“有志不获骋”。

然渊明之志是何志？吴师道说：“陶翁之志非他，忠愤而已。”（吴师道《吴礼部诗话》）方东树则以为渊明之志不可得而闻，后人妄测不仕异姓，欲为荆轲、张良报仇者，皆不可信。又说：“以吾测公志，殆亦礼乐得新，弥缝使淳，非补偏救敝，一手一足之烈也。”（方东树《昭昧詹言》卷一三）把渊明说成是儒家道统的继承者。这种看法未必合乎渊明的真实。“礼乐暂得新”“弥缝使其淳”，是对先师孔子的赞美，渊明不会自负到比肩孔子的地步；也不会不知复真还淳的艰巨使命，不是一己所能担当和完成的。《杂诗》其五记自己少壮时，“猛志逸四海，骞翮思远翥”。诗人“有志不获骋”之“志”，可能就是少壮时的迈往图功的志向。憾恨有志不能实现，悲怆以致终夜不寐。此诗即表现了渊明性格中壮怀激烈的一面。辛弃疾《水龙吟》赞美渊明：“须信此翁未死，到如今凛然生气。”龚自珍《杂诗》说：“陶潜酷似卧龙豪，万古浔阳松菊高。莫信诗人竟平淡，二分《梁甫》一分《骚》。”都看出了渊明平淡中的豪放。所以，一律以平淡论渊明，评陶诗，是偏颇的，不真实的。

其三

荣华难久居，盛衰不可量。
昔为三春蕖，[1] 今作秋莲房。
严霜结野草，枯悴未遽央。[2]
日月有环周，[3] 我去不再阳。[4]
眷眷往昔时，忆此断人肠。

【注释】

① 蕖：芙蕖，即荷花。

② 遽央：终尽，遂尽。遽，同“渠”，完。央，尽也。

③ 环周：循环往复。环，亦周也。

④ 阳：生也。

【评析】

这首诗也是表现渊明的人生哲学，感叹生命短促。王叔岷说此首“旨在惜生”。“惜生”一词见于《形影神》诗序：“贵贱贤愚，莫不营营以惜生，斯甚惑焉。故极陈形影之苦言，神辨自然以释之，好事君子，共取其心焉。”以为惜生是糊涂的，应以“自然”来消解惜生的焦虑。可是我们读这首诗，发现诗人对生命的流逝有很多的伤感，似乎也有焦虑。是不是渊明也是惜生？

回答这个问题，首先要弄清楚什么是“惜生”。渊明所说的惜生是恐惧死亡，以种种卫生之举——譬如服药养生，延长寿命，甚至寻访飞升之术，以求成仙。渊明只是感叹人生的短促，生命的脆弱。他彻悟“日月有环周，我去不再阳”——日月循环复始，已经消逝的美好青春却绝不可能复得。他坚信有生必有死，信奉委运任化，一任自然的人生哲学。但也珍爱生命，懂得得生的趣味，以为及时行乐是最佳的生命形态。

为什么“眷眷往昔时，忆此断人肠”？因为年轻时的健康状况最佳，精力充沛，少有病患的痛苦，即使无喜事也觉欣豫；且入世不深，对未来充满美好的憧憬。“昔为三春蕖，今作秋莲房”二句，比喻青壮年与老年两个人生阶段。到了如严霜中的野草，将枯而半生半死之时，离人生的终点已经不远了。想到岁月无情，生命不可能回到年轻，有几人不断肠呢？渊明的叹息，出于对生命的无比珍爱，并没有对死的恐惧。王叔岷以为这首诗“旨在惜生”，值得商榷。

这首诗的命意不难理解。前人却往往以为此诗感慨时代兴亡。例如汤汉注：“此篇亦感兴亡之意。”孙人龙说：“叹盛衰，亦感兴亡意。”（孙人龙纂辑《陶公诗评注初学读本》卷二）邱嘉穗所评更离奇：“大意谓晋亡于宋，昔盛今衰，如荷之春生秋谢，今宋之阴意杀物，如霜降草枯，虽日月环周，而我遂一去不复再见天子当阳时候，能不感昔而断肠哉！”（邱嘉穗《东山草堂陶诗笺》卷四）邱氏之解，几乎每一句话都不着边际，还不如说梦有趣。

其四

丈夫志四海，我愿不知老。
亲戚共一处，子孙还相保。
觞弦肆朝日，[①] 樽中酒不燥。[②]
缓带尽欢娱，起晚眠常早。
孰若当世士，冰炭满怀抱。
百年归丘垄，用此空名道？

【注释】

①觞：酒器。弦：弦乐器。肆：陈列。

②燥：干也。

【评析】

诗起笔就标示两种人生价值观："丈夫志四海，我愿不知老。"前者为传统的人生观，其核心是追求富贵名利。后者珍爱生命，追求生命的享受。黄文焕解释"我愿不知老"一句说："一知老则欢情减矣。"（黄文焕《陶诗析义》卷四）可谓中肯。下篇有几句写老来心境与体质衰弱，说是"值欢无复娱，每每多忧虑。气力渐衰损，转觉日不如"，拿来作"我愿不知老"一句的注脚再合适不过了。老来即使有高兴事，也乐不起来。而气力日益衰损，凡事力不从心。所以，世人谁愿意老呢？如果可以的话，宁愿用"四海"也要换个年轻。可惜，"日月有环周，我去不再阳"，逝去的青春永远不会回来。在无奈之中，你就等着一天天老吧！

可叹"我愿不知老"仅是一种愿望，现实的情况是，诗人已经老了。诗人年轻时也曾"丈夫志四海"，可叹"有志不获骋"。如今情随景迁，虽有时不忘世事，却完全没了"志四海"的壮怀，有的是眼前平凡而实在的真乐："亲戚共一处，子孙还相保。觞弦肆朝日，樽中酒不燥。缓带尽欢娱，起晚眠常早。"邱嘉穗说："公本志四海人，但志不获骋后，愿聚天伦之真乐，而于势利空名，直视之如粪土耳。"（邱嘉穗《东山草堂陶诗笺》卷四）由渊明本身经历的变化，正确地解释了诗人之所以选择"我愿不知老"的人生态度。

然有人不解渊明把"亲戚共一处"这等平凡事作为深愿。例如陈祚明说："公当日亲戚、子孙，何尝不一处，而以为深愿？"（陈祚明评选《采菽堂古诗选》卷一四）其实，渊明晚年非常贫困，衣食不周，曾九月九日无酒而空对黄花，“觞弦肆朝日，樽中酒不燥”的好日子绝对不是常常有。有的倒是躬耕的劳苦，“束带候鸣鸡”，天不亮就准备去山中收割。可见“起晚眠常早”的闲逸，也不容易享受到。还是温汝能对渊明的晚年心境有切实的体会，说：“亲戚一处，子孙相保，非处顺境者，难觏此景象，而况乱世乎？语语质，语语真。有此真乐，便可纵饮忘忧，此渊明所以甘于隐遁而不悔者，其在斯欤？”（温汝能纂集《陶诗汇评》卷四）确实，即使太平年代也难见亲戚一处、子孙相保的景象，何况渊明生活在东晋末年的乱世。当时，江州地区战乱不已，不知有多少志在四海的大丈夫，被失败割了脑袋。最惨的株连九族，家毁族灭。渊明所说“亲戚共一处”之类的愿景，是人间的真乐，多少人梦寐以求而不得。

“孰若当世士”四句，由前面的叙述转为评述，是诗的命意所在。诗人一开始就否定“丈夫志四海”的人生价值观，原因何在？答案就在这四句中。“当世士”即是“志四海”的丈夫。“冰炭满怀抱”喻名利交战于胸中。名欲求善，利则私欲，美丑、正邪同处怀抱，必然遑遑不可终日，岂能比“缓带尽欢娱，起晚眠常早”？再说，即使富贵尊荣占尽，世人赞誉追慕不已，但又如何呢？富贵有时而尽，荣乐止乎其身，一旦“百年归丘垄”，形影皆灭，安用空名？渊明不是早就说过，“吁嗟身后名，于我若浮烟”么。晚来亲戚一处，子孙相保，享受闲居无事的乐趣，岂不远胜“丈夫志四海”？

其五

忆我少壮时，无乐自欣豫。
猛志逸四海，骞翮思远翥。[1]
荏苒岁月颓，此心稍已去。
值欢无复娱，每每多忧虑。

气力渐衰损，转觉日不如。
壑舟无须臾，② 引我不得住。③
前涂当几许？未知止泊处。④
古人惜寸阴，念此使人惧。

【注释】

① 骞：飞，举。翥：远飞。

② 壑舟：喻时间流逝与生死变化。

③ 住：留，止。

④ 止泊：停息。

【评析】

这首诗主要写人生不同阶段的生命体验，最后感叹学道未成。

先是回忆少壮时的欢乐与远大情怀。那时，生命处于最佳状态，不论体力与精力，都旺盛饱满，好像春天的花苞，活泼泼地开放，鲜艳无比。那时，即便没有乐事，也自会觉得欢乐而舒适，好像世上的每个角落，都藏着有趣和愉悦。那时，渴望向上的精神，简直可以征服世界，志向好像凤鸟一样欲飞远方。

随着岁月的流逝，壮年时的猛志渐渐减弱。即使碰到乐事也快乐不起来，反而每每多忧虑。气力逐渐衰损，一天比一天差。人到晚年，特别觉得日月之舟无瞬间的停留，挟着我向人生的终点飞奔。“壑舟”二句，与《五月旦作和戴主簿》“虚舟纵逸棹，回复遂无穷”二句意思相同。来日还剩几何？生命的小舟止泊于何处？

以上写少年至老年的生命历程。从光华到黯淡，从欢呼到叹息。吴瞻泰说：“诗意极有渐次，层层翻转，可谓情随年减也。”（吴瞻泰辑《陶诗汇注》卷四）孙人龙说：“是少壮襟怀，妙。是老人心境，妙。情随岁减，能以常意道至理，亦极有层次。”（孙人龙纂辑《陶公诗评注初学读本》卷二）其中“无乐自欣豫”写少壮襟怀，“值欢无复娱”写老年心境，以寻常语言写出不同人生阶段的身心体验，明白、朴素、真实，表现出陶诗高超的语言技巧。尤其写老人心境，最是真实，中老年人读之，自会觉得意味深长。正如温汝能所说：“‘值欢无复娱’句，可谓常语翻新。欢娱皆乐也，然欢属声气，娱属心志，中年以后，百忧感心，往往不在欢乐一边，故下句云‘每每多忧虑’也。寻常语却说得如此警透。”（温汝能纂集《陶诗汇评》卷四）前人或以为陶诗最宜老年人读，读此诗，信然。

诗末说：“古人惜寸阴，念此使人惧。”诗人究竟惧什么？汤汉注：“人生学无归宿者，例有此叹，必闻道而后免此。此渊明之所以惜寸阴也欤！”似以为渊明未闻道，故有惜寸阴之叹。马墣说：“此首叹身已衰老而学行未成也。”（马墣《陶诗本义》卷四）。邱嘉穗最喜以愤宋情绪解释陶诗，说：“此非自伤失学之诗，盖与《岁暮和张常侍》一首同意。陶公本怀讨宋篡弑之志，而不得以有为于世，故其言悲愤如此，亦即前诗所谓‘日月掷人去，有志不获骋’者也。”（邱嘉穗《东山草堂陶诗笺》卷四）否定汤汉等学道未成的看法，以所谓愤宋篡夺，欲有为而未成来解释诗意。此说显然与诗的内容不合，牵强太甚，不可信也。

其六

昔闻长者言，掩耳每不喜。
奈何五十年，忽已亲此事。
求我盛年欢，一毫无复意。
去去转欲远，此生岂再值？
倾家时作乐，竟此岁月驶。

有子不留金，何用身后置。

【评析】

人到晚年，离生命之火的熄灭，为时不远了。这时，对生命意义的思考会越来越多，越来越深入。渊明后期所写的许多诗，在感叹生命易逝的同时，思考如何度过余下的岁月。这些作品因为表达了老年人的普遍心理，老者读来常觉惊心动魄。

起笔“昔闻”二句，以幼时掩耳不喜长者之言的细节，表现小孩子不懂生命是易逝的。这样的开头很特别，朴素而真实，出奇制胜。据古直注，“昔闻”二句出于陆机《叹逝赋》序：“昔每闻长老，追计平生，同时亲故，或凋落已尽，或仅有存者。余年方四十，而懿亲戚属，亡多存寡，昵交密友，亦不半在……以是思哀，哀可知矣。”这条注很确切。不仅陆机，其弟陆云亦有与兄相同的体验。他的《与杨彦明书》说：“昔年少时，见五十公，去此甚远。今日冉冉，已近之矣……朋类丧索，同好日尽。”“昔闻长者言，掩耳每不喜。奈何五十年，忽已亲此事。”“长者言”为何言？“每不喜”为何因？“亲此事”之“此事”为何事？读陆机兄弟文章，可以明了矣。

人处于不同的生命阶段，因着经历及精神状态的局限，对生命的理解是不全面的。少年离生命衰损的阶段还远着呢，小伙伴们个个生龙活虎，怎能理解长者亲故日渐凋落的心情？然日月如流，黑发成白发，五十年忽至，亲朋好友渐渐存寡亡多，这时，才能真切地理解昔年长者之言。

应该说，前四句诗意明白易懂。但陶诗的解读，总是有人喜欢牵扯时事，曲解诗意。例如丁俭卿说：“义熙十年甲寅，先生年五十，是时刘裕篡晋之势已成，叹其不幸而亲见此事也。”（姚培谦编《陶谢诗集》卷四引）以为“亲此事”是亲见刘裕篡晋事。如此全不顾上下文意的解读，等同儿戏。

“求我盛年欢”四句，意思与《杂诗》其一“盛年不重来，一日难再晨”、《杂诗》其三“日月有环周，我去不再阳”几句相同。王叔岷解释“求我盛年欢，一毫无复意”二句说：“似谓毫无意于追求盛年之欢也。”此解恐未中的。诗人明言“求我盛年欢”，但“盛年欢”无一毫还复之意。以下承以“去去转欲远，此生岂再值”二句，即说明“盛年欢”不仅“一毫无复意”，岁月反而流逝更快，此生岂会再值“盛年欢”呢！当时的“惜生”者，多么希冀“盛年欢”能回来，生命之河能倒流，但“壑舟无须臾，引我不得住”，生命的单向运行规律，任何人也无法改变。

当清醒地意识到“盛年不重来”之后，如何度过来日，就成了一件必须规划的事。“倾家时作乐”四句，便是诗人对余生的规划：倾尽家资，及时行乐，有子不留金，不用身后置办田宅。古直注：“此兼用端木叔、疏广事。《杨朱篇》曰：‘端木叔家累万金，放意所好。奉养之余，散之宗族邑里一国。行年六十，都散其库藏珍宝，一年尽焉。不为子孙留财。及其病也，无药石之储；死也，无瘗埋之费。一国之人，受其施者相与赋而藏之，反其子孙焉。’疏广事，见《咏二疏》诗。”古直注明切。

但邱嘉穗曲解诗末二句说：“此诗言人之有生必有死，决无轮回之理，但当合家为乐，留金与子可也。”“又按有子留金，在方外之士，必以为俗情，而陶公不讳言之，盖以此乃人伦日用之常理，不得遗之以为高也……意当时东林寺缁素入社者，已有百余人，而一时愚夫妇为其所煽惑，不惜捐金钱作佛事以为身后计者，更十百倍，故陶公撰之曰：‘有子不留金，何用身后置。’”（邱嘉穗《东山草堂陶诗笺》卷四）诗人明言“有子不留金”，邱氏却误解为渊明因不信佛教轮回之说，故留金与子。又误以为愚夫愚妇捐金钱为佛事，以求冥福，陶公讽刺他们“置金于身后者”。实在越扯越远，不知所云。

其七

日月不肯迟，[1] 四时相催迫。
寒风拂枯条，落叶掩长陌。
弱质与运颓，[2] 玄鬓早已白。[3]
素标插人头，[4] 前涂渐就窄。
家为逆旅舍，我如当去客。
去去欲何之，南山有旧宅。[5]

【注释】

①迟：徐行。

②运颓：指时光流逝。“运颓”一作“颓龄”。亦通。

③玄鬓：黑发。

④素标：白发在头，犹若标记。

⑤旧宅：指先人的墓地。

【评析】

从此诗的内容和语气来看，诗人此时离人生的终点已经不远了。

日月无情，一刻也不会放慢它的脚步。于老者而言，日月可以说是催命鬼，诗人对此有深刻体会。他在《饮酒》其十五中说：“岁月相催逼，鬓边早已白。”《杂诗》其五说：“壑舟无须臾，引我不得住。”《杂诗》其六说：“去去转欲远。”岁月的残酷催逼，又是时至岁暮，寒风拂过枯条，落叶盖满长陌。生命，岂不就是寒风中发抖的枯枝，路上凋零的落叶？

衰老的形体，岁暮的光阴，那是双倍的催逼啊！生命怎么能扛得住呢？难恒与易丧，最是衰龄的深刻感触。头上的白发，是生命衰老的最显眼的标志——来日越来越短了。陈祚明说："初嫌'素标插人头'句险，诗固不弱。"（陈祚明评选《采菽堂古诗选》卷一四）称白发为"素标"，"插"字有力，确是陶诗中的险语。以平淡自然为底色的陶诗，也有如此"险语"，证明了陶诗的创新与力度。

"家为逆旅舍，我如当去客"二句，是深刻理解生命本质之后的旷达语。"人生似幻化，终当归空无"，既然生命是必归空无的过程，则人在世间，必然家如逆旅，人若去客。《古诗十九首》早已说过，"人生天地间，忽如远行客"。然则，远行何往，去去何之？归宿唯有一处："南山有旧宅"。旧宅，指祖先的旧冢。人生的终点，乃是一堆黄土而已。如《挽歌诗》其三所说："死去何所道？托体同山阿。"假若还能魂归故里，伴先人而眠，便是最好的归宿。读此诗，会再次感到渊明彻悟生死，坦然面对死亡。

邱嘉穗说："此与《神释》篇所谓'老少同一死，正宜委运去'数语同意，恐亦破东林净土之说。此言亦达甚，以家为逆旅，以南山墓冢为旧宅，公盖视死如归耳。公《自祭文》亦云：'陶子将辞逆旅之馆，永归于本宅。'是此诗确证。"（邱嘉穗《东山草堂陶诗笺》卷四）若将此篇同《自祭文》《挽歌诗》《形影神》《归去来兮辞》等篇对读，就能较为全面地了解陶渊明的生死哲学。

其八

代耕本非望，[①] 所业在田桑。
躬亲未曾替，[②] 寒馁常糟糠。
岂期过满腹，但愿饱粳粮。[③]
御冬足大布，[④] 粗絺以应阳。[⑤]
止尔不能得，[⑥] 哀哉亦可伤！

人皆尽获宜，拙生失其方。
理也可奈何，且为陶一觞。

【注释】

①代耕：谓出仕。

②替：废。

③粳粮：泛指米粮。

④大布：粗布。

⑤絺：细葛布。应：当也。

⑥止尔：一作"政尔"，是。政同"正"。正尔，止如此，仅如此。

【评析】

渊明隐居之晚年，衣食贫乏，常借酒自遣。邱嘉穗说："此公自述其彭泽归来，饥寒穷困之状，而卒安于命也。"（邱嘉穗《东山草堂陶诗笺》卷四）张荫嘉说："此叹躬耕仍不救穷之诗。"（张荫嘉《古诗赏析》卷一四）以上二说，大体不错。

起笔"代耕"二句自述本志。渊明说："少无适俗韵，性本爱丘山。"（《归园田居》其一）"闲居三十载，遂与尘事冥。诗书敦宿好，林园无俗情。"（《辛丑岁七月赴假还江陵夜行涂中》）一再说仕宦原非本愿。经过十年左右的时断时续的出仕经历，最终归隐，从此"所业在田桑"。至于躬耕田亩的辛苦，作于后期的田园诗如《庚戌岁九月中于西田获早稻》《丙辰岁八月中于下潠田舍获》等诗言之详矣。尽管"躬亲未曾替"，辛劳不已，也知"知足"之义，但仍衣食不周，"寒馁常糟糠"。连维系生活的最低物质条件都不能保证，诗人悲叹了："哀哉亦可伤。"

全诗叙述简略，但每句诗都有事实依据，内涵丰厚，故把此诗看作渊明后半生的贫困生活的概括，也未尝不可。

“人皆尽获宜”以下四句，是诗人思考贫困的原因，以及如何应对贫困。“人皆尽获宜，拙生失其方”，他人都能获得生存所需的一切，唯有自己拙于生计，没有办法。这句同《归去来兮辞》“生生所资，未见其术”二句同意，把贫困的原因归结为自己缺少方法。何焯以为：“拙生失其方，自谓谋道不谋食也。”（何焯《义门读书记·陶靖节诗》）何氏的解释是有问题的。渊明说：“人生归有道，衣食固其端。”（《庚戌岁九月中于西田获早稻》）又劝农人“民生在勤，勤则不匮。宴安自逸，岁暮奚冀？儋石不储，饥寒交至（《劝农》）。证明渊明深知衣食是生存的首要条件，勤劳才能不匮，安逸懒惰只会饥寒交至。渊明晚年的贫困，难道是“拙生失其方”吗？难道是“谋道不谋食”吗？难道是他“宴安自逸”所致吗？这些问题，其实是须深究的。

陈祚明说：“始言‘代耕’，后言‘人皆获宜’，自有不获宜者故尔。然固理也，匪直是命。语质率，自不近。”（陈祚明评选《采菽堂古诗选》卷一四）以为渊明“不获宜”，与“理”有关，并非只是“命”。但“理”是什么？陈氏没有给出答案。其实，渊明在他的诗文中已经给出了答案。《咏贫士》其一说：“量力守故辙，岂不寒与饥。”《归去来兮辞》自述归隐之由：“质性自然，非矫励所得，饥冻虽切，违己交病……”《感士不遇赋》说：“宁固穷以济意，不委曲而累己。既轩冕之非荣，岂缊袍之为耻。诚谬会以取拙，且欣然而归止。”《扇上画赞》咏於陵仲子说：“蔑彼结驷，甘此灌园。”凡此，无不说明渊明非常清楚自己“人皆尽获宜，拙生失其方”的原因，乃在“代耕本非望，所业在田桑”，为了无价的自由，宁愿辞官，选择躬耕的道路，这是他“拙生失其方”的唯一原因。因此，从他辞官彭泽令的一刻起，就决定了他的终生贫困。但陶渊明的伟大与不可企及，就在于他“蔑彼结驷，甘此灌园”。他有他的价值标尺，结驷固然富贵，一切皆宜，但丧失了高贵的人格与自由。他宁愿选择“守拙归园田”，灌园虽苦也觉甘甜。

当然，饥寒交至的痛苦是切身的。有时，难免会哀伤。这时，难道读者会不同情，反而责备他笨拙吗？何况，渊明毕竟是理智的，是旷达的。面对苦难，他说“理也可奈何，且为陶一觞”，自解自嘲。所以，渊明终究是智慧的，既懂得“理”的无可如何，也了悟“命”的不可改变。

其九

遥遥从羁役，一心处两端。
掩泪泛东逝，顺流追时迁。
日没星与昴，[1] 势翳西山巅。[2]
萧条隔天涯，惆怅念常餐。
慷慨思南归，路遐无由缘。
关梁难亏替，[3] 绝音寄斯篇。

【注释】

① 星：星宿名，二十八宿之一。昴：星宿名，二十八宿之一。

② 势：此指星与昴在天空中的位置。翳：不明。

③ 亏替：废止。

【评析】

这首诗同后面二首，皆写行役在外之苦，可能与《乙巳岁三月为建威参军使都经钱溪》诗作于同时，为义熙元年（405）归田前夕的作品。

诗写长江上行役，思念亲人，怅然念归，而身不由己。黄文焕解释起笔“遥遥”二句说：“身在途而魂在家，旅况耿耿。”（黄文焕《陶诗析义》卷四）此解不很正确。“遥遥”句是说身在行役不已，“一心”句指摇摆于仕隐两端。不必怀疑，渊明辞官之前，有过一段犹豫于仕隐两端的过程。马墣解释说：“‘从羁役’者，追言曩时千里从仕也。‘一心处两端’者，仕本为贫，而其所不欲有甚于贫者，故有首鼠两端之心，不能终仕而遽归耳。”（马墣《陶诗本义》卷四）以为渊明昔年出仕，有首鼠两端之心，故不能辞官而立即归隐。其说能得渊明当年徘徊于仕隐两端之真相。

“掩泪泛东逝”以下四句，写行役江上，昼夜不息。邱嘉穗说：“此似追忆使都还江陵后，伤国势日蹙，以至篡弑而亡也。玩‘日没星昴’二句可见。”（邱嘉穗《东山草堂陶诗笺》卷四）细读此诗，并无追忆的意思，当是昔年行役的实写。“掩泪”乃是行役不息和思归之切的两重痛苦所致。“日没星与昴，势翳西山巅”，是日落之后的天象及西山幽暗的实景，不是比喻时势。邱氏说的“伤国势日蹙，以至篡弑而亡”云云，以为是义熙末年刘裕的篡弑，牵强不可信。

“萧条隔天涯”以下六句，由写景变为怀归。陶诗中有多处写到行役怀归，例如《始作镇军参军经曲阿》：“眇眇孤舟逝，绵绵归思纡。”《庚子岁五月中从都还阻风于规林》其二：“久游恋所生，如何淹在兹！静念园林好，人间良可辞。”《辛丑岁七月赴假还江陵夜行涂中》：“怀役不遑寐，中宵尚孤征。”《乙巳岁三月为建威参军使都经钱溪》：“伊余何为者，勉励从兹役。一形似有制，素襟不可易。”此诗“萧条隔天涯”等句，同以上所写皆是怀归之思。温汝能说：“此当是怀思之作，其中情致绵邈，远无由达，真不觉有天南地北之感。”（温汝能纂集《陶诗汇评》卷四）。其说是也。

马墣解释此诗有可取之处，如释“遥遥从羁役”二句。而释整首诗的意旨，不得要领。他说：“归而坐忍其饥，掩泪以观泛然东逝之日，则顺流而下，追其四时相迁之序，而一往不返，以没于西方而蔽于西山之巅矣。而自萧条之况与日已相隔天涯，乃惆怅以念常所餐之一饭而不可得，不亦可伤哉！若直之，不过一日不得食耳，而出之以如许曲折，令人惨不忍读……”（马墣《陶诗本义》卷四）至此还没讲完，太长不引了。读上面这段评论，真有莫名其妙，不知从何说起的感觉。仅以“惆怅念常餐”句为例，常餐，指平日所食。念常餐，谓思念故乡的平常之食。如王叔岷注：“陶公平常所食者，糟糠而已。第八首所谓‘寒馁常糟糠’是也。‘念常餐’，盖有不厌糟糠之意。”为何行役之时“念常餐”？因为诗人归隐之念迫切，觉得那常餐也胜于“遥遥从羁役”。然马墣以为在船上连平常的一饭都不可得。马墣又说：“此首承上首不能生而抱长饥也。”以为这首承上面第八首。但什么叫“不能生而抱长饥”？一首命意不难确定的诗，经马墣几乎从头至尾的误解，读者若参考他的解释，恐怕会一头雾水。看来，前人误解陶诗者，并不比今人少。

其十

闲居执荡志，① 时驶不可稽。②
驱役无停息，轩裳逝东崖。
沉阴拟薰麝，③ 寒气激我怀。
岁月有常御，我来淹已弥。④
慷慨忆绸缪，⑤ 此情久已离。
荏苒经十载，暂为人所羁。
庭宇翳余木，倏忽日月亏。

【注释】

①执：持也。

②稽：留也。

③薰：点燃。麝：麝香。“沉阴拟薰麝”，一作“泛舟拟董司”，又作“泛舟董司寒”。

④淹：忽也。弥：久也。

⑤绸缪：缠绵之貌。

【评析】

诗从追述闲居写起，说往昔闲居，放纵情志而不自持，时光流逝而不可留止。接着写今日行役苦况。“轩裳”句，丁福保注引《陶诗程传》说：“舍舟而陆也。”意思说，渊明先是泛舟东逝，后上岸陆行。《饮酒》其十回忆当年行役说：“在昔曾远游，直至东海隅。”或许“轩裳逝东崖”，与昔年“直至东海隅”为同一次行役。

“沉阴拟薰麝”二句，别本作“泛舟拟董司，悲风激我怀”。若以“沉阴拟薰麝”为是，则此句就很难懂了。譬如黄文焕说：“沉阴不破，拟薰香以敌之，庶几香烟升而阴况开乎？此中藏多少感愤。阴结而为寒，彼气愈盛，我力愈弱。”（黄文焕《陶诗析义》卷四）丁福保注似从黄文焕，说：“麝香甚烈，拟薰之所以散沉阴也。”逯钦立注则从曾集《陶渊明集》本一作“泛舟拟董司”，并说董司指刘裕。我以为逯先生注是正确的。拟，向也。董司，即董督，指刘裕。

“岁月有常御”以下六句，写当前处境。“绸缪”一词历来解释不同。或说指妻室。丁福保注：“《诗·唐风·绸缪》，婚姻不得时。故古诗皆以绸缪为婚姻之称。考吴氏《年谱》，先生三十丧偶，今云‘经十载’，盖辛丑、壬寅之间……此意乃因行役而偶及悼亡也。”逯钦立注：“指经营国事。”王叔岷注：“案古人于朋友之情，亦可言绸缪。”以上三解，以丁福保“绸缪为婚姻之称”一说可取。丁以为“绸缪”指渊明前妻。渊明三十丧妻，不久续娶翟氏，“绸缪”亦有可能指翟氏。渊明初仕为江州祭酒，至今已近十年，此所谓“荏苒经十载，暂为人所羁”。最后二句，想象田园将芜的景象，可与《归去来兮辞》“三径就荒，松菊犹存”二句同看。

此诗叙写行役之苦，欲归隐田园之意。前人多刻意求深者，以为此诗乃伤怀国事。如邱嘉穗说：“玩‘沉阴’‘寒气’‘日月亏’等句，亦是伤心国事之作。”（邱嘉穗《东山草堂陶诗笺》卷四）古直重定本注：“‘驱役’二句，盖追忆为镇军参军从讨孙恩至东海事。‘沉阴’二句，喻乱已极。‘荏苒’二句，追数弱龄出仕至归田凡经十载。庭翳余木，日月忽亏，言晋灭亡也。”以晋宋易代事解释，刻意求深不足取。陶澍注谓此诗及以下二篇，“皆羁旅行役之感”，这一看法更合乎事实。

其十一

我行未云远，回顾惨风凉。
春燕应节起，高飞拂尘梁。
边雁悲无所，代谢归北乡。
离鹍鸣清池，涉暑经秋霜。
愁人难为辞，遥遥春夜长。

【评析】

这是一首悲春之诗。陈祚明说：“燕、雁，物皆有托，‘离鹍’，独愁已久矣。夫古人悲秋，公独悯春，天下皆春，偏有摇落之感。”（陈祚明评选《采菽堂古诗选》卷一四）全诗以春燕、边雁、离鹍三种禽鸟抒情写意。陈祚明以为“燕、雁，物皆有托”，当是托物起兴，并非自喻为燕、雁。

从“我行未云远”句看，此诗写于某年的春天，而行役尚未远。“惨风”，指春寒料峭，寒风袭人。“春燕”以下六句，写春天里的燕、雁、鹍三种鸟皆应节气而动：燕高飞尘梁，雁回归北地，鹍鸣于清池。“涉暑经秋霜”，指鹍于去年经夏秋，到了今春。诗人看着禽鸟在春天各得其所，反观自己春夜遥遥，愁人无眠，纵有千言万语，一时难言。

前人以比兴解释此诗，附会晋宋易代的史事。邱嘉穗说：“赋而比也，‘惨风’比晋亡宋兴时，‘春燕’比附宋诸臣，‘边雁’公自比，‘离鹍’亦比当时劳人。此愁人所以怨长夜也。”（邱嘉穗《东山草堂陶诗笺》卷四）邱氏已是臆说，古直重定本注更离谱：“‘春燕’二句盖指刘裕应时而起。‘边雁’二句盖指司马休之奔秦，秦亡复奔魏而死。魏在北，故曰北乡。‘离鹍’二句盖指韩延之义不负君，追随休之奔亡，以义熙十一年四月奔秦，至秋冬间始达长安，故曰‘涉暑经秋霜’。延之答刘裕书曰：‘以平西（休之）之至德，宁可无授命之臣。假令天长丧乱，当与臧洪共游地下耳。’此真‘离鹍’之鸣矣。”古直逐句比附司马休之败亡事，真似说梦。若真如古直所说，则“我行未云远”句作何解？义熙十一年（415）时，刘裕大权在握，早过了应时而起的阶段。说“边雁”指司马休之，“北乡”指魏，则“代谢”何解？难道司马休之本是魏臣，去冬回南方，今春又返北地故乡了吗？

其十二

枭枭松摽崖，[①] 婉娈柔童子。[②]
年始三五间，[③] 乔柯何可倚。
养色含津气，[④] 粲然有心理。[⑤]

【注释】

① 摽：一本作“标”，是。标，立也。

② 婉娈：年轻娇好貌。

③ 三五间：十五岁左右。

④ 养色：保养神色。津气：一本作“精气”，是。指人之元气。

⑤ 粲然：明白。

【评析】

这首诗很特别，写一棵山崖上的小松树。王叔岷注：“第十二首言弱松养色含气，可成乔柯，以喻养生之道。又案此首颇似不完整之游仙诗，与前十一首皆不类，疑后人之作窜入陶集者。”从现存的六句诗来看，无法猜测这首诗原先是否游仙诗。王氏称此诗以弱松“养色含气”，喻养生之道，这一看法来自黄文焕。黄氏说：“袅袅之松，足以标崖。初为弱枝，后成苍干，其质有之也。婉娈柔童，同彼袅袅，然由始计后，脆质岂如乔柯之足恃，惟咽津导气则几矣。语最曲。”（黄文焕《陶诗析义》卷四）黄氏所说的“咽津导气”即是道家的养生术。《老子》十章说：“专气致柔，能婴儿乎？”河上公注：“专守精气使不乱，则形体能应之而柔顺。”故称弱松“养色含精气”喻养生之道未尝不可。

邱嘉穗则说弱松是诗人自比：“比也，通篇俱指嫩松说，而正意自可想见。‘童子’句亦喻嫩松也，意公以松自居，望后生辈如嫩松之养柯植节也，故附篇末。玩‘袅袅’二字及‘乔柯’等句，非三五年始生之小松而何？”（邱嘉穗《东山草堂陶诗笺》卷四）说渊明以嫩松自比，不甚合理。但说期望后生如嫩松“养色含精气”，今是袅袅嫩松，待“养色含精气”，日后成乔柯可倚，是可以言之成理的。

咏贫士七首

其一

万族各有托，孤云独无依。
暧暧空中灭，何时见余晖？
朝霞开宿雾，众鸟相与飞。
迟迟出林翮，未夕复来归。
量力守故辙，岂不寒与饥？
知音苟不存，已矣何所悲。

【评析】

《咏贫士》七首是陶渊明后期咏怀诗的代表作，以咏古代贫士和咏己怀抱，表达君子固穷的人格操守。读此，可见渊明坚持隐居及自尊自重的精神源泉。

第一首诗是这组诗的总纲，以孤云、孤鸟自况，虽饥寒交至，不改故辙，引发咏古代贫士之意。第二首自咏老来贫困，引古贤为同调。第三至第七首咏荣叟、原生等贫士，表达固穷守志的主题。七首诗结构颇具匠心，为一时之作。吴菘论这组诗的章法，说："《咏贫士》第一首写明正意。第二首极写饥寒，结言何以致此，未免有愠，作一开。赖有前贤，以慰吾怀，作一阖，又以古贤起下诸人。末首结句作一大结，与第二首结句对照。邈哉前修，赖古多此贤也，谁云固穷难，足以慰吾怀矣。七首一气。"（吴菘《论陶》）其说可作参考。

关于这组诗的作年，大体有两种说法。一说作于渊明晚年，一说作于渊明归隐之初。从渊明生活情况判断，晚年贫困尤甚，故以作于晚年说比较合理。逯钦立《陶渊明事迹诗文系年》以为作于元嘉三年（426）。这一意见在渊明的史传及《有会而作》诗中都可得到印证，是可以信从的。

第一首以孤云起兴，如峰峦陡立，气势非凡。如前所说，渊明个性卓荦不群。陶诗喜用“独”字，渊明最爱孤松。这里又以孤云自况。汤汉注：“孤云倦翮以兴，举世皆依乘风云而已。独无攀缘飞翻之志，宁忍饥寒以守志节，纵无知此意者，亦不足悲也。”何焯说：“孤云自比其高洁。下六篇皆言圣贤惟能固穷，所以辉曜千载，迥立于万族之表，不可如世人之但见目前也。”（何焯《义门读书记·陶靖节诗》）温汝能说：“以孤云自比，身分绝高，惟其为孤云，随时散见，所以不事依托，此渊明之真色相也。”（温汝能《陶诗汇评》卷四）上述评论，无不揭示孤云的喻意。

孤云与万族相对，乃是高士与庸众，高洁与污下，独立与攀附的对比。庸众或托于交游，或托于权势，依乘风云。节士似孤云一片，孤傲高洁，自由自在，日月光华照出它的一无依傍。当然，它终究会“暧暧空中灭”——这是诗人生命历程的象征。诗人问：何时能再见它的余晖呢？这一问，是诗人对生命、对声名的终极思考：生命及其声名，必会如空中的孤云，终归消散，再也见不到它的余晖。但诗人绝不会想到，那片孤云的余晖，竟然永远不会消失。陶渊明的形象，会永远留在后世读者的心中。

以上四句为此诗的第一层。

“朝霞开宿雾”以下四句为第二层，以归鸟自比归隐经历。与前面相同，在归鸟和众鸟的对比中，显示归鸟的孤独不凡。刘履以晋宋易代的社会背景解释这四句诗：“且所谓朝霞开雾，喻朝廷之更新；众鸟群飞，比诸臣之趋附。而迟迟出林，未夕来归者，则又自况其审时出处与众异趣也。”（刘履《选诗补注》卷五）刘履所解，大体可从。

“迟迟出林翮”二句的喻意，刘履说是“自况其审时出处与众异趣”。指出这点是正确的。渊明归隐确实经过慎重考虑，并非“轻举妄动”。渊明出仕不算早，犹鸟之迟迟出林。约十年左右，终于辞官归隐，犹鸟之“未夕复来归”。

“量力守故辙”四句为第三层，正写诗旨。渊明选择归隐之路，是自审之后的慎重决策。《与子俨等疏》说自己“性刚才拙，与物多忤，自量为己，必贻俗患，僶俛辞世”。这几句可以作“量力守故辙”一句的注脚。选择隐居，就是选择贫困，故说“岂不寒与饥”。渊明坚持隐居，赏其趣者也有，不理解者亦不少。譬如《饮酒》其九中的那个好心的田父，奇怪诗人与世人相乖，以为“褴褛茅檐下，未足为高栖”。渊明对此早有心理准备，不奢望有人知我，故说“知音苟不存，已矣何所悲”。吴瞻泰说：“前八句皆借云鸟起兴，而归之于自守。后四句出意一反一正，可称沉郁顿挫。”（吴瞻泰辑《陶诗汇注》卷四）“岂不寒与饥”为反，“已矣何所悲”为正。在情绪的低昂中，表达“量力守故辙”的坚定意志，“吾驾不可回”的一往无前！

其二

凄厉岁云暮，拥褐曝前轩。①
南圃无遗秀，枯条盈北园。
倾壶绝余沥，② 窥灶不见烟。
诗书塞座外，日昃不遑研。③
闲居非陈厄，④ 窃有愠见言。
何以慰吾怀？赖古多此贤。

【注释】

① 褐：粗布做的衣服。曝：晒太阳。

② 余沥：壶中酒将尽之时的余滴。

③ 日昃：太阳西斜。

④ 陈厄：相传孔子在陈绝粮。

【评析】

此篇先承上篇“量力守故辙，岂不寒与饥”二语之意，极写岁暮之际的饥寒之状。在凄厉的严寒里，诗人裹着粗布衣晒太阳，以抵御寒冷。南边田里没有余穗，北边田园全是枯条。倾倒酒壶，也倒不出一滴酒。灶门里也不再冒烟。《杂诗》其八说：“御冬足大布，粗絺以应阳。止尔不能得，哀哉亦可伤！”《有会而作》诗序说：“登岁之功，既不可希。朝夕所资，烟火裁通。旬日已来，始念饥乏。”如果将此篇与上面引的两篇一起读，那么，就会得到渊明晚年贫苦的真实图景。

可叹渊明为坚持隐居的人生道路，付出了多大的代价。但他绝不后悔，绝不退缩！

“闲居非陈厄”四句，由前面自述穷苦，转出诗的命意。“闲居”二句用孔子在陈困厄的典故。《论语·卫灵公》说：“在陈绝粮，从者病，莫能兴。子路愠见曰：‘君子亦有穷乎？’子曰：‘君子固穷，小人穷斯滥矣。’”这二句意思是说：我岁暮饥寒之困厄，同孔子在陈绝粮不一样，不过，私下也听到如子路那样的愠见之言。何人有愠见之言？《与子俨等疏》说：“但恨邻靡二仲，室无莱妇。”莱妇，指老莱子之妻。楚老莱子逃世，耕于蒙山之阳。楚王想让他守楚国之政。老莱子妻劝老莱子，受楚王官禄，就会受制于人，不能免于祸患。老莱子遂同妻至于江南。（见刘向《列女传》）萧统《陶渊明传》说：“其妻翟氏，亦能安勤苦，与其同志。”但诗云今非孔子陈厄，私下有人“愠见言”。此人很有可能是渊明之妻翟氏。渊明辞官隐居，致使妻儿一起受穷，衣食不周，翟氏有怨言也在情理之中。史传称翟氏与渊明同志，恐怕只是部分的真相。当世知音不存，即使赞同我归隐的妻子，穷极了也难免有愠见言。可以慰我怀者，唯赖古贤矣。

前人非常欣赏这首诗抑扬顿挫的章法。邱嘉穗说："通篇极陈穷苦之状，似觉无聊，却忽以末二句拨转，大为贫士吐气。章法之妙，令人不测，大要只善于擒纵耳……'闲居非陈厄'二句，是欲扬先抑之法，将以反起'何以慰吾怀'二句耳，非公真有愠见言也。萧统评其文云'抑扬爽朗，莫之与京'，此类是也。"（邱嘉穗《东山草堂陶诗笺》卷四）方东树说："前八句说贫。'倾壶'二句朴真，后来孟郊、虞集俱从此脱换出……'闲居'四句，方帖己之处贫，跌宕往复，阔大精融。'赖古多此贤'句贯下三首，古人笔法之奇如此。"（方东树《昭昧詹言》卷四）陶诗多转折，此篇的大转折是由前八句说贫，转到"闲居"四句如何处贫。而章法之妙主要体现在后四句，一句一转，极尽抑扬吞吐之致。抑扬即是邱嘉穗所说的"擒纵"，擒为收为抑，纵为放为扬。抑扬且转折，便有沉郁顿挫之妙。例如"闲居非陈厄"二句，意谓我之闲居非是孔子陈厄，应该不会有愠见言，可是，事实上私下有了愠见言。邱嘉穗解释道："非公真有愠见言也。"那么，谁有愠见言呢？邱氏没有指出，可见不解此句。方东树则忽略而过。其实这二句是蓄势，是高扬之前的重要铺垫。闲居绝粮，已到了不能生存的地步，甚至连妻子也有了怨言，诗人的感慨必然更深沉："何以慰吾怀"？作一跌。结句"赖古多此贤"，再一扬。读来确实"抑扬爽朗，莫之与京"。

其三

荣叟老带索，欣然方弹琴。
原生纳决屦，[1]清歌畅商音。

重华去我久，贫士世相寻。
弊襟不掩肘，藜羹常乏斟。[②]
岂忘袭轻裘？苟得非所钦。
赐也徒能辩，[③]乃不见吾心。

【注释】

① 原生：古代贫士原宪。决履：破鞋。决，物断曰决。

② 藜羹：菜汤。

③ 赐：端木赐，即子贡，孔子弟子。

【评析】

从此诗始，咏古代贫士，借以抒怀。温汝能说："七篇中，下五章俱引用古人，却于第二章末句以'赖古多此贤'绾合起下章，此陶诗章法不苟处。"（温汝能纂集《陶诗汇评》卷四）邱嘉穗说："上二首皆陶公自述其贞志不休、安道苦节之意。以下五首乃历引古之贫士为证，即承上章'赖古多此贤'句，说来字字皆为自己写照。余尝玩公此下数诗，皆不过借古人事作一影子说起，便为设身处地，以自己身分推见古人心事，使人读之若咏古人，又若咏自己，不可得分，此盖于叙事后，以议论行之，不必沾沾故实也，最可为述古之法。'重华去我久'，意指晋帝而言。'赐也徒能辩'，亦指当时劝之仕者。"（邱嘉穗《东山草堂陶诗笺》卷四）邱氏所谓"若咏古人，又若咏自己"，即是以咏古人为由，抒己怀抱。邱氏又说"此盖于叙事后，以议论行之，不必沾沾故实也"，即叙事、议论结合，不必拘泥于历史的真实。追溯渊明《咏贫士》诗的渊源，实源于左思《咏史诗》。沈德潜以为左思《咏史诗》"咏古人而己之性情俱见"（沈德潜《古诗源》卷七），移来评渊明《咏贫士》，同样切合。

诗前面咏荣启期、原生之后，以“重华去我久，贫士世相寻”二句略作过渡，接着“弊襟”二句再刻画贫士形象。诗人以为重华既逝之后的漫长历史中，贫士世世有之。当然，自己也是“贫士世相寻”中人。“弊襟”二句，为古代贫士画像，也为自己画像。《庄子·让王》：“曾子居卫，缊袍无表，颜色肿哙，手足胼胝。三日不举火，十年不制衣，正冠而缨绝，捉襟而肘见，纳履而踵决。”“孔子穷于陈、蔡之间，七日不火食，藜羹不糁。”渊明在凄厉的岁暮，裹着破衣裳晒太阳，壶中无余沥，断炊不见烟，这与孔子七日不火食，曾子缊袍无表，有何两样？古代贫士，今世贫士，不可得分。

“岂忘”四句，叙事之后，议论行之。“苟得”，典出于《礼记·曲礼上》：“临财毋苟得。”孔颖达疏：“非义而取，谓之苟得。”方宗诚说：“‘岂忘袭轻裘？苟得非所钦’，即孔子‘不义而富且贵，于我如浮云’之意。”（方宗诚《陶诗真诠》）读此可见，渊明确实深受儒家思想的影响。

最末二句，用孔子不喜子贡巧言多辩的典故，表示君子固穷的操守不变。当时，田父之流不以渊明之隐为高栖，可能妻子翟氏也受不了贫苦，私下有愠见言。但渊明一概看作是子贡一类巧辩，不以为然，把“苟得非所钦”作为他终生的生活信条。《感士不遇赋》说：“宁固穷以济意，不委曲而累己。既轩冕之非荣，岂缊袍之为耻。”宁愿固穷，也要满足渴望自由的意志，不让虚伪的俗世累着心灵。不以轩冕为荣，不以弊衣为耻。渊明的固穷之志，何等坚毅，令无数读者肃然起敬。温汝能说：“始终以原宪自况，其所以能安贫者，惟不萌苟得之念而已。世上纵多子贡，安能以外至之纷华而变吾不易之素志哉！”（温汝能纂集《陶诗汇评》卷四）陶必铨说：“三代下不为苟得者几人？先生以此自命，真圣人之徒也。”（陶必铨《萸江诗话》）称渊明为圣人之徒倒未必，然说渊明君子固穷的操守，源于儒家的重义精神，则完全属实。

其四

安贫守贱者，自古有黔娄。[①]
好爵吾不荣，厚馈吾不酬。[②]
一旦寿命尽，弊服仍不周。[③]
岂不知其极？非道故无忧。
从来将千载，未复见斯俦。
朝与仁义生，夕死复何求？

【注释】

① 黔娄：齐人，鲁恭公闻其贤，厚礼聘之，欲以为相，辞不受。齐王又以黄金百斤聘为卿，又不就。事见《高士传》。

② 酬：答。

③ 弊服：一作“蔽覆”，较胜。《列女传·黔娄之妻传》说，黔娄死后，“覆以布被，手足不尽敛，覆头则足见，覆足则头见”。此所谓“不周”也。

【评析】

本篇专咏古代贫士黔娄。渊明早在《五柳先生传》中就对黔娄致以绝高的敬意：“黔娄之妻有言：‘不戚戚于贫贱，不汲汲于富贵。’极其言，兹若人之俦乎？酣觞赋诗，以乐其志。无怀氏之民欤？葛天氏之民欤？”渊明既以五柳先生自况，而五柳先生又是黔娄同类人物，则渊明即黔娄，咏黔娄即咏自己。颜延之《陶征士诔》说：“黔娄既没，展禽亦逝。其在先生，同尘往世。”可见颜延之非常理解渊明赞美黔娄的深意，认为他是黔娄、展禽的隔世知己。

此诗的前六句咏黔娄安贫守贱之事，取材于《高士传》及刘向《列女传》。后六句议论。黔娄岂不知贫困到了极点，之所以能安贫守贱而不忧，盖贫非道也。《论语·卫灵公》："君子忧道不忧贫。"《癸卯岁始春怀古田舍》其二说："先师有遗训，忧道不忧贫。"富与贫，得与失，皆以合道为取舍的准则。何焯评"非道故无忧"句说："贫贱不以道得者不去，陶公诚造次颠沛，必于是者矣。"（何焯《义门读书记·陶靖节诗》）渊明心仪黔娄，以为千载以来，从未见过此类人物。王叔岷注："陶公于此诗，叹将及千载，未见黔娄之俦，而于《五柳先生传赞》，则自比于黔娄之俦。盖陶公眼中，安贫守贱足与黔娄相比者，惟己而已。"此评庶几能得陶公赞美黔娄的深意。

最末二句，再引先师孔子"朝闻道，夕死可矣"的遗训作结，表示坚守贫贱之志不可摧折。丁福保注引《程传》："大哉言乎！懦夫闻之，皆为起立。"渊明诚为贫士，亦为勇士。君子"居常待其尽"，渊明是居贫待其尽了。即使有子贡之流的能辩者，或者亲友中有愠见者，都无法改变他"非道故无忧"的生活态度。如此大勇气、大定力，岂不是"从来将千载，未复见斯俦"？温汝能说："此章专举黔娄，自比其安贫守贱之操，坚且决矣。或谓黔娄之行近于矫，先生岂若是耶？然自弃官归来，不事依托，无求于世，其特立独行，盖有若此者。"（温汝能纂集《陶诗汇评》卷四）不知谁谓黔娄之行近于矫？温汝能驳斥其说，是也。如果黔娄果为矫，渊明岂会不识，赞其千载以来从未见过的人物？

其五

袁安困积雪，[①] 邈然不可干。[②]
阮公见钱入，[③] 即日弃其官。
刍藁有常温，[④] 采莒足朝餐。[⑤]

岂不实辛苦？所惧非饥寒。
贫富常交战，道胜无戚颜。
至德冠邦闾，清节映西关。[6]

【注释】

① 袁安：字邵公，东汉河南汝阳人。事见《后汉书·袁安传》。

② 邈然：高远貌。

③ 阮公：其人其事不详。

④ 刍藁：草和稻、麦等的秆。

⑤ 莒：野生的稻。

⑥ 西关：居庸关。

【评析】

此诗前四句用了两个典故。“袁安困积雪”的故事见于《后汉书·袁安传》注引《汝南先贤传》：“时大雪积地丈余，洛阳令身出案行，见人家皆除雪出，有乞食者。至袁安门，无有行路。谓安已死，令人除雪入户，见安僵卧。问何以不出。安曰：‘大雪人皆饿，不宜干人。’令以为贤，举为孝廉。”另一贫士阮公的故事早已亡佚。他看到钱来了，当日就辞官。原因可能是有人行贿，他“见钱入”，觉得官场龌龊，就弃官了。也有可能是拿到了官俸，拂衣归隐。从渊明辞官情况推测，后一种可能大一些。邱嘉穗以为用上面两个典故，“亦是代他设想，推出此一段至理，岂必袁、阮有此故实”（邱嘉穗《东山草堂陶诗笺》卷四）。邱氏所说代他设想，推出一段至理，其实是咏怀诗的写法，由咏古人古事，引发咏己怀抱。但说岂必有此故实，说得有点过头了。事实是渊明《咏贫士》所咏的古代贫士，都有来源，并非毫无依傍，凭空起意。

“刍藁”以下八句，由咏袁、阮的故事，转为议论，抒写怀抱。“刍藁有常温”，应“寒”；“采莒足朝餐”，应“饥”。贫士岂不知饥与寒，但若拥有道德，那么，藉刍藁为眠也觉有常温，采野禾为食也可果腹。蔡正孙说：“愚谓‘刍藁有常温，采莒足朝餐’，‘常’字‘足’字大有理。盖人能安于常分而知足，则缊袍温于狐貉，藜藿甘于膏粱，何有乎饥寒之惧哉！倘不知安于分义之常而怀无厌之心，则将无所不至矣。”（蔡正孙《精刊补注东坡和陶诗话》）蔡氏以“知足常乐”来解释“刍藁”二句，恐怕不很正确。袁安和阮公的行为，不是一般意义上的知足、知分，而是主动拥抱道德操守。诗云“岂不实辛苦？所惧非饥寒”，说明他们切身感受饥饿的痛苦，也明明知道摆脱饥寒的门径，但宁愿饥寒也不愿玷污清节。“所惧非饥寒”，则所惧谓何？何焯指出：“苟求富乐，则身败名辱，有甚于饥寒者，故不戚戚于贫贱，但恐修名之不立也。”（何焯《义门读书记·陶靖节诗》）以为诗人所惧是“修名之不立”，也就是“忧道不忧贫”。

“贫富常交战，道胜无戚颜”二句，便是贫士甘于贫贱的答案。陶诗中有不少有关人格修炼的警句，我认为“贫富常交战，道胜无戚颜”二句最真实，能触及灵魂深处。作为人类社会的一员，每个人的内心都会“贫富常交战”。因为人类社会自有私有财产以来，贫富差距是无法改变的事实。爱富厌贫，乃是一切时代的普遍心理，它源于人性。几乎每个人都爱富贵，都想得到它，但如何获取富贵，既是能力问题，更是道德问题。孔子说：“富与贵是人之所欲也，不以其道得之，不处也。贫与贱是人之所恶也，不以其道得之，不去也。”（《论语·里仁》）孔安国注：“不以其道得富贵，则仁者不处。”得富贵与去贫贱，都应合乎道。道是得富与去贫的关键。道胜为仁，道丧为不仁。“贫富”二句，证明儒家之道对渊明的影响非常深刻。温汝能说：“‘道胜无戚颜’一语，是陶公真实本领，千古圣贤身处穷困而泰然自得者，皆以道胜也。颜子箪瓢陋巷，不改其乐，孔子以贤称之，论者谓厕陶公于孔门，当可与屡空之回同此真乐，信哉！”（温汝能纂集《陶诗汇评》）以为“道胜”是渊明的真实本领。

这首诗的语言和章法，擒纵开合，极有力度。例如“岂不实辛苦”二句，上句问，下句答，变化中显示顿挫美感。“贫富常交战”二句，笔力千钧。钟嵘《诗品》指出陶潜诗“又协左思风力”。《咏贫士》七首无不风骨凛然，与左思《咏史诗》一脉相承。

其六

仲蔚爱穷居，① 绕宅生蒿蓬。
翳然绝交游，赋诗颇能工。
举世无知者，止有一刘龚。②
此士胡独然？实由罕所同。
介焉安其业，③ 所乐非穷通。
人事固以拙，聊得长相从。

【注释】

① 仲蔚：《高士传》：张仲蔚，平陵人，隐身不仕。明天官博物，善属文，好诗赋。所居蓬蒿没人，闭门养性，时人莫识。

② 刘龚：字孟公，长安人，善议论。

③ 介：耿介。

【评析】

方东树概括这首诗的内容：“前六句古人，‘此士’以下入己之论赞。‘人事’二句，公自言愿从仲蔚也。‘翳然’言自蔽匿不与世同，‘罕所同’言世人罕能知之。”（方东树《昭昧詹言》卷四）其说可作参考。

如前所说，渊明咏古代贫士，其实也是咏自己。他笔下的贫士形象，分明有他自己的影子在。本篇前六句咏张仲蔚，说他爱穷居，绝交游，工诗赋，举世无知者，等等，这难道不就是诗人的自我写照吗？仲蔚“爱穷居”，渊明是“衡门之下，有琴有书。载弹载咏，爰得我娱。岂无他好？乐是幽居”（《答庞参军》）。仲蔚“绕宅生蒿蓬”，渊明之居“贫居乏人工，灌木荒余宅”（《饮酒》其十五），“弊庐交悲风，荒草没前庭”（《饮酒》其十六）。仲蔚“翳然绝交游”，渊明“结庐在人境，而无车马喧”（《饮酒》其五），“寝迹衡门下，邈与世相绝。顾眄莫谁知，荆扉昼常閇”（《癸卯岁十二月中作与从弟敬远》）。仲蔚“赋诗颇能工”，渊明则“常著文章自娱，颇示己志”（《晋书・陶潜传》）……是不是仲蔚、渊明，已不复分辨？

“此士胡独然”为上下文意的转折，由叙事转为论赞。看似若不费力，却有四两拨千斤之效，于前面文意将尽之时，波澜忽起，开出一片新境。“此士”一句问，既收束前半的叙事，又发端以下的论赞，引起读者的兴趣。温汝能说：“周青轮谓‘此士胡独然’一问，觉前半六句俱动，可谓善会。”（温汝能纂集《陶诗汇评》卷四）周青轮的“善会”，就在体会到这一问句，在全诗中起到收束和展开的双重作用。读前半首，会引发思考：张仲蔚何以能做到穷居而快乐？“实由罕所同”三句给出了答案。凡操行独特之士，必然与庸众大不同。张仲蔚爱穷居、绝交游等行为，皆与世间的追名逐利之徒相反。“是非苟相形，雷同共誉毁”，是世俗的常态，“达士似不尔”（《饮酒》其六），行为卓荦。田父对诗人说：“一世皆尚同，愿君汩其泥”，诗人却回答：“禀气寡所谐。”（《饮酒》其九）“寡所谐”，意即“罕所同”。可见，赞美仲蔚“实由罕所同”，其实也是赞美自己卓然独立。

特立独行之士，个性往往耿介，不为流俗所拘。诗人赞仲蔚“介焉”，他自己也是孤介，《戊申岁六月中遇火》诗说：“总发抱孤介。”《饮酒》诗其十九：“遂尽介然分。”“安其业”，指安贫乐道之业。温汝能说：“《庄子》云：‘古之得道者，穷亦乐，通亦乐，所乐非穷通也。’陶公得道之士，故自言所乐不在此。”（温汝能纂集《陶诗汇评》卷四）陶公诚是得道者，所乐在道也。

最末二句再次言志。“人事”指世俗之事，如功名利禄之类，皆非我所长，亦非我所乐。我愿守拙田园，从张仲蔚，终生安贫乐道。世无知己，聊从古贤可矣。

其七

昔在黄子廉，[①] 弹冠佐名州。
一朝辞吏归，清贫略难俦。
年饥感仁妻，泣涕向我流。
丈夫虽有志，固为儿女忧。
惠孙一晤叹，[②] 腆赠竟莫酬。[③]
谁云固穷难，邈哉此前修。

【注释】

① 昔在：在，一作“有”。黄子廉：其人事不详。或谓颍川人，曾为南阳太守。

② 惠孙：其人事不详。

③ 腆赠：厚赠。腆，厚也。

【评析】

此诗的前四句咏黄子廉。黄子廉事迹不详。汤汉注：“《三国志·黄盖传》：‘南阳太守黄子廉之后也。’”《风俗通》：“颍川黄子廉，每饮马，辄投钱于水。”陶澍注：“后汉尚书令黄香之孙守亮，字子廉，为南阳太守……子廉乃守亮之字，亦非名也。”黄子廉曾出仕，治理名州。后来辞官归田，清贫至极，世所罕见。

咏毕黄子廉的清贫，始叙自己的贫困。穷而绝粮，饥饿中的妻子对着诗人泣涕涟涟。邱嘉穗说：“本传称其妻翟氏亦能安勤苦，与公同志，‘年饥感仁妻’数语，似为此而发。”（邱嘉穗《东山草堂陶诗笺》卷四）。渊明辞官隐居，妻子翟氏与丈夫并肩躬耕，早起晚归，勠力田亩，四体疲惫，历经风雨寒暑之苦，十分不容易，称与丈夫“同志”，恰如其分。原本贫困，又值此灾年，妻儿饥饿，即使仁妻也难免泣涕，此又是人之常情。“丈夫虽有志”二句，丁福保注引《陶诗程传》，以为是“其妻之言”。但梁实秋《读书札记》有别样的解释，以为这二句是写诗人自己的心理感受。他说：“言妻子饥寒，泣涕直流，但未能扰其志，而丈夫志在固穷，但亦不能不为儿女忧。妻不扰夫志，可敬之至，但不能禁其泣涕直流。夫不为妻子所累而改其志，但衷心亦不能不为儿女忧。夫耕于前，妻锄于后——是一幅美丽图画，不知二人心中亦正各有所感，不足为外人道也。先生诗乃直言‘丈夫虽有志，固为儿女忧’，道出先生心事，是先生率真可爱处。”（见钟优民编《陶渊明研究资料新编》）梁实秋的分析，深入渊明与妻翟氏两人的心理，非常细腻且令人信服。他说这二句“道出先生心事，是先生率真可爱处”，与此相似的看法，前人也说过。譬如孙人龙评“丈夫”二句说：“真语，妙，老实说，此正公诗高处。断不改节复出矣。”（孙人龙纂辑《陶公诗评注初学读本》卷二）渊明家贫，但他觉得追求自由，比免除饥寒更重要。《与子俨等疏》即是证明。他自述道：“少而穷苦，每以家弊，东西游走。性刚才拙，与物多忤，自量为己，必贻俗患，僶俛辞世，使汝等幼而饥寒。”言语之中，对于归隐而致儿女“幼而饥寒”的境况，不无内疚。但固穷之志，决不因儿女之忧而放弃。故又说："余尝感孺仲贤妻之言，败絮自拥，何惭儿子。"渊明不是不为儿女忧，然自信选择的人生道路，以为道胜更重要，败絮自拥，并不愧对儿子。王叔岷注把"丈夫"二句看作渊明妻子之言，并说："然陶公不为儿女忧，亦实情。"此言似未能把握陶公的心思。

"惠孙"二句，王叔岷注引萧统《陶渊明传》记载的江州刺史檀道济看望渊明，并赠以粱肉，而渊明麾而去之一事，即此诗所谓"腆赠竟莫酬"。其说合理，可资参考。

此诗的命意不难解。陈祚明指出："儿女之忧，非不动念，然志固不可夺，前修可师。"（陈祚明评选《采菽堂古诗选》卷一四）何焯说："妻子不扰其虑。言终不为妻子所累，贬节复出也。"（何焯《义门读书记·陶靖节诗》）都是中肯的评论。

最末"谁云固穷难，邈哉此前修"二句，与第二首"何以慰吾怀？赖古多此贤"二句呼应，带有《咏贫士》七首的总结意味。黄文焕评《咏贫士》七首的命意与作法，说："贫士多列古人，初首叹今世之无知音，后六首追古人之有同调。志趣所宗，以受厄陈蔡之孔氏，耕稼陶渔之重华，立贫士两大榜样，此是何等地步。""七首布置大有主张，'岂不寒与饥''窃有愠见言''岂忘袭轻裘''岂不知其极''岂不实辛苦''所乐非穷通''固为儿女忧'，七首层层说难堪，然后以坚骨静力胜之，道出安贫中勉强下手工夫，不浪说高话，以故笔能深入，法能喷起。"（黄文焕《陶诗析义》卷四）以为《咏贫士》立孔子、虞舜为贫士的"两大榜样"。如果从贫士的精神源头看，黄文焕此言还是可以成立的。事实上在陶渊明诗文中，受孔子的影响显而易见。"君子固穷""朝闻道，夕死可矣""苟得非所钦"等，都是孔子的教诲。渊明一生的行为，尤其在归田之后，践行先师遗训，砥砺节操。儒家的君子人格理想，确实是塑造陶渊明的伟大力量。

咏二疏[①]

大象转四时，[②]功成者自去。
借问衰周来，几人得其趣？
游目汉廷中，二疏复此举。
高啸返旧居，长揖储君傅。[③]
饯送倾皇朝，华轩盈道路。
离别情所悲，余荣何足顾。
事胜感行人，贤哉岂常誉？
厌厌闾里欢，[④]所营非近务。
促席延故老，挥觞道平素。
问金终寄心，清言晓未悟。
放意乐余年，遑恤身后虑？[⑤]
谁云其人亡，久而道弥著！

【注释】

①二疏：西汉疏广及其侄疏受，东海兰陵人。宣帝时并为太子师傅。后以老疾告退，时人称之二疏。其事迹见《汉书·疏广传》。

②大象：天象之母，指日月宇宙的运行。

③储君：太子。傅：师傅。

④厌厌：安也。

⑤遑：暇。恤：忧。

【评析】

此诗咏西汉宣帝时疏广、疏受的故事。起笔二句高屋建瓴，指明

“功成者自去”的处世之道。道家从天象运行，由盈而虚的自然现象，得出“功成者自去”的道理。例如《老子》说：“功成而弗居。”“功成身退，天之道。”功成者的归宿大致有二途：一是功成后贪恋权势，至死都不愿身退。结果，盛极而衰，身与名不得善终。一是功成身退，享受清闲与生命的欢乐，善始善终。故“功成者自去”是一种大智慧。陈祚明说：“起二句与二疏若合若离，若似若不似，此情自远，通首遒劲。”（陈祚明评选《采菽堂古诗选》卷一三）与其说与二疏若即若离，还不如说以陈义（说理）为铺垫，表现诗人的历史观，由此引出二疏“功成者自去”的主旨。“借问”二句纵观历史，以为得“功成者自去”之趣者不多，几人而已。以此反衬二疏是知趣者，史所罕见。

铺垫已毕，自“游目汉廷中”以下，叙二疏归里之荣及归后与乡亲故老同乐的生活。称两人辞归之举为“事胜”，两人是贤者。“厌厌闾里欢”以下，描写二疏归里之后的生活。这部分才是诗人最感兴趣的地方，因此重笔写其如何“得其趣”。

蒋薰说：“宦成归里，不过是知足知止，若散金置酒不为子孙立产，趣字从此看出。”（蒋薰评《陶渊明诗集》卷四）以为归里不过知足知止，还不算“趣”，只有散金与故老酣饮，不为子孙立产才是“趣”。温汝能解释与蒋薰不同，说：“‘趣’字最宜领会。功成而不归去，不得趣者也。古今得其趣者，曾有几人？惟二疏知足知止，所以得趣，惟其得趣，所以散金置酒，不以多财遗子孙也。”（温汝能纂集《陶诗汇评》卷四）以为二疏归里及散金置酒皆是得趣。以上两解，以温汝能之说较合诗意。诗开头四句就说“功成者自去”便是得趣。知足知止，乃是得趣的先决条件。事情明摆着：如果不宦成归里，就不会有归里后的散金置酒。“趣”字贯穿全诗始终。

二疏归里之后，不凭借曾作太子师傅的荣名，多谋养老之财，也不考虑为子孙多置产业，而是时常聚乡邻故老，挥觞酣饮，道说平生，尽情享受酒中趣和乡亲情。这种得趣之人，不知无趣众生，有几人能看得懂？“问金终寄心，清言晓未悟”二句，即写不知趣者之问，得趣者之答。《汉书·疏广传》载：疏广归里后，天天设酒食请族人故旧宾客相娱乐，数问其家金余尚有几何，急速卖了以供酒食。居岁余，疏广子孙想得田宅产业，私下对广所欢喜并信任的老人说：“今日饮食费且尽，宜从丈人所，劝说君买田宅。”老人即以闲暇时为广言为子孙买田宅事。广答：“吾岂老悖不念子孙哉？顾自有旧田庐，令子孙勤力其中，足以共衣食，与凡人齐。今复增益之以为赢余，但教子孙怠堕耳。贤而多财，则损其志；愚而多财，则益其过。且夫富者，众人之怨也。吾既亡以教化子孙，不欲益其过而生怨。又此金者，圣主所以惠养老臣也，故乐与乡党宗族共飨其赐，以尽吾余日，不亦可乎？”于是族人悦服。疏广不为子孙的一番清言，诚为至理。今天热衷为子孙留金的老年人，是否能晓悟疏广的清言？

这首诗的命意显豁。邱嘉穗说：“咏二疏去位，所以自况其辞彭泽而归田也。”“渊明仕彭泽而归，亦与二疏同，故托以见意。”（邱嘉穗《东山草堂陶诗笺》卷四）其说是也。当然，二疏之归与渊明之归不可同日而语。二疏多金，每日设酒食；渊明家贫常无酒，甚至衣食不周。但偶有名酒，无夕不饮。浊酒亦一样可恃，招乡邻酣饮达旦，照样“放意乐余年，遑恤身后虑”。两者其志一也，其趣同也。

咏三良①

弹冠乘通津，但惧时我遗。

服勤尽岁月，[2] 常恐功愈微。
忠情谬获露，遂为君所私。[3]
出则陪文舆，入必侍丹帷。[4]
箴规向已从，[5] 计议初无亏。
一朝长逝后，愿言同此归。
厚恩固难忘，君命安可违？
临穴罔惟疑，[6] 投义志攸希。
荆棘笼高坟，黄鸟声正悲。
良人不可赎，[7] 泫然沾我衣。

【注释】

① 三良：秦国子车氏三子奄息、仲行、鍼虎。

② 服勤：殷勤服侍。

③ 私：私爱，偏爱。

④ 丹帷：指帝王所居的内庭。

⑤ 向已从：谓出言必应。这里是言听计从的意思。

⑥ 罔：无。惟疑：所疑。

⑦ 赎：赎代。

【评析】

陶渊明的咏史诗很难确定它的写作年代。本篇《咏三良》及上篇《咏二疏》、下篇《咏荆轲》或以为渊明早年读史而作，或以为晚年有感晋宋易代而作。前者如台湾学者李辰冬，以为《咏三良》及《咏荆轲》作于渊明早年，是二十岁左右的作品（详见李辰冬《陶渊明评论》，台北东大图书公司，1975 年）。邓安生《重订陶渊明年谱》谓本篇作于晋安帝元兴二年（403），其时正值桓玄之篡，渊明举母忧在浔阳，对时局固然不能无动于衷，然彼“既无三良之忠，又乏荆轲之勇，虽高尚其节义，而不能效法其行事，唯有取二疏见机归隐，不辱其志而已”。（邓安生《陶渊明新探》，台北文津出版社，1995 年，202 页）

以为《咏三良》作于渊明晚年者，以黄文焕、王瑶为代表。王瑶注陶集，谓《咏三良》《咏二疏》《咏荆轲》“三诗诗体皆相同，内容又互相阐发，当为一时之作。其中《咏三良》一首当为悼张祎不忍向零陵王进毒酒，而自饮身死一事”。因系此诗为宋少帝景平元年（423）作。以上两说，以后说较合理。

咏三良是非常古老的诗歌题材。《诗・秦风・黄鸟》是咏三良的最早的诗：“彼苍者天，歼我良人。如可赎兮，人百其身。”哀叹三良殉葬秦穆公，良人不可赎。痛彻心肺的哀歌，以至呼天抢地。渊明之前，曹植、王粲咏过三良。渊明之后，柳宗元、刘敞、苏轼等，还在咏三良。这些诗从所谓君臣大义的视角，或说三良当死，或说三良枉死，或说秦穆公有罪，表达对三良之死的不同理解。

渊明《咏三良》诗，着重描写三良如何忠于秦穆公，诗旨是“厚恩固难忘，君命安可违？临穴罔惟疑，投义志攸希”四句。在君王是“厚恩”，于臣子是“君命”和“投义”，君臣和谐相得。黄文焕就是从君臣关系分析此诗：“曰‘但惧’、曰‘常恐’，惟畏君之不我合也。曰‘获露’、曰‘遂私’、曰‘向已’、曰‘初无’，生前一一同心矣，何忍死后不同归哉？先以‘愿言’，乃及‘君命’，以见从殉者三子忠君之夙怀，非一时勉强就死也。君命曰‘安可违’，又似勉强矣。再曰‘罔疑’、曰‘投义’，益见平日有心，临死如饴。题序属康公之从乱命，诗意乃专属三子之报厚恩，‘罔惟疑’‘志攸希’，决断之甚。在三良愿殉自当断，在国人惜才自当悲，各不相妨。出脱处、顾题处备极笔法。其必不肯说坏康公、缪公，别有深寄。臣子报君，即从殉不为过，其可不竭力而图君之事乎？其刿可忘君而贪仕他朝乎？翻案闳议，足激千秋忠肝。”（黄文焕《陶诗析义》卷四）黄氏以为“诗意乃专属三子之报厚恩”，是符合本诗实际的结论。如此看来，渊明未必不受“君恩臣忠”一类传统政治文化的影响。

那么，此诗是否只是对三良殉葬秦穆公这一历史事件发表看法，不存有别的寓意？陶澍注以为此诗不是论古，而是咏怀，说：“古人咏史，皆是咏怀，未有泛作史论者。曹子建《咏三良》曰：‘功名不可为，忠义我所安。’此慨魏文之凉薄，而欲效秦公子上书，愿葬骊山之足者也。渊明云：‘厚恩固难忘，投义志攸希。’此悼张祎之不忍进毒，而自饮先死也。况二疏明进退之节，荆轲寓报仇之志，皆是咏怀，无关论古，而诸家纷纷论三良之当死不当死，去诗意何啻千里。”陶澍之评，跳出历来论《咏三良》的窠臼，揭示渊明此诗的现实关怀及深衷隐曲，给人耳目一新之感。“古人咏史，皆是咏怀”，确实是建安以来就有的咏史诗的优良传统。渊明《咏贫士》自不必说，余如《扇上画赞》《读史述九章》，包括《拟古》九首，几乎无不有感而发。《读史述九章》下有小序说：“余读《史记》，有所感而述之。”其中不少篇章，明显有感晋宋易代。以此推知，陶澍以为《咏三良》寓意张祎不忍鸩杀恭帝，而饮药自尽一事，是有可能的。

咏荆轲[1]

燕丹善养士，[2]志在报强嬴。
招集百夫良，岁暮得荆卿。
君子死知己，提剑出燕京。

素骥鸣广陌，[3] 慷慨送我行。
雄发指危冠，[4] 猛气冲长缨。
饮饯易水上，[5] 四座列群英。
渐离击悲筑，[6] 宋意唱高声。
萧萧哀风逝，淡淡寒波生。
商音更流涕，[7] 羽奏壮士惊。
公知去不归，且有后世名。
登车何时顾，飞盖入秦庭。
凌厉越万里，逶迤过千城。
图穷事自至，[8] 豪主正怔营。[9]
惜哉剑术疏，奇功遂不成。
其人虽已没，千载有余情。

【注释】

①荆轲：战国末年著名刺客。齐人，后徙卫，卫人称之庆卿。事迹见《史记·刺客列传》。

②燕丹：指燕国太子丹。

③素骥：白马，丧事所用。

④危冠：高冠。危，高也。

⑤易水：源出河北省西部的易县，入南拒马河。

⑥渐离：高渐离，燕太子丹宾客。下句宋意也是太子丹宾客。

⑦商音：古代乐调有宫、商、角、徵、羽五声，亦名五音。商音悲哀。

⑧图穷：荆轲藏匕首于图卷中，图穷指图卷尽而匕首见。

⑨怔营：犹惶怖。

【评析】

荆轲刺秦王，是中国历史上最著名的故事之一，载于《战国策·燕策》。后经司马迁《史记·刺客列传》精彩、传神的描写之后，成为诗歌创作的极佳题材。渊明之前，阮瑀、左思、卢湛都作有《咏史》诗，咏唱荆轲刺秦的故事。渊明《咏荆轲》诗描写荆轲形象，其艺术成就，远胜前人。蒋薰说："摹写荆轲出燕入秦，悲壮淋漓。"（蒋薰评《陶渊明诗集》卷四）张潮等说："写壮士，须眉如画；状易水，萧森之气凄然。"（张潮、卓尔堪、张师孔同阅《曹陶谢三家诗·陶集》卷四）以上两人高度评价《咏荆轲》诗的描写技巧。方东树所评则全面多了："次叙高简，托意深微，而章法明整。起四句言丹；'君子'六句言轲；'饮饯'八句叙事；'心知'二句顿挫，以离为章法；'登车'六句续接叙事；'惜哉'四句入己托意作收。"（方东树《昭昧詹言》卷四）以为叙写、寓意、章法都好，并细分叙写的层次。

如果说得简略一些，可以从两个方面品赏此诗的艺术成就。一是荆轲形象的刻画，二是场面、气氛的描写。荆轲形象的刻画贯穿作品的始终，而在荆轲出燕京及登车入秦庭两段中得到集中的描写。

"君子死知己"，表明荆轲感激燕丹知己之恩，愿为之效力，怀必死之心。"提剑出燕京"句以"提剑"的动作描写，刻画刺客形象。"雄发"二句，以夸张的语言，摹写荆轲的慷慨英武。如沈德潜所说，"英气勃发，情见乎词"（沈德潜《古诗源》卷九）。易水送别之后，自"登车何时顾"句起，叙写荆轲踏上入秦之路。登车不顾，飞盖入秦，越万里、过千城，刻画荆轲义无反顾，勇往直前的勇武和豪情。

场面和气氛的描写以易水送别一段最精彩。自"饮饯易水上"至"且有后世名"共十句，重彩浓笔描摹易水送别的人物、悲歌以及自然环境，渲染生离死别的气氛，悲壮淋漓。尤其是"萧萧哀风逝，淡淡寒波生”二句，创造了永恒不灭的艺术境界。

《咏荆轲》诗慷慨悲壮，属于陶诗中的别调。陶诗以平淡自然为底色，但也有平淡中透出豪放色调的诗。朱熹论陶诗，就兼及平淡与豪放两端，一方面说“渊明诗平淡，出于自然”，“渊明诗所以为高，正在不待安排，胸中自然流出”。另一方面又说：“陶渊明诗，人皆说是平淡。据某看他自豪放，但豪放得来不觉耳。其露出本相者，是《咏荆轲》一篇。平淡底人，如何说得这样言语出来。”（黎靖德编《朱子语类》卷一四〇）在朱熹看来，陶诗具有豪放之美，但其豪放“得来不觉耳”，即不是刻意的，而是自然的。我想，这与渊明的个性有关。他是一位带性负气的隐士，在平淡自然的外表下深藏着孤傲和豪放的气质。他固然“采菊东篱下，悠然见南山”，看似很静穆，其实内心有欲有为而不能的不平，有鄙视世俗的孤傲。譬如“少无适俗韵，性本爱丘山”“愿言诲诸子，从我颍水滨”“慷慨独悲歌，钟期信为贤”“且共欢此饮，吾驾不可回”“少时壮且厉，抚剑独行游”……这些诗句都有豪放之气。不过，渊明因有委运自然的人生哲学作为精神支撑，彻悟生死与顺逆，故终究以平淡自然的态度看待人生。这是陶诗既有平淡自然，也有“豪放得来不觉耳”的艺术风格的根本原因。

《咏荆轲》诗是否有寄托？这是解读这首诗的难点。前人多以为有寄托。刘履说：“此靖节愤宋武弑夺之变，思欲为晋求得如荆轲者往报焉，故为是咏。观其首尾句意可见。”（刘履《选诗补注》卷五）以为此诗意旨是愤刘裕弑恭帝，希望有荆轲这样的人物，为晋报仇。

黄文焕以为此诗大约作于禅宋后，与《咏二疏》《咏三良》为一时所作。“以吊古之怀，并作伤今之泪，每首哀呼，一曰‘清言晓未悟’，示事二姓者以当悟也。一曰‘投义志攸希’，示事二姓者以当希也。一曰‘其人虽已没，千载有余情’，则报仇热血，隐从中喷，示二姓之徒，不堪语久矣。”（黄文焕《陶诗析义》卷四）温汝能说：

“荆卿刺秦不中，千古恨事。先生目击禅代，时具满腔热血，观此篇可以知其志矣。人只知先生终隐柴桑，安贫乐道，岂知却别有心事在。贤者固不可测，英雄豪杰中人，安知不即学道中人耶？”（温汝能纂集《陶诗汇评》卷四）……以上诸家评论，大都以为渊明愤宋篡夺，故寄情荆轲以为晋报仇。

世易时变。当代解读陶诗者，由于受时代文化环境的影响，一般不太相信渊明有忠晋情绪，以为《咏荆轲》诗不过是借历史故事，表达诗人的爱憎。这是从宽泛的意义上解读此诗的寓意。然而，历来咏史诗的创作实践表明，诗旨虽有显隐之别，诗人的寓意，应该是十分明确的。尤其是关注现实的诗人，他对时代的褒贬，在内心是十分清晰的，不可能泛指。何况，荆轲刺秦的故事，其意义早已固化，绝非一般意义上的除暴安良。诗末说：“其人虽已没，千载有余情。”“余情”谓何？“余情”即是希望有荆轲式的人物，为晋报仇。它的指向是明确的，不可能是一般意义上的爱憎表达。只是诗人的寄托深微罢了。读此诗，一定会觉得渊明是个有血性的隐士，如温汝能所说，贤者真不可测，英雄豪杰中人，安知不是手把黄菊，悠然望南山者耶！

读《山海经》十三首

其一

孟夏草木长，绕屋树扶疏。
众鸟欣有托，吾亦爱吾庐。
既耕亦已种，时还读我书。
穷巷隔深辙，颇回故人车。

欢然酌春酒，摘我园中蔬。
微雨从东来，好风与之俱。
泛览《周王传》，流观《山海图》。
俯仰终宇宙，不乐复何如？

【评析】

《山海经》十八卷，是中国古代神话集，多记载海内外山川、人物的异闻。诗说“泛览《周王传》，流观《山海图》”，则渊明所读的《山海经》有《穆天子传》，可能是西晋郭璞注并作图赞的本子。

关于这首诗的写作年代有两种说法。王瑶注说是作于零陵王被害的次年，即宋武帝永初三年（422）。逯钦立《陶渊明事迹诗文系年》以为作于义熙四年（408），渊明遇火之前。据本篇所写诗人所居环境平静和美，生活自足，心情闲适来看，大致可以确定作于归田之初。逯先生的系年可靠一些。

《读山海经》十三首的结构是费了心思的。蒋薰说：“首篇言兴会所至，览传观图，后十二首之纲，直是一段小引。以下七首，竟是游仙诗。夸父而后五首，杂引刑天、巨猾，以喻共、鲧，言恃力为恶，不可入仙也。”（蒋薰评《陶渊明诗集》卷四）温汝能说：“首章揭明‘俯仰宇宙’四字，包括一切。下十二章俱从此出，借神仙荒怪之论，以发其悲愤不平之慨，此其大较也。”（温汝能纂集《陶诗汇评》卷四）以上评论说首篇是后面十二首之纲，说“俯仰宇宙”四字包括一切，都符合文本实际。但蒋薰说，第九首夸父之后的五首，“言恃力为恶，不可入仙也”，就以偏概全了。第九首咏夸父，第十首咏精卫，就不是什么“恃力为恶”。

《读山海经》十三首的命意是什么？有没有寄托？黄文焕以为每首诗都有寄托。又陈沆说：“《读山海经》诗，前七章为一类，后五章为一类，正以定、哀微词，庄辛隐语，故托颂慕于前端，寄坎壈于末什。”并说二至五首“思盛世之难见”，六、七、八三首“思明良之难遇”，“灵化无穷，馆宇非一，喻声教之无外；神景登天，何幽不烛，颂王道之无偏；三辰与游，寿考未央，羡升平之永久……”又说第九首“夸父邓林，功贻身后，喻宋武暮年，急图易代”（陈沆《诗比兴笺》卷二），云云，好像每一首都有政治寄托。但也有人以为这组诗并无深意。譬如张自烈说：“予读《咏山海经》诗，颇类屈子《天问》，词虽幽异离奇，似无深旨耳。”（张自烈辑《笺注陶渊明集》卷四）

以上二说，笔者赞同后者。渊明“心好异书”（颜延年《靖节征士诔》），喜读《山海经》。归田之初，诗人尚不愁衣食，闲暇时读异书，聊为歌咏，表达对历史与现实人生的思考，实质是读书心得，与当时的政治形势并无多大关系。

《读山海经》其一，不论意趣和艺术，都算得上渊明田园诗中的佳作。特别是描写孟夏季节的自然景物，与诗人的愉悦心情融合无间，历来为人叹赏。陈祚明说：“‘微雨’十字，此境萧萧，以自然为佳，高于唐而不及汉。结语浩大，胸罗千古，调亦似《十九首》。”（陈祚明评选《采菽堂古诗选》卷一四）沈德潜说：“观物观我，纯乎元气。”（沈德潜《古诗源》卷九）温汝能说：“此篇是渊明偶有所得，自然流出，所谓不见斧凿痕也。大约诗之妙以自然为造极。陶诗率近自然，而此首更令人不可思议，神妙极矣。（温汝能纂集《陶诗汇评》卷四）上述评论一致指出此诗之佳在纯乎自然。当然，自然中融入了诗人的主观感情，不是纯客观的。佳句如“众鸟欣有托，吾亦爱吾庐”“微雨从东来，好风与之俱”，物象、心境、意趣融合无间，不可思议，妙不可言。

至于这首诗的意趣，吴菘说：“结出一‘乐’字，是一首眼目。”（吴菘《论陶》）吴淇也说：“结句‘乐’字，总结上文十二句，盖靖节因乐而读《山海经》，非读《山海经》而后乐也。”（吴淇《六朝选诗定论》卷一一）诗人说："俯仰终宇宙，不乐复何如？”握一卷异书，俯仰上下古今，海内域外，山海奇观，如何不乐？靖节固然因乐读《山海经》，而读《山海经》则更乐矣。

其二

玉堂凌霞秀，王母怡妙颜。
天地共俱生，不知几何年。
灵化无穷已，馆宇非一山。
高酣发新谣，宁效俗中言？

【评析】

这首诗写穆天子在瑶池上宴西王母的故事。玉堂一作“玉台”，高出霞表，是西王母的居住之处。妙颜，谓西王母和悦之状，貌若天人。但《山海经·西山经》里记载的西王母，却是半人半兽的形象："西王母其状如人，豹尾，虎齿而善啸，蓬发戴胜。”到了汉代，随着神话色彩的渐渐褪去，西王母变成了容貌悦目的天仙。《汉武内传》说西王母“视之可年三十许，修短得中，天姿掩蔼，容颜绝世，真灵人也”。渊明所读的郭璞《山海经图赞》中的西王母，大概已成天仙，故称之“妙颜”，不再是豹尾虎齿的怪物了。

“天地”二句，言西王母寿与天齐。“灵化”二句，言西王母变化神妙，不可思议。以上六句，依《山海经》记载的西王母故事而敷写。

最后“高酣”二句，是全诗的命意所在。《穆天子传》载：“天子觞西王母于瑶池之上，西王母为天子谣曰：‘白云在天，山陵自出，道里悠远，山川间之。将子无死，尚复能来。’”诗人以为西王母的歌是“新谣”，与“俗中言”不同。吴瞻泰说：“公满肚嫉俗之意，却借世外语以发之，寄托深远。末句煞出眼目。”（吴瞻泰辑《陶诗汇注》卷四）以为渊明嫉俗之意，借西王母“新谣”发之，乃诗眼所在。其说要言不烦，很中肯。

黄文焕评论此诗的命意，说：“结句独曰‘宁效俗中言’。有世外之品格者，亦必有世外之文章，寄意愤俗，别开枝节，题是《读山海经》，故每首必另翻议论。若依经敷叙，是咏《山海经》，非读矣。”（黄文焕《陶诗析义》卷四）此处黄氏的评论有二点稍有价值：一是以为此诗的结句“寄意愤俗”，即鄙视俗世。二是以为《读山海经》“每首必另翻议论”，不是依经敷写。说《读山海经》每首必有议论，这一看法符合事实。完全否认“依经敷叙”，则不合事实。其实，此诗除结尾二句外，都是依经敷写。准确地说，《读山海经》一般先是依经敷写，后面以议论行之。

本篇写仙人西王母事。其余篇章，言仙事者也不少。这是否说明渊明欲学神仙呢？吴菘指出：“自第二首至第八首皆言仙事，欲求出尘，遂我避世，正悲愤无聊之极，非真欲学仙也。”（吴菘《论陶》）以为诗人有出尘之想，不是真想学仙。这是正确的看法。渊明不信神仙，诗中写到西王母等仙家事，无非是寄托嫉俗与避世之意。

其三

迢递槐江岭，是谓玄圃丘。
西南望昆墟，光气难与俦。
亭亭明玕照，落落清瑶流。
恨不及周穆，托乘一来游。

【评析】

这首诗前面六句咏《山海经》所载的异物，最后二句表达乘穆王车驾的愿望。马墣概括此诗的内容，说："专言玄圃，玄圃为槐江之山，与昆仑相望，其光彩无有匹敌，其上琅玕亭亭而直，其下瑶水落落而清，人不能到，惟周穆曾游之，恨不能托周穆乘舆，至其所一游也。玄圃帝乡，非凡人所能到；黄、虞、三代古之世，非今人所得游。渊明独愿游之也。"（马墣《陶诗本义》卷四）

"西南"二句，写由玄圃西望昆仑所见光之大。《山海经·西山经》说："南望昆仑，其光熊熊，其气魂魂。"

"亭亭"二句，写美石和瑶水。周紫芝说："士大夫学渊明作诗，往往故为平淡之语，而不知渊明制作之妙已在其中矣。如《读山海经》云：'亭亭明玕照，落落清瑶流。'岂无雕琢之功。盖明玕谓竹，清瑶谓水，与所谓'红皱晒檐瓦，黄团系门衡'者异矣。"（周紫芝《竹坡诗话》）周氏误以明玕为竹，称"亭亭"二句虽有雕琢之功，但与韩愈《城南联句》诗中的"红皱"二句有异。意谓渊明这二句比韩愈二句要自然。

此诗的旨意在最末二句："恨不及周穆，托乘一来游。"黄文焕以为"怆然于易代之后，有不堪措足之悲焉"（黄文焕《陶诗析义》卷四）。以所谓易代之悲解读这二句，实是误解。《山海经》是一部异书，必定会引发读者的好奇心，想象并向往绝域之地的珍宝及光怪陆离。诗人遗憾不能托周穆车乘，至玄圃一游，也不过是好奇和遐想而已。

其四

丹木生何许？乃在密山阳。
黄花复朱实，食之寿命长。
白玉凝素液，瑾瑜发奇光。

岂伊君子宝？见重我轩黄。

【评析】

此篇结构与上篇相同，都是前面咏《山海经》中的异物，末后评论，表达诗人的看法。

“丹木生何许”以下六句，咏《山海经·西山经》中的丹木：“峚山，其上多丹木，员叶而赤茎，黄华而赤实，其味如饴，食之不饥。丹水出焉，西流注于稷泽，其中多白玉。是有玉膏，其原沸沸汤汤，黄帝是食是飨。是生玄玉，玉膏所出，以灌丹木。丹木五岁，五色乃清，五味乃馨。黄帝乃取峚山之玉荣，而投之钟山之阳。瑾瑜之玉为良，坚粟精密，浊泽而有光，五色发作，以和柔刚，天地鬼神，是食是飨，君子服之，以御不祥。”

黄文焕仔细对照《山海经》文与本篇文字的不同：“《经》于丹木，只云食之可以不饥，此独添出可长寿命。《经》于是有玉膏，曰黄帝是食是飨，于黄帝乃取玉英投之钟山之阳，瑾瑜为良，曰天地鬼神是食是飨，君子服之以御不祥。义主双竖，此独抑君子而专归轩黄。黄帝食玉膏，其后乃鼎湖上升。丹木亦为玉液之所生，则凡食丹木者，不止于仅充饥明矣。君子所服，总由于黄帝取玉英以投钟山，乃得分余膏而供服食，则此宝固非君子有也，轩黄功也。添补处、归重处，俱从经文，细细体认生奇，原非凿空。”（黄文焕《陶诗析义》卷四）黄氏的意思说，《山海经》只是说丹木食之可以不饥，渊明此诗添出“食之寿命长”。《山海经》说黄帝是食是飨，君子服之以御不祥，黄帝、君子两方面都说到，而本篇“独抑君子而专归轩黄”，偏重于黄帝了。其实，“岂伊君子宝？见重我轩黄”，仍从君子、黄帝两个方面说，并非抑君子、重轩黄。《山海经》固然没有明说丹木“食之寿命长”，但说“食之不饥”。又瑾瑜之玉，鬼神是食是飨，君子服之，以御不祥。瑾瑜之玉的奇妙，实际上亦有“食之寿命长”的功效。故诗人所咏，仍是依照《山海经》文，“原非凿空”。

邱嘉穗说：“三章思与周穆同游，此则思为服食不死，以友黄帝。语皆幻妙，思路绝而风云通矣。”（邱嘉穗《东山草堂陶诗笺》卷四）以为此篇旨意为“思为服食不死，以友黄帝”。其说显然是误解。诗云“食之寿命长”，又说“见重我轩黄”，是因黄帝食丹木，其后上升为仙。诗人是评价黄帝食丹木事，并非自己“思为服食不死，以友黄帝”。渊明不相信世间有不死之药，陶诗中不止一次否定腾化升仙之术。此篇咏《山海经》里的丹木，食之不饥且能长寿，邱氏遂称诗人“思为服食不死，以友黄帝”。这既不合逻辑，也有乖渊明不信神仙之术的哲学思想。

其五

翩翩三青鸟，毛色奇可怜。
朝为王母使，暮归三危山。
我欲因此鸟，具向王母言：
在世无所须，惟酒与长年。

【评析】

本篇是《读山海经》中非常有趣的诗。

三青鸟载于《山海经·西山经》：“三危之山，三青鸟居之。”又见《山海经·海内北经》：蛇巫之山，“其南有三青鸟，为西王母取食，在昆仑墟北”。

诗前面四句即咏《山海经》中的三青鸟。“毛色奇可怜”，奇，意谓极，甚。是说三青鸟的毛色极为可爱。后半四句，突发奇想，欲因三青鸟向西王母求索酒与长年，世俗追求的荣华富贵，皆在“无所须”

之列，所须者“惟酒与长年”。可见诗人的人生追求，就在生活中不缺酒，尽可能延长生命，更多地享受得生之趣。魏晋人喜酒，也希冀长寿。“惟酒与长年”，便是魏晋风度的表现之一。

前人对于本篇的评论，多集中于“惟酒与长年”一句。陈祚明说：“放浪。太白每效之。酒以忘忧，长命欲何俟耶？”（陈祚明评选《采菽堂古诗选》卷一四）称酒能忘忧，而不明白长命想等什么呢？邱嘉穗说：“向王母求酒与长年，以酒可忘忧，而长年可观变以有为也。亦无聊之极思，与《离骚》《天问》、后人乞巧诸作同意耳。”（邱嘉穗《东山草堂陶诗笺》卷四）以为长年观时代之变而有所作为，但这不过是无聊之思。温汝能说：“人世长饮酒，与享长年，何用别求神仙。以放笔写谐趣，其襟怀概可想见。”（温汝能纂集《陶诗汇评》卷四）以为能长饮酒、享长年，就是神仙，不用再求神仙。

以上诸家所论，有中有不中。称渊明索酒以忘忧，这说对了。渊明一生最爱酒，诗中多说酒能忘忧，酒能遗世。但向西王母求索长年是为什么呢？渊明《神释》诗不是说：“纵浪大化中，不喜亦不惧。应尽便须尽，无复独多虑。”一副听天由命的态度，毫不在乎生命的长与短。求索长年，是否与《神释》诗有矛盾？其实，两者并非矛盾而不相容。《神释》诗与本篇的写作语境与目的都不同，前者是在“贵贱贤愚，莫不营营以惜生”的文化背景中，表达与道教徒、佛教徒不同的人生哲学，是对生命本质的深刻阐述。后者是写读《山海经》这部异书时的乐趣，即时表达自己的感受。前者偏于理性，后者偏于感性。渊明彻悟生命有始必有终，所谓“死生有命”，“寿夭永无外请故耶”（见《与子俨等疏》）。向西王母索求长年，岂不是成“寿夭外请”了？故说向西王母求索长年，不过是读《山海经》三青鸟故事时引发的奇思妙想，温汝能谓“以放笔写谐趣”是也。不过，我们也应理解魏晋人虽旷达，但对生命的珍视与热爱世所罕见。魏晋文学中的伤逝之歌，千年之下读之，犹令人伤痛不已。“但愿人长久”，在任何时代都是基于人性的美好愿望。魏晋时代，人命危浅，人们特别珍视生命的无上价值，甚至鉴赏人物优劣，寿命长短也是评价的标准之一。故“在世无所须，惟酒与长年”二语，谐趣之中，既是诗人的旷达，也是对生命的热爱，完全合乎魏晋时代的审美风尚。

其六

逍遥芜皋上，杳然望扶木。
洪柯百万寻，森散覆旸谷。
灵人侍丹池，朝朝为日浴。
神景一登天，何幽不见烛？

【评析】

本篇咏《山海经》中日出之处扶桑与旸谷的神话故事。

《山海经·东山经》：“又南水行五百里，流沙三百里至于无皋之山，南望幼海，东望榑木，无草木，多风。是山也，广员百里。”又《山海经·大荒东经》：“大荒之中有山，名曰孽摇頵羝。上有扶木，柱三百里，其叶如芥，有谷曰温源谷。汤谷上有扶木，一日方至，一日方出，皆载于乌。”灵人，指羲和，神话中的太阳的母亲。《山海经·大荒南经》：“东南海之外，甘水之间，有羲和之国。有女子名曰羲和，方日浴于甘渊。羲和者，帝俊之妻，生十日。”

最末二句，写太阳一出，普照宇宙的光明景象，无比壮丽。

有人以为此诗寄托晋宋易代的深意。吴菘说：“第六首‘神景一登天，何幽不见烛’，‘见晛曰消’四字堪为此注脚。夔震谓‘良辰讵可待’二语，显然易代之悲，信然。吾于此二语亦云。盖‘神景一登天’，犹有冀也；‘良辰讵可待’，无复望也。二首正可参看。”（吴菘《论陶》）“见晛曰消”，出于《诗·小雅·角弓》，意思是雨雪见到太阳就化解了。用之解释“神景”二句，尚可。“徒设在昔心，良辰讵可待”二语是《读山海经》第十首诗句，夔震说此二语有易代之悲。吴菘以为“神景”二句也有易代之悲。

邱嘉穗说得更直白：“日者，君象也。天子当阳，群阴自息，亦由时有忠臣硕辅浴日之功耳。此诗殆借日以思盛世之君臣，而怨晋室之遂亡于宋也。岂非以君弱臣强而然耶？”（邱嘉穗《东山草堂陶诗笺》卷四）以为“神景”二句，是比晋朝昔日盛世之君臣；灵人朝朝浴日，比喻当时忠臣硕辅之功。邱氏之解，纯为臆说。太阳一出，六合无处不光明的景象，为什么一定是比“盛世之君臣”？

丁福保注“灵人”二句，以为也是隐喻晋室衰亡。他说：“当金行失运，孽气腥焰，三辰韬耀，谁则能取日虞渊，洗光咸池者乎？诗之托兴远矣。”丁氏的解释与邱嘉穗如出一辙，谬用比兴，得出的结论并无事实根据。

评析《读山海经》诗，最可靠的方法仍然是从原始文本出发，比照《山海经》原文，看诗人是否依据《经》文写作，添加了什么，议论是否合乎文本。本篇“神景”二句完全合乎《经》文，赞美太阳升起，照亮宇宙的各个角落，如此而已。“易代之悲”之类的解释，纯属臆说。

其七

粲粲三珠树，寄生赤水阴。
亭亭凌风桂，八干共成林。
灵凤抚云舞，神鸾调玉音。
虽非世上宝，爰得王母心。

【评析】

此篇前六句咏《山海经》中的三珠树、凌风桂和自歌自舞的灵凤及神鸾。最末二句评论以上诸种异物，能得王母心。

《山海经·海外南经》："三株树在厌火北，生赤水上。其为树如柏，叶皆为珠。"《山海经·海内南经》："桂林八树，在番隅东。"郭璞注："八树而成林，言其大也。"《山海经·大荒南经》：有载民之国"爰有歌舞之鸟，鸾鸟自歌，凤鸟自舞"。

黄文焕说：凤自歌、鸾自舞，以及三珠树、凌风桂，本来不在王母山中，却"拈来合咏"，以他处所有，添补王母之山所无，"想头奇绝"。又说"'虽非世上宝'一语，翻驳尤深"（黄文焕《陶诗析义》卷四）黄氏所说的别处异物，"拈来合咏"，由此可见诗人有时并不完全依照《山海经》原文编次来写，而有综合之功。所谓"虽非世上宝"一语"翻驳尤深"，指三珠树、凌风桂等异物，非是世人喜欢的"世上宝"。王母乃神仙，喜欢异域之宝。诗人这番评论，正见其遗世之念，超世之想。

其八

自古皆有没，何人得灵长？
不死复不老，万岁如平常。
赤泉给我饮，员丘足我粮。
方与三辰游，寿考岂渠央。

【评析】

本篇主旨有关死亡和长生问题。陶诗中不少篇章表达有生必有死的死亡哲学。本篇起笔二句，再次表达对生死问题的深刻理解。"自古皆有没，何人得灵长？"这一对于生命的终极叩问，在陶诗中常见。

例如《神释》诗："三皇大圣人，今复在何处？彭祖寿永年，欲留不得住。老少同一死，贤愚无复数。"《连雨独饮》诗："运生会归尽，终古谓之然。世间有松乔，于今定何间？"肯定世上绝无不死之人。

若"不死复不老"，则"万岁如平常"。温汝能解释这两句说："人岂有不死者，惟有寿世之术可以长恃。然纵至于不死不老，以至万岁，不异平常，则神仙亦属寻常耳，何足贵哉！"（温汝能纂集《陶诗汇评》卷四）温氏此解很精彩。若果有不死不老之术，以至万岁，但不异平常，年复一年，庸庸碌碌，与常人同，则不死不老有何趣味，何足贵哉！方宗诚说："'不死复不老，万岁如平常'二句，真大彻大悟，使秦皇、汉武读之，真可破其愚也。"（方宗诚《陶诗真诠》）

"赤泉"以下四句，方始咏《山海经》中的不死之民。《山海经·海外南经》：交胫国，"不死民在其东，其为人黑色，寿不死。"郭璞注："有员丘山，上有不死树，食之乃寿。亦有赤泉，饮之不老。"黄文焕说："因《经》有不死民在交胫国东，色黑，寿不死，为添出给饮足粮。若疲于衣食，多寿祇为苦况耳。必有给我者，足我者，乃可愿也。"（黄文焕《陶诗析义》卷四）。黄氏以为不死之民，亦须有资待，如不死树食之乃寿，赤泉饮之不老。否者，疲于衣食，长寿也只有苦况。

本篇的结构与前面几首诗不一样。前几篇咏《山海经》在前，议论在后，本篇正相反。诗人既然在前面对生死问题的思考表达得很清楚了，故后面四句仅咏《经》，不再重复议论。

其九

夸父诞宏志，乃与日竞走。
俱至虞渊下，似若无胜负。
神力既殊妙，倾河焉足有？

余迹寄邓林，功竟在身后。

【评析】

夸父是《山海经》中令人感动的神话人物，是壮伟之力的代表，一个壮志未酬的英雄。

《山海经·海外北经》："夸父与日逐走，入日，渴欲得饮，饮于河渭，河渭不足，北饮大泽。未至，道渴而死。弃其杖，化为邓林。"又《山海经·大荒北经》："夸父不量力，欲追日景，逮之于禺谷。将饮河而不足也，将走大泽，未至，死于此。"郭璞注："禺渊，日所入也。今作虞。"以上两处记载的夸父故事有不同。前者有"弃其杖，化为邓林"事。后者不载弃杖化为邓林事，却先称"夸父不量力"。

两者都说夸父逐日而渴死，但前者那个夸父"功竟在身后"；而后者所记的夸父不过是个不自量力的莽汉。本篇所咏的夸父，主要取材于前者，后者只是取其"逮之于禺谷"的情节。

黄文焕看出《山海经》两处记载夸父的不同，以为本篇"此将《经》文合拈翻案，既已远矣，复何分胜负而云不量力哉？俱至，似若判断甚明。却再从倾河证力，化林记功。力如老竭，必不能作倾河之饮，然则其死也，蝉蜕变化耳。岂属力竭？至于邓林，功昭后世，则仅仅斗力，又不足道矣。寓意甚远、甚大。天下忠臣义士，及身之时，事或有所不能济，而其志、其功足留万古者，皆夸父之类，非俗人目论所能知也。胸中饶有幽愤"（黄文焕《陶诗析义》卷四）。黄氏指出本篇是将两处《经》文"合拈翻案"，即两处记载各有所取，为所谓"夸父不量力"之说翻案。证据之一是夸父与日竞走，不分胜负；之二是倾河而饮犹不足，可证其力量之大；之三是"化林记功"，弃杖化为邓林，说明不是力竭，而邓林"功昭后世"。又以为本篇"寓意甚远、甚大"，天下忠臣义士，或事有所不济，其志功留于后世者，都是夸父之类。又说诗人“胸中饶有幽愤”。

黄文焕分析夸父形象有可取之处。渊明创造的夸父形象，确与《山海经》所记不同。诗起笔就赞“夸父诞宏志”，与日竞走。再续夸父与日俱至虞渊，“似若无胜负”。又赞其神力“殊妙”，倾河不足解其渴，气魄壮伟。最后赞其邓林遗迹，“功竟在身后”。整首诗自始至终，全是赞誉。

那么，渊明创造的夸父形象是否有寄托？黄文焕含糊其辞，称诗人“胸中饶有幽愤”。邱嘉穗就说得明确了：“此言夸父穷力追日，与下‘精卫填海’‘刑天猛志’，皆陶公借以自况，欲诛讨刘裕，恢复晋室而不可得也。”（邱嘉穗《东山草堂陶诗笺》卷四）邱氏的看法实在匪夷所思。一是此诗是否作于晋宋易代之时，尚不能确定。即使作于刘裕篡晋时，渊明既老且贫，哪有夸父一般的神力，与刘裕决一胜负？渊明见世事不可为，早就激流勇退了。在晚年反而学夸父穷力追日，欲讨刘裕，有此等事耶？

古直注认为本篇咏夸父是“悼司马休之之死”，并引《晋书》说：“休之败，奔后秦。后秦为刘裕所灭，乃奔魏，未至道卒。谓此绝似夸父之状。”古直又说：“抗表讨刘裕，是与日竞走。败奔于秦，是饮于河渭。‘余迹寄邓林，功竟在身后’二句是渊明寄望于休之余党。”古直以司马休之讨刘裕败亡事，缪比夸父，完全不足取信。他后来作《重定陶渊明诗笺》，大概自感以司马休之比况夸父，太过乖谬不通，遂一删了之。

其十

精卫衔微木，将以填沧海。
形夭无千岁，① 猛志故常在。②
同物既无虑，化去不复悔。

徒设在昔心，良晨讵可待？

【注释】

①形夭无千岁：一作“刑天舞干戚”。曾纮说：“余尝评陶公诗，语造平澹，而寓意深远；外若枯槁，而中实敷腴：真诗人之冠冕也。平生酷爱此作，每以世无善本为恨。顷因阅《读山海经》诗，其间一篇云：‘形夭无千岁，猛志固常在。’且疑上下文义不甚相贯，遂取《山海经》参校。经中有云：‘刑天，兽名也。口中好衔干戚而舞。’乃知此句是‘刑天舞干戚’，故与下句‘猛志固常在’意旨相应。五字皆讹，盖字画相近，无足怪者。间以语友人岑穰彦休、晁咏之之道，二公抚掌惊叹，亟取所藏本是正之。”（莫友芝翻刻宋刊本《陶渊明集》卷一〇引）按，曾纮说是。“形夭无千岁”，乃是“刑天舞干戚”之误，当从《山海经》原文，作“刑天舞干戚”。

②故：一作“固”。

【评析】

《读山海经》十三首中的咏夸父、精卫、刑天，皆有强烈的悲剧之美，倾注了诗人的内在激情和百折不挠的斗争精神，是陶渊明坚强个性与意志的曲折反映。

前人解释本篇，以黄文焕最为可取。他说：“一为既逝之魂，一为既断之身，恰可相配，合拈以寄愤写壮。因游海故被溺，因争神故被断，是谓同物有虑。被溺而化为飞鸟，仍思填海；被断而化为无首，仍思争舞，是谓化去不悔。海未必可填，舞未足终胜，死后无裨生前，虚愿难当实事，时与志相违，是谓‘昔心徒设’‘良晨难待’。起曰‘将以’‘固常’，推尊一番，结曰‘徒设’‘讵可’，凭吊百倍，志士之为精卫、刑天者，何可胜叹！懦夫之不知有精卫、刑天者，何可胜嗤！想当日读《经》时，开卷掩卷，牢骚极矣。”（黄文焕《陶诗析义》卷四）“既逝之魂”指精卫，“既断之身”指刑天。精卫溺海而亡，化为飞鸟，常衔西山之木石，填海不止。虽知填海永无成功之日，却一点点衔微木填之，其志恒，其勇大，难以言喻。刑天虽被帝断其首，仍自操干戚以舞，与帝争战不休，虽未必能胜，然其志之猛，令人感佩。“猛志故常在”句，不单咏刑天，也兼咏精卫，是对精卫、刑天斗争精神的赞美。

以上四句咏《山海经》中精卫、刑天的故事。“同物”以下四句为议论。“同物”，谓精卫、刑天未死之时。“无虑”，谓无所谋虑。炎帝少女女娃，游于东海，溺水化为精卫，乃无所谋虑所致。刑天生时与帝争神，不考虑后果，也是无所谋虑之举。“不复悔”，王叔岷注引贾谊《鹏鸟赋》：“化为异物兮，又何足患。”黄文焕说：“被溺而化为飞鸟，仍思填海；被断而化为无首，仍思争舞，是谓化去不悔。”（黄文焕《陶诗析义》卷四）黄氏之解庶几近之。化为精卫仍填海不止，刑天断首操干戚犹斗，此为“化去不复悔”也。

结尾“徒设在昔心”二句，是诗人的叹息。“在昔心”即“猛志故常在”，指精卫的填海之志和刑天的复仇之举。“良晨讵可待”，即黄文焕所谓“海未必可填，舞未足终胜”。诗人清醒地认识到，精卫与刑天的成功之“良晨”不可能再来。正如《咏荆轲》诗末“其人虽已没，千载有余情”二句流露的情绪，侠义情怀虽有，而奇功难成。

须进一步探索的是，本篇的命意是什么？有人以为此诗作于晋宋易代之后，“显悲易代，心事毕露”（孙人龙纂辑《陶公诗评注初学读本》卷二）。翁同龢说：“以精卫、刑天自喻，其曰‘巨猾肆威暴’，盖痛斥刘裕也。”（姚培谦编《陶谢诗集》卷四眉批）有人以为此诗与刘裕篡晋无关。章炳麟手批《陶渊明集》说：“形骸虽朽，志无尽时，虽躬居高位者，亦往往有感而发，而况其余……今人以靖节不仕二姓，遂欲种种牵合，失其实矣。”（《读山海经》其十眉批）梁启超以为此诗及“夸父诞宏志”等篇，“不知不觉把他的‘潜在意识’冲动出来了”（梁启超《陶渊明之文艺及其品格》）。鲁迅说：此诗表现了渊明的“‘金刚怒目’式”（鲁迅《“题未定”草（六）》，《且介亭杂文二集》）。章炳麟以为今人因受渊明“不仕二姓”说的影响，遂作种种牵合而失实。梁启超、鲁迅以渊明的个性解释此诗，皆通达而可信。

其十一

巨猾肆威暴，钦驳违帝旨。
窫窳强能变，祖江遂独死。
明明上天鉴，为恶不可履。
长枯固已剧，鵕鸃岂足恃？

【评析】

本篇前四句咏《山海经》的故事。巨猾、钦駓、窫窳、祖江等，都是似人似兽的神话人物。巨猾，当作“臣危”。《山海经·海内西经》：“贰负之臣曰危。”危联手钦駓杀害窫窳与祖江的故事，见于《山海经·西山经》：“又西北四百二十里曰钟山，其子曰鼓，其状如人面而龙身，是与钦䲹杀葆江于昆仑之阳，帝乃戮之钟山之东曰峣崖。钦䲹化为大鹗，其状如雕而黑文白首，赤喙而虎爪，其音如晨鹄，见则有大兵。鼓亦化为鵕鸟，其状如鸱，赤足而直喙，黄文而白首，其音如鹄，见则其邑大旱。”葆江，郭璞注：“葆，或作祖。”又见于《山海经·海内西经》：“窫窳者，蛇身人面，贰负臣所杀也。”

后四句议论。“明明”二句，即此诗意旨所在，谓上天明鉴善恶，为恶不可行。渊明曾说过：“立善常所欣，谁当为汝誉？”（《神释》）

肯定立善，并以为立善非为名。这里又说上天明鉴善恶，不可作恶，可知渊明是相信上天有意志的，会惩戒恶人，主持公道。“长枯”二句，以危作恶被帝长久桎梏，以及鼓、钦駓被帝戮死，一化为鵕，一化为鸃的结果，证实“为恶不可履”的道理。《山海经·海内西经》：“危与贰负杀窫窳，帝乃梏之疏属之山，桎其右足，反缚两手与发，系之山上木。”

前人或以为此诗有寄托。邱嘉穗说：“此篇盖比刘裕篡弑之恶也。终亦必亡而已矣。萧统评其文曰：‘语时事，则指而可想。’非此类欤？”（邱嘉穗《东山草堂陶诗笺》卷四）陶澍注：“此篇为宋武弑逆作也。”

或以为此篇只是讽刺历史和现实中的作恶者，与刘裕弑夺无关。例如黄文焕往往以晋宋易代说陶诗，解释这首诗却只是说：“借题刺世。”（黄文焕《陶诗析义》卷四）温汝能说：“末四句援上天以警恶人，是极愤语，亦是无聊语。”（温汝能纂集《陶诗汇评》卷四）

如此解释，平实而可信。诗人读《山海经》中恶人得恶报的故事，感叹上天有明鉴，不可作恶的至理，如此而已。而说此诗比刘裕弑夺，实无根据，反而削弱了诗旨的道德高度，并不足取。

其十二

鵃鵝见城邑，其国有放士。
念彼怀王世，当时数来止。
青丘有奇鸟，自言独见尔。
本为迷者生，不以喻君子！

【评析】

本篇之前，都写《山海经》中的神话人物与故事。本篇虽仍读

《山海经》，但联想到历史上的真实人物楚怀王。

起笔仍由读《山海经》开始。“鵃鹅”二句，“鵃鹅”当作“鴟鴸”，见《山海经·南山经》：柜山“有鸟焉，其状如鴟而人手，其音如痹，其名曰鴸，其鸣自号也，见则其县多放士”。由《经》中的“放士”，联想到楚怀王时的屈原，流放南国。“当时数来止”句，谓怀王之世鵃鹅数见——这是楚国有放士的征兆。邱嘉穗说：“放士，当亦是公自指。”（邱嘉穗《东山草堂陶诗笺》卷四）其说非是。

“青丘有奇鸟”四句，再由读《山海经》而生感叹。《山海经·南山经》：青丘之山，“有鸟焉，其状如鸠，其音若呵，名曰灌灌，佩之不惑。”王叔岷注：“案独见者不惑。尔与耳同。‘自言独见尔’，谓此鸟自言不惑耳。此鸟不惑，所以为迷惑者生也。”末句言青丘奇鸟为迷者所生，君子不惑，不必佩青鸟，故曰“不以喻君子”。

本篇构思巧妙，可见渊明诗艺高超，有左右逢源之妙。吴菘指出：“鵃鹅见则国有放士，此《经》语也。因读此，忽忆怀王时得无此鸟数见乎？设想奇绝。鵃鹅见则迷而放士，青丘鸟见则不惑，正两相对照。结言此乃本迷者耳，若君子亦何待于鸟哉！又翻进一层。”（吴菘《论陶》）陶澍注：“诗意盖言屈原被放，由怀王之迷。青丘奇鸟，本为迷者而生。何但见鴟鴸，不见此鸟，遂终迷不悟乎！”以上两解，陶澍注更明白。鴟鴸为不祥之鸟，若出现，其国便有放士。由此联想到楚怀王时，鴟鴸数次出现，最著名的放士屈原流放南国。而青丘奇鸟本来为迷者所生，佩之可以不惑。然偏偏不出现，于是迷者益多。故说“不以喻君子”——君子不惑，用不着佩戴青丘鸟。两种鸟放在一起咏，此所谓“设想奇绝”，“又翻进一层”也。

其十三

岩岩显朝市，帝者慎用才。

何以废共鲧？重华为之来。
仲父献诚言，[①] 姜公乃见猜。[②]
临没告饥渴，当复何及哉！

【注释】

① 仲父：指管仲，被齐桓公任命为卿，尊称“仲父”。

② 姜公：指齐桓公，姜姓。

【评析】

本篇不再咏《山海经》。以重华流共工、放驩兜、杀鲧，以及齐桓公任用易牙等小人，最终饿死的史实，说明“帝者慎用才”至关重要。

《读山海经》十三首以读书之乐始，以谈历史治理经验终。显然，这组诗不是漫然咏神话故事，而是有构思的一个整体。吴菘说：“第十三首从十二首生出。重华乃千古不惑之君子，故能用才去谗。姜公反是，遂至饥渴无及，以终上章之意。案此数首，皆寓篡弑之事。”（吴菘《论陶》）以为此诗从上章生出，终上章之意。这一论断不合文本原意。至于第十一、十二、十三数章，咏《山海经》中的恶人和历史上的昏乱，吴菘以为“皆寓刘裕弑夺之事”，属于过度诠释。

陶澍注同吴菘，说：“晋自王敦、桓温，以至刘裕，共、鲧相寻，不闻黜退，魁柄既失，篡弑遂成。此先生所为托言荒渺，姑寄物外之心，而终推祸原，以致其隐痛也。”毋庸讳言，《读山海经》十三首，确实隐藏诗人的感慨，或隐蔽，或显豁。但这些感慨，主要表达诗人对历史、社会及某种思想理念的看法，几乎找不到与晋宋易代有关的明显痕迹。但因有人把这组诗定为晋宋易代之后作，诗人的感慨，似乎都与刘裕的弑夺有关联了。从这一偏狭的视角解释《读山海经》诗，牵强附会是必然的。

黄文焕解释《读山海经》的意旨，也多半如此。不过，他对十三首的整体结构，有整体的把握，不无可取。譬如他说："首章专言读书之快，曰'不乐复何如'，至十二章而《山海经》内所寄怀者，递举无余矣。却于《经》外别作论史之感，自了一身则易乐，念及朝廷则易悲。以乐起、以悲结，有意于布置。题只是《读山海经》，结乃旁及论史，有意于隐藏。因读《经》，生肆恶放士之叹，故亟承十一、十二之后，言及举士黜恶，有意于穿插。'当复何及哉'一语，大声哀号，哭世之泪无穷。"（黄文焕《陶诗析义》卷四）黄氏指出《读山海经》十三首"于《经》外别作论史之感""有意于布置""有意于隐藏""有意于穿插"，云云，都基本上符合文本的实际。但"念及朝廷则悲""哭世之泪无穷"，无端夸大渊明的愤宋情怀，就未免迂了。

拟挽歌辞三首

其一

有生必有死，早终非命促。
昨暮同为人，今旦在鬼录。
魂气散何之？枯形寄空木。
娇儿索父啼，良友抚我哭。
得失不复知，是非安能觉？
千秋万岁后，谁知荣与辱？
但恨在世时，饮酒不得足。

【评析】

《挽歌诗》三首的诗题，各种版本有异。陶澍注："诸本作《拟挽歌辞》,《文选》作《挽歌诗》，无'拟'字。今从之。"有没有"拟"字，并不是无关宏旨的小问题。有"拟"字，表示是渊明平时的拟作。无"拟"字，极有可能是渊明临终前所作。后者如赵泉山说："'严霜九月中，送我出远郊'，与《自祭文》'律中无射'之月相符，知挽辞乃将逝之夕作，是以梁昭明采此辞入《选》，止题曰陶渊明《挽歌》。而编次本集者不悟，乃题云《拟挽歌辞》。"曾端伯说："秦少游将亡，效渊明自作哀挽。王平甫亦云'九月清霜送陶令'。此则挽辞决非拟作，从可知已。"（李公焕注引）若赵泉山、曾端伯所言不错，则《挽歌诗》三首与《自祭文》都作于元嘉四年丁卯（427），为渊明逝世之前所作。

《挽歌诗》三首表达了渊明对生死问题的深刻理解，是他的人生哲学的集中体现，自宋以来，读者赞叹无以复加。例如李公焕注引祁宽说："昔人自作祭文、挽诗者多矣，或寓意骋辞，成于暇日。宽考次靖节诗文，乃绝笔于祭挽三篇，盖出于属纩之际者，辞情俱达，尤为精丽，其于昼夜之道，了然如此。古之圣贤，唯孔子、曾子能之，见于曳杖之歌，易箦之言。嗟哉！斯人没七百年，未闻有称赞及此者。因表而出之，附于卷末。"温汝能说："晋人慕清虚，尚旷达，诸所为挽歌辞，皆一时习尚使然。然撰于闲暇宴游，相率而为放诞之举。若如靖节于属纩时，犹能作此达语，非生平有定力定识，乌能得此！宜祁氏许其于昼夜之道了然，继孔、曾之后而始有斯人也。"（温汝能纂集《陶诗汇评》卷四）祁宽、温汝能一致指出，魏晋旷达之士的拟挽歌与渊明的《挽歌诗》，不可同日而语。前者是"慕清虚，尚旷达"风气的体现，好比"作秀"。后者作于即将告别人世之时，还能从容地面对死亡，彻悟有生必有死，“其于昼夜之道，了然如此”，就绝非一般人所能做到，孔子、曾子之后，唯有渊明能进于此境。

这首诗很好懂，道理却深。前六句讲“有生必有死”的生死铁律，似乎无人不知。不过，“早终非命促”一句的理解就有了分歧。古直注：“靖节卒年仅五十二，故曰‘早终’。”王叔岷注：“‘早终非命促’，谓虽早死亦非命短，况已已至衰暮之年邪！”王氏的解释能得渊明原意。渊明认为“生死有命”，早终、晚终皆命中注定，早终也是命定的。再说，命长、命促皆是相对而言。假若说二十卒为命促，五十终为命长，则五十比八十而卒，岂不是早终命促？温汝能说：“起二句只是眼前道理，俗人见不到，偏说不出。”（温汝能纂集《陶诗汇评》卷四）方东树说：“一起凝结，言死一耳。但早终非有短促之殊，旷旨妙义空古今。”（方东树《昭昧詹言》卷四）“有生必有死”这种眼前道理，谁人不知？但“早终非命促”深藏的“旷旨妙义”，有几人说得出？说出了有几个听得懂？

“昨暮同为人，今旦在鬼录”二句，与《形赠影》诗“适见在世中，奄去靡归期”二句同意。“魂气散何之？枯形寄空木”二句，为中国哲学关于死亡的传统解释。《庄子·知北游》说：“人之生，气之聚也。聚则为生，散则为死。”人死，气散无不之也，形则寄于枯木。

“得失不复知”以下四句，说人死之后一了百了。得失、是非、荣辱，生前孜孜以求的一切，一死俱不知，身名皆成空，彻底无意义。唯一遗憾者，乃在世时“饮酒不得足”。渊明《读山海经》其五说：“在世无所须，唯酒与长年。”长年由命，不可外求，唯酒可以求之。故渊明快要告别人世时，不恨未得长年，而恨饮酒不足。他对亲友与世界要说的最后的话，居然是“但恨在世时，饮酒不得足”。渊明为旷达的自我形象，涂上重重的一笔，让后世读者，击节叹赏。

其二

在昔无酒饮，今但湛空觞。
春醪生浮蚁，[1]何时更能尝？
肴案盈我前，亲旧哭我傍。
欲语口无音，欲视眼无光。
昔在高堂寝，今宿荒草乡。[2]
一朝出门去，归来良未央。[3]

【注释】

① 浮蚁：酒上面的浮沫。

② 荒草乡：此句下一本有“荒草无人眠，极视正茫茫”二句，极，又作“直”。

③ 未央：未尽。

【评析】

《挽歌诗》三首的结构有一个特点，邱嘉穗指出：“此章起句即顶上章‘饮酒’说，下章起句又连此章‘荒草’说，此三首承接章法也。”（邱嘉穗《东山草堂陶诗笺》卷四）三首诗上下承接，有意勾连，好像“顶针格”的修辞手法，非是率意而为。

“在昔无酒饮”以下八句写人将死之际的弥留状态。上章末二句说：“但恨在世时，饮酒不得足。”此刻有酒可饮了，杯中盛满了酒，却空放在那儿，春酒上浮着浮沫。何时再能尝呢？平生喜酒，苦于无酒，到了告别人世的一刻，却有酒不能尝。这不是爱酒的人最大的悲哀吗？微弱的意识尚存，却已是“欲语口无音，欲视眼无光”了。陈祚明说：“‘欲语’二句奇语，自古无此言者。”（陈祚明评选《采菽堂古诗选》卷一四）。其实，“欲语”二句从西晋诗人傅玄《挽歌》“欲悲泪已竭，欲辞不能言”二句变化而来。“在昔”八句，以弥留者的口吻，描写人生终止之前的片刻光景，真实至极，诗史所罕见。由此可见渊明之达与陶诗的创造性，皆人所难及。

“昔在高堂寝”以下六句写出殡。“昔在”二句，意同上篇“昨暮同为人，今旦在鬼录”。“荒草乡”是鬼世界，极目而视，累累坟冢，荒草无人烟。汤汉注：“一本有‘荒草无人眠，极视正茫茫’二句。”这二句写鬼乡荒凉，甚佳，可以补上。

“归来良为央”句中的“良”字，一本作“夜”。王叔岷注：“《诗·小雅·庭燎》：‘夜如其何？夜未央。’此诗作‘夜未央’，义颇难通。‘良’字胜。《广雅·释诂》一：‘央，尽也。’二句盖谓一朝死去，则归来无期也。鲍照《拟行路难》十八首之十：‘一去无还期，千秋万岁无音词。’似即此旨。”王氏以为“夜未央”难通。按，“夜未央”一语出于《诗经》。本篇“归来夜未央”句，谓死去如长夜未尽，永堕黑夜之中。下篇说“幽室一已闭，千年不复朝”，正是“一朝出门去，归来夜未央”之意，谓一旦进入墓茔，犹如长夜，永无天亮之日。故作“夜未央”佳，并不“义颇难通”。

其三

荒草何茫茫，白杨亦萧萧。
严霜九月中，送我出远郊。
四面无人居，高坟正嶕峣。[1]
马为仰天鸣，风为自萧条。
幽室一已闭，千年不复朝。
千年不复朝，贤达无奈何。
向来相送人，各自还其家。

亲戚或余悲，他人亦已歌。
死去何所道？托体同山阿。②

【注释】

① 嶕峣：亦作“焦峣”，山高貌。

② 体：指形骸。山阿：山陵，山丘。

【评析】

此篇写送葬。依时间次序，“首篇乍死而殓，次篇奠而出殡，三篇送而葬之，次第秩然。”（邱嘉穗《东山草堂陶诗笺》卷四）

吴淇曾评此诗，非常详细。今择其精要，再稍作解释。吴淇说：“‘荒草’二句，是于未送之先，先于荒郊之外，立下一个排场，二句写得极惨……取九月严霜，与天气之惨相凑，以见惨之极耳。”“‘四面’二句，申写远郊，后‘幽室’二句是竖断古今之界，此二句横截断人鬼之界，言自此以后，只与鬼邻也。‘马为’二句，写此幽室未闭之一刻……风无知，与人无情，亦为萧条。然此虽可哀，其无知之形骸，犹在三光之下，及幽室一闭，即无知之形骸亦不在人间，故曰‘千载不复朝’。言之不足，又申以‘贤达没奈何’，真惨之极矣！‘向来’二句，应前‘送我’句，相送之人，各有家可归，而己有家不能归也。‘亲戚’二句，只就人情近处指点出自此以后再无复有人理论。末二句，以旷达句作结。”（吴淇《六朝选诗定论》卷一一）吴氏后文又赏析此诗中的写景，文繁不录。

由上面引文看，吴淇体会此诗的情感内容是细腻的。起笔“荒草”二句，以深秋白杨的肃杀之景，烘托送葬时的悲哀气氛；继以远郊荒凉、高坟极目的环境描写，再以“马为仰天鸣，风为自萧条”之景渲染，写透写足了送葬场面的哀痛。“幽室一已闭”四句想象墓穴封闭之后的景象。“千年不复朝”句复沓一遍，突出墓穴是永久的黑夜与悲哀。以下“向来相送人”四句，以冷峻的语言，道出了死亡之痛的真相。下葬毕，与死者有关的相送人，各自归家了，像是一场例行公事的结束。亲人死亡，有余悲的也仅仅是亲人。与死者无大关系的人已经在唱歌了。即使亲戚的余悲，随着时间的流逝，也会一天天淡下去，直至死者被彻底遗忘。一切以求身后之名不朽的人，希望子孙记住自己的人，读此四句，大概会垂头丧气。

诗人看透死亡的真相，看淡死亡。最后以旷达语作结，“死去何所道？托体同山阿”，是诗人对死亡的彻悟语。初看似平淡，其实是颠扑不破的妙论。人从自然来，复归自然去。前人多称陶公为得道之人，“死去何所道”二句，非有道之人不能道。《挽歌诗》三首中“有生必有死，早终非命促”“千秋万岁后，谁知荣与辱”“千年不复朝，贤达无奈何”等句，无一不是得道语，是人类死亡哲学的精义。陈祚明把《挽歌诗》与《古诗十九首》相提并论：“一气浏莅，《十九首》而外，在汉人亦不多得。又极似蔡中郎‘青青河畔草’一篇，此固神到之笔也……‘亲戚或余悲，他人亦已歌’，非《十九首》安得此名句。”（陈祚明评选《采菽堂古诗选》卷一四）《古诗十九首》多表现人类的普遍情绪，语言朴素真实，一字千金。从这点上说，《挽歌诗》三首，确实可以比匹《十九首》。

比较而言，方东树评《挽歌诗》更到位。他说：“且叙且写，有画意。‘幽室’八句入议论，真理真情，另收缓结。此诗气格，笔势横恣，游行自在，与《三百篇》同旷，而又全具兴观群怨。杜公且逊之。”（方东树《昭昧詹言》卷四）方氏所说的“画意”，大概指第一、第二首中有关弥留之际的场面描写，如“娇儿索父啼”“亲旧哭我傍”，还有第三首中的自然景物的渲染，如“荒草何茫茫，白杨亦萧萧”等。所谓“真理真情”，指诗中表达的死亡哲学。辅以叙事、描写、议论，完全放开写，方东树所谓“笔势横恣，游行自在”。读《挽歌诗》三首不觉其悲，唯觉之达，给人以深刻的启示，是古代挽歌诗中的上上之品。

联句

鸣雁乘风飞，去去当何极？①
念彼穷居士，如何不叹息！

渊明

虽欲腾九万，扶摇竟何力。②
远招王子乔，云驾庶可饬。③

愔之

顾侣正徘徊，离离翔天侧。④
霜露岂不切？务从忘爱翼。⑤

循之

高柯擢条干，远眺同天色。
思绝庆未看，徒使生迷惑。

渊明

【注释】

① 当：犹“将”也。

② 扶摇：旋风。

③ 云驾：云车，仙人所乘。

④ 离离：整而有序的样子。此句一作“附羽天池侧”。

⑤ 务从忘爱翼：此句一作“徒爱双飞翼”。

【评析】

此诗以写雁咏志。不知真伪，作年也难确定。何孟春注："愔之、循之，集内不再见，莫知其姓。考《晋》《宋书》及《南史》，亦无此人。意必《晋书》潜本传所谓其乡亲张野及周旋人羊松龄、庞遵等辈中人也。"邓安生《陶渊明新探》查《世说新语》卷上《言语》"谢景重"一条中，刘孝标注引《谢女谱》（邓疑是《谢氏谱》之误）有"重女月镜适王恭子愔之"一句，谓"二人名字悉同，疑为一人"。笔者查《晋书·王恭传》，恭兵败被杀，五子同时遇害，不载五子名字。《联句》诗中的愔之是否王恭之子，还不能确定。

渊明同愔之、循之联句咏雁，用比兴手法写志，与《归鸟》诗相似。渊明"鸣雁"四句，咏雁顺风而飞，不知止于何处，转而叹息穷居士。"鸣雁"与"穷居士"相对，前者似喻追名逐利者，不知足，不知止。后者有自况意味。

愔之所咏"虽欲"四句，接渊明"鸣雁"二句之意，谓鸣雁虽想学《庄子·逍遥游》中的大鹏，然终究扶摇无力。"扶摇竟何力"之"何"，一本作"无"，义较胜。这二句讽刺世间追名逐利者志比天高，但力有不逮。转而说，远招仙人王子乔，云车倒是备妥的。言外之意求荣华富贵，不如求仙。

循之"顾侣"四句续咏鸣雁。鸣雁看着同伴，同伴正在徘徊，整齐地飞翔在天边。鸣雁想，霜露岂不切肌，但我务必忘掉爱护飞翼的念头。意谓不应徘徊犹豫，应继续扶摇直上。前面循之所咏，是对愔之所咏的回答。愔之咏鸣雁虽有腾飞之志，以为不如学仙。循之不以为然，认为应不怕霜露，忘掉爱惜羽毛的念头，继续高飞。愔之、循之所咏鸣雁，其实代表对人生追求的两种态度。

最后渊明所咏四句，颇不易解。大意是：高树的枝条欲接苍穹，远看同天一色。反复思考，庆幸未看高枝，看则徒生迷惑。高柯喻什么？与鸣雁有何关系？为何庆幸未看，看了会生迷惑？有不少费解的疑问。此篇大意是表现渊明等三人对追名逐利者的不同看法。鸣雁不断高飞，渊明不以为然，为之叹息。愔之以为鸣雁志大力小，还不如学仙。循之有异议，以为不该徘徊，继续高飞，不必爱惜羽毛。最后渊明以高枝远看与天同色为喻，以为不要为貌若相似的物象迷惑，应坚定穷居士的人生选择。

桃花源记并诗

晋太元中，武陵人捕鱼为业。缘溪行，忘路之远近。忽逢桃花林，夹岸数百步，中无杂树，芳草鲜美，落英缤纷。渔人甚异之，复前行，欲穷其林。林尽水源，便得一山。山有小口，仿佛若有光，便舍船从口入。初极狭，才通人，复行数十步，豁然开朗。土地平旷，屋舍俨然，有良田、美池、桑竹之属，阡陌交通，鸡犬相闻。其中往来种作，男女衣着，悉如外人。黄发垂髫，[①]并怡然自乐。见渔人乃大惊，问所从来，具答之。便要还家，[②]为设酒杀鸡作食。村中闻有此人，咸来问讯。自云先世避秦时乱，率妻子邑人来此绝境，不复出焉，遂与外人间隔。问今是何世，乃不知有汉，无论魏晋。此人一一为具言所闻，皆叹惋。余人各复延至其家，[③]皆出酒食。停数日，辞去。此中人语云："不足为外人道也。"既出，得其船，便扶向路，[④]处处志之。及郡下，诣太守说如此。太守即遣人随其往，寻向所志，遂迷不复得路。南阳刘子骥，[⑤]高尚士也。闻之，欣然规往，[⑥]未果，寻病终。[⑦]后遂无问津者。

诗

嬴氏乱天纪，[8]贤者避其世。
黄绮之商山，伊人亦云逝。
往迹寖复湮，[9]来径遂芜废。
相命肆农耕，日入从所憩。
桑竹垂余荫，菽稷随时艺。
春蚕收长丝，秋熟靡王税。
荒路暖交通，鸡犬互鸣吠。
俎豆犹古法，[10]衣裳无新制。
童孺纵行歌，班白欢游诣。[11]
草荣识节和，木衰知风厉。
虽无纪历志，四时自成岁。
怡然有余乐，于何劳智慧。
奇踪隐五百，一朝敞神界。
淳薄既异源，旋复还幽蔽。
借问游方士，焉测尘嚣外？
愿言蹑轻风，[12]高举寻吾契。

【注释】

①黄发：指老年。垂髫：指儿童。

②要：同“邀”，邀请。

③延：约请。

④扶：沿着。

⑤刘子骥：刘驎之，字子骥，一字道民。《晋书》有传。

⑥规：规划，计划。

⑦ 寻：不久。

⑧ 嬴氏：秦姓嬴，指秦始皇。

⑨ 寖：逐渐。

⑩ 俎豆：古代祭祀时盛物的礼器。

⑪ 班白：头发黑白相杂的老人。

⑫ 蹑：蹈，踏。

【评析】

《桃花源记并诗》，境界高妙，寓意深刻，寄托着陶渊明的社会理想，是中国古代文学中的瑰宝，深受历代读者的喜爱。

有关《桃花源记》并诗的研究和解读，累积的文献不知其数。这里仅就其中最重要的几个问题，作非常简略的解读和评论。

一、《桃花源记》并诗的作年。有两种说法，一说作于早年，一说作于晚年。梁启超《陶渊明年谱》据《记》起笔云“晋太元中”，就以为作于太元二十一年（396）。古直《陶靖节年谱》也说作于太元中。陈寅恪、逯钦立、王瑶等人，则以为作于晋义熙末年或刘宋永初年间。上述两者说法，以晚年说比较可信。理由之一，以“晋太元中”四字作为《桃花源记》作于早年的依据并不可靠。近人赖义辉区分陶集中的“晋”字，有的是“直述之词”，有的是“追述之词”，“晋太元中”乃追述语，故判断《桃花源记》并诗为“晋亡后之作”（详见赖义辉《陶渊明生平事迹及其岁数新考》，《岭南学报》1937年第6卷第1期）。赖氏之说中肯。理由之二，一般说来“少作”比较稚嫩，而《桃花源记》并诗代表了陶渊明诗文的最高成就，思想境界非凡，艺术手法高妙。故作于晚年比较合乎情理。

二、桃花源的原型究竟在哪儿？据《桃花源记》“武陵人捕鱼为业”句以及文中自然景物的特点，多数意见认为桃花源原型在南方的武陵郡。陈寅恪《桃花源记旁证》一文则以为渊明“间接或直接得知戴延之等从刘裕入关途中之所闻见”；“殆取桃花源事与刘驎之二事牵连混合为一”；又说：“真实之桃花源在北方之弘农，或上洛，而不在南方之武陵。”寅恪先生的说法很新奇，但不太符合情理。《记》说“武陵人捕鱼为业”。这是真实之桃花源在武陵的确据。渔人进入桃花源之前所见到的景物，也非常符合武陵山区的地理特征，而与北方弘农或上洛的自然环境大异。又《记》说，南阳刘子骥听闻渔人所遇桃花源事，欣然规往。据《世说新语·栖逸》，刘子骥隐于阳岐。阳岐，村名，距荆州二百里。若真实的桃花源远在北方，当时南北隔绝，刘子骥不可能欣然规往。而桃花源原型在武陵郡，距刘子骥所在的阳岐并不太远，子骥才有可能动探寻桃花源的念头。

三、《记》《诗》寄寓避世之意。《记》写桃花源中人“自云先世避秦时乱，率妻子邑人来此绝境”。《诗》说：“嬴氏乱天纪，贤者避其世。”皆明言桃花源中人的先世所避乃嬴秦。寅恪先生则以为桃花源后人之先世所避之秦乃苻秦，而非嬴秦。这种看法显然与《记》《诗》不合。苻秦之亡不过此前十余年间事，桃花源中人岂会问渔人“今是何世”？亦不可能说“乃不知有汉，无论魏晋”。故桃花源人之先世必是避嬴秦之乱，非避苻秦之乱。

当然，避嬴秦乱只是施放的烟幕弹，作者的真实寓意在避刘裕新朝。洪迈赞同五臣注《文选》谓渊明“耻事二姓”的看法，说：“窃意桃源之事，以避秦为言，至云‘无论魏晋’，乃寓意于刘裕，托之于秦，借以为喻耳。”（洪迈《容斋随笔·三笔》卷一〇）黄文焕说：“此愤宋之说也。事在太元中，计太元时晋尚盛，元亮此作，当属晋衰裕横之日，借往事以抒新恨耳。观其《记》曰‘后遂无问津者’，足知为追述之作。观其诗曰‘高举寻吾契’，盖以避宋之怀匹避秦也。”（黄文焕《陶诗析义》卷四）显然，黄氏“愤宋”之说与洪迈“乃寓意于刘裕，托之于秦”的看法一脉相承。

不过，过分强调寓意刘裕，其实是缩小、弱化了这篇不朽之作的避世意义。马璞评《桃花源诗》说：“渊明一生心事总在黄唐莫逮，其不欲出之意盖自秦而决，故此诗一起即曰：‘嬴氏乱天纪，贤者避其世。’其托避秦人之言，曰‘乃不知有汉，无论魏晋’，是自露其怀确然矣，其胸中何尝有晋，论者乃以为守晋节而不仕宋，陋矣。燕雀安知鸿鹄之志哉！”（马璞《陶诗本义》卷四）马氏之评跳出避宋的小圈子，但说渊明“胸中何尝有晋”，似乎有点绝对化了。不过，从渊明社会理想的高度评述此文的避世之意，眼光终究是高远的。

四、《桃花源记》并诗描绘的理想社会。《桃花源记》为历代读者喜爱，最重要的原因是描绘了一幅理想社会的美好图景。桃花源是千百年来人们向往的乐土，那里日出而作，日入而息，没有剥削，无有王税，与世隔绝，有良田、美池、桑竹之属，鸡犬之声相闻，祭祀犹以古法。童孺唱歌，老人乐游。也无记历志，四时自成岁，不劳智慧，怡然有乐。到处是淳朴、宁静、祥和、优美的景象。渊明描绘的桃花源社会图景，决不单单是作者个人的追求，其实表达了古今中外的人们对于和平、平等、和谐的理想社会的向往。

渊明无限向往桃花源，但他笔下的桃源是隔绝的，幽蔽的。《诗》说：“奇踪隐五百，一朝敞神界。淳薄既异源，旋复还幽蔽。借问游方士，焉测尘嚣外？”五百年来，美妙的桃花源仅仅向武陵渔人露面了数日，便幽蔽如初，不复可寻，以至“后遂无问津者”。诗人以为桃源是“奇踪”，是“神界”，是淳乡，是尘嚣之外不可测的地方。然而，自渊明描绘了桃花源的奇妙境界之后，世世代代的人们就再也不忘桃花源。桃花源成了一个美丽无比的梦。千百年来，人们寻觅桃花源之梦从未断绝。桃花源超越时空，永远在人们心中。

附录一 陶渊明文选

归去来兮辞并序

余家贫，耕植不足以自给。幼稚盈室，瓶无储粟，生生所资，未见其术。亲故多劝余为长吏，脱然有怀，求之靡途。会有四方之事，诸侯以惠爱为德，家叔以余贫苦，遂见用为小邑。于时风波未静，心惮远役，彭泽去家百里，公田之利，足以为酒，故便求之。及少日，眷然有归欤之情。何则？质性自然，非矫励所得。饥冻虽切，违己交病。尝从人事，皆口腹自役。于是怅然慷慨，深愧平生之志。犹望一稔，当敛裳宵逝。寻程氏妹丧于武昌，情在骏奔，自免去职。仲秋至冬，在官八十余日。因事顺心，命篇曰《归去来兮》。乙巳岁十一月也。

归去来兮！田园将芜胡不归？既自以心为形役，奚惆怅而独悲！悟已往之不谏，知来者之可追。实迷途其未远，觉今是而昨非。舟遥遥以轻扬，风飘飘而吹衣。问征夫以前路，恨晨光之熹微。乃瞻衡宇，载欣载奔。僮仆欢迎，稚子候门。三径就荒，松菊犹存。携幼入室，有酒盈樽。引壶觞以自酌，眄庭柯以怡颜。倚南窗以寄傲，审容膝之易安。园日涉以成趣，门虽设而常关。策扶老以流憩，时矫首而遐观。

云无心以出岫，鸟倦飞而知还。景翳翳以将入，抚孤松而盘桓。归去来兮！请息交以绝游。世与我而相遗，复驾言兮焉求？悦亲戚之情话，乐琴书以消忧。农人告余以春及，将有事于西畴。或命巾车，或棹孤舟。既窈窕以寻壑，亦崎岖而经丘。木欣欣以向荣，泉涓涓而始流。善万物之得时，感吾生之行休。已矣乎！寓形宇内能复几时，曷不委心任去留？胡为乎遑遑兮欲何之？富贵非吾愿，帝乡不可期。怀良辰以孤往，或植杖而耘耔。登东皋以舒啸，临清流而赋诗。聊乘化以归尽，乐夫天命复奚疑！

与子俨等疏

告俨、俟、份、佚、佟：天地赋命，生必有死，自古贤圣，谁能独免。子夏有言曰：“死生有命，富贵在天。”四友之人，亲受音旨。发斯谈者，将非穷达不可妄求，寿夭永无外请故耶？吾年过五十，少而穷苦，每以家弊，东西游走。性刚才拙，与物多忤，自量为己，必贻俗患，僶俛辞世，使汝等幼而饥寒。余尝感孺仲贤妻之言，败絮自拥，何惭儿子。此既一事矣。但恨邻靡二仲，室无莱妇，抱兹苦心，良独内愧。少学琴书，偶爱闲静，开卷有得，便欣然忘食。见树木交荫，时鸟变声，亦复欢然有喜。常言五六月中，北窗下卧，遇凉风暂至，自谓是羲皇上人。意浅识罕，谓斯言可保。日月遂往，机巧好疏，缅求在昔，眇然如何。疾患以来，渐就衰损，亲旧不遗，每以药石见救，自恐大分将有限也。汝辈稚小家贫，每役柴水之劳，何时可免？念之在心，若何可言。然汝等虽曰同生，当思四海皆兄弟之义。鲍叔、管仲，分财无猜；归生、伍举，班荆道旧，遂能以败为成，因丧立功。他人尚尔，况同父之人哉！颍川韩元长，汉末名士，身处卿佐，八十而终，兄弟同居，至于没齿。济北范稚春，晋时操行人也，七世同财，家人无怨色。《诗》曰：“高山仰止，景行行止。”虽不能尔，至心尚之。汝其慎哉，吾复何言。

自祭文

岁惟丁卯，律中无射。天寒夜长，风气萧索。鸿雁于征，草木黄落。陶子将辞逆旅之馆，永归于本宅。故人凄其相悲，同祖行于今夕。羞以嘉蔬，荐以清酌。候颜已冥，聆音愈漠。呜呼哀哉！茫茫大块，悠悠高旻。是生万物，余得为人。自余为人，逢运之贫。箪瓢屡罄，絺绤冬陈。含欢谷汲，行歌负薪。翳翳柴门，事我宵晨。春秋代谢，有务中园。载耘载耔，乃育乃繁。欣以素牍，和以七弦。冬曝其日，夏濯其泉。勤靡余劳，心有常闲。乐天委分，以至百年。惟此百年，夫人爱之。惧彼无成，愒日惜时。存为世珍，没亦见思。嗟我独迈，曾是异兹。宠非己荣，涅岂吾缁。捽兀穷庐，酣饮赋诗。识运知命，畴能罔眷。余今斯化，可以无恨。寿涉百龄，身慕肥遁。从老得终，奚所复恋。寒暑逾迈，亡既异存。外姻晨来，良友宵奔。葬之中野，以安其魂。窅窅我行，萧萧墓门。奢侈宋臣，俭笑王孙。廓兮已灭，慨焉已遐。不封不树，日月遂过。匪贵前誉，孰重后歌。人生实难，死如之何。呜呼哀哉！

附录二　诔传

靖节征士诔并序

颜延年

夫璇玉致美，不为池隍之宝；桂椒信芳，而非园林之实。岂其深而好远哉？盖云殊性而已。故无足而至者，物之藉也；随踵而立者，人之薄也。若乃巢由之抗行，夷皓之峻节，故已父老尧禹，锱铢周汉，而绵世寖远，光灵不属，至使菁华隐没，芳流歇绝，不亦惜乎？虽今之作者，人自为量，而首路同尘，辍涂殊轨者多矣。岂所以照末景，泛余波乎？有晋征士浔阳陶渊明，南岳之幽居者也。弱不好弄，长实素心。学非称师，文取指达。在众不失其寡，处言愈见其嘿。少而贫苦，居无仆妾，井臼弗任，藜菽不给，母老子幼，就养勤匮。远惟田生致亲之议，追悟毛子捧檄之怀。初辞州府三命，后为彭泽令。道不偶物，弃官从好。遂乃解体世纷，结志区外，定迹深栖，于是乎远。灌畦鬻蔬，为供鱼菽之祭；织絇纬萧，以充粮粒之费。心好异书，性乐酒德，简弃烦促，就成省旷。殆所谓国爵屏贵，家人忘贫者欤！有诏征著作郎，称疾不到，元嘉四年某月日，卒于浔阳县柴桑里。近识悲悼，远士伤情，冥默福应，呜呼淑贞！

夫实以诔华，名由谥高，苟允德义，贵贱何筭焉？若其宽乐令终之美，好廉克己之操，有合谥典，无愆前志。故询诸友好，宜谥曰靖节征士。其词曰：

物尚孤生，人固介立。岂伊时遘，曷云世及？嗟乎若士，望古遥集。韬此洪族，蔑彼名级。睦亲之行，至自非敦。然诺之信，重于布言。廉深简洁，贞夷粹温。和而能峻，博而不繁。依世尚同，诡时则异。有一于此，两非默置。岂若夫子，因心违事。畏荣好古，薄身厚志。世霸虚礼，州壤推风。孝惟义养，道必怀邦。人之秉彝，不隘不恭。爵同下士，禄等上农。度量难钧，进退可限。长卿弃官，稚宾自免。子之悟之，何早之辨。赋诗归来，高蹈独善。亦既超旷，无适非心。汲流旧巘，葺宇家林。晨烟暮蔼，春煦秋阴。陈书辍卷，置酒弦琴。居备勤俭，躬兼贫病。人否其忧，子然其命。隐约就闲，迁延辞聘。非直明也，是惟道性。纠缠斡流，冥漠报施。孰云与仁，实疑明智。谓天盖高，胡愆斯义。履信曷凭，思顺何置。年在中身，疢惟痁疾。视化如归，临凶若吉。药剂弗尝，祷祀非恤。傃幽告终，怀和长毕。呜呼哀哉！敬述清节，式遵遗占。存不愿丰，没无求赡。省讣却赙，轻哀薄敛。遭壤以穿，旋葬而窆。呜呼哀哉！深心追往，远情逐化。自尔介居，及我多暇。伊好之洽，接阎邻舍。宵盘昼憩，非舟非驾。念昔宴私，举觞相诲。独正者危，至方则碍。哲人卷舒，布在前载。取鉴不远，吾规子佩。尔实愀然，中言而发。违众速尤，迕风先蹶。身才非实，荣声有歇。徽音永矣，谁箴余阙。呜呼哀哉！仁焉而终，智焉而毙。黔娄既没，展禽亦逝。其在先生，同尘往世。旌此静节，加彼康惠。呜呼哀哉！

（《文选》卷五七，中华书局影印宋刻本）

陶潜传（节录）

沈约

陶潜字渊明，或云渊明字元亮，寻阳柴桑人也。曾祖侃，晋大司马。潜少有高趣，尝著《五柳先生传》以自况，曰："先生不知何许人，不详姓字。宅边有五柳树，因以为号焉。闲静少言，不慕荣利。好读书，不求甚解，每有会意，欣然忘食。性嗜酒，而家贫不能恒得，亲旧知其如此，或置酒招之。造饮辄尽，期在必醉，既醉而退，曾不吝情去留。环堵萧然，不蔽风日。裋褐穿结，箪瓢屡空，晏如也。尝著文章自娱，颇示己志，忘怀得失，以此自终。"其自序如此，时人谓之实录。亲老家贫，起为州祭酒，不堪吏职，少日自解归。州召主簿，不就。躬耕自资，遂抱羸疾。复为镇军、建威参军，谓亲朋曰："聊欲弦歌以为三径之资，可乎？"执事者闻之，以为彭泽令。公田悉令吏播秫稻，妻子固请种秔。乃使二顷五十亩种秫，五十亩种秔。郡遣督邮至，县吏白应束带见之。潜叹曰："我不能为五斗米，折腰向乡里小人。"即日解印绶去职，赋《归去来》，其词曰……义熙末，征著作佐郎，不就。江州刺史王弘欲识之，不能致也。潜尝往庐山，弘令潜故人庞通之赍酒具，于半道栗里要之，潜有脚疾，使一门生二儿舁篮舆，既至，欣然便共饮酌，俄顷弘至，亦无忤也。先是颜延之为刘柳后军功曹，在浔阳与潜情款。后为始安郡，经过，日日造潜，每往必酣饮致醉。临去，留二万钱与潜。潜悉送酒家，稍就取酒。尝九月九日无酒，出宅边菊丛中坐久，值弘送酒至，即便就酌，醉而后归。潜不解音声，而畜素琴一张，无弦，每有酒适，辄抚弄以寄其意。贵贱造之者，有酒辄设，潜若先醉，便语客："我醉欲眠，卿可去。"其真率如此。郡将候潜，值其酒熟，取头上葛巾漉酒，毕，还复著之。潜弱年薄宦，不洁去就之迹，自以曾祖晋世宰辅，耻复屈身后代，自高祖王业渐隆，不复肯仕。所著文章，皆题其年月，义熙以前，则书晋氏年号，自永初以来，唯云甲子而已……潜元嘉四年卒，时年六十三。

（《宋书·隐逸传》，《百衲本二十四史》）

陶渊明传

萧统

陶渊明，字元亮，或云潜字渊明，浔阳柴桑人也。曾祖侃，晋大司马。渊明少有高趣，博学善属文，颖脱不群，任真自得。尝著《五柳先生传》以自况，曰："先生不知何许人也，不详姓字，宅边有五柳树，因以为号焉。闲静少言，不慕荣利。好读书，不求甚解，每有会意，欣然忘食。性嗜酒，而家贫不能恒得。亲旧知其如此，或置酒招之。造饮辄尽，期在必醉，既醉而退，曾不悋情去留。环堵萧然，不蔽风日，短褐穿结，箪瓢屡空，晏如也。尝著文章自娱，颇示己志。忘怀得失，以此自终。"时人谓之实录。

亲老家贫，起为州祭酒。不堪吏职，少日自解归。州召主簿，不就，躬耕自资，遂抱羸疾。江州刺史檀道济往候之，偃卧瘠馁有日矣。道济谓曰："贤者处世，天下无道则隐，有道则至。今子生文明之世，奈何自苦如此？"对曰："潜也何敢望贤，志不及也！"道济馈以粱肉，麾而去之。

复为镇军、建威参军，谓亲朋曰："聊欲弦歌，以为三径之资，可乎？"执事者闻之，以为彭泽令。不以家累自随，送一力给其子，书曰："汝旦夕之费，自给为难，今遣此力，助汝薪水之劳。此亦人子也，可善遇之。"公田悉令吏种秫，曰："吾常得醉于酒，足矣。"妻子固请种粳，乃使二顷五十亩种秫，五十亩种粳。岁终，会郡遣督邮至县，吏请曰：“应束带见之。”渊明叹曰：“我岂能为五斗米折腰向乡里小儿！”即日解印绶去职，赋《归去来》。

征著作郎，不就。江州刺史王弘欲识之，不能致也。渊明尝往庐山，弘命渊明故人庞通之赍酒具，于半道栗里之间邀之。渊明有脚疾，使一门生、二儿举篮舆。既至，欣然便共饮酌。俄顷弘至，亦无迕也。先是颜延之为刘抑后军功曹，在浔阳，与渊明情款。后为始安郡，经过浔阳，日造渊明饮焉，每往必酣饮致醉。弘欲邀延之坐，弥日不得。延之临去，留二万钱与渊明，渊明悉遣送酒家，稍就取酒。

尝九月九日出宅边菊丛中坐，久之，满手把菊，忽值弘送酒至，即便就酌，醉而归。渊明不解音律，而蓄无弦琴一张，每酒适，辄抚弄以寄其意。贵贱造之者，有酒辄设。渊明若先醉，便语客：“我醉欲眠，卿可去。”其真率如此。郡将常候之。值其酿熟，取头上葛巾漉酒。漉毕，还复著之。时周续之入庐山事释惠远，彭城刘遗民亦遁迹匡山，渊明又不应征命，谓之“浔阳三隐”。后刺史檀韶苦请续之出州，与学士祖企、谢景夷三人，共在城北讲《礼》，加以雠校。所住公廨，近于马队，是故渊明示其诗云：“周生述孔业，祖谢响然臻。马队非讲肆，校书亦已勤。”其妻翟氏亦能安勤苦，与其同志。自以曾祖晋世宰辅，耻复屈身后代。自宋高祖王业渐隆，不复肯仕。元嘉四年，将复征命，会卒，时年六十三，世号靖节先生。

（宋本《陶渊明集》）

陶渊明集序

萧统

夫自衒自媒者，士女之丑行；不忮不求者，明达之用心。是以圣人韬光，贤人遁世。其故何也？含德之至，莫逾于道；亲己之切，无重于身。故道存而身安，道亡而身害。处百龄之内，居一世之中，倏忽比之白驹，寄寓谓之逆旅。宜乎与大块而荣枯，随中和而任放，岂能戚戚劳于忧畏，汲汲役于人间？

齐讴赵女之娱，八珍九鼎之食，结驷连骑之荣，侈袂执圭之贵，乐则乐矣，忧亦随之。何倚伏之难量，亦庆吊之相及。智者贤人居之，甚履薄冰；愚夫贪士竞之，若泄尾闾。玉之在山，以见珍而招破；兰之生谷，虽无人而犹芳。故庄周垂钓于濠，伯成躬耕于野，或货海东之药草，或纺江南之落毛。譬彼鸳雏，岂竞鸢鸱之肉；犹斯杂县，宁劳文仲之牲？

至于子常、甯喜之伦，苏秦、卫鞅之匹，死之而不疑，甘之而不悔。主父偃言："生不五鼎食，死则五鼎烹。"卒如其言。岂不痛哉！又有楚子观周，受折于孙满；霍侯骖乘，祸起于负芒。饕餮之徒，其流甚众。

唐尧四海之主，而有汾阳之心；子晋天下之储，而有洛滨之志。轻之若脱屣，视之若鸿毛，而况于他乎？是以圣人达士，因以晦迹。或怀玉而谒帝，或披裘而负薪。鼓楫清潭，弃机汉曲。情不在于众事，寄众事以忘情者也。

有疑陶渊明之诗，篇篇有酒，吾观其意不在酒，亦寄酒为迹者也。其文章不群，辞采精拔，跌宕昭彰，独超众类，抑扬爽朗，莫之与京。横素波而傍流，干青云而直上。语时事则指而可想，论怀抱则旷而且真。加以贞志不休，安道苦节，不以躬耕为耻，不以无财为病，自非大贤笃志，与道污隆，孰能如此者乎？

余爱嗜其文，不能释手，尚想其德，恨不同时。故更加搜求，粗为区目。白璧微瑕，惟在《闲情》一赋。扬雄所谓"劝百而讽一"者，卒无讽谏，何足摇其笔端？惜哉，亡是可也。并粗点定其传，编之于录。

尝谓有能观渊明之文者，驰竞之情遣，鄙吝之意祛，贪夫可以廉，懦夫可以立。岂止仁义可蹈，爵禄可辞。不劳复傍游泰华，远求柱史，此亦有助于风教尔。

（《昭明太子文集》卷四，《四部丛刊》影印宋刻本）

图书在版编目（CIP）数据

陶渊明诗品汇 / 龚斌撰. -- 武汉 : 崇文书局，
2022.4
（中国古典诗词品汇）
ISBN 978-7-5403-6584-4

Ⅰ. ①陶… Ⅱ. ①龚… Ⅲ. ①陶渊明（365-427）—
诗歌欣赏 Ⅳ. ① I207.22

中国版本图书馆 CIP 数据核字（2022）第 035401 号

出 品 人　韩　敏
责任编辑　郑小华
封面设计　甘淑媛
责任校对　董　颖
责任印制　李佳超

陶渊明诗品汇
TAOYUANMING SHI PIN HUI

出版发行　长江出版传媒 | 崇文书局
地　　址　武汉市雄楚大街 268 号 C 座 11 层
电　　话　(027)87677133　邮政编码　430070
印　　刷　湖北新华印务有限公司
开　　本　880㎜×1230㎜　1/32
印　　张　10.75
字　　数　255 千
版　　次　2022 年 4 月第 1 版
印　　次　2022 年 4 月第 1 次印刷
定　　价　48.00 元

（如发现印装质量问题，影响阅读，由本社负责调换）